불순한
동거동락

1

불순한
동거동락 *1*

초판 1쇄 발행 2020년 9월 14일

지은이 | 황한영

발행인 | 김성룡
기획, 편집 | (주)스마트빅(쉼표)
교정 | 박소영
표지디자인 | 우물
출판등록 | 제2014-000017호 (2011년 6월 30일)

펴낸곳 | 도서출판 가연
주 소 | 서울시마포구 월드컵북로 4길 77, 3층 (동교동 ANT빌딩)
전 화 | 02-858-2217
팩 스 | 02-858-2219
ISBN | 978-89-6897-073-3 03810

불순한 동거동락

황한영 장편소설

1

차 례

1. 불청객

사위가 고요하고 어두웠다. 방 안으로 들어오는 빛이라고는 창
밖에 떠 있는 달빛이 전부인 늦은 밤.

풀썩.

유경의 몸이 침대 위로 뉘어졌다. 기다란 갈색 머리카락이 새하
얀 이불 위로 흩어졌다. 실오라기 하나 걸치지 않은 몸에 이불을
감촉이 느껴졌다. 그러나 그 폭신함을 느낄 새도 없이 남자가 그
녀의 위로 올라타듯 다가와 숨을 참아야만 했다. 남자가 상체를
느릿하게 겹쳐온다. 보드라운 가슴 위로 남자의 탄탄한 가슴 근

육이 지그시 눌러졌다.

"으응……."

저도 모르게 입술을 비집고 옅은 신음이 흘렀다. 단지 서로의 살결이 닿았을 뿐인데 야릇한 감각이 온몸으로 퍼져 나간다. 맞닿은 피부로 뜨겁게 달아오른 남자의 열기가 고스란히 전달되고 있었다.

욕망, 그리고 갈망.

들끓는 그의 마음이 체온만큼이나 또렷이 전해져 온다. 그녀의 몸까지 덩달아 달아오르기 시작했다. 남자의 커다란 손이 그녀의 작은 머리통을 천천히 감쌌다. 손가락 사이로 결 좋은 머리카락이 부드럽게 휘감겼다. 달큰한 샴푸 향이 허공으로 은은하게 퍼져 나간다.

"……."

두 사람의 시선이 허공에서 마주쳤다. 어둠 속에서도 남자의 눈빛은 반짝 빛났다. 꼭 먹잇감을 눈앞에 두고 있는 야생동물의 그것과도 같았다.

흠칫.

정말로 눈앞에서 야생동물을 마주하기라도 한 것처럼 유경의 몸이 경직됐다. 하지만 왜일까. 저를 향한 짙은 그 시선만큼은 피할 수가 없었다.

문득 그녀의 시야에 한쪽 입꼬리가 말려 올라가는 게 들어왔다. 어딘가 위험하게 느껴지는 미소였다. 본능적으로 위험을 감지한 듯 유경의 몸이 움찔 떨렸다. 피해야 한다는 생각이 들었다. 하지만 마음과 달리 몸은 옴짝달싹도 할 수 없었다. 그가 그녀의 양손을 결박하고 있었기 때문이다.

새카만 공포가 밀려왔다. 흔들리는 그녀의 두 눈을 빤히 내려다 보고 있던 남자는 그대로 느릿하게 얼굴을 내렸다. 입술 위로 촉 촉한 입술이 겹쳐졌다. 두 입술은 마치 퍼즐 조각이 맞춰지듯 맞 붙었다. 매서운 눈빛과는 다르게 한없이 부드러운 입맞춤이었다. 남자가 꽉 다물려 있는 윗입술을 살짝 깨물었다.

"아."

낮은 탄성과 함께 입술이 살짝 벌어졌다. 그 사이로 체온만큼이 나 뜨거운 열기가 훅 끼쳐 온다. 머리가 아찔해질 정도로 뜨거운 온도에 온몸으로 소름이 쫙 돋아났다. 촉촉하게 젖은 말캉한 혀 가 그 틈을 가로지르고 들어왔다. 고른 치열을 훑고 그 속에 자리 잡고 있던 도톰한 살을 옭아맸다.

톡톡, 혀끝으로 자극하는가 싶더니 이내 여린 살점을 강하게 빨 아들이기 시작했다. 마치 영혼을 가져가기라도 하려는 듯 강렬하 게. 맞닿은 입술이 거칠게 비벼졌다. 혀가 무자비하게 얽혀들었고 벌어지는 틈 사이로 누구의 것인지 알 수 없는 뜨거운 숨이 흩어 진다. 물기 어린 야릇한 소리가 방 안 가득 퍼져 나갔다.

그렇게 얼마의 시간이 흘렀을까. 몸이 달아오르다 못해 가슴이 터질지도 모르겠다는 생각이 들 때였다. 마침내 입술이 떨어졌다. 유경은 그제야 참았던 숨을 가쁘게 몰아쉬었다.

"하아, 하아, 하아."

그러나 그것도 잠시. 벗어났다고 생각했던 남자의 입술이 목덜 미에 닿는 순간, 아찔한 감각에 그녀의 몸은 다시금 긴장감에 굳 고 말았다. 조금의 여유도 허락하지 않겠다는 듯 남자는 바쁘게 움직이기 시작했다. 뜨거운 입술은 쉬지 않고 피부 위를 지분거려 댔고 커다란 손은 마치 소중한 악기를 다루듯 섬세하게 그녀의 몸을 구석구석 건드려 댔다. 온몸의 세포가 예민하게 곤두섰다. 허리가 들썩이고 발끝까지 힘이 들어간다.

"하으응……."

입술이 절로 벌어지고 가느다란 교성이 흘렀다. 그것이 신호탄이라도 된 듯 남자의 손길이 점점 더 거칠어지기 시작했다. 허벅지 사이로 비집고 들어온 손이 거침없이 위를 향했다. 기다란 손가락은 금방 그녀의 몸에서 가장 예민한 곳을 찾았다. 수풀을 헤치고 들어온 단단한 손끝이 젖은 샘의 입구에 닿는 그 순간이었다. 마치 벼락이라도 맞은 것처럼 정신이 번쩍 들었다.

"안 돼!"

유경은 속으로 마른 비명을 내지르며 몸을 웅크렸다. 사실 스스로조차도 이유는 알 수 없었다. 도대체 아까부터 왜 이렇게 겁이 나는 건지. 그러나 이것 하나만큼은 본능적으로 알 수 있었다. 이이상 진행돼선 안 된다는 것을.

"괜찮아요."

그녀를 달래려는 듯 남자가 부드럽게 말했다.

"힘 빼요."

부드럽지만 힘 있는 목소리가 뜨거운 입김과 함께 목덜미에서 흩어진다. 정말로 힘이 빠질 것만 같았다.

"아, 안 돼……."

유경은 안간힘을 써서 남자의 손을 막았다.

"설마."

하지만 남자는 포기할 생각이 없는지 귓불을 잘근잘근 씹어 대며 말을 이었다.

"이제 와서 정말로 그만둘 수 있을 거라고 생각하는 건 아니죠?"

피식, 귓가에서 흩어지는 낮은 웃음소리.

"날 이렇게 만든 건 당신이잖아."

목덜미에 닿는 뜨거운 숨.

"그러니까."

그리고 듣기 좋은 중저음의 목소리가…….

"순진한 척은 그만하고 그냥 날 받아들여요."

날카롭게 귓속을 파고든다.

"누나."

금요일 아침. 이제 막 출근을 한 유경이 자리에 앉았을 때였다.

"어머, 대리님!"

옆자리의 주인이자 팀의 막내 보라가 유경을 향해 걱정스러운 얼굴로 물어 왔다.

"잠 못 주무셨어요?"

"티 많이 나?"

"네. 다크서클이 장난 아니에요."

보라가 자신의 책상 위에 놓여 있던 작은 손거울을 건넨다. 확인해 보시라는 듯. 이미 아침에 거울을 수십 번도 더 보고 온 참이었다. 하지만 건네준 이의 성의를 생각해 유경은 거울 속으로 다시 한번 제 얼굴을 확인했다.

보라의 말대로 눈 밑에 다크서클이 짙게 드리워 있었다. 일부러 화장을 신경 써서 했는데도 말이다.

"내가 봐도 심하긴 하네."

유경은 낮게 한숨을 내쉬며 거울을 주인에게 돌려주었다.

"간밤에 무슨 일 있으셨어요?"

"아니. 일은 아니고 이상한 꿈을 꿔서……."

"이상한 꿈이요? 어떤 꿈이요?"

보라가 눈을 반짝였다. 매사에 호기심이 많은 친구였다. 유경은 잠깐 멈칫, 하다가 이내 대답했다.

"……그냥. 악몽이지, 뭐."

"악몽이요? 귀신 나왔어요?"

귀신이라…….

잠에서 깨는 순간, 거짓말처럼 남자의 얼굴이 기억이 나질 않았다. 날카롭던 눈빛만큼은 생생했지만 눈 코 입은 마치 뿌연 안개가 낀 듯 흐릿했다. 사실 꿈속에서조차 남자가 누구였는지는 깨닫지 못했던 것 같다. 그렇다면, 귀신이라고 봐도 무방하지 않을까.

"으응."

대충 둘러댄 유경은 보라가 더 묻기 전에 빠르게 컴퓨터 전원을 켰다. 간밤에 낯선 남자와 뜨거운 밤을 보내는 꿈을 꿨노라고. 그래서 잠을 설쳐 버렸다고. 부하 직원에게 있는 그대로 솔직하게 말을 할 순 없는 노릇이었으니까 말이다.

도대체 왜 그런 말도 안 되는 꿈을 꾼 거야, 나는…….

반짝이는 모니터를 멍하니 바라보며 유경은 낮게 한숨을 내쉬었다. 물론, 꿈이라는 게 원래 말도 안 된다는 걸 안다. 그리고 남자들뿐만 아니라 여자들도 마찬가지로 야릇한 꿈을 꾸곤 한다는 얘기도 들었었다. 전혀 이상한 게 아니라고. 그건 지극히 자연스러운 본능이라고. 하지만 유경은 좀처럼 이 사태를 자연스럽게 받아들일 수가 없었다. 하늘에 맹세코 이런 꿈을 꾼 건 이번이 처음이었다. 심지어는 만나고 있는 남자친구도 있는데 말이다.

그나마 미수에 그쳐서 다행이지, 진짜.

이제 와 생각해 보면 모든 게 이상했다. 우선, 자신이 남자친구가 아닌 다른 남자와 하룻밤을 보낼 리가 없었다. 그 정도로 가벼운 여자는 아니었다. 하지만 그보다도 더 말이 안 되는 것이 있었으니. 바로, 남자의 입에서 아주 자연스럽게 흘러나온 호칭이었다.

'그러니까.'
'순진한 척은 그만하고 그냥 날 받아들여요.'
'누나.'

누나라니?

자기야도 아니고, 애기야도 아니고, 하다못해 유경아도 아니고, … 누나라니!

지금껏 그녀는 연하를 만나 본 역사가 없었다. 아니, 연하고 자시고 지금 만나고 있는 남자친구가 첫 남자였다. 그리고 그는 그녀보다 세 살 연상이었다. 그러니 남자와 함께하는 침대 위에서 누나라고 불렸던 적도, 불릴 일도 전혀 없는 것이다. 덕분에 유경은 남자의 입에서 '누나'라는 말이 나오는 순간, 그것이 현실이 아니라는 것을 깨달을 수 있었다. 잠이 확 달아났다. 눈을 번쩍 떴다. 아니나 다를까. 그 모든 건, 꿈이었다.

"나, 욕구불만인 건가……."

혼자만 들릴 정도로 낮게 중얼거린 유경은 이내 고개를 절레절레 내저었다. 아무리 그래도 그렇지. 얼굴도 모르는 연하와의 하룻밤이라니.

이건 너무 엉큼하잖아, 서유경!

말도 안 되는 꿈 때문에 잠을 설친 탓일까. 유경은 오늘따라 하루가 참 길게 느껴졌다. 그런데 이런 상황에 기름을 붓는 이가 있었으니.

"대리님. 들으셨어요?"

"응? 뭘?"

"오늘 회식이래요."

보라의 말이 끝나기가 무섭게 유경의 미간이 절로 확 구겨졌다.

"갑자기?"

"부장님이 술 드시고 싶으신가 봐요."

"진짜 너무하시는 거 아냐? 오늘 금요일인 거 모르신대?"

"불금에 회식을 하는 게 어디 하루 이틀 일인가요. 전요, 이제

화도 안 나요."

보라가 해탈했다는 듯 중얼거렸다. 그녀의 말대로 하루 이틀 있는 일은 아니었다. 부장은 늘 제멋대로인 사람이었으니까 말이다. 평소 같았다면 유경도 그러려니 했을 것이다. 하지만 오늘만큼은 대수롭지 않게 여길 수가 없었다.

"왜 하필 오늘이야……."

곤란한 얼굴로 유경이 낮게 중얼거리자, 눈치를 챈 보라가 묻는다.

"약속 있으세요?"

유경은 힘없이 고개를 끄덕였다.

"재수 없게도 말이야."

"헉, 중요한 약속이에요?"

"중요하냐고 묻는다면, 꼭 그렇다고 할 순 없지만……."

"아하, 남자친구분 만나기로 하셨구나!"

"역시 눈치가 빨라, 보라 씨는."

"대리님, 데이트 약속 엄청 오랜만인 거 아니에요?"

이번에도 눈치가 빠른 보라는 정답을 냈다. 유경은 대답 대신 길게 한숨을 내쉬었다. 그러자 보라가 마치 자기 일이라도 되는 듯 안타까워하며 말한다.

"어떡해요. 우리 부장님, 회식 빠지는 거 용납하실 분이 아니신데……."

그건 팀의 막내인 보라보다도 더 오랫동안 부장을 겪어 온 유경이 더욱더 잘 알고 있었다.

"어쩔 수 없지, 뭐."

부장을 잘 아는 만큼 고민은 길어지지 않았다. 아니, 애초부터 고민을 할 필요도 없는 문제였다. 항상 답은 정해져 있었으니까. 빠르게 결론을 내린 유경은 자리에서 일어났다. 곧장 탕비실로 향했다. 일을 하다 농땡이를 부리고 싶을 때나, 개인적인 용건으로 통화를 하기에는 사람들이 잘 찾지 않는 탕비실이 최적의 장소였다. 역시나 오늘도 탕비실은 텅 비어 있었다. 한편에 구비된 작은 의자에 엉덩이를 붙인 유경은 휴대폰을 들었다. 통화 목록을 눌러 번호를 찾았다. 남자친구의 번호는 최근 통화 목록에서 꽤 내려간 후에야 보였다.

지난 주……?

마지막 연락했던 날짜를 확인한 유경은 놀랍다는 듯 눈을 크게 떴다. 최근 그가 바쁜 탓에 연락이 뜸해지기는 했지만, 그래도 설마 일주일이나 지났을 줄은 몰랐었다. 처음엔 하루, 이틀 연락이 없는 것만으로도 서운하단 생각이 들었었다. 그런데 이젠 일주일이 지났다는 것도 실감하지 못하다니. 어느덧 자신 역시 이런 패턴에 익숙해져 버린 모양이었다. 새삼스럽게 자신의 변화를 깨달은 유경은 잠깐 멍하니 휴대폰을 바라보다 이내 전화를 걸었다. 신호음이 채 한 번 가기도 전이었다.

달칵.

순식간에 동건이 전화를 받았다.

- 어, 여보세요?

조금 당황한 듯한 동건의 목소리에 유경은 고개를 갸웃했다.

"동건 씨, 목소리가 왜 그래?"

- 뭐가?

"꼭 받기 싫은 전화 실수로 받은 사람 같은데?"

– 넌 무슨 말을 그렇게 해.

"아니야? 그럼 왜 그렇게 놀라는데?"

– 휴대폰 만지고 있는데 네 전화가 갑자기 와서 버튼이 눌린 거야. 그래서 놀란 거고.

거봐. 실수로 받은 것 맞네. 유경은 미간을 살짝 찌푸렸다.

"평소엔 휴대폰 볼 시간도 없는 것 같더니. 오늘은 웬일이야. 뭐했는데?"

– 그냥, 뭐.

그는 설명하기 귀찮다는 듯 대충 대답했다.

– 근데 왜 전화했어?

고작 한마디 더 해 주는 게 그렇게 귀찮은 거냐고. 우리가 꼭 용건이 있어야만 전화를 하는 사이는 아니지 않느냐고. 섭섭한 마음이 울컥 치밀어 올랐지만 유경은 애써 눌러 참으며 말했다.

"우리 오늘 보기로 했었잖아. 그런데 갑자기 일이 생겨서. 못 볼 것 같아."

– 그래? 알겠어.

"그게 끝이야?"

– 뭐가?

"무슨 일인지는 안 물어봐?"

– 그걸 묻는다고 뭐가 달라져? 어차피 중요한 일이 있으니까 취소하는 걸 텐데.

딱히 반박할 말이 없다.

"그래. 그건 그렇지."

유경은 쓸쓸한 얼굴로 고개를 끄덕였다.

– 차라리 잘됐어.

"잘됐다고?"

– 사실 나도 바빴거든. 그러니까 미안해할 필요 없어.

"……."

참 이상한 일이다. 그녀의 마음 편하라고 하는 소리일 텐데. 분명 그가 배려를 해 주고 있는 게 맞는데. 듣고 있자니 괜스레 섭섭하다. 약속을 취소해야겠다고 먼저 얘기한 건 자신인데, 어째서 오히려 바람을 맞은 듯한 서러운 기분이 드는 걸까.

– 용건 끝났으면 끊어도 될까?

"응?"

– 부장님이 부르셔서.

"아, 그래. 그럼……."

수고하라고. 말을 덧붙이기도 전에 전화는 뚝 끊어졌다. 정말이지 쿨한 남자가 아닐 수 없다. 간밤에 낯선 남자의 꿈을 꾼 게 못내 미안했었는데, 이런 반응을 보자 언제 그랬냐는 듯 미안한 마음이 싹 사라진다. 이러니까 내가 그만 말도 안 되는 꿈을 꾸지. 오히려 원망스러운 마음이 들기까지 했다.

"……동건 씨."

유경은 검게 변한 액정을 내려다보며 낮게 중얼거렸다.

"우리 마지막으로 본 게 한 달 전이라는 거 알아? 그러면 적어도 서운하다는 티 정도는 내 줘야 하는 거 아니야? 기다렸다는 듯이 잘됐다는 말은 정말 너무한 거 아니니? 응?"

물론.

"우리…… 이대로 정말 괜찮은 거 맞아?"

돌아오는 대답은 없었다.

✳

늦은 시각 엘리베이터에 오른 유경은 숫자 '10' 버튼을 누르며 중얼거렸다.

"하, 죽겠네, 진짜."

더운 숨과 함께 술기운이 입 밖으로 흘러나왔다. 회식 자리에서 어찌나 술을 많이 마셨는지, 제 입에서 나는 술 냄새를 스스로 느낄 수 있을 정도였다. 하필이면 오늘따라 부장의 옆에 앉게 될 건 뭐람. 부장은 술을 좋아하기로 소문난 사람이었다. 그리고 자신이 사랑해 마지않는 술을 역시나 사랑해 마지않는 부하 직원에게 아낌없이 권하는 것으로도 유명했다. 고작 대리 직함을 달고 있는 유경은 상사가 주는 술을 차마 거절할 수 없었다. 요령도 없는 편이라 소주, 맥주, 가릴 것 없이 주는 족족 받아먹었더니 결국 이 지경이 되었다.

"대체 내가 술을 마신 건지, 술이 나를 마신 건지……."

애초부터 술에 강한 편이 아니었다. 그래서 회식 날이면 음주 전 숙취해소 음료까지 챙겨 먹지만 늘 소용이 없었다. 그나마 다행인 게 하나 있다면 착실한 귀소본능을 가졌다는 점이었다. 처음 술을 배웠을 때부터 무슨 일이 있어도 집에는 잘 찾아오기는 했다. 필름이 끊길 정도로 마셔도 눈을 뜨는 곳은 항상 자신의 집이었다. 오늘도 유경은 무사히 집에 도착했다. 비록 제 몸조차 가누기 힘들어 비틀거리기는 했지만, 또 비록 비밀번호를 잘못 눌러 두 번이나 다시 누르기는 했지만…….

어쨌든 현관까지 별일 없이 들어왔으니 그리 문제 될 건 없었다. 아니, 없다고 생각했다.

탁.

현관문이 닫히는 소리와 함께 살짝 풀려 있던 눈이 둥그렇게 커졌다. 유경은 현관에 그대로 선 채로 눈만 몇 번이나 깜빡였다. 하지만 자신의 앞에 펼쳐진 광경은 그대로였다.

분명히 우리 집은 맞는 것 같은데…….

아니, 맞는 것 같은 게 아니라 이곳은 자신의 집이 분명했다. 남의 집 비밀번호를 누르고 들어왔을 리가 없으니까 말이다. 게다가 지난 월급날 큰맘 먹고 샀던 홈시어터 역시도 제자리에 반듯하게 놓여 있었다. 그러니까, 여긴 자신의 집이 맞았다.

근데 왜 이렇게 낯설지…….

어안이 벙벙해진 유경은 다시 한번 찬찬히 집을 둘러보았다. 분명 자신의 집이 맞는데 자신의 집이 아닌 느낌이었다.

도대체 왜?

술에 취해서인지 상황 판단이 쉽게 되지 않았다.

"……아!"

현관 앞에 굳은 채 서서 골똘히 생각하던 유경의 입이 한참 만에야 쩍 벌어졌다. 드디어 답을 찾은 것이다. 뜬금없이 제 집이 이토록 낯설게 느껴진 이유는 단 하나였다. 집 안이 깨끗해져 있다는 것. 주방 싱크대에 차곡차곡 쌓여 있던 설거지거리들도 싹 사라져 있었고, 거실 바닥이며 소파에 대충 널브러져 있던 옷가지들도 모두 정리가 되어 있었다. 그뿐만이 아니었다. 베란다에 놓인 건조대에는 빨래가 가지런히 걸려 있기도 했다. 빨래를 제외하면 꼭 모델하우스를 보는 것 같았다.

내가…… 청소를 했던가?

유경은 느릿하게 눈을 깜빡이며 자문했다. 하지만 더 생각할 것도 없이 얼른 고개를 내저었다. 정말 말도 안 되는 질문이었다. 아무리 취했다지만 그 정도는 분간이 됐다. 오늘 아침엔 분명 여느 때와 다름없이 출근 준비로 바빴다. 아니, 오히려 그 어떤 날보다 더 바빴다. 드라이어 하나 제대로 정리할 시간이 없어 허겁지겁 달려 나갔는데 무슨 수로 대청소를 했다는 말인가. 게다가 이건 '그냥' 대청소가 아니라 값비싼 청소업체를 부른 수준이었다.

설마, 도둑……?

눈이 커졌던 유경은 다시금 고개를 내저었다.

아니. 그건 말이 안 되지.

대체 어떤 도둑이 집 정리와 빨래를 해 주고 간단 말이야? 이건 도둑이 아니라 우렁각시에 가깝지. 그렇다고 진짜 우렁각시가 나타났을 리는 없고…….

도무지 믿어지지 않는 현실 앞에서 말도 안 되는 생각이 꼬리에 꼬리를 물고 엿가락처럼 늘어졌다. 그러다 유경은 뒤늦게야 어머니가 온 걸 수도 있겠다는 생각을 했다.

엄마구나!

그래. 엄마가 온 거라면 제 눈앞에 펼쳐져 있는 일련의 상황들이 충분히 납득된다. 평소에도 엄마는 종종 연락도 없이 찾아와 남매를 놀래곤 했었다. 제멋대로 결론을 내린 유경이 마음 편하게 고개를 끄덕이던 그 순간이었다.

달칵.

별안간 현관 바로 옆에 위치한 욕실의 문이 살짝 열렸다. 엄마가 욕실에 있었던 모양이었다. 반가운 마음에 유경의 고개가 빠르게 옆으로 휙 돌아갔다.

"연락 좀……."

엄마에게 잔소리를 쏟아 낼 생각이었다. 그런데 유경은 말을 채 끝마치지도 못하고 그 자리에서 얼어붙어 버렸다. 열린 문틈으로 털이 숭숭 난 늘씬한 다리 하나가 툭 튀어나왔기 때문이었다. 분명 저건 남자의 다리였다. 덧붙이자면 아빠나 동생의 것은 절대 아니었다.

……헉!

너무 놀라면 비명도 못 지른다더니. 지금 유경이 딱 그런 상황이었다. 벌렁거리는 심장과 동공만이 소리 없이 요동을 쳐 댔다.

도둑? 강도? 살인마?

짧은 시간 동안 머릿속에 불길한 생각이 수십 개도 넘게 떠올랐다. 이러다간 곧 거품을 물고 뒤로 넘어갈 수도 있겠다 싶어진 순간이었다. 이윽고 욕실 문 밖으로 남자의 완전한 형체가 나타났다.

"……!"

"……!"

허공에서 두 사람의 시선이 딱 마주쳤다. 그와 동시에 유경은 한껏 벌렸던 제 입을 턱 막았다. 눈앞에 나타난 남자의 얼굴이 낯이 익었던 것이다.

저 녀석이 대체 여긴 왜…….

혹시 나는 아까부터 정말로 꿈이라도 꾸고 있는 건 아닐까?'

제 눈앞에 펼쳐진 말도 안 되는 상황에 유경은 꼭 뒤통수라도 한 대 세게 맞은 듯 얼얼했다. 그런 유경을 바라보며 남자가 느긋하게 붉은 입술을 달싹였다.

"왔어요?"

샤워를 하고 나온 건지 젖은 머리를 수건으로 툭툭 가볍게 쳐 내며, 남자는 꽤나 살가운 인사를 건넸다.

"퇴근이 늦었네요?"

마치 지금까지 이 집에서 쭉 함께 살았던 것처럼 아주 자연스럽게.

아직 여름이 오려면 멀었건만, 한번 달아오른 열은 좀처럼 가시질 않았다. 유경은 거실 테이블 위에 놓여 있던 배달 책자를 집어 들고는 부채질을 시작했다.

획획.

분명 찬바람이 불어왔지만 여전히 더웠다. 아마도 속에서 열불이 차오르고 있기 때문이리라. 유경은 신경질적으로 부채질을 해 대며 맞은편에 앉아 있는 남자의 얼굴을 빤히 바라보았다. 조물주가 아주 마음먹고 온 정성을 들여 깎아 놓은 조각처럼 반듯하게 생긴 이 남자는, 그녀의 동생인 유현의 친구였다. 어려서부터 집에 하도 자주 놀러 왔던지라 친동생만큼이나 익숙한, 바로 그 권이준.

"언제까지 그렇게 노려만 보고 있을 거예요?"

팽팽한 침묵을 먼저 깬 건 이준이었다. 따가울 정도로 빤한 유경의 시선을 받아 내고 있던 이준은 장난스럽게 웃으며 말했다.

"열렬한 환영은 아니라도 반가운 티는 내 줄 거라 생각했는데."

"……."

"오랜만에 보는 거잖아요, 우리."

오랜만…….

그래, 꽤 오랜만에 보는 얼굴이긴 했다. 예전엔 하루가 멀다 하고 마치 제 집인 것처럼 자주 드나들던 이준이었다. 그러다 몇 년 전부터 일이 바쁘다며 발길이 뜸해지는가 싶더니 어느 순간부터는 아예 발길을 뚝 끊었다. 그러니 만약 오늘 이렇게 마주한 게 아니었다면 이의 말대로 반가운 마음이 들었을지 모르겠다. 아니, 분명 반가워했을 것이다. 하지만 지금 유경은 '반가움'보다는 당혹스러움이 더 컸다. 정작 동생 녀석이 해외 봉사활동을 떠나고 집에 없는 이 시기에 느닷없이 주인 없는 집에 들이닥친 불청객이, 조금 전 핵폭탄을 투여했기 때문이다.

"오랜만에 보는데 반갑지 않느냐고……?"

느릿하게 되묻는 유경의 시선이 거실 한편에 놓여 있는 커다란 캐리어에 닿았다. 그와 동시에 부채질도 뚝 멈췄다. 부채질은커녕 지금 당장은 얼음물을 뒤집어쓴다고 해도 열이 식을 것 같지가 않다.

"네가 내 입장이라면, 지금 반가운 마음이 들 수가 있겠니?"

캐리어에서 시선을 뗀 유경이 이준을 똑바로 바라보며 뾰족하게 쏘아붙였다. 하지만 유경의 냉담한 반응에도 이준은 연신 생글거리기만 할 뿐이다.

대체 뭐가 저리 즐거운 건지…….

원래도 잘 웃는 타입이었던 것 같지만 오늘따라 유독 웃음이 헤픈 것 같다. 못 보던 새에 뭘 잘못 주워 먹기라도 한 걸까.

"그러니까, 네 말은…….”

유경은 널을 뛰는 감정을 억누르며, 애써 차분한 목소리를 뱉어 냈다.

"서유현이 자기 방을 빌려줬다는 거야?”

"네.”

"그래서 넌 방세까지 주고 여기서 살기로 했고?”

"네.”

또박또박 귀에 박히는 대답에 유경은 허, 헛웃음을 흘렸다. 뒤통수뿐만 아니라 앞통수까지 번갈아 가며 아주 제대로 얻어맞은 듯한 기분이다. 머리끝까지 치솟던 술기운은 이미 달아난 지 오래였다.

"서유현한테 얘기 못 들었어요?”

"내가 진작 알았으면, 걔가 무사히 봉사활동을 갈 수가 있었겠니?”

삐딱한 유경의 대답에 이준은 '그건 그러네.' 하며 수긍한다는 듯 고개를 끄덕였다. 그런 반응이 더욱 자신의 심기를 거스르게 한다는 사실을 모르는 걸까. 미간을 잔뜩 좁힌 유경은 들고 있던 책자를 탁자 위에 툭, 던지듯 내려놓았다. 그러곤 핵폭탄을 맞은 저와는 달리 너무도 여유로워 보이는 이준을 빤히 바라보았다.

"근데 너희 집은 어쩌고?"

"집이요?"

"서유현한테 들었어. 너 집 샀다는 거."

분명 얼마 전 유현이 이준의 이사 소식을 전했었다. 이준이 스물일곱에 내 집 장만의 꿈을 이뤘다는 것이었다. 꽤나 고급 아파트더라고. 한강이 보이는 뷰는 아니지만 서울 야경이 꽤나 운치 있더라고. 드레스 룸이 제 방보다 넓더라고. 집 구경을 다녀온 동생은 저 혼자 신이 나서 묻지도 않은 것들을 줄줄 늘어놓기 시작했다.

'누나. 우리 이제부터는 권이준한테 잘 보여야 해.'

'뜬금없이 그게 무슨 말이야?'

'내가 봤을 땐 그 자식, 지금보다도 더 크게 될 것 같거든? 완전 세계적으로 유명한 스타가 될 수도 있을 거 같아.'

'그래서?'

'그래서는 뭐가 그래서야. 지금부터 잘 보여야 나중에 떨어지는 콩고물이라도 얻어먹을 수 있을 거 아니야.'

'콩고물 같은 소리 하고 있네. 정신 못 차리지, 아주?'

'아! 진짜야. 분명 커다란 콩고물이 떨어질 거라니까? 두고 봐. 내 말이 맞는지, 틀리는지!'

제 동생이지만 뻔뻔하다 못해 괘씸하게까지 들리는 속물적인 발언이 아닐 수 없었다. 하지만 그리 말하는 유현의 얼굴엔 친구를 자랑스러워하는 마음이 가득 담겨 있었다. 유현은 의리가 꽹

장히 강한 편이었다. 피가 섞인 제 누나와 친구가 물에 빠졌다고 하면 녀석은 아마도 망설임 없이 친구부터 구하지 않을까, 하는 합리적인 의심이 들 정도로.

"아, 들었어요?"

"그래, 들었어."

"그 집 리모델링 들어갔어요."

덤덤하게 뱉어지는 말에 유경은 고개를 갸웃했다.

"리모델링?"

"네."

이준의 대답은 그게 끝이었다. 유현의 말을 들었을 땐 반짝반짝 빛나는 새집이라고 했던 것 같은데, 이사한 지 얼마 안 되어 리모델링이라니. 하자가 있었다는 건가? 그렇다면 이사 들어가기 전에 해결을 했어야 하는 거 아니야? 조금 의아하다는 생각이 들기는 했지만 본인이 그렇다는데 어쩌겠는가. 뭔가 사정이 있었겠지. 유경은 일단 고개를 끄덕였다.

"공사 기간은?"

"예상 기간은 3개월이요."

유경의 눈이 둥그렇게 커졌다.

"뭐? 3개월이라고?"

"더 길어질 수도 있지만, 일단은."

심지어 더 짧아지는 게 아니라 더 길어질 수도 있다고? 유경은 황당하다는 듯 되물었다.

"뭐가 그렇게 오래 걸려? 집 전체를 새로 리모델링하기라도 하는 거야?"

"뭐, 어쩌다 보니 그렇게 됐어요. 마침 잘됐죠?"

대체 뭐가 '어쩌다 보니 그렇게 됐다'는 것이며. 대체 뭐가 '마침' 이라는 건지. 전혀 어울리지 않는 두 문장을 뱉어 내면서도 이준은 더없이 싱그럽게 웃어 보였다. 순간 유경은 이준의 뒤편으로 반짝 후광이 비치는 것을 보았다. 실감 나는 환영이었다. 계속 보다 보면 현실감 없는 저 얼굴에 홀라당 넘어가 버릴지도 모르겠다. 위기감을 느낀 유경은 애써 이준의 얼굴을 외면하며 지끈거리는 이마를 짚었다.

"후우⋯⋯."

입술을 비집고 무거운 한숨이 절로 나왔다. 이준이 하는 말을 들어 보니 대충 어떻게 된 일인지는 알 것 같았다. 평소에도 시도 때도 없이 '의리!'를 외쳐 대는 동생 녀석이, 아무래도 그놈의 의리 때문에 제멋대로 일을 벌인 모양이었다. 역시 서유현은 권이준과 자신이 물에 빠지면 일말의 망설임도 없이 권이준부터 구할, 괘씸한 녀석이었던 것이다.

아니, 아무리 그래도 그렇지. 어떻게 상의 한 번 않고 이런 일을 결정했단 말인가. 기가 막히고 코가 막혀서 이젠 헛웃음조차 나오지 않는다. 이 집이 저 혼자 사는 집이야? 권이준이 제 친구지, 내 친구냐고!

2년 전 부모님은 귀농을 하시고 이 집에는 두 남매만 살고 있었다. 그러다 며칠 전 유현이 3개월 일정의 해외 봉사활동을 떠나면서 유경 혼자 남게 되었다. 그러니까 그 말인즉, 녀석들의 계획대로라면 이 집에서 자신은 이준과 단둘이 생활을 해야 한다는 뜻이었다. 아무리 오랫동안 봐서 친동생처럼 가깝게 지낸 사이라지만, 그래도 엄연히 이준은 남자였다. 아무것도 모르는 순진한 꼬맹이도 아니고 스물일곱이나 먹은 신체 건강한 성인 남자와 한집에 살아야 한다니…….

그건 결코 있을 수 없는 일이다!

머릿속으로 상황을 정리한 유경은 단호하게 고개를 내저었다.

"네 입장은 잘 알겠는데……."

낮게 한숨을 내쉬며 유경이 조심스레 말했다.

"그래도 이건 곤란해. 미안하지만 다른 곳을 찾아보는 게 좋겠어."

"왜요?"

왜라니.

낭창하게 되묻는 말에 순간 당황한 유경은 말문이 턱 막혔다. 그러자 그런 유경의 표정을 읽은 듯 이준이 입가를 슬쩍 늘이며 묻는다.

"설마 걱정하는 거예요?"

"……."

"내가 누나한테 무슨 짓이라도 할까 봐?"

예쁘게 호를 그리고 있는 입가에 걸쳐져 있는 미소에 유경은 커다란 눈을 옆으로 굴렸다. 왠지 떡 줄 사람은 생각도 않는데 김칫국부터 마셔 버린 것 같아 민망했기 때문이다. 하긴. 스물일곱의 권이준에게 서른하나의 서유경이 여자로 보이기나 하겠는가. 딱히 나이 문제만은 아니었다. 유경이 알고 있는 한, 이준은 가만히 있어도 여자들이 알아서 벗고 덤빌 정도로 인기가 많았으니까 말이다.

"걱정 말아요."

확인사살이라도 하듯 이준이 나직하게 웃으며 말했다.

"그렇게까지 궁하지는 않으니까."

그 웃음이 어쩐지 비웃음처럼 느껴져서 유경은 미간을 살짝 찌푸렸다.

"누가, 그것 때문이래?"

물론 생각이 쓸데없이 앞서나간 것은 자신이었지만, 그래도 네 살이나 어린 녀석에게 놀림을 받으니 썩 기분이 좋지는 않다.

"그럼 대체 뭐가 문젠데요?"

"뭐?"

"그 부분이 아니라면 대체 뭐가 문제냐고요. 내가 봤을 땐 전혀 문제 될 게 없어 보이는데."

"……"

그러게. 그것을 제외하면 또 어떤 문제가 있는 걸까.

이준의 당돌한 질문에 유경은 말문이 턱 막혔다. 머리를 빠르게 굴려 보았지만 좀처럼 적당한 대답이 떠오르지가 않는다. 젠장, 술만 안 마셨어도!

"음, 그러니까……."

대답을 기다리는 듯 저를 빤히 바라보는 이준의 시선에 유경은 마음이 조급해졌다. 그래서일까. 저도 모르게 입술이 멋대로 달싹여진 것은.

"그냥 싫어."

"……그냥?"

"그래, 그냥!"

유경은 황당하다는 듯 저를 바라보는 이준의 표정을 보면서도 뻔뻔하게 말을 이어 갔다.

"다른 이유가 뭐가 필요해? 타인이랑 사는 게 불편한 건 당연한 거잖아."

마음이 급해서 아무렇게나 뱉어 낸 것이지만, 말을 하다 보니 꽤나 그럴 듯한 것 같았다. 이보다 더 확실한 대답은 없을 거라는 생각이 들 정도로. 정답을 찾았다는 생각에 유경은 내심 뿌듯해하며 이준을 바라보았다. 그런데 이준의 표정이 어째 묘하다.

"타인이라……."

아무래도 이준의 귀에는 '타인'이라는 단어가 거슬렸던 모양이다. 유경이 한 말을 낮게 곱씹던 이준이 이내 잘생긴 눈썹을 살짝 치켜뜨며 말했다.

"누나가 날 불편하게 생각하는 줄은 미처 몰랐네요. 그동안은 분명 엄청 편하게 대한다고 생각했는데……."

왠지 '엄청'이라는 단어에 강세를 두고 말하는 것처럼 들리는 건 기분 탓일까.

뜨끔. 양심이 찔려서 유경은 괜스레 시선을 슬그머니 피했다. 이준의 말이 맞았다. 자신보다 무려 네 살이나 어린 데다가 코찔찔이 시절부터 봐 왔던 동생의 친구인지라, 지금껏 편하게 대한 게 사실이었다. 그것도 '엄청' 편하게.

이준이 한창 집에 놀러 올 때에 유경은 며칠 안 씻은 몰골로도 잘 돌아다니곤 했었다. 오죽했으면 언젠가 화장을 하고 집을 나서다 이준과 마주쳤을 때, '누구세요?'라는 질문을 받기까지 했을까. 물론 진심이 아니라 그녀를 놀리기 위해 한 농담이었지만 말이다. 어쨌든, 솔직히 말하자면 오랜만에 보는 지금도 딱히 이준이 불편하게 느껴지지는 않았다. 함께해 온 지난 세월에 비하면 최근 몇 년은 찰나에 불과하니까 말이다. 그러나 이것과 그것은 별개의 문제였다. 동생과 함께 셋이 있는 것과 단둘이 지내는 건 엄연히 다른 일이었다.

"아무튼."

제 시선을 피하는 유경을 빤히 바라보던 이준이 느릿하게 말을 뱉어 냈다.

"누나는 내가 이 집에 들어오는 게 싫다는 거죠?"

"그래, 싫어."

더 생각할 것도 없다는 듯 뱉어진 단호한 대답에 이준이 유감이라는 듯 가볍게 어깨를 으쓱했다.

"그럼 어쩔 수 없네요."

유경은 이준이 이제야 알아들었나 보다 생각했다. 하지만 기대와 달리 돌아오는 건 잘 접힌 종이 한 장이었다.

"이게 뭔지 알아요?"

이준이 유경의 코앞에서 종이를 가볍게 흔들어 보였다.

"그게 뭔데?"

"글쎄. 뭘 거 같아요?"

"나 지금 너랑 싱거운 말장난이나 하고 있을 기분 아니거든?"

유경이 인상을 찌푸리며 이준의 손에서 종이를 낚아챘다. 그러자 이준이 뒤늦게 말했다.

"계약서예요."

"뭐? 계약서……?"

"네, 계약서."

뜬금없이 이게 무슨 소리란 말인가. 어이가 없다고 생각하면서도 유경은 얼른 종이를 펼쳤다. 활짝 펼쳐진 흰 종이의 상단에는 정말로 '계약서'라는 세 글자가 떡하니 적혀 있었다. 유경은 빠르게 종이에 적힌 글자들을 읽어 내려가기 시작했다.

내용은 조금 전 이준이 설명했던 것과 다르지 않았다. 유현이 해외 봉사활동을 나가 있는 3개월 동안 자신의 방을 이준에게 빌려주기로 합의를 했다는 것이었다. '3개월 동안 이준은 제집처럼 편안하게 사용할 권리가 있다'라는 조항과 3개월 치 방세는 미리 지급했다는 것. 그리고 '파기할 시 받은 돈의 5배를 물어 준다'라는 조항도 있었다. 특히나 마지막에 나란히 찍혀 있는 두 녀석의 인감은, 이것이 절대 장난이 아니라는 것을 여실히 알려 주었다.

"서유현, 이 자식을 진짜……."

바드득 이를 갈며 유경은 저도 모르게 손아귀에 힘을 꽉 쥐었다. 종이 귀퉁이는 속절없이 구겨졌다. 유경의 미간이 일그러진 것처럼 말이다. 그러고 보니 며칠 전. 출국을 앞둔 유현이 이상한 말을 했었던 것도 같다.

'누나.'

'왜.'

'……'

'뭐야. 할 말 있으면 해. 뜸 들이지 말고.'

"……미안해."

'뭐가?'

'그냥. 이것저것……'

그땐 동생이 실없는 소리를 하는 거라 생각했다. 호기롭게 해외로 봉사활동을 결심하더니 막상 집을 떠나려고 하니 마음이 싱숭생숭한가 보다며. 그간 철없이 저지른 만행들에 대해 뒤늦은 반성을 하는가 보다며.

이제야 철이 들려는 건가?

그런 모습이 괜히 안쓰럽게 느껴져서 유경은 모처럼만에 다정한 누나가 되어 동생의 어깨를 토닥여 주었다. 어디 그뿐이랴. 큰맘 먹고 용돈도 두둑하게 쥐여 주기까지 했었다. 그런데 이제 보니 이 일에 대한 사과를 미리 했던 모양이다.

그럼 그렇지. 철이 들기는 개뿔. 이런 배은망덕한 놈 같으니라고……!

당장이라도 동생의 멱살을 잡고 짤짤 흔들고 싶었지만, 지금 이 말도 안 되는 사고를 친 녀석은 지구 반대편에 있었다. 심지어 그곳은 전화 연결도 어려울 정도로 오지였다. 그러니 결국 이 문제의 해결은 온전히 자신의 몫이라는 것이다.

"다 봤어요?"

"……그래."

"그럼 가져갈게요."

혹시라도 훼손될까 걱정됐는지, 이준이 유경의 손에서 계약서를 빠르게 쏙 뽑아 갔다. 그러곤 마치 소중한 것을 다루듯 계약서를 다시금 곱게 접으며 묻는다.

"근데 누나, 돈 많아요?"

뜬금없는 물음에 유경이 이준을 바라보았다.

"그게 무슨……."

무슨 말이냐는 듯 보는 시선에 이준은 제 손에 들린 계약서를 보란 듯이 다시 한번 흔들어 보였다. 여전히 여유로운 미소를 걸친 채로.

"……아."

그제야 유경은 그가 하고자 하는 말의 뜻을 알아들을 수 있었다. 이미 지급한 방세를 유현에게서 돌려받을 수 없는 상황이니 반대를 하는 저한테 받겠다는 뜻이었다. 순간, 두 녀석의 농간에 놀아나는 것 같아 속에서 울컥 화가 치밀어 올랐다. 하지만 이 분노가 이준을 향하면 안 된다는 것을 알고 있다. 일을 저지른 건 분명 제 동생이다. 어쩌면 이준 역시 저와 마찬가지로 피해자일 수도 있는 상황이었다.

"후우……."

마음의 안정을 찾기 위해 심호흡을 크게 한 유경은 이내 지갑을 들었다.

"그 망할 놈한테 얼마 줬니?"

"시세대로 쳐 줬어요."

"시세?"

"월 40만 원씩 계산해서 총 120만 원."

멈칫.

당장이라도 돈을 돌려줄 것처럼 호기롭게 지갑을 뒤적거리던 유경의 손이 뚝 멈췄다.

"뭐어?"

놀란 토끼처럼 동그래진 눈이 빠르게 이준을 향했다.

"120만 원……?"

"위약금은 5배를 물어 주기로 했으니까, 600만 원이네요."

지갑을 쥐고 있는 손끝이 저도 모르게 떨려 왔다. 그 모습을 물끄러미 바라보던 이준이 마치 선심이라도 쓰는 듯 한마디 덧붙였다.

"뭐, 우리가 하루 이틀 알고 지낸 사이는 아니니까. 특별히 깎아서 500만 받을게요."

600만 원이나, 500만 원이나…….

연속해서 귀에 푹푹 꽂히는 큰 숫자가 현실감 없게 느껴지는 건 마찬가지였다. 꼭 딴 세상 이야기를 듣고 있는 것 같았다. 비루한 월급쟁이에게 그런 큰돈이 어디 있겠는가. 500만 원이면 한 달 내도록 야근을 해서 버는 월급보다도 훨씬 더 많은 돈이었다. 아니, 사실 원금인 120만 원만 해도 버겁기 그지없었다.

"지금 문자로 보낼까요? 계좌번호."

씨익, 입꼬리를 말아 올리며 이준이 휴대폰을 들어 보였다. 그제야 유경은 멍하니 허공을 바라보고 있던 시선을 이준에게로 옮겼다.

"야, 권이준!"

끝까지 평정심을 유지하고 싶었지만 결국 참지 못하고 큰 소리가 튀어나온다. 그러거나 말거나 이준은 여전히 느긋한 얼굴로 말했다.

"네, 말해요."

"너 진짜 너무한 거 아니야?"

원망 섞인 타박에도 이준은 여전히 눈 하나 깜빡하지 않고 그대로 말을 되돌려 줬다.

"그건 내가 할 소리 아닌가?"

"내가 뭘 어쨌는데?"

"누나가 먼저 오갈 곳 없는 사람한테 매정하게 굴었잖아요, 아니에요?"

"그건……."

　유경은 말을 채 끝내지 못하고 입을 꾹 다물었다. 딱히 반박할 수 있는 말이 없었다. 이준의 말은 이번에도 사실이었으니까.

"어떻게 할래요?"

　꿀 먹은 벙어리가 된 채 굳어 있는 유경을 보며 이준이 싱긋 웃으며 말을 덧붙였다.

"누나가 골라요. 난 무슨 결과든 기꺼이 따를 테니까."

　이 와중에도 권이준의 미소는 쓸데없이 상큼했다. 평소 웃는 법이 없이 늘 무표정한 얼굴이라고 해서 팬들 사이에서는 '냉미남'이라고 불린다더니. 흠잡을 구석 없이 잘 생긴 거야 인정하지만, 대체 어딜 봐서 '냉'이라는 건지 모르겠다. 이미지로 먹고사는 직업이라 냉미남 이미지를 구축하기 위해 평소에 가식을 떠는 모양이었다.

　이렇게 웃음이 헤픈 녀석인데, 속으로는 얼마나 답답할까. 돈 주고도 보기 힘들다는 그 미소를 공짜로 바라보며 유경은 속으로 생각했다. 동생이 돌아오는 그날을, 바로 녀석의 제삿날로 만들어 줘야겠다고.

대충 짐 정리를 끝낸 이준은 풀썩 침대에 드러누웠다. 마치 맞춤 제작이라도 한 듯 조금의 여유도 없이 침대 끝에 발이 딱 알맞게 닿는다. 키가 큰 탓에 늘 겪는 일이었다. 불편함을 대수롭지 않게 여기며 이준은 눈으로 방 안을 크게 한 번 훑었다. 친구의 방은 제 방보다도 더 익숙했다. 하긴. 몇 년 전까지만 해도 제집 드나들 듯 드나들었으니 그럴 수밖에.

"정말 변한 게 없네."

가구의 위치며 하다못해 책상 한편을 차지하고 있는 고물 데스크톱마저 그대로였다. 이쯤 되면 버릴 법도 한데 말이다. 사실 변함이 없는 건 친구의 방만은 아니었다. 이 집 전체가 그랬다. 거실에 못 보던 홈시어터가 놓여 있는 것을 제외하고는, 아저씨와 아주머니가 정말로 시골로 내려가신 게 맞는지 의심스러울 정도로 그대로였다. 사실 그중에서도 가장 변함없는 건, 바로 서유경이었다. 많이 쳐줘 봐야 제 또래로 보일 정도로 앳돼 보이는 얼굴. 잡티 한 점 없이 뽀얀 피부. 꼭 사슴처럼 커다란 눈과 기다란 목덜미. 감정을 숨기지 못하고 얼굴에 그대로 드러나는 투명함과 당황할 때 시선을 마주치지 못하고 눈을 이리저리 굴리는 습관까지.

몇 년 새에 조금은 변하지 않았을까. 그래서 조금은 낯설게 느껴지지는 않을까. 하는 생각도 했는데 특유의 깨끗함을 지닌 유경은, 자신이 기억하는 그 모습 그대로였다. 단 하나, 전보다도 더 야윈 것만 빼면.

"살은 좀 찌워야겠던데……."

눈꺼풀을 내리깔며 낮게 중얼거리는 이준의 표정은 한껏 느슨해져 있었다. 평소 혼자 있을 땐 절대 상상도 할 수 없는 부드러운 표정이었다. 잠깐 생각에 잠겨 있던 이준은 이내 휴대폰을 집어 들었다. 그러곤 문자를 써 내려가기 시작했다. 지구 반대편에 있을 친구에게 보내는 문자였다.

[무사히 입성했다. 근데 너는 조심해야겠더라. 명복을 빈다.]

용건만 간단히 쓴 이준은 전송 버튼을 눌렀다. 메시지는 금방 날아갔다. 인터넷이 거의 불가능한 지역에 있을 친구가 언제 이것을 확인할 수 있을지는 미지수지만. 문자를 보낸 이준은 휴대폰을 머리맡에 대충 내려놓고 천장을 빤히 바라보았다. 파란 꽃이 듬성듬성 그려진 벽지 위로 조금 전 마주했던 유경의 얼굴이 둥실 떠오른다.

'네가 내 입장이라면, 지금 반가운 마음이 들 수가 있겠니?'

그리 말하며 저를 쏘아보던 유경의 얼굴과 목소리를 떠올리는 이준의 입가에 설핏 미소가 걸쳐졌다. 어쩐지, 굉장히 위험해 보이는 미소였다.

2. 우리 집에 사는 남자

유경은 골이 깨질 듯한 두통에 잠에서 깼다. 평소에도 편두통을 달고 살았는데 술을 먹은 다음 날이면 유독 심했다. 무거운 눈꺼풀을 억지로 들어 올린 다음 주위를 둘러보았다. 커튼 틈으로 들어오는 빛은 아직 푸른색이었다. 모닝콜이 울리기도 전에 일어난 게 얼마 만인지 모르겠다. 게다가 오늘은 출근을 할 필요 없는 주말 아침이었다.

"으…… 죽겠다."

입에서 절로 앓는 소리가 났다. 잠이 슬슬 깨고 나니 느껴지는 고통은 두통뿐만이 아니었다. 누군가가 속에서 위벽을 살살 긁어내는 것처럼 속이 쓰리기까지 했다. 어제는 확실히 평소보다 무리를 하긴 했었다. 주당 김 부장의 속도에 맞춰 술을 들이부어야만 했다. 꼭 밑 빠진 독에 물 붓는 기분이었다. 회식 땐 자리를 잘 잡아야 하는데 어제는 완전 꽝이었다. 그래도 걱정했던 것보다는 상태가 괜찮은 편이었다. 어제 잠들기 직전엔 어쩌면 이대로 잠들어서 영영 못 깨어날지도 모르겠다는 생각이 들 정도였으니까 말이다.

"물부터 먹자, 물."

시원한 냉수 한 잔을 먹으면 정신이 들 것 같아 방을 나왔을 때였다. 아직 어슴푸레한 집 안 어딘가에서 밝은 빛이 흘러나오고 있는 게 보였다. 불빛의 근원지는 주방이었다. 탁탁탁. 생경한 소음까지 들려오고 있었다. 그제야 어제의 기억이 떠올랐다.

어젯밤……

유경은 결국 이준을 받아들이기로 했었다.

"술 깨고 생각해 봐도 황당해 죽겠네, 진짜."

그 망할 계약서와 여유 만만하던 이준의 얼굴을 동시에 떠올린 유경은 얼굴을 살짝 찌푸렸다.

"근데 얘는 이 시간에 주방에서 뭐 하는 거야, 대체."

아침 7시. 출근을 하지 않는 주말에는 꼭두새벽이나 마찬가지인 시각. 의아하게 생각하며 주방으로 조심스레 다가섰을 때, 유경은 그 자리에서 뚝 굳어 버리고 말았다. 눈앞에 낯선 풍경이 펼쳐지고 있었기 때문이다.

허리춤에 둘러진 핑크색 앞치마와는 전혀 어울리지 않는, 쩍 벌어진 어깨와 잔근육이 얇은 면 티 너머로 고스란히 드러나는 탄탄한 몸. 칼질을 할 때마다 불끈불끈 자기주장을 하는 팔뚝의 핏줄까지…….

여태까진 이준이 그저 비쩍 말랐다고 생각했었다. 그런데 이제 보니 보기와는 다르게 몸이 꽤 좋은 것 같다.

밀가루 반죽 저리 가라 할 정도로 새하얀 피부 탓에 운동과는 거리가 멀게 보였는데 아니었던 모양이다. 우락부락한 근육보다는 오히려 잘 잡힌 잔근육을 만드는 게 더 어렵다는 사실을 누구보다 잘 알고 있었다. 유경은 저도 모르게 넋을 놓은 채 이준의 뒷모습을 바라보았다. 집 나간 정신이 제자리로 돌아온 것은, 칼질을 끝마친 이준이 몸을 틀던 그 순간이었다.

"일찍 일어났네요?"

"으응. 목이 말라서."

위화감이 전혀 느껴지지 않는 자연스러운 물음에 오히려 유경이 더 어색하게 대답했다. 어젯밤 난데없이 굴러온 돌은, 박힌 돌인 자신보다도 주방에 있는 모습이 훨씬 더 자연스러워 보였다.

"근데 너, 뭐 하는 거야?"

"보면 몰라요? 아침 준비하고 있잖아요."

한 손에 국자를 쥔 채 이준은 느긋하게 말했다. 그제야 유경은 주방을 한번 휘 둘러보았다. 식탁 위에는 작은 접시에 밑반찬들이 소담하게 놓여 있었고 가스 불 위에는 커다란 냄비가 올라가 있었다.

"왜 네가 아침을…….."

"누나가 배려해서 함께 사는 거 허락까지 해 줬는데, 얹혀살게 된 주제에 이 정도는 해야죠."

'배려'라는 단어가 양심을 쿡 찔러 왔다. 그도 그럴 것이 어제의 자신은 그저 돈에 굴복했을 뿐이었으니까. 그런 마음을 아는지 모르는지, 이준은 여전히 산뜻한 얼굴로 말했다.

"앞으로도 식사는 제가 담당할게요."

거의 통보였다. 제멋대로 식사 담당을 자처한 이준은, 유경이 그 것에 대한 생각을 미처 해 보기도 전에 또다시 덧붙였다.

"오늘 메뉴는 북엇국이에요."

"북엇국?"

"왜요? 혹시 북엇국 싫어해요?"

"아니. 그건 아닌데……."

유경은 멍한 얼굴로 끓고 있는 냄비를 바라보았다.

"북어가 집에 없었을 텐데?"

어디 북어뿐이랴. 사실 저 큰 냄비가 이 집에 있었던가, 새삼스 럽게 느껴질 정도로 유경은 부엌살림에 관심이 전혀 없었다. 요리 와는 거리가 먼 유경이 집에서 먹는 건 대부분 과일이나 샐러드 같은 가벼운 음식뿐이었다. 주방 살림에 관심이 없는 건 유현도 마찬가지였다. 밖에서 사 먹고 들어오거나 집에서 먹어야 할 때는 배달 음식을 시켜 먹곤 했다. 덕분에 부모님이 떠난 뒤로, 두 남 매에게 주방은 말 그대로 없어도 그만인 공간이나 마찬가지였다.

"나가서 사 왔죠. 동네에 큰 마트 있잖아요."

"이 아침에?"

"해장으로는 북엇국만 한 게 없으니까."

아침밥을 준비했다는 것도 놀라운데, 북어를 사기 위해 꼭두새

벽부터 장까지 보고 왔다니. 그것도 해장으로 북엇국이 좋다는 이유만으로……

상상도 하지 못한, 당황스러운 일들의 연속이었다. 이럴 땐 대체 어떤 반응을 보여야 하는 걸까? 적당한 답을 찾지 못한 채 굳어 있는 유경에게 이준이 유리컵 하나를 내밀었다.

"저기 앉아서 이거 마시면서 기다리고 있어요. 다 돼 가요."

"이게…… 뭔데?"

"꿀물이요. 꿀은 집에 있더라고요."

우리 집에 꿀이 있었던가? 꿀물을 받아 든 채 유경은 고개를 갸웃했다. 그러다 이내 꿀의 출처를 생각해 냈다. 무려 1년 전 딱 이맘때에 결혼을 한 같은 부서의 김 과장에게서 신행 선물로 받은 것이었다. 그때 받아서 찬장에 넣어두었던 것 같긴 한데, 정확히 어디에 두었는지는 기억이 나질 않는다.

유경은 답을 떠올리고도 놀라지 않을 수 없었다. 자신도 까맣게 잊고 있었던 걸 이준은 대체 어떻게 찾아냈단 말인가. 설마, 하룻밤 새에 집을 다 뒤지기라도 한 걸까? 작은 의문을 떠올리며 유경은 이준이 안내해 주는 대로 식탁 의자에 앉아 꿀물을 홀짝였다. 미지근한 꿀물이 들어가자 신기하게도 요란법석이던 속이 조금은 차분해지는 느낌이었다. 이래서 숙취에는 꿀물이라고 하는구나. 유경은 새삼 깨달았다.

"입에 맞을지는 모르겠어요."

꿀물을 마지막 한 방울까지 몽땅 입안으로 털어 넣고 얼마 있지 않아 유경의 앞에 정갈한 한 상이 차려졌다. 밥과 국, 몇 가지의 반찬으로 이루어져 있었다. 상다리가 휘어질 정도는 아니었지만, 사내 녀석의 손이 어찌나 야무진지 웬만한 신혼집 밥상 저리 가라 하는 느낌이다. 유경은 오랜만에 마주한 집밥에 눈을 둥그렇게 떴다. 누군가가 자신을 위해 밥을 차려 주는 것은 엄마 말곤 정말로 처음이었다.

"이걸 정말 네가 다 했어?"

"국만 신경 썼죠, 뭐. 계란프라이야 별거 아니고. 나머지 반찬은 냉장고에 있던 거 꺼냈구요."

별거 아니라는 듯 어깨를 으쓱하는 이준을 보며 유경은 입을 살짝 벌렸다. 이준의 말대로 밑반찬은 어머니에게서 받은 것들이기는 했지만, 그래도 요리라고는 라면을 끓이는 게 전부인 유경의 눈에는 이준이 아주 대단해 보였다. 갑자기 이준의 주위로 빛이 나고 꽃가루가 뿌려지는 듯한 환시마저 보일 지경이었다. 김이 폴폴 나는 맑은 국을 보고 있자니 침이 절로 꼴깍 넘어갔다. 원래 술병이 나면 음식 생각은 전혀 없고 하루 종일 물만 마시곤 했는데, 웬일인지 모르겠다. 꿀물 덕분인지. 아니면 북엇국이 너무 먹음직스럽게 생겨서인지. 방금 전까진 쓰리던 속에서 밥을 달라고 아우성이었다.

"……."

그럴듯하게 차려진 밥상 앞에서 유경은 잠깐 고민했다. 자신이 정말로 이 밥상을 받아도 되는 건지 헷갈렸기 때문이다. 양심이 콕콕 찔려 왔다. 어제까지만 해도 불청객의 등장에 못마땅한 티를 팍팍 내지 않았던가. 하지만 고민은 길어지지 않았다.

"뭐 해요? 제사라도 지내려고?"

"아······."

"식기 전에 얼른 먹어요."

맞은편에 앉아 턱을 괴고 저를 빤히 바라보는 이준의 채근에 유경은 결국 못 이기는 척 수저를 들었다.

"어때요?"

국이 목구멍으로 꼴깍 넘어가는 순간, 이준이 물었다. 대답을 기대하는 것도 같고 긴장하고 있는 것도 같았다. 그 모습이 왠지 귀엽게 느껴져서 유경은 망설임 없이 엄지를 척 치켜들었다.

"완전 맛있어."

"정말요?"

"응, 백점 만점에 백점이야."

유경은 이번에도 망설임 없이 대답한 다음 국물을 또 한 번 떠먹었다. 기분 좋으라고 점수를 후하게 쳐 준 게 아니라 정말로 이준의 요리는 맛있었다. 황당하지만 스물일곱 살 남자의 요리에서, 순간 엄마의 손맛이 느껴졌을 정도였다.

"다행이네요. 입에 맞아서."

이준이 안심했다는 듯 싱긋 웃었다.

"많이 먹어요."

그제야 이준은 숟가락을 들었다.

따끔, 따끔.

아까부터 느껴지는 시선이 빤하다 못해 따갑게 느껴질 정도였다. 애써 모르는 척 식사를 이어 가던 유경은 결국 탁, 식탁 위에 숟가락을 내려놓았다. 고개를 들어 맞은편을 바라보았다. 이준이 한 손으로 턱을 괸 채 자신을 빤히 바라보고 있었다.

"저기 말이야."

유경은 이준의 앞에 놓여 있는, 깨끗하게 비워진 밥그릇을 흘긋 바라보며 말했다.

"넌 벌써 밥 다 먹은 거 아니야?"

"맞는데요."

"근데 왜 계속 거기 앉아 있는 거야?"

"혼자 먹으면 쓸쓸하잖아요."

설마 저가 쓸쓸할까 봐 지금껏 부담스럽게 바라보고 있었단 말인가. 별걱정을 다 하네, 얘가. 쓸데없이 과한 이준의 배려에 유경은 얼른 고개를 내저으며 단호하게 말했다.

"아니, 괜찮아. 전혀 쓸쓸하지 않으니까."

"괜히 무리하지 마요."

"진짜거든? 혼자 밥 먹는 건 나한테 이미 너무 익숙한……."

말을 하다 말고 입을 딱 다물었다. 저도 모르게 발끈해서 말을 뱉어 내다 보니 어딘가 조금 이상한 느낌이다. 아니나 다를까. 이준이 '저런.' 하며, 조금 전보다 한층 더 안쓰럽게 바라보기 시작한다.

……이게 아닌데.

머쓱해진 유경은 조용히 내려놓았던 숟가락을 다시금 들어 올렸다. 여기서 더 얘기를 하면 왠지 저만 더 처량해질 것 같았기 때문이다. 숟가락에 밥을 한가득 퍼 올렸다. 그러곤 우걱우걱 씹어 먹기 시작했다.

"너무 급하게 먹는 거 아니에요?"

이게 다 누구 때문인데?

유경은 속으로 대꾸했다.

"그러다 체하겠어요. 천천히 먹어요. 난 괜찮으니까."

내가 안 괜찮거든?

이번에도 속으로 대꾸하며 밥을 한 숟가락 크게 퍼 입으로 날랐다. 그렇게 몇 번이나 입이 터질 듯 욱여넣은 덕분에 밥그릇을 금방 비울 수 있었다. 식사를 끝낸 유경은 자리에서 벌떡 일어났다. 막판에 저를 불편하게 하기는 했지만 그래도 감사의 인사는 하는 게 도리인 것 같아 말했다.

"고마워. 정말 잘 먹었어."

진심이었다. 음식은 정말이지 맛있었다. 물론 혼자 먹었다면 훨씬 더 맛있게 먹을 수 있었겠지만. 뒷말을 삼키며 유경은 빈 그릇을 챙겨 곧장 싱크대로 향했다. 개수대에 놓여 있는 설거짓거리는 생각보다 별로 없었다. 사용하는 걸 두 눈으로 직접 봤는데 칼과 도마도 식기 건조대 위에 가지런히 놓여 있었다. 아무래도 요리를 하면서 정리를 한 모양이었다.

"와. 정말로 살림꾼이네, 완전."

탄성이 절로 나왔다. 모르긴 몰라도 살림 레벨은 이준이 저보다 월등히 높은 것 같았다.

"빈 그릇 좀 가져다줄래?"

이준에게 부탁의 말을 건네고, 유경은 설거지를 하기 위해 양손에 새빨간 고무장갑을 꼈다. 식사 대접을 받았으니 설거지는 당연히 제 몫이라고 생각했다. 예상보다 설거지거리가 너무 없어서 조금 민망하기는 하지만. 수도꼭지를 틀기 위해 야무지게 고무장갑 낀 팔을 쭉 뻗은 순간이었다. 별안간 뒤에서 불쑥, 기다란 팔이 튀어나오더니 수도꼭지에 가까워져 있는 손을 덥석 붙드는 게 아닌가. 별게 아니라도 예상치 못한 갑작스러운 상황에서 사람은 놀라는 법이다. 놀란 유경의 몸이 무게중심을 잃고 뒤로 휘청했다.

"어엇!"

짧은 순간이었지만 유경은 자신이 영락없이 엉덩방아를 찧을 거라고 생각했다. 그러나 바닥에 엉덩이를 찧기도 전에 등이 먼저 단단한 어딘가에 기대듯 부딪혔다. 그게 무엇인지 깨닫기도 전에 또 다른 팔이 뒤에서 나타나더니 유경의 허리를 단단하게 감싼다. 별안간 주방을 가득 채우고 있던 음식 냄새가 아닌 청량한 향이 훅 끼쳐 왔다. 독한 향수 냄새가 아닌 은은한 체향이었다. 유경은 느리게 눈을 껌벅였다. 지금 제 후각을 자극하는 것은 낯선 향이었고, 제 온몸의 세포를 자극하는 것 역시 지극히도 낯선 감각이었다.

"괜찮아요?"

멍하니 허공을 바라보고 있는데 귓가에 낮은 음성이 닿았다. 또한 목소리와 함께 아주 가까이에서 느껴지는 숨결까지. 그제야 유경은 정신을 번쩍 차렸다. 그리고 곧이어 자신이 이준의 품에 완전히 안겨 있다는 사실을 깨달았다. 심지어는 드라마에서나 볼

법한 백허그였다. 유경은 황급히 자세를 바로 했다.

"아, 미안! 놀라서……."

무게중심을 완전히 잡았을 때서야 이준이 유경을 붙들고 있던 팔을 풀었다. 딱 붙어 있던 두 사람의 몸이 분리됐다.

"괜찮아요. 오히려 놀래서 내가 더 미안하죠."

맞아, 그랬지?

뒤늦게 상황을 인지한 유경이 새침하게 이준을 바라보았다. 하지만 이미 사과의 말을 다 뱉어 놓은 후에 뒷북을 칠 수는 없어 그저 아주 뚫어져라 바라보기만 할 뿐이었다.

"정말 미안해요. 그렇게까지 놀랄 줄은 몰랐어요."

그 마음을 읽은 듯 이준이 설풋 웃으며 다시 한번 사과의 말을 뱉어 냈다.

"갑자기 뒤에서 팔이 튀어나오는데 누가 안 놀라겠어. 당연히 놀라지."

미안하다 말하며 웃는 얼굴이 왠지 얄밉게 느껴져 유경은 괜스레 새침하게 대꾸했다.

"대체 왜 그런 거야?"

"누나가 설거지하려는 것 같아서 말리려고요."

"그런 건 말로 하면 되잖아."

"그러게요. 나도 모르게 몸이 먼저 나갔네."

순간 유경은 움찔했다. 왠지 모르게 '몸'이라는 단어가 야릇하게 들렸기 때문이다. 특유의 낮은 목소리 때문일까. 깊고 날카로운 눈매 때문일까. 그도 아니면, 제가 썩은 탓인 걸까. 괜스레 얼굴이 화끈거린다. 그럴 만한 대사도, 상황도 아니었는데 말이다.

유경은 이준이 혹시 저를 이상하게 생각하기라도 할까 봐 얼른
말을 돌렸다.

"근데 설거지를 말리려고 했다고? 왜?"

"내가 하려고요."

"뭐?"

무슨 말이냐는 듯 되묻는데 이준은 대답 대신 유경을 향해 손
을 척 내밀었다.

"이리 줘요. 고무장갑."

"됐어. 밥도 얻어먹었는데 설거지는 내가 할게."

그때였다. 조금 전 그랬던 것처럼 이준이 고무장갑을 낀 유경의
손을 덥석 붙들었다. 그러곤 놀랄 새도 없이 허리를 살짝 숙여 유
경과 시선을 똑바로 마주하며 붉은 입술을 느릿하게 달싹인다.

"고집 피우지 말고."

"……."

"벗어요."

이로써…….

"얼른."

확실해졌다.

권이준의 목소리가 야한 게 아니라 서유경이 썩은 거라는 것이.
심지어는 썩어도 좀 썩은 게 아닌 듯했다. 누가 봐도 앞에 '고무
장갑'이라는 주어가 빠진 게 뻔히 보이는데, 이마저도 야하게 들
리는 것을 보면. 하지만 이번엔 얼굴을 붉힐 새도 없었다. 저를 빤
히 내려다보고 있는 이준의 눈빛이, 지금 당장 스스로 고무장갑
을 벗지 않으면 직접 나서서 벗겨 버리기라도 할 듯 엄청난 기세

였기 때문이다. 그 기세에 완전히 압도당한 유경은 저도 모르게 주섬주섬 고무장갑을 벗었다. 이준은 유경의 손에 들린 고무장갑을 낚아챘다. 그러곤 아주 자연스럽게 고무장갑을 제 손에 끼우기 시작했다.

새빨간 고무장갑과 권이준이라니. 어쩐지 파스타와 김치, 혹은 스테이크와 된장찌개의 조합처럼 어색하게 느껴진다. 순식간에 양손에 고무장갑을 야무지게 끼운 이준이 말했다.

"앞으로 식사뿐만 아니라, 청소나 설거지 같은 간단한 집안일은 내가 할게요."

고무장갑을 낀 이준의 손을 멍하니 바라보고 있던 유경이 눈을 동그랗게 떴다. 식사를 담당하겠다는 것도 솔직히 양심이 찔릴 지경인데 집안일까지 하겠다니. 이건 너무 과했다.

"저기, 그……."

그럴 필요까진 없다고. 말을 하려던 순간이었다. 말을 채 시작도 하기 전에 이준이 유경의 마음을 안다는 듯 말했다.

"부담스럽게 생각할 필요 없어요. 그냥 쉽게 보답이라고 생각해요."

"보답?"

무슨 말이냐는 듯 되묻자, 이준이 한쪽 입꼬리를 씨익 말아 올린다.

"날, 받아들여 준 보답."

그 순간이었다. 유경의 머릿속에 또 다른 목소리 하나가 떠오른 것은.

'그냥 날 받아들여요, 누나.'

지난밤 꿈속에서 들었던 목소리였다.

쾅!

마치 도망치듯 제 방 안으로 들어온 유경은 곧바로 거울 앞에 섰다. 아니나 다를까. 걱정했던 것처럼 얼굴이 시뻘겋게 달아올라 있었다.

"미쳤어, 진짜! 하필이면 그 순간에 생뚱맞게 그 목소리를 떠올리고 난리야, 왜!"

저를 탓하며 유경은 얼른 손부채질을 시작했다. 하지만 한번 달아오른 얼굴은 쉽게 가라앉지 않는다.

뜬금없이 얼굴을 붉히는 저를 보며 이준은 어떻게 생각했을까. 혹시라도 음란마귀가 낀 제 속마음을 들킨 건 아닐는지. 민망해 죽을 지경이었다.

"네 살이나 어린 애를 두고 대체 무슨 생각을 하는 거야? 너 진짜 변태야? 어?"

거울 속 여자를 향해 한껏 호통을 친 유경은 잠시 후 침대에 털썩 주저앉았다. 이상한 꿈을 꾸는 거로도 모자라서 동생 같은 애 앞에서 음란마귀를 소환하기까지 했다니. 괜히 죄책감마저 느껴진다.

미안하다, 권이준아…….

속으로 진심어린 사과의 말을 읊조리며, 유경은 눈을 감고 크게 심호흡을 시작했다.

"후우, 후우, 후우."

호흡을 가다듬자 점차 달아올랐던 얼굴이 차츰 식어 가는 게 느껴졌다. 그러자 잊고 있던 것이 떠오른다. 바로 자신의 동생, 서유현이었다. 유현을 떠올리자마자 언제 그랬냐는 듯 정신이 번쩍 든다. 유경은 감고 있던 눈을 번뜩 뜨고는 휴대폰을 들고 분노의 타이핑을 시작했다. 어찌나 빠른지 손가락의 움직임이 제대로 보이지 않을 정도였다.

[이거 확인하면 곧바로 전화해. 쌩까면 재미없을 줄 알아. 거기서 영영 살 거 아니잖아. 안 그러니, 내 동생?]

이모티콘 하나 없이 작성된 문자의 내용은 위협적이기 그지없었다. 하지만 저가 보낸 메시지를 확인하고 있는 유경의 얼굴엔, 문자의 내용과는 달리 그다지 화가 서려 있지 않았다. 아니, 표정뿐만 아니라 실제로 그다지 화가 나지 않았다.

너무도 맛있고 든든한 아침을 얻어먹은 탓일까. 아니면 설거지마저 자신이 도맡아 하겠다던 이준의 예쁜 고집 때문이었을까. 오늘 아침까지만 해도 머리끝까지 차올랐던 동생을 향한 분노는 어느덧 발목 언저리까지 확 사그라져 있었다. 배가 부르면 사람이 여유로워진다는 말이 있던데, 영 틀린 말은 아니었나 보다. 물론, 그렇다고 동생을 용서하겠다는 건 절대 아니지만 말이다.

"청소도 잘해. 밥도 잘해. 설거지도 잘해……"

휴대폰을 내려놓은 유경은 부른 배를 두드리며 이준에 대해 천천히 곱씹어 보았다. 고작 하루도 채 되지 않는 시간 동안 발견한 장점이 무려 세 가지나 된다. 그렇다면 단점은 과연 있었던가?

"흐응. 단점이라……"

티끌만 한 뭔가라도 찾아내 보려고 곰곰이 생각해 봤지만 딱히 떠오르는 것이 없다. 그래도 굳이 꼽아 보자면, 밥 먹을 때 그의 빤한 시선이 조금 부담스러웠다는 것. 그리고 혹 들어오는 스킨십이 조금 당황스러웠던 것과 뱉어내는 말마다 야하게 들려서 민망하기도 했다는 것 정도일까. 하지만 말 그대로 '조금'의 불편함일 뿐이었다. 그게 어디 단점 축에나 낄 수 있는 문제던가. 게다가 그중에서도 마지막 부분은, 그의 잘못이 아니라 명백한 제 잘못이었다. 그러니까 자신만 조심하면 될 일이라는 것이다. 이쯤 되자 더 생각할 것도 없었다. 간밤에 걱정했던 것들이 무색할 정도로 답은 금방 나왔다.

"이건 뭐, 오히려 서유현이랑 사는 것보다 백배는 더 낫잖아?"

아니, 백배가 뭐란 말인가. 한 천배는 더 나을 것 같은데. 이제는 어제 그를 쫓아내지 않아서 다행이라는 생각마저 든다.

"좋아! 까짓것 잘 지내보자. 그래 봐야 고작 3개월인데, 뭐."

평소 쓸데없는 생각이 많은 것에 비해 단순한 결론을 내린 유경이었다. 간단하게 결론을 지은 유경은 들고 있던 휴대폰을 내려놓으며 벌러덩 침대에 드러누웠다. 고민거리가 사라지는 것과 동시에 지끈거리던 두통도 어느덧 희미해져 있었다. 그러자 스멀스멀 졸음이 몰려든다. 유경은 느릿하게 눈을 감았다. 그때였다. 문득 감은 눈앞으로 한 남자의 얼굴이 떠오른 것은.

"헉! 동건 씨……!"

비명처럼 남자친구의 이름을 외치며 번쩍, 감은 눈을 떴다. 어제부터 지금 이 순간까지. 얼마나 정신이 없었던지 동건을 완전히 잊고 있었다. 이 상황에선 무엇보다 가장 중요한 부분이었는데 말이다. 아무리 동생 같은 녀석이라지만, 그래도 정확하게 표현하자면 외간 남자와 함께 살게 된 것이었다. 남자친구인 동건의 입장에선 어쩌면 불쾌하게 생각할 수도 있는 문제였다. 물론 요즘 쿨하다 못해 춥게까지 느껴지는 동건의 행동을 보자면 별로 신경을 쓰지 않을 것 같기도 하지만. 그래도 어쨌든 순서가 틀린 건 사실이었다.

"미치겠네, 진짜……."

난감한 기색이 얼굴에 역력히 떠오른다. 어떻게 잊을 게 없어서 남자친구의 존재를 잊을 수가 있냐. 유경은 정신머리 없는 저를 탓하며 빠르게 휴대폰을 집어 들었다. 동건의 연락처를 찾았다. 바로 전화를 걸려는데 액정 상단에 떠 있는 시간이 눈에 들어온다. 토요일 아침 9시. 아직 전화를 하기엔 조금 이른 시간인 것 같았다. 게다가 용건도 아침과는 조금 어울리지 않는 것 같고.

"아직 자고 있겠지?"

잠깐 망설이던 유경은 이내 문자를 써 내려가기 시작했다.

[동건 씨. 나 할 말 있으니까 일어나면 연락 좀 줘.]

전송 버튼을 눌렀다. 문자가 전달됐다는 문구가 액정에 떴다. 유경은 혹시나 하는 마음에 휴대폰을 손에 쥔 채 연락을 기다렸다. 하지만 그 후로도 한참 동안 동건에게서는 아무런 소식도 없었다.

"역시 자나 보네."

중얼거리며 유경은 두 눈을 감았다. 잠깐 잊고 있던 숙취와 함께 급 졸음이 몰려왔다.

월요일 아침.

출근 준비를 끝내고 방을 나온 유경은 그 자리에서 뚝 멈춰 섰다. 집 안에 온통 구수한 냄새가 퍼져 있었다.

"와, 냄새 정말 대박이다……."

킁킁, 냄새를 맡았다. 코끝을 자극하는 구수한 된장찌개 냄새에 배 속이 울렁거리는가 싶더니 이내 꼬르륵, 울음을 토했다. 원래 아침은 잘 먹지도 않는 편인데 말이다. 유경은 꼭 뭔가에 홀린 것처럼 주방으로 향했다. 싱크대 앞에 서서 분주하게 움직이는 이준의 뒷모습이 보였다. 주말 이틀 동안 계속 본 풍경이라 그런지 어느덧 익숙하게 느껴진다.

'앞으로 식사뿐만 아니라, 청소나 설거지 같은 간단한 집안일은 내가 할게요.'

그렇게 말했을 때, 그냥 하는 말이겠거니 생각했었다. 그런데 이준은 진심이었는지, 주말 이틀 동안 자신의 말을 모두 지켰다. 덕분에 유경은 주말을 아주 편하게 보낼 수 있었다. 정말로 수저를 들 때 빼곤 손 하나 까딱하지 않았던 것 같다. 꼭 휴가를 온 기분이었다. 주말 이틀 만으로도 과하게 대접받았다고 생각했다. 그런데 설마 이 바쁜 평일 아침에까지 밥을 준비할 줄이야.

"좋은 아침."

유경이 먼저 인사를 건넸다. 그러자 이준이 뒤를 돌아본다.

"출근 준비 끝난 거예요?"

"응."

"그럼 앉아요. 밥도 준비 다 됐어요."

이준의 입에서 자연스럽게 흘러나오는 말에 유경은 머리를 긁적였다.

"저기, 말이야. 진작부터 말하려고 했는데, 앞으론 내 밥까진 신경 안 써도 돼. 솔직히 네가 공짜로 얹혀사는 것도 아닌데, 보답이라는 것도 웃기고……."

말을 채 끝내기도 전에 이준이 단호하게 대답했다.

"괜찮아요. 내가 좋아서 하는 거니까."

"으응?"

"제 취미가 요리거든요. 조금 더 정확하게 말하자면 내가 만든 음식을 상대가 맛있게 먹어 주는 모습을 보는 게 취미라고나 할까."

예상치 못한 대답에 유경은 눈을 동그랗게 떴다. 권이준의 취미가 요리였을 줄이야. 이미 요리하는 모습을 몇 번이나 제 눈으로 똑똑히 봤고, 또 그 음식들을 먹어도 봤지만 여전히 '권이준'과 '요리'는 어울리지 않는 느낌이다.

"그리고 애초에 제가 먹을 식사 준비하면서 그냥 누나 수저만 놓는 것뿐이기도 하고요. 그러니까 괜한 부담 가질 필요 없어요."

"……아, 응."

"알았으면 이제 앉아요. 금방 차려 줄게요."

이번엔 시키는 대로 얌전히 자리에 앉았다. 이준이 빠른 속도로 식탁 위에 반찬들을 내놓기 시작했다. 눈 깜짝할 새에 제대로 된 아침상이 펼쳐졌다. 임금님 수라상까지는 아니지만 많은 가짓수의 반찬을 보며 유경은 입을 쩍 벌렸다.

"뭘 이렇게 많이 차렸어? 아침인데."

"아침이니까 더 든든하게 먹어야죠."

왠지 엄마가 자식에게 할법한 말을 아주 덤덤하게 뱉어 내며, 이준이 쌀밥이 가득 든 밥그릇을 유경의 앞에 놓아주었다. 모락모락 피어오르는 뽀얀 김을 보며 유경은 꼴깍 군침을 삼켰다.

"잘 먹을게."

"많이 먹어요."

부담을 지워 버리자 아침은 꿀맛이었다. 유경은 이준의 말대로 많이 먹기 시작했다. 이틀 동안 무려 여섯 끼를 먹어 본 결과, 이준의 음식 솜씨를 인정하지 않을 수가 없었다. 솔직히 말하자면 엄마가 해 준 음식보다도 이준이 해 준 음식이 훨씬 더 맛있는 것 같았다. 그렇게 조금 전 뱉어 놓은, 평소 아침을 먹지 않는다던 말이 무색할 정도로 열정적으로 식사를 하고 있을 때였다.

띠링.

휴대폰에 메시지 도착 알람음이 울렸다. 유경은 들고 있던 수저를 내려놓고 얼른 휴대폰을 확인했다. 액정에 메시지가 떴다. 토토가 어쩌고저쩌고. 확률이 어쩌고저쩌고. 쓸데없는 이야기가 길게 늘어져 있는 스팸 광고였다. 아침부터 부지런하기도 하지.

"무슨 문자길래 표정이 그래요?"

얼굴에 짜증이 확 서리는 걸 보고 이준이 궁금하다는 듯 물었다.

"스팸이야."

유경은 차단하기 버튼을 누른 다음 휴대폰을 내려놓았다.

"기다리는 연락 있어요?"

"응?"

"아까부터 계속 휴대폰을 신경 쓰는 것 같아서."

아무래도 같이 밥 먹고 있는데 계속 휴대폰을 신경 쓰는 건 실례인 거겠지. 미안한 마음에 유경은 대답 대신 어색하게 웃었다.

"아니, 그냥……."

"혹시 남자친구 연락 기다리는 거예요?"

뭐야, 이것도 티가 난 거야?

유경은 뜨끔해서 이준을 바라보았다. 사실 아직도 동건에게 이준과 함께 사는 것에 대해서 말하지 못했다. 그럴 수밖에 없는 것이, 주말 동안 동건에게서 온 연락은 고작 문자 한 통이 전부였기 때문이다.

[나중에 연락할게.]

깔끔하다 못해 썰렁하게까지 느껴지는 짤막한 한 줄을 끝으로 아직까지 깜깜무소식이었다. 대체 그 '나중에'라는 건, 언제를 말하는 걸까. 분명 할 말이 있다고 했는데, 정말 조금도 궁금하지 않은 걸까. 평소에도 딱히 연락이 잘 되는 편은 아니었다. 하지만 이번엔 상황이 상황인지라 연락이 기다려질 수밖에 없다. 본의 아니게 숨기고 있는 것 같아 찝찝하다. 연락이 닿아야 말을 하든가 말든가 하지. 속으로 낮게 한숨을 내쉬는데, 이준이 여유롭게 묻는다.

"요즘 연락이 잘 안 되나 보죠?"

이번에도 정답이었다. 마치 제 속에 들어갔다 나오기라도 한 것처럼 정확하게 말하는 이준을 보며 유경은 눈을 동그랗게 떴다.

"그걸…… 어떻게 알았어?"

신내림이라도 받았니? 묻는 듯한 눈빛에 이준이 간단하게 대답했다.

"어떻게 모르겠어요. 지금 누나 얼굴에 다 쓰여 있는데."

말이 안 된다는 걸 알면서도 유경은 저도 모르게 더듬더듬 제 얼굴을 만졌다. 그 모습에 이준이 피식, 낮게 웃는다.

"그렇게 순진해서야. 이 험한 세상을 어떻게 살아가려고 해요?"

이 나이 먹고 순진하다는 말이 칭찬일 리 없다. 놀리는 게 분명한 말에 유경이 인상을 팩 찌푸렸다.

"너한테 그런 소리 들을 나이 아니거든?"

"지금 나이 유세 부리는 거예요? 고작 네 살 차이밖에 안 나는데?"

"네 살이 적어?"

"글쎄요. 딱히 많다는 생각은 안 드는데요?"

어떻게 된 게 말 한마디를 지지 않는다. 얘가 원래 이런 캐릭터였던가? 분명 예전엔 좀 더 예의 바르고 귀염성 있는 녀석이었던 것 같은데…… 왠지 괘씸해서 눈을 가늘게 뜨고 노려보는데 문득 뭔가 이상하다는 생각이 든다. 그리고 그 '이상함'의 정체를 깨닫는 순간, 유경은 눈을 똑바로 뜨고 이준과 시선을 마주했다.

"그러고 보니까 너 계속 반존대하는 것 같다?"

예리한 척 묻는 질문에 이준의 눈꼬리가 살며시 휘어진다.

"그걸 이제 알았어요?"

"뭔가 이상한 것 같긴 했는데 그게 반존대 때문인지는 생각도 못 했어. 예전엔 안 그랬잖아, 너."

"그땐 어렸으니까."

저만 나이 먹은 줄 아나. 저 나이 먹는 동안 나도 똑같이 먹었는데. 유경은 어이가 없다는 듯 되물었다.

"지금은 안 어리고?"

"스물일곱이 어린 나이는 아니죠."

단호하게 대답하는 이준의 눈빛이 짙었다. 그 눈빛과 마주하고 있자니 '그래도 나한테 어린 건 변함없거든?' 하는 말이 차마 나오질 않는다. 하긴. 제 눈에야 여전히 어린 동생처럼 보이지만, 그건 동생의 친구라는 특수한 상황 때문일 터. 다른 사람들의 눈에 스물일곱 권이준은 군대도 이미 다녀온 건장한 청년으로 보일지도 모르겠다. 그리고 사실 제 눈에도 마냥 어리게만 보이는 건 아니었다. 지금 이준의 얼굴엔 어릴 때의 느낌이 거의 남아 있지 않았다. 외모만 보면 그때 그 아이가 이 아이가 맞나, 헷갈릴 정도로.

"아무튼 반존대는 별로야."

"왜요?"

"누나 대접을 받고 있는 건지, 아니면 무시를 당하는 건지, 헷갈리잖아. 하나만 해."

순간 이준이 눈을 반짝였다.

"그럼 지금부터 말 놔도 돼요?"

기뻐 보이는 저 표정이 무섭게 느껴지는 건 왤까. 흠칫, 어깨를 작게 편 유경은 더 길게 생각할 것도 없다는 듯 빠르게 고개를 내저었다.

"아니. 생각해 보니까 그건 안 되겠어."

“갑자기 왜 말을 바꿔요? 아까는 하나만 하라더니.”

“지금도 썩 누나 대접받는 기분은 안 드는데, 말까지 놓으면 더할 거 아니야. 그럴 바엔 반이라도 존댓말 듣는 게 낫지.”

지금 보니까 서유현보다도 네가 더하면 더했지, 덜할 것 같지도 않고. 중얼거리자 이준이 한쪽 눈썹을 치떴다. 불만 가득한 눈빛이 이쪽을 향한다.

“그렇게 누나 대접이 받고 싶어요?”

솔직히 딱히 대단한 누나 대접이 받고 싶은 건 아니었다. 고작 네 살 차이로 나이부심을 부리고 싶은 건 더더욱 아니었다. 오히려 노땅 취급을 받는 게 더 싫다. 그런데 이준이 이렇게까지 나오니 괜한 오기가 생긴다. 유경은 이준을 향해 똑같은 질문을 돌려줬다.

“그러는 넌, 그렇게 누나 대접을 해 주기가 싫어?”

이렇게 물으면 이준의 입장에선 딱히 할 말이 없을 거라고 생각했다. 그런데 예상과 달리 단호한 대답이 마치 기다렸다는 듯 돌아온다.

“네.”

“……뭐?”

“싫다고요. 누나 대접해 주기.”

어쩌면 오기가 발동한 건 저뿐만이 아니었던 걸지도 모르겠다. 한 음절, 한 음절. 귓가로 또박또박 흘러드는 목소리에 유경은 조금, 아니 꽤 많이 당황했다. 하지만 지금 이 순간 유경을 더욱더 당황스럽게 만드는 건, 이준의 말이 그냥 하는 말이 아니라 정말로 진심인 것 같다는 사실이었다. 설마. 대놓고 싫다는 대답을 듣게 될 줄은 몰랐다. 당혹감에 유경의 동공이 살짝 흔들린다.

내가 너무 누나 타령을 해서 화났나……?

아니, 근데 지금 이건 내가 더 기분 나빠야 하는 상황이 아닌가……?

좀처럼 상황 정리가 되질 않아 머릿속으로 되짚고 있는데, 그 모습을 무감한 시선으로 바라보던 이준이 들고 있던 수저를 내려놓더니 자리에서 쓱 일어났다.

"아무튼."

응? 아무튼……?

이렇게 갑자기 화제 전환을 한다고?

아직 혼란스러운 유경은 황당하다는 듯 이준을 바라보았다. 하지만 정작 장본인은 뭐가 문제인지 모르겠다는 듯 평온한 얼굴로 말을 내뱉는다.

"그 남자 너무 믿지 마요."

깔끔한 한마디와 함께 이준의 시선이 식탁 위에 놓여 있는 유경의 휴대폰을 향했다. 아무래도 '그 남자'라는 건 동건을 지칭하는 말인 듯했다.

갑자기 동건 씨 얘기는 왜……?

왠지 모르게 의미심장하게 들리는 그 말에 유경의 귀가 쫑긋섰다.

"그게 무슨 말이야?"

뭔가 알고 있는 건가? 진심으로 궁금해서 묻는데, 돌아오는 말이 가관이다.

"전에 한 번 본 적 있는데, 관상이 영 별로더라고요."

"뭐? 관상……?"

지금 대체 무슨 소릴 하는 거야?

황당함에 되묻기도 전에 이준이 말을 덧붙였다.

"그 남자, 여자 문제 일으킬 관상이었어요."

정말이지 세상에서 더없이 진지한 얼굴이었다.

출근길.

버스에 올라탄 유경은 멍하니 창밖을 바라보다가 이내 하, 하고 낮게 헛웃음을 흘렸다. 좀처럼 황당함이 가시질 않는다.

'아침이니까 더 든든하게 먹어야죠.'

됐다는데도 굳이 친절하게 아침밥을 차려 주더니.

'누나 대접해 주기 싫다고요.'

갑자기 정색을 하지를 않나.

'전에 한 번 본 적 있는데, 관상이 영 별로더라고요.'

마지막으로는 엉뚱한 소리까지…….

"아수라 백작이야, 뭐야?"

아무리 생각해 봐도 이준이 왜 그랬는지, 왜 자신이 그런 말을 들어야 했는지, 도통 납득이 되질 않는다. 서유현과 붙어 다니더니 결국 이상해져 버린 걸까? 아니면 뒤늦게 사춘기라도 온 건가? 제 기억이 맞는다면, 불과 몇 년 전까지만 해도 이준은 분명 멀쩡했었다. 지금처럼 반존대를 하지도 않았고, 능글맞게 굴지도, 건방진 눈빛을 보이지도 않았다.

진심으로 동생을 바꿀 수 있으면 좋겠다는 생각까지도 했었는데. 대체 못 보고 지낸 몇 년 새에 무슨 일이 있었던 걸까. 이쯤 되니 진심으로 궁금해진다.

아니, 일단 다른 건 다 그렇다 치더라도…….

관상은 진짜 뭔데?

하도 어이가 없어서 이번엔 헛웃음조차 나오지 않는다.

여자 문제를 일으킬 관상이라니…….

정말로 관상에 대해 티끌만큼이라도 알고 하는 소리였을까? 아니. 애초에 동건의 얼굴을 정말로 알고나 있는지가 의문이다. 적어도 자신은 이준에게 동건을 인사시킨 적이 없었다. 아니, 인사를 시킬 수 있는 기회 자체가 없었다. 동건과 연애를 시작했을 때즈음 이준의 발길이 뚝 끊겼으니까 말이다. 그리고 무엇보다 동건은 여자 문제를 일으킬 사람이 아니었다. 다정하진 않지만 그래도 의리 하나만큼은 꽤 괜찮은 남자였다. 게다가 성격이 은근히 소심하기까지 해서 감히 바람을 피울 시도조차 못할 성격이었다.

그래, 박동건이 바람이라니. 말도 안 되지.

요즘 정신없이 바쁘다고 했으니, 주말 동안에도 너무 바빴던 거겠지. 괜한 의심 키우지 말자. 한번 의심하다 보면 끝도 없을 텐데. 유경은 고개를 설레설레 내젓고는 창문에 머리를 기댔다. 이 와중에도 휴대폰은 조용했다. 동건도 분명 출근했을 시간인데 말이다. 사실 아무리 바쁘다고 해도 연락 한 통 못 할 정도로 여유가 없진 않으리라는 걸, 잘 알고 있었다. 하지만 그렇다고 보채고 싶지는 않았다. 귀찮은 여자라고 여겨지고 싶지 않았기 때문이다.

물론 알콩달콩 연애를 하던 시절도 있었다. 그런데 어느덧 연애 3년 차. 시간이 흐르면서 연애의 형태도 자연스럽게 변해 갔다. 언제부터였는지 모르겠다. 서로에게 이렇게 소홀해진 것이. 변해 버린 그의 모습에 섭섭하지 않다면 거짓말이다. 하지만 온전히 그만을 탓할 수도 없었다. 자신 역시 처음과 같은 건 아니었으니까.

연애라는 게 원래 그런 거겠지. 세상에 영원한 건 없다고. 처음처럼 늘 설레고 행복할 수만은 없는 거겠지. 익숙해지는 만큼 소홀해지는 건 어쩌면 당연한 걸 테다. 단지 우리의 연애 역시 특별하지 않았던 것뿐.

이젠 스팸 문자조차 오지 않는 조용한 휴대폰을 꽈악 움켜쥐며 유경은 오늘도 속으로 되뇌었다. 그래, 30대의 연애는 아마도 다 이런 게 아니겠느냐고.

"……서 대리님!"

별안간 뒤에서 큰 목소리가 들려왔다. 멍하니 모니터를 바라보고 있던 유경이 깜짝 놀라며 고개를 돌렸다. 대체 언제부터 와 있었던 건지 보라가 뒤에 바짝 붙어서 있었다.

"언제 왔어?"

"1분 넘었어요. 그리고 정확하게 세 번째 불렀을 때서야 돌아보신 거구요."

"아, 미안. 정말 못 들었어."

진심으로 사과했다. 그러자 보라가 걱정스러운 얼굴로 유경을 바라본다.

"무슨 일 있으세요?"

"응?"

"오늘 계속 멍하신 것 같은데."

"내가 그랬나……?"

유경은 어색하게 웃었다.

"근데 왜 불렀어?"

"저 지금 커피 마시러 갈 건데, 같이 가실 건지 여쭤보려고요."

그러고 보니 오늘은 출근을 하고 지금까지 커피를 한 잔도 마시지 않았다. 평소엔 하루에 커피 넉 잔은 기본으로 마셨는데 말이다. 유경은 알겠다는 듯 자리에서 일어났다. 두 사람은 곧장 탕비실로 향했다. 팀의 커피 담당인 보라가 능숙하게 커피를 내려 유경에게 건넸다.

"아메리카노 맞으시죠?"

"땡큐."

따뜻한 김이 올라오는 커피를 한 모금 마셨다. 쓰디쓴 향이 입안 가득 퍼져 나간다. 그제야 멍했던 정신이 돌아오는 듯했다.

"이제 말씀해 보세요."

본인 몫의 커피까지 내린 보라가 말했다.

"무슨 일 있는 거 맞죠?"

"아니야. 정말 아무 일도 없어."

"정말이에요?"

"아무래도 카페인이 부족해서 그랬던 것 같아. 어쩌다 보니까 오늘 커피를 한 잔도 안 마셨거든."

변명했지만 보라는 통 믿지 않는 눈치였다. 아까 제 표정이 그렇게 안 좋았던가? 잠깐 곱씹던 유경은 이내 화제를 돌리기 위해 입을 열었다.

"보라 씨는 혹시 관상이라는 거, 믿어?"

"네? 관상이요?"

보라가 눈을 동그랗게 뜨고 되묻는다. 그제야 유경은 자신이 지금 얼마나 뜬금없는 질문을 던졌는지를 깨달았다. 아무리 아무 생각 없이 뱉은 말이라고 해도, 왜 하필이면 이런 걸 물었을까. 이게 다 권이준 때문이었다. 아침부터 괜한 헛소리를 해선. 무시하려고 했는데 왠지 모를 찜찜함에 자꾸만 머릿속을 맴도는 것이다. 마치 볼일을 보러 갔다가 휴지가 없어서 닦지 못하고 나온 것처럼.

"아하하, 너무 뜬금없었지?"

종이컵 가장자리를 톡톡 치며 유경은 어색하게 웃었다.

"네. 조금 뜬금없긴 하네요."

보라도 덩달아 어색하게 웃는다.

"그런데 갑자기 관상은 왜요? 주말에 관상 보고 오셨어요?"

"아니, 그냥. 오늘 출근길에 라디오에서 관상에 관한 얘기를 하더라고."

"아, 그렇구나."

다행히도 보라는 더 이상 이상하게 생각하지는 않는 듯했다.

"전 믿는 편이에요. 관상이나 타로, 점 같은 거요."

"그래?"

"네, 종종 보러 가는데 대부분 맞는 것 같더라고요."

보라와 달리 유경은 점은커녕 길거리에 널린 타로카드조차 본 적이 없었다. 계속해서 대화를 이어 나가기엔 너무도 무지한 주제가 아닐 수 없었다. 말을 먼저 꺼낸 건 난데. 대체 뭐라고 받아쳐야 하는 걸까. 고민하던 그때였다. 마침 타이밍 좋게 전화벨이 울렸다. 유경은 마치 구세주라도 되는 듯 얼른 휴대폰을 확인했다. 액정에 떠 있는 이름은 동건이었다. 기다리던 연락에 입가가 절로 느슨해진다.

"미안, 나 전화 좀 받고 올게."

"남자친구분 전화죠?"

"어떻게 알았어?"

"대리님 얼굴에 다 티 나요."

보라가 풋, 웃으며 말했다. 아침에도 같은 말을 들었는데. 문득 이준의 얼굴을 떠올리는데 보라가 탕비실 문고리를 잡는다.

"제가 비킬게요. 여기서 편하게 받으세요."

"고마워."

보라가 탕비실을 나가고 문이 닫히자마자 유경은 재빠르게 전화를 받았다.

"응. 동건 씨."

일부러 새침하게 대꾸했다.

– 미안.

그녀의 기분을 눈치챘는지 동건이 바로 사과했다.

– 연락이 너무 늦었지?

"너무 치사한 거 아니야? 그렇게 바로 사과부터 하면 내가 화를 못 내겠잖아."

– 미안해. 정말로 정신이 없었어.

그리 말하는 동건의 목소리는 평소보다 훨씬 더 축 처져 있었다. 정말로 많이 바빴나 보네. 안쓰러운 마음에 이틀 동안 차곡차곡 쌓아 두었던 섭섭함이 금방 사그라진다.

"됐네요. 내가 일에 밀리는 게 한두 번인가, 뭐."

부담 갖지 말라고. 일부러 가볍게 대꾸했다. 그런데 돌아오는 건 또 사과였다.

– 정말 미안……

이 남자, 오늘따라 대체 왜 이러는 걸까. 연락 늦은 게 하루 이틀 있는 일도 아니면서. 연인에게 미안하다는 말을 듣는 건, 썩 유쾌한 일은 아니었다. 괜히 기분이 이상해져서 유경은 단호하게 말했다.

"정말로 됐어. 사과 그만해. 누가 보면 동건 씨가 죽을죄라도 지은 줄 알겠다."

– ……

사과를 하지 말랬더니 이번엔 아무런 대꾸가 없다. 최근 통화가 계속 이런 식이었다. 용건을 끝내고 나면 동건은 더는 할 말이 없다는 듯 침묵하거나, 혹은 바쁘다며 먼저 끊곤 했다. 그래도 오늘은 바쁘다며 먼저 끊지는 않았으니 그나마 괜찮은 편이라고 생각해야 하는 걸까. 유경은 살짝 한숨을 내쉬곤 물었다.

"밥은 먹고 일하는 거야?"

- 응, 먹었어.

"그래. 밥 잘 챙겨 먹어. 바쁘다고 거르지 말고."

- 그래. 너도.

아무래도 이준에 관한 얘기는 다음에 해야 할 성싶다. 포기하고 통화를 먼저 끝내 주려는 순간이었다.

- ……저기, 유경아.

수화기 너머에서 동건의 조심스러운 목소리가 들려온다. 유경은 살짝 떼어 냈던 휴대폰을 다시금 귀에 바짝 갖다 댔다.

"응. 왜?"

- 내일 시간 있어?

"내일?"

- 별일 없으면 퇴근하고 잠깐 보자.

"보자고?"

유경은 저도 모르게 깜짝 놀라며 되물었다. 자신이 잘못 들은 건 아닐까. 의심이 됐다.

- 너 할 얘기 있다고 했었잖아. 나도 마침 할 얘기 있거든.

"할 얘기? 어떤 거?"

- 통화로 하기는 좀 그렇고. 만나서 얘기하자.

동건이 먼저 데이트 신청을 하는 건 실로 오랜만이었다. 금요일에 취소했던 데이트 약속도 사실 유경이 몇 번이나 먼저 얘기를 해서 힘들게 잡았던 약속이었다. 게다가 요즘 들어 거의 말이 없던 남자가 '할 얘기'가 있다니. 왠지 조금 찝찝하기는 했지만 그래도 기쁜 마음이 먼저라 유경은 고개를 끄덕였다.

"그래. 내일 보자."

✳

통화를 끝내고 탕비실을 나왔다. 사무실로 돌아가기 위해 복도를 걷고 있는데, 문득 시야에 한 여자의 뒷모습이 들어온다. 익숙한 뒷모습이었다. 반가운 마음에 유경은 빠르게 거리를 좁혔다.

"임세희!"

짤막한 부름에 세희가 흠칫 놀라며 뒤를 돌아본다.

"……어, 유경아."

"뭐야. 왜 그렇게 놀라?"

"잠깐 딴생각하고 있었거든."

세희가 어색하게 웃었다. 암, 충분히 그럴 수 있지. 이해한다는 듯 유경은 고개를 끄덕였다.

"근데 홍보팀이 우리 층엔 웬일이야?"

"아, 기획팀에 전달할 서류가 있어서 다녀가는 길이야."

"우리 팀에?"

유경은 눈을 동그랗게 떴다.

"그럼 미리 연락 좀 주고 오지. 하마터면 타이밍 안 맞아서 얼굴도 못 볼 뻔했잖아."

"그러게. 그럴 걸 그랬네."

"요즘 많이 바빠? 같은 회산데 얼굴 보기가 왜 이렇게 힘들어?"

"응, 요새 일이 좀 많아."

어디서 많이 들어 본 소리였다. 심지어 조금 전까지도 들은 지긋지긋한 말. 유경은 짤막하게 한숨을 내쉬었다.

"요즘 들어 내 주변엔 왜 이렇게 바쁜 사람들이 많은지 모르겠네."

"왜. 누가 또 바쁘대? 지민이?"

"아니, 동건 씨 말이야."

"아…… 동건 씨?"

"요즘 일이 엄청 많은 모양이더라고. 연락이 통……."

오랜만에 만난 친구의 앞에서 그동안 연인에게 쌓인 불만에 대해서 털어놓으려는 순간이었다.

"저기, 미안한데 유경아."

말이 채 끝나기도 전에 세희가 손목시계를 흘끗 보더니 다급하게 말했다.

"나 일이 많아서 지금 사무실 얼른 올라가 봐야 하거든."

"응? 아, 그래. 내가 바쁜 사람 붙들고 있었구나. 미안."

"아니야, 내가 더 미안하지."

세희는 정말 미안한 얼굴로 말을 덧붙였다.

"다음에 길게 얘기하자. 먼저 갈게."

"그래, 잘 가."

대답을 하기가 무섭게 세희는 등을 돌렸다. 그러곤 정말이지 급한 듯 빠르게 걸음을 옮기기 시작했다. 빠른 속도로 시야에서 사라지는 세희의 뒷모습을 물끄러미 바라보던 유경은 낮게 중얼거렸다.

"뭐지, 이 기시감은……."

쾅!

비상구 문 닫히는 소리가 크게 울렸다. 세희는 문에 등을 기대고 선 채 휴대폰을 꺼내 들어 어디론가 다급하게 전화를 걸었다.

뚜르르, 뚜르르.

상대가 금방 받을 줄 알았는데 통화 연결음이 꽤 길어지고 있었다.

"왜 안 받는 거야, 왜."

손톱을 잘근잘근 깨무는 세희의 얼굴에는 초조한 기색이 역력했다. 마치 뭔가에 쫓기는 사람 같았다. 불안하다 못해 숨이 넘어가기 바로 직전이었다. 상대가 전화를 받았다.

– 여보⋯⋯.

"왜 이렇게 전화를 늦게 받아?"

상대가 말을 미처 끝내기도 전에 세희가 신경질적으로 소리를 내질렀다.

"전화 바로 받으라고 했잖아! 사람 미치는 꼴 보고 싶어?"

– 왜 또 흥분을 하고 그래. 진정해, 세희야.

"내가 지금 흥분 안 하게 생겼어? 당신, 나랑 한 약속 잊었어? 오늘 얘기하겠다며. 1분 1초라도 빨리 정리하라고 했잖아!"

– 안 그래도 약속 잡았어. 내일 얘기할 거야.

"내일? 왜 오늘이 아니라 내일인데?"

– 오늘은 회사 일이 바빠서 시간이 없어.

"지금 그딴 걸 핑계라고 대는 거야? 대체 무슨 시간이 필요하다는 거야? 그냥 한마디면 끝낼 수 있는 거잖아?”

 - 하. 세희야…… 제발.

“…….”

 - 내 입장, 너도 알잖아. 응?

 달래려는 듯한 남자의 목소리에 그제야 들썩이던 어깨의 움직임이 잦아든다. 세희는 휴대폰을 붙들고 떨리는 음성을 내뱉었다.

“당신, 설마 이제 와서 나 버리려는 건 아니지……?”

 - 말이 되는 소리를 해. 내가 어떻게 널 버려. 나 못 믿니?

 내가 당신을 어떻게 믿을 수가 있겠어. 당신이 어떤 남자인지 누구보다 내가 더 잘 아는데……. 목구멍까지 차오르는 말을 애써 삼키며, 세희는 고개를 끄덕였다.

“미안. 내가 요즘 너무 예민해졌나 봐…….”

 - 이해해. 그리고 내가 더 미안해.

 다정한 음성이다. 하지만 마음속 불안까지 가라앉히지는 못했다.

 뚝.

 전화를 끊은 세희는 휴대폰을 꽈악 그러쥔 채 깊은 한숨을 내쉬었다.

“불안해. 나 정말 불안해 죽겠다고…….”

3. 똥차와 벤츠

퇴근 길 버스에서 내린 유경은 친구와 통화를 하며 동네 편의점
으로 곧장 향했다.

- 세희? 세희가 왜?

"아니, 요즘 좀 이상한 것 같아서."

- 뭐가?

지민의 물음에 유경은 조심스레 대답했다.

"음, 내 기분 탓인지 모르겠는데. 왠지 날 피하는 것 같은 느낌이
든다고 해야 하나……?"

- 걔가 널 왜 피해? 너 뭐 잘못한 거 있어?

"그걸 모르니까 너한테 묻는 거잖아. 나, 세희한테 뭐 잘못한 거 있어?"

- 네가 모르면 그걸 누가 알아.

어이가 없다는 듯한 지민의 말에 유경은 미간을 살짝 좁히며 대꾸했다.

"아니, 아무리 생각해 봐도 딱히 짚이는 게 없단 말이야."

- 그냥 직접 물어보지 그래?

"물어보고 싶어도 대화할 시간이 있어야 말이지. 요즘은 회사에서도 보기 힘들고. 퇴근하고는 더 연락이……."

- 어? 잠깐만.

이제 막 편의점 안으로 들어섰을 때였다. 지민이 뭔가 생각났다는 듯 말했다.

- 네 말 듣고 생각해 보니까 나도 세희랑 연락 안 한 지 꽤 된 것 같은데?

"너도?"

- 응. 저번에 한번 전화했더니 바쁘다고 하더라고. 그 뒤로 연락 없었어. 나도 딱히 안 했고.

"오늘 회사에서 잠깐 마주쳤는데, 요즘 일이 많다고 하긴 하더라."

- 그럼 본인 말대로 일이 많아서 그런가 보지. 괜히 예민하게 받아들이지 마.

그렇담 다행인데…….

"그래. 알았어."

- 용건 끝났어? 그럼 나 이제 끊어도 돼?

"그래. 돼."

말이 끝나기가 무섭게 뚝, 전화가 끊어졌다. 마치 통화가 끝나기만을 기다린 사람처럼 말이다. 쿨하다 못해 냉정하게까지 느껴지는 지민의 통화 예절에 유경은 피식, 낮게 웃음을 흘렸다.

"그동안 얼마나 당했으면, 이젠 섭섭하지도 않네."

세희와 지민, 그리고 유경. 이렇게 세 사람은 절친한 친구 사이였다.

열일곱에 만나 서른하나가 된 지금까지. 함께한 세월이 자그마치 14년이었다. 여자들의 우정은 얄팍하다는 말도 있고 또 셋이면 안 좋다는 말도 있지만, 지금까지 세 사람은 변함없는 우정을 과시해 오고 있는 중이다.

"……그래. 지민이 말대로 내가 괜히 예민하게 받아들인 거겠지."

요즘 평소보다 조금 예민해져 있는 건 사실이니까. 유경은 가볍게 생각하며 편의점 장바구니를 집어 들었다. 지민은 대체 편의점에서 무슨 장을 보느냐고 혀를 찼지만, 요리를 하지 않는 유경에겐 조리가 완전히 되어 나오는 음식들을 파는 편의점이 안성맞춤이었다. 특히나 1인 가구를 위해, 금방 상하는 채소류까지 소분할 포장이 되어 있는 것이 마음에 쏙 들었다.

오늘의 품목은 도시락이었다. 곧장 도시락이 진열돼 있는 코너로 향했다. 오늘은 평소보다도 남아 있는 종류가 많았다. 하지만 고민할 것도 없이 제육볶음 도시락을 집어 들었다. 가장 좋아하는 도시락 종류였다. 그다음으로 바로 옆에 있는 코너에서 우유를 골랐다. 도시락은 오늘 저녁에, 우유는 내일 아침 시리얼과 함께 먹을 예정이었다.

쇼핑이라고 하기에도 민망할 정도로 간단하게 물건을 고른 후 계산대로 가려는데 문득 이준의 얼굴이 떠오른다.

"내 것만 사 가면 너무 치사하게 보이려나······?"

잠깐 망설이던 유경은 편의점 안을 크게 한 번 훑었다. 그러나 이준에게 권할 만한 음식은 딱히 보이지 않는다. 그도 그럴 것이 제 손으로 엄청난 요리를 뚝딱뚝딱 만들어 내는 남자가 아니던가. 그래도 빈손으로 가려니 괜히 신경이 쓰여서 도시락 하나를 더 골랐다. 본인이 만든 음식보다 맛없는 편의점 도시락을 반가워할 것 같지는 않지만, 그래도 혹시 모르니까.

도시락 두 개와 '1+1' 행사를 하고 있는 우유를 고른 탓에 봉지가 제법 묵직했다. 유경은 검은 봉지를 품에 안고서 편의점을 나왔다.

아파트 입구에 가까워지고 있을 때였다. 뒤에서 불쑥 중저음의 목소리가 들려왔다.

"누나."

너무도 가까이에서 들리는 음성에 깜짝 놀란 유경이 뒤를 돌아보았다. 어느덧 바짝 다가온 이준이 유경을 내려다보고 있었다.

"이제 와요?"

"응. 너도 이제 오는 거야?"

"아뇨. 집에는 진작 왔어요. 요즘은 쉬는 시즌이라 가끔 하는 화보 촬영 외에는 일이 거의 없거든요. 고정적인 스케줄이라면 운동 정도?"

"아, 그렇구나."

유경은 고개를 끄덕였다. 그래서 주말 내내 집에 붙어 있었던 모양이다. 덕분에 자신은 주말 동안 무려 여섯 끼를 얻어먹을 수 있었던 거고.

"그럼 어디 다녀오는 길이야?"

"분리수거."

이준이 한 손에 들고 있던 상자를 가볍게 흔들어 보였다. 베란다에 놓여 있던 분리수거함이었다. 그제야 떠올랐다는 듯 유경이 눈을 크게 떴다.

"맞다! 오늘 월요일이었지?"

매주 월요일은 그녀가 살고 있는 아파트의 분리수거 날이었다. 정확하게 말하자면 월요일 저녁부터 화요일 오전 10시까지지만. 직장인의 특성상 평일 오전에 분리수거를 하는 건 불가능했으므로 그녀에게 허락된 시간은 월요일 저녁뿐이었다. 하지만 워낙에 자주 까먹는 바람에 분리수거를 제날짜에 맞춰서 하는 날은 한 달에 한 번꼴이었다. 원래도 기억력이 그다지 좋은 편은 아니었지만 나이를 먹을수록 증상이 점점 심각해지고 있었다. 완전히 잊고 살다가 화요일 저녁만 되면 기가 막히게 '맞다! 분리수거!' 하는 생각이 번뜩 드니 참으로 이상한 일이 아닐 수 없었다.

"고마워. 너 아니었으면 못 할 뻔했어."

"역시. 한두 번 아니죠?"

"응?"

"분리수거 날짜 까먹는 거."

"아……."

"양을 보니 대가족이라고 해도 믿겠던데?"

웃음기 섞인 이준의 말에 유경의 얼굴이 살짝 붉어졌다. 도둑이 제 발 저리다고. 꼭 청소 좀 하고 살아요, 누나. 하는 말이 숨겨진 것처럼 들렸다.

"요즘 여러모로 신경 쓸 게 많아서 정신이 없었어. 평소엔 그 정도는…… 아니야."

"뭐, 그렇다고 칩시다."

딱히 믿는 눈치는 아니었다. 하긴, 첫날 적나라한 집 꼴을 들켰으니 못 믿을 법도 하지. 게다가 제 성격을 모르는 것도 아니고. 유경은 얼른 화제를 돌렸다.

"근데 나도 잊고 있는 걸 네가 어떻게 알고 분리수거를 했어?"

"1층 게시판에 붙어 있던데요."

"게시판?"

"입주자를 위한 알람 게시판이요."

알람 게시판이라. 그러고 보니 그런 게 있었던 것 같기도 하고…….

유경이 고개를 갸웃할 때였다. 별안간 이준이 유경을 향해 손을 척 뻗었다.

"응?"

"그거 달라고요."

이준이 날카로운 턱 끝을 까딱하며 유경의 손에 들린 검은 봉지를 가리켰다. 그제야 무슨 뜻인지 깨달은 유경이 고개를 내저었다.

"아니야, 괜찮아. 내가 들고 갈게."

하지만 이준은 물러서지 않고 유경의 손에 들린 봉지를 기어이 뺏어 갔다. 그 행동이 어찌나 자연스러운지, 유경은 얼떨결에 봉지를 내어 줄 수밖에 없었다. 자신이 들었을 때는 분명 묵직했는데, 이상하게 이준의 손에 들려 있는 검은 봉지는 마치 질소가 가득 든 과자 봉지처럼 가벼워 보였다.

"가요."

한 손에는 분리수거 상자를, 또 다른 한 손에는 검은 봉지를 든 이준이 먼저 걸음을 옮겼다. 그런 이준의 뒷모습을 잠깐 보다 유경 역시 얼른 뒤를 따랐다.

뭐야, 이번엔 다정한 권이준인 건가?

띠띠띡.

이준은 아주 자연스럽게 도어록 비밀번호를 눌렀다. 유경은 그런 이준의 뒷모습을 물끄러미 바라보았다. 왠지 기분이 이상했다. 꼭 내 집이 아니라 남의 집에 초대받은 듯한 느낌이랄까. 그런데 그런 기분에 기름을 붓는 것이 있었으니, 바로 냄새였다. 현관문이 열리자마자 매콤한 냄새가 훅 끼쳐 왔다. 예상치 못했던 냄새에 당황한 유경은 그 자리에 멈춰 선 채로 눈을 둥그렇게 떴다. 퇴근 후 집에 왔을 때 음식 냄새가 그녀를 반기는 건, 부모님이 귀농을 하신 이후 처음이었다.

"안 들어오고 뭐 해요?"

신발을 벗고 집 안으로 들어선 이준이 현관에 멈춰서 있는 유경을 보며 의아하다는 듯 물었다. 그제야 유경은 뻣뻣하게 집 안으로 들어섰다. 냄새 탓인지, 집이 한결 더 낯설게 느껴진다.

"바로 씻을 거예요? 아님 먹고 씻을 거예요?"

"응?"

뜬금없는 질문에 유경은 고개를 갸웃했다. 그러자 이준이 말했다.

"누나 편할 대로 해요. 밥은 다 준비돼 있으니까."

"밥을 했다고? 저녁밥?"

"뭘 그렇게 놀라요? 내가 식사 당번하겠다고 말했잖아요."

이준은 마치 당연한 일을 했다는 듯 덤덤하게 말했다. 식사 당번을 하겠다던 말이, 그냥 한 말은 아니라는 걸 알고는 있었지만 이렇게까지 본격적일 줄은 몰랐다. 퇴근 시간에 맞춰서 밥을 준비해 놨을 줄이야. 이 정도면 객식구가 아니라 가사도우미 수준이 아니던가.

"어떻게 할래요. 밥 먼저? 아님 씻는 것부터?"

선택지가 단 두 가지뿐이라 고민을 길게 할 것도 없었다. 유경은 얼떨떨한 얼굴로 대답했다.

"밥 먼저……?"

"알았어요. 금방 되니까 조금만 기다려요."

대답이 끝나기가 무섭게 이준은 주방으로 걸음을 옮겼다. 잠깐 동안 그 자리에 멍하니 서 있던 유경도 이내 그의 뒤를 따랐다. 주방에 도착한 유경은 눈앞에 펼쳐진 광경을 보고 입을 쩍 벌렸다. 식탁 위에는 누가 봐도 갓 만든 것처럼 보이는 밑반찬들이 놓여 있었고, 가스레인지 위에는 넓적한 프라이팬이 올라가 있었다. 굳이 그 안의 내용물을 보지 않아도 뭔지 알 것 같았다.

"혹시 제육볶음이야?"

"역시 바로 맞히네요."

그럴 줄 알았다는 듯 피식, 웃는다. 무슨 뜻이야? 바라보자 이준이 말을 덧붙였다.

"좋아하잖아요. 제육볶음."

"알고 있었어?"

"같이 밥 먹은 게 몇 년인데. 그 정도야 당연히 알죠."

이준의 말대로 함께 밥을 먹은 세월은 길었다. 학창 시절엔 제 집처럼 드나들었기 때문에 저녁식사 자리엔 이준도 늘 함께였으니까 말이다.

그래도 그게 당연한 건가?

유경은 고개를 갸웃했다. 그 말대로라면 그녀 역시 이준의 식성에 대해 알아야 했다. 하지만 딱히 떠오르지 않는다. 그가 좋아하는 음식이 뭐였는지. 싫어하는 음식이 뭐였는지.

"앉아요. 이미 초벌 해 놔서 한 번만 더 볶으면 돼요."

이상하게 주방에서는 이준의 말을 얌전히 따르게 된다. 이번에도 유경은 그의 말대로 얌전히 자리에 앉았다. 이준은 가스 불을 켜고는 제육볶음을 볶기 시작했다. 열기를 가하자 매콤한 냄새가 한층 더 짙어진다. 고작 냄새만 맡았을 뿐인데 군침이 절로 돈다.

"참. 근데 뭐 사 온 거예요?"

널따란 접시에 제육볶음을 담아내던 이준이 문득 생각났다는 듯 물었다.

"응?"

"그 편의점 봉지 안에 든 거."

"아, 이거……?"

유경은 어색하게 웃으며 식탁 위에 놓여 있던 검은 봉지를 슬그머니 아래로 내리며 말했다.

"별거 아니야."

정성이 가득 들어 있는 밥상 앞에서 저녁밥으로 먹을 편의점 도시락을, 심지어는 제육볶음을 사 왔다는 말은 차마 할 수 없었다. 혹시 몰라 네 것까지 사 왔다는 말은 더욱더.

오늘도 역시 업무로 정신없는 하루가 흘러가고 있었다.

쏟아지는 일들을 처리하면서도 유경은 짬짬이 휴대폰을 확인했다. 그러나 새로운 연락 따위는 없었다. 열 번째로 고요한 휴대폰과 마주한 유경은, 결국 더 이상 참지 못하겠다는 듯 문자를 썼다.

[동건 씨. 우리 오늘 보는 거 맞지?]

재촉하는 듯한 문자 따위 보내고 싶지 않았지만 어쩔 수 없었다. 어제 통화로 오늘 보자는 말은 들었지만 약속 시간과 장소를 정한 건 아니었기 때문이다. 이런 상황이라면, 아무리 바쁘더라도 약속 당일엔 연락을 줘야 하는 거 아닌가. 먼저 보자고 말을 꺼낸 사람이 누군데. 슬슬 뿔이 나려고 하는 순간이었다.

띠링.

알람음과 함께 액정에 메시지가 떴다.

[너 퇴근하는 시간에 맞춰서 내가 그쪽으로 갈게. 사거리 커피숍에서 보자.]

"웬일로 답장이 이렇게 빠르게 왔대."

유경은 어이가 없다는 듯 허, 웃었다. 참으로 기가 막힌 타이밍이 아닐 수 없다. 이번에도 연락이 늦으면 정말로 화를 낼 작정이었는데 말이다. 동건은 늘 이런 식이었다. 아슬아슬했지만 그렇다고 선을 확 넘는 법은 없었다. 그래서 유경은 섭섭함을 쌓아 두다가도 터뜨릴 타이밍을 놓쳐 매번 이렇게 넘어가곤 했다. 그 패턴은 오늘도 역시 마찬가지였다.

[알겠어. 나중에 봐.]

답장을 보낸 유경은 조금 전과 달리 한결 편해진 표정으로 모니터를 바라보았다. 그때였다. 뒤에서 보라의 목소리가 들려왔다.

"대리님."

"응?"

"오늘은 바로 돌아보시네요."

어제와는 달리 즉각적인 반응에 보라가 풋, 웃는다. 유경도 따라서 작게 웃었다.

"무슨 일이야?"

"부장님 호출입니다."

"부장님? 왜?"

유경은 눈을 동그랗게 뜨고 반문했다.

"글쎄요. 저도 잘 모르겠어요. 그냥 대리님 불러 오라고만 하셨어요."

"표정은 어떠셨어?"

"평소랑 같았어요."

"그래……?"

"화가 나신 것처럼 보이지는 않았으니까, 너무 걱정 말고 가 보세요."

걱정 말라는 보라의 말은 전혀 위로가 되지 않았다. 그럴 수밖에 없는 것이, 직장 생활을 하면서 지금까지 뜬금없는 상사의 호출이 좋은 일이었던 적은 단 한 번도 없었으니까 말이다.

심지어 그 상대가 사내에서 까칠하기로 둘째가라면 서러울 정도로 유명한 부장이었기에 더욱더 걱정이 된다. J식품의 기획팀에는 '부장의 호출 = 깨지는 날'이라는 공식이 있을 정도였다.

회식 때 내가 뭔가 실수를 했나?

아닌데. 주는 술 다 잘 받아먹었는데. 그리고 회식 때 실수였으면 어제 불렀겠지.

그럼 어제 드린 보고서가 영 별로였나?

그것도 아닌데. 어제는 그렇게 칭찬을 해 놓고 하루아침에 갑자기 말을 바꾸는 건 이상하잖아.

부장실로 향하는 짧은 시간 동안 머릿속으로 온갖 추측을 해 봤다. 하지만 딱히 짐작 가는 부분은 없었다. 결국 백지인 상태로 부장실 앞에 섰다. 전쟁터에 나가는데 갑옷을 미처 못 챙긴 장군의 기분이 이럴까. 나지막이 한숨을 내쉬며 유경은 닫혀 있는 문에 노크를 했다.

똑똑.

"부장님, 서유경입니다."

"그래. 들어와."

허락이 떨어지는 목소리가 나쁘지 않다. 조심스럽게 문을 열었다. 부장은 평소처럼 상석에 앉아 있었다. 보라의 말대로 화가 난 것처럼 보이지는 않았다. 욕 들어 먹을 분위기는 아닌 것 같네. 유경은 속으로 안도의 숨을 내뱉었다.

"왜 그러고 서 있어? 편하게 앉아."

부장이 손짓했다. 유경은 얼른 자리에 착석했다.

"내가 서 대리를 부른 건, 다른 게 아니라 부탁할 게 있어서야."

"부탁이요?"

"그래. 자네가 꼭 들어줘야만 하는 부탁이지."

부장은 마치 은밀한 비밀이라도 말하는 듯 목소리를 한껏 낮추고 말했다.

"이건 아직 극비사항인데, 다음 주에 새로운 팀원 하나가 충원될 거야."

"네? 팀원이라면……."

부장이 긍정의 뜻으로 고개를 끄덕였다. 그와 동시에 유경의 입에서 '아.' 하고 짧은 탄식이 흘러나왔다. 결국 그렇게 결정된 건가. 지금 기획팀엔 팀장 자리가 공석이었다. 오래 비워 둘 수 있는 직책은 아니었기에 곧 인사이동이 있으리라는 건 모두들 예상하고 있는 바였다.

팀원들은 당연히 김 과장이 팀장을 맡게 될 거라고 생각했다. 물론 김 과장 본인도 그럴 거라고 철석같이 믿고 있는 듯했고. 그런데 문제는 시간이 지나도 위에서 아무런 말이 없다는 것이었다. 슬슬 걱정스러운 말들이 나오기 시작했다. 혹시 김 과장이 아니라 새로운 인사를 팀장직에 앉히는 게 아니냐는 의견들이었다. 김 과장의 심기도 영 불편해 보였다. 팀에서는 가장 연장자인 김 과장의 눈치를 보느라, 요즘 팀원들은 하루하루 살얼음판을 걷는 기분을 느끼고 있는 중이었다. 그런데 이렇게 확정이 나버렸다니. 앞으로 팀의 분위기가 얼마나 더 험악해질지, 안 봐도 비디오다.

"김 과장님은 알고 계세요?"

"아직 몰라. 내가 아까 극비사항이라고 했잖아."

"네에."

유경은 떨떠름하게 대꾸했다. 김 과장 본인도 모르는 이야기를 나한테 하는 이유가 대체 뭡니까? 불안해하는 속마음이 얼굴에 드러났는지 부장이 허허, 사람 좋아 보이는 가식적인 웃음을 지으며 말한다.

"나도 알아. 지금 서 대리 입장이 얼마나 곤란할지. 그래도 어쩌겠나. 위에서 결정한 사안인 걸. 우리한테 무슨 힘이 있어. 그냥 통보하면 네, 하고 따라야지."

위에서 결정한 일이기에 어쩔 수 없다는 건, 유경 역시 인정하는 바였다. 하지만 지금 그녀의 입장을 곤란하게 만드는 건, 전적으로 부장의 선택이었다. 부장은 지금 본인이 귀찮은 일에 휘말리기 싫어서 책임을 떠넘기려 하고 있었다. 바보가 아닌 이상 그걸 모를 리가 없다.

"상황이 이렇게 됐으니까, 새 팀장이 오면 서 대리가 신경 좀 잘 써 줬으면 해."

역시나. 부장은 그녀의 예상에서 한 치도 벗어남이 없는 대사를 날렸다.

"업무도 그렇고. 그 외의 부분에서도 말이야. 그래도 팀에선 김 과장 다음으로 자네가 힘이 있지 않나. 응?"

"……."

"내 말, 무슨 뜻인지 알지?"

왜 모르겠습니까. 팀 안에서 편 갈라 싸우라는 말을 이렇게 대놓고 하시는데. 삐딱하게 대꾸하고 싶은 걸 꾹 참으며 유경은 어색하게 웃었다.

"네. 잘 알겠습니다."

자신한테 무슨 힘이 있겠는가. 부장이 통보하면 네, 하고 따르는 수밖에. 이딴 부탁을 받을 바엔 차라리 평소처럼 깨지는 게 훨씬 나았겠다고 생각하며 무거운 발걸음으로 부장실을 나올 때였다. 하필이면 이쪽을 예의주시하고 있던 김 과장과 시선이 딱 마주쳤다.

유경은 최대한 티를 내지 않기 위해 표정 관리를 하며 자리로 가 앉았다. 하지만 따가운 김 과장의 눈초리는 계속해서 그녀에게 따라붙었다.

괜히 중간에서 나만 무슨 꼴이야, 이게…….

뒤통수에 꽂히는 따가운 김 과장의 시선을 느끼며 유경은 길게 한숨을 내쉬었다. 대체 새로 오는 팀장이 얼마나 대단한 인사이기에, 이토록 저를 곤란하게 만든단 말인가. 아직 얼굴은커녕 이름도 모르는 사람이 벌써부터 원망스러워진다.

❋

　회사를 나오자마자 유경은 달리기 시작했다. 퇴근을 하기 바로 직전, 갑자기 부장이 일을 건네는 바람에 동건과의 약속 시간에 한 시간이나 늦어 버린 것이다.

　하여튼 인생에 도움이라고는 눈곱만큼도 안 되는 인간 같으니라고. 혹시 전생에 원수였던 거 아니야? 속으로 이를 으득으득 갈면서도 다리는 쉬지 않았다. 이미 늦어질 것 같다는 연락을 취한 후였지만, 그래도 오랜만의 데이트인데 시작부터 꼬이는 것 같아 마음이 급했다.

　한창 달리고 있는 중, 핸드백에 넣어 두었던 휴대폰이 울렸다. 빠르게 움직이던 걸음을 멈추고 휴대폰을 꺼내 확인했다. 당연히 동건일 거라고 생각했는데 예상과는 달리 발신인은 이준이었다. 얘가 나한테 전화를 할 일이 뭐가 있지? 집에 무슨 일이 생겼나? 의아해하며 얼른 전화를 받았다.

　"여보세요?"

　- 나예요.

　"알아, 넌 거."

　유경은 휴대폰을 고쳐 들며 용건을 물었다. 지금 그녀에겐 1분 1초가 급했다.

　"무슨 일 있어?"

　- 일은 내가 아니라 누나한테 있는 거 아니에요?

　"그게 무슨 말이야?"

　- 퇴근 시간이 한참 지나도 소식이 없길래 걱정돼서 전화한 거

거든요.

　퇴근? 걱정?

　이준의 입에서 나오는 두 단어가 뜬금없게 느껴져서 유경은 고개를 갸웃했다. 그러다 뒤늦게야 이준과 한집에서 지내게 된 자신의 처지를 깨달았다.

　"혹시, 나 기다리고 있었어?"

　- 당연한 거 아니에요?

　되묻는 이준의 질문에 유경은 고개를 갸웃했다. 그게 당연한 일인 건가. 사실 잘 모르겠다. 유현은 자신이 늦든 말든 관심이 전혀 없었으니까 말이다.

　"미안. 너한테 미리 연락 줘야 한다는 생각을 전혀 못 하고 있었어."

　그래도 일단 사과는 했다. 제 생각이야 어떻든, 이준은 연락 없이 늦어지는 자신 때문에 걱정을 한 모양이니까.

　- 늦게 와요?

　"응. 조금 늦을 것 같아."

　- 야근?

　"그게 아니라……."

　순간 유경은 멈칫, 말을 멈췄다. 아침에 이준이 한 말이 떠올랐기 때문이다. 동건과 만난다고 하면 이번엔 또 무슨 소리를 듣게 될지 모를 일이었다. 왜인지 이유는 모르겠지만, 이준이 동건을 썩 좋아하지 않는다는 것만큼은 알 수 있었다. 그래. 굳이 이 녀석에게 솔직하게 다 설명할 필요는 없잖아? 잠깐 망설이던 유경은 이내 대답했다.

"맞아. 야근해."

- 얼마나 늦는데요?

"글쎄. 그건 해 봐야 알 것 같은데."

- 알겠어요. 일 끝나면 연락 줘요.

일 끝나고 연락을 달라고? 왜? 되묻기도 전에 전화는 끊어졌다. '수고해요'라는 한 마디를 남기고. 끊겨 버린 휴대폰을 유경은 황당하다는 듯 바라보았다. 그러다 문득 어제의 기억이 뇌리를 스쳐 지나간다.

설마, 오늘도 저녁 차려 놓고 기다리고 있었던 건가……?

며칠간 이준의 패턴을 보자면 그럴 가능성이 컸다. 그 사실을 인지하자 뒤늦게 미안한 마음이 든다. 다시금 걸음을 바삐 움직이며 유경은 생각했다. 앞으론 이준에게 미리 연락을 줘야겠다고.

뚝.

통화가 끝나고 검게 변한 액정을 물끄러미 내려다보던 이준은 쯧, 작게 혀를 찼다.

"하여튼. 거짓말 진짜 못한다니까."

야근이 아니라 약속이 있다는 것을. 그리고 그 약속 상대가 그녀의 남자친구라는 것을. 이준은 아주 쉽게 파악했다. 그의 눈치가 유독 빨라서가 아니었다. 모를 수가 없었다. 유경은 표정만 못 숨기는 게 아니라 목소리는 더 못 숨기는 것 같으니까 말이다.

'우리 누나 좀 부탁하자.'

유현이 봉사활동을 떠나기 바로 전날이었다. 떠나기 전 마지막으로 가진 술자리에서 유현은 대뜸 그렇게 말했다.

'웬 부탁?'

'나 가면, 우리 누나 옆에 좀 있어 줘. 잘 잤냐. 별일 없냐. 연락도 좀 자주 해 주고. 가끔 밥도 같이 먹어 주고.'

'부탁할 상대가 잘못된 것 같은데?'

'너밖에 없어.'

'남자친구 있잖아.'

'그거 때문에 부탁하는 거야.'

'그게 무슨 말인데?'

황당한 소리냐는 듯 바라보는데. 유현이 가득 따라진 맥주잔을 한 번에 비우더니 탁, 테이블 위에 내려놓으며 말했다.

'며칠 전에 우연히 누나 남자친구의 바람 현장을 목격했거든. 내 두 눈으로 직접.'

'뭐? 바람 현장……?'

'모텔 거리에서 여자 허리 휘감고 걸어가더라. 둘 다 머리카락 다 젖은 상태로. 딱 각 나오지?'

순간 이준의 눈에 불꽃이 화르륵 일었다.

'설마. 그걸 가만둔 건 아니지?'

'두 사람 문제잖아. 내가 끼어들 문제는 아닌 것 같아서 말았어. 일 벌여 놓고 수습할 시간이 없기도 하고.'

'뭐가 그렇게 무심한데? 넌 네 누나 걱정도 안 돼?'

'걱정되니까 너한테 이렇게 부탁하잖아.'

'……'

'서유경, 보기랑은 달리 마음 여린 거, 너도 알지? 안 그래도 요즘 사이 안 좋다고 들었거든. 내 예상엔 조만간 좋날 것 같은데, 헤어지고 나면 혼자 엄청 힘들어할 거야. 친구한테 기댈 성격도 아니고. 그러니까 네가 자연스럽게 옆에서 좀 지켜봐 주라.'

하나밖에 없는 친구의 부탁을 거절할 수가 없었다. 아니, 거절하고 싶지 않았다. 그렇게 유현과 작당모의를 하고 이 집으로 들어온 것이다.

며칠 지켜본 결과, 유현의 말대로 유경의 연애사업은 적신호가 켜진 것 같았다. 하지만 이런 와중에도 그녀는 연인이 설마 자신을 배신했을 거라는 생각은 꿈에도 못 하는 것 같기도 했다.

피가 섞인 동생인 유현이 '두 사람의 문제'라며 방관한 상황인지라 동생의 친구일 뿐인 자신이 나서는 건 주제넘는 일인 것 같아 모르는 척하는 중이었다. 그러나 만약 상대가 이대로 유경을 계속해서 농락할 생각이라면 주제넘더라도 직접 나설 생각이다. 시간을 끌어 봐야 그녀에게 더 상처가 될 테니까. 그 꼴만큼은 죽어도 못 보겠으니까.

"부디, 오늘이 그날이어야 할 텐데……."

낮게 중얼거린 이준은 휴대폰을 주머니에 집어넣고 눈앞에 펼쳐진 광경을 스윽 바라보았다. 식탁 위에는 쌀밥만 놓으면 완벽할 저녁식사가 차려져 있었다. 일부러 유경의 퇴근 시간에 맞춰 식사 준비를 한 것이었다. 완전히 헛수고가 되어 버렸다. 하지만 그럼에도 이준의 얼굴엔 짜증이 서려 있지 않았다. 그는 식탁을 뒤로하고 돌아서며 한쪽 입꼬리를 씨익, 말아 올렸다.

오늘은…….

왠지 즐거운 소식이 들려올 것 같으니까 말이다.

딸랑.

약속 장소인 커피숍 안으로 들어서자 문에 달린 풍경이 맑은 소리를 냈다. 주위를 두리번거릴 필요도 없이 동건의 얼굴은 곧바로 보였다. 유경은 재빠르게 그의 맞은편에 앉았다.

"늦어서 미안! 많이 기다렸지?"

가쁜 숨을 골랐다. 그런 유경을 보며 동건이 미간을 살짝 좁힌다.

"뛰어왔어?"

"원래 10분 걸리는 거린데, 나 지금 5분 만에 온 거 알아? 대박이지?"

"그냥 천천히 오지 그랬어. 난 괜찮은데."

동건이 제 앞에 있던 물 잔을 건넸다.

"동건 씨 기다리는 거 싫어하잖아."

"오늘만큼은 괜찮았는데."

낮게 중얼거리는 동건의 목소리가 귀에 들렸지만, 대수롭지 않게 생각하며 유경은 물 잔에 반쯤 들어 있던 물을 한 번에 들이켰다.

"나가자."

빈 잔을 테이블 위에 내려놓으며 말했다.

"늦었으니까 저녁은 내가 맛있는 걸로 살게."

자리에서 일어나려는데 동건이 다급하게 유경을 붙잡았다.

"잠깐만."

"응?"

"할 얘기 있다고 했잖아."

"밥 먹으면서 하면 안 되는 얘기야?"

"여기서 했으면 좋겠어."

단호한 대답에 유경은 엉거주춤 일어났던 엉덩이를 다시금 의자에 붙였다.

"무슨…… 얘긴데 그래?"

"……."

"뭐야, 표정이 왜 이렇게 진지해. 그러니까 괜히 나까지 긴장되잖아."

유경은 일부러 웃으며 말했다. 하지만 입꼬리만 미세하게 올라갔을 뿐, 눈은 전혀 따라 웃지 못했다.

"그 전에. 너도 아까 할 말 있다고 했잖아."

"난 됐어. 동건 씨부터 먼저 얘기해."

왠지 그래야 할 것 같아. 유경은 뒷말을 삼켰다.

"그래. 그럼 내가 먼저 말할게."

"……."

"유경아."

한두 번 들어 본 것도 아닌데 오늘따라 제 이름을 부르는 동건의 목소리가 낯설게 느껴진다. 저를 바라보고 있는 눈빛 역시 낯설었다. 아직 아무런 말도 듣지 못했는데, 그저 제 이름을 불렀을 뿐인데 손끝이 미세하게 떨려 온다. 유경은 떨리는 손을 꽈악 그러쥐며 말했다.

"응, 말해."

애써 덤덤한 척 동건의 얼굴을 마주 봤다. 그런데 닫혀 있는 동건의 입술은 좀처럼 떨어지질 않는다. 마치 꺼내면 안 될 이야기를 앞두고 있는 사람처럼.

"무슨 얘긴데. 뜸들이지 말고 얘기해."

답답한 마음에 재촉했다. 그러자 동건이 고개를 푹 숙이며 말했다.

"……미안하다."

미안하다?

유경은 동건이 뱉어 낸 말을 곱씹어 보았다. 최근 동건에게서 지겹도록 들은 말이었다. 하지만 그땐 다 그럴 만한 이유가 있었다. 미안할 짓을 했으니까. 그런데 이번 사과는 너무도 뜬금없다. 마치 이번에 동건이 먼저 데이트 신청을 한 것만큼이나.

"……뭐가?"

"……."

"대체 뭐가 미안한데?"

떨리는 입가를 애써 다잡으며 느릿하게 되물었다. 하지만 한번 숙여진 동건의 고개는 좀처럼 움직이질 않는다.

왜?

속으로 되물었다. 대체 왜 당신은 고개를 숙이고 있는 건데? 왜 미안하다고 사과를 하는 건데? 왜 갑자기 먼저 만나자는 말을 한 건데? 왜 주말 동안 연락이 없었던 건데? 왜 요즘 나한테 소홀했던 건데? 도대체 왜?

수많은 질문이 꼬리에 꼬리를 물고 이어졌다. 대답 없는 질문들이 머릿속을 어지럽혔다. 속이 메스꺼울 지경이었다.

"동건 씨……!"

결국 못 참고 목청 크게 외친 순간이었다. 말을 할 마음이 생겼는지, 동건이 숙이고 있던 고개를 번쩍 쳐들고 유경을 바라본다.

"우리……."

동건의 눈빛은 마치 바람 앞의 등불처럼 흔들리고 있었다. 하지만 이어지는 목소리엔 떨림 따위 느껴지지 않았다.

"여기까지만 하자."

"……."

유경은 느릿하게 눈을 깜빡였다. 혹시나 지금 제가 꿈을 꾸고 있는 건 아닐까. 생각했지만 감았다 뜬 눈 너머로 보이는 건, 변함이 없었다. 미안하다던 본인의 말대로 동건은 정말이지 미안해 죽겠다는 듯한 얼굴로 그녀를 바라보고 있었다. 지금껏 3년을 만나 왔는데, 처음 보는 얼굴이었다. 저 표정이, 저 눈빛이, 저 목소리가, 저 입에서 나온 말들이…….

내 남자의 모든 것이 지독히도 낯설게 느껴지는, 미치도록 낯선 순간이다.

"……지금, 헤어지자는 거야?"

"미안."

"……농담하는 거지?"

"미안."

미안하다는 말밖엔 나오지 않는다고. 너에게 미안한 짓을 저질러 버렸다고. 마치 고장 난 라디오처럼 반복되는 사과의 말에 유경은 가슴이 무너져 내리는 것을 느꼈다. 사실 눈치를 채지 못했다고 한다면 거짓말일 것이다. 이미 동건의 마음이 떠났다는 것은 누구보다 자신이 잘 알고 있었다.

차갑게 식어 버린 연인의 마음이 피부로 와 닿는데. 가슴으로 느껴지는데. 그걸 어찌 모를 수 있을까. 그럼에도 부정했던 것은……. 아니길 바라서. 도저히 인정하고 싶지가 않아서. 3년의 시간이 허무해지지 않았으면 해서.

그래서 오늘 이 만남이 무엇을 뜻하는지 알면서도 피하지 못하고 달려왔던 것이다. 결국 이따위 말이나 듣게 될 걸 알았으면서도, 끝까지 모르는 척.

"이유가 뭔데?"

"……."

동건은 대답하지 못했다. 유경은 덜덜 떨리는 입가에 힘을 주며 애써 덤덤한 목소리를 내뱉었다.

"설마, 다른 여자 생긴 거야?"

"……미안."

또다시 뱉어지는 사과의 말. 도대체 이 짧은 시간 동안 미안하다는 말을 몇 번이나 듣는 건지. 고작 미안하다는 한마디 앞에서, 3년을 공들여 쌓아 온 탑이 무너져 버렸다. 허무하리만큼 순식간에.

"하……."

입술을 비집고 헛웃음이 흐른다. 마음이 떠났다는 건 알고 있었지만 그래도 설마 정말로 여자 문제였을 줄이야. 제발 그것만큼은 아니길 바랐는데. 유경은 두 눈을 질끈 감았다. 만약 저에게 이런 일이 생긴다면 어떻게 될까. 막연히 상상해 본 적이 있었다. 상상 속의 그녀는 드라마 속 여주인공처럼 앞에 놓인 커피를 뿌려 버리고 시원하게 뺨까지 내리쳤다. 야이, 쓰레기야, 인생 똑바로 살아! 욕도 실컷 해 주었다.

그런데 막상 겪어 보니 아무런 생각도 들지 않는다. 커피는커녕 화를 낼 정신조차 없다. 그저 이게 현실이 맞는지. 앞으로 나는, 그리고 너는, 그래서 우리는 어떻게 되는 건지. 막연하게 가늠해 볼 뿐이다.

"……그래서?"

한참 만에 감은 눈을 뜨고 앞을 바라보았다. 텅 비어 버린 마음 만큼이나 공허한 눈빛이 동건을 향한다.

"여태 잘 숨기고 양다리 걸치다가 결론 낸 게 고작 이거야?"

"……."

"그 여자가 아닌 나를 정리하겠다고?"

"……."

동건은 끝까지 아무런 대답을 하지 못했다. 그리고 그 침묵은, 그 어떤 말보다도 확실한 대답이었다. 이제야 실감이 난다.

정말, 끝이구나…….

흔들리던 유경의 눈빛이 차갑게 가라앉았다. 아랫입술을 질끈 깨물었다. 비릿한 피 맛이 입안 가득 퍼져 나간다.

"내가, 붙잡으면 어떡할 건데?"

전혀 예상하지 못한 말이었는지, 순간 동건의 눈빛이 티 나게 흔들렸다. 유경은 그 얼굴을 똑바로 바라보며 말을 이었다.

"헤어져 주지 못하겠다면? 넘어가 줄 테니 그 여자 정리하고 오라고 하면?"

진심으로 묻는 건 아니었다. 그렇다고 완전히 빈말인 것도 아니었다. 나는 도대체 지금 당신에게서 무슨 말이 듣고 싶은 걸까…….

너무도 뻔뻔한 당신의 얼굴이 당혹감으로 물드는 게 보고 싶은 건지. 아니면, 3년의 시간이 아까워 미련을 떨고 있는 건지. 뭐가 됐든 질질 끌수록 나 혼자 더 비참해질 뿐인데. 머리로는 그만 멈춰야 한다는 걸, 쿨하게 이 자리를 박차고 일어나야 한다는 걸 알면서도. 저도 모르게 입술이 자꾸만 제멋대로 움직여 댄다.

"동건 씨. 우리 함께한 시간이 3년이야. 한 달도, 두 달도 아니고 자그마치 3년."

"……."

"그동안 쌓아 온 우리의 시간들보다 그 여자가 정말로 더 소중한 거야? 지금 동건 씨가 느끼는 감정이 곧 사라질 잠깐의 설렘일 수도 있다는 생각은 안 해 봤어? 이 선택, 정말 후회하지 않을 자신 있어?"

"……."

"우리 부모님들은 어떡할 건데? 박 서방이라고 부르면서 당신 끔찍이 챙기는 우리 부모님은? 우리 며느리라고 나 챙겨 주시는 당신 부모님은? 죄송하지도 않아?"

말을 뱉으면서도 비참했다. 흔들리는 당신의 눈빛을 보며, 당신의 마음까지 흔들리기를 바라는 내 자신이 너무도 불쌍했다. 그렇게 그녀가 비참함의 끝을 향해 달려 나가고 있을 때였다. 마치 꿀 먹은 벙어리처럼 침묵을 유지하던 동건이 한참 만에 입술을 달싹였다.

"유경아……."

지금 이 순간, 울고 싶은 게 대체 누군데. 그는 꼭 울 것 같은 얼굴로 말을 덧붙였다.

"……그 여자가, 임신을 했어."

쿵!

심장이 나락으로 떨어지는 소리가 귓가에 크게 울렸다.

내가 지금…… 뭘 들은 거지?

유경은 눈도 깜빡하지 못하고 멍하니 맞은편을 바라보았다.

"처음엔 하룻밤 실수였어. 그 후에도…… 몸은 갔지만 마음은 준 적 없었어. 네가 못 믿을지도 모르겠지만, 정말이야. 그런데……."

"……."

"……미안하다, 정말."

주절주절.

말 같지도 않은 변명 끝에 뱉어진 '미안하다'는 사과의 말. 진심이라고는 눈곱만큼도 담겨 있지 않은, 이 상황을 그저 모면하고 싶을 뿐인 잔인한 한마디가 귓속을 후벼 파듯 들려왔다.

그 순간이었다. 뒤통수라도 한 대 세게 얻어맞은 듯 번쩍 정신이 든 것은.

드르륵.

바닥에 의자 끄는 소리를 묵직하게 내며 유경은 천천히 자리에서 일어났다. 그러곤 동건에겐 시선도 주지 않고, 마치 뭔가에 홀리기라도 한 듯 곧장 옆 테이블로 걸음을 옮겼다.

"죄송한데, 실례 좀 할게요."

기계음처럼 뱉어진 사과의 말과 함께 테이블 위에 있던 커피를 덥석 집어 들었다. 갑작스러운 상황에 커피 주인이 당황하며 자신을 보는 게 느껴졌지만, 지금 그녀의 눈에는 아무것도 들어오지 않았다. 머릿속은 이미 백지상태였다.

커피를 집어 든 채로 다시금 동건의 앞에 섰다. 텅 비어 있던 눈엔 어느덧 분노가 차 있었다. 커피 잔을 쥔 손이 바들바들 떨려 왔다.

"……유, 유경아."

유경의 기세에, 무슨 일이 벌어질지 예상한 듯 동건이 잔뜩 겁먹은 얼굴로 주춤 뒤로 물러났다. 하지만 늦은 상황이었다. 커피 잔을 든 유경이 손은 이미 위를 향하고 있었다.

"자, 잠깐!"

동건이 손까지 앞으로 뻗으며 다급하게 외쳤다. 그와 동시에 유경은 동건과 시선을 똑바로 마주한 채 일말의 망설임도 없이 그대로 들고 있던 커피를 끼얹었다.

촤르륵—!

경쾌한 소리와 함께 동건의 얼굴이 커피로 흠뻑 젖었다. 젖은 머리카락과 턱을 타고 시커먼 커피 방울이 바닥으로 뚝뚝 떨어졌다. 커피숍 안에 있던 사람들의 시선이 이쪽으로 쏠리는 게 느껴졌다. 수군거림도 전해졌다.

당황한 건지, 아니면 쪽팔려서 그런 건지. 동건은 질끈 감은 눈을 차마 뜨지 못했다. 그 모습을 보며, 유경은 무표정한 얼굴로 낮게 욕설을 읊조렸다.

"쓰레기 새끼."

할 말은 수도 없이 많았지만, 이 이상 길게 대화하고 싶지 않았다. 모든 것이 함축돼 있는 한마디를 뱉은 뒤 미련 없이 돌아섰다.

또각또각.

내딛는 걸음에 발밑이 흔들리는 듯했다.

단단하다 믿었던 그녀의 세상이 무너지고 있었다.

"뭐, 임시이이이이이인?"

동네 포장마차. 갑작스러운 친구의 다급한 호출에 추리닝을 입은 채 한달음에 달려 나온 지민은 입을 쩌억 벌리고 소리쳤다. 그러자 맞은편의 유경이 눈살을 찌푸리며 말한다.

"어디 그 정도로 되겠어? 아예 동네방네 뛰어다니면서 소문내지 그래?"

지민은 그제야 자신의 목소리가 너무도 컸던 것을 깨닫고 턱이 빠질 듯 벌어졌던 입을 다물었다.

"아, 미안. 진짜 너무 놀라서."

포장마차 주인이 흘끗 이쪽을 바라본다. 민망해진 지민은 크흠, 헛기침을 한 다음 목소리를 한껏 낮추며 말을 이었다.

"아니. 근데 정말로 이거 실화 맞아?"

도무지 믿어지지가 않아 지민은 연신 고개를 갸웃거렸다.

"그 소심한 박동건이 널 놔두고 바람을 피웠다니. 그것도 충격인데. 게다가 상대가 임신까지 했다고?"

친구의 애인인 동건에 대해서는 지민도 잘 알고 있었다. 같은 회사를 다니고 있기도 했고, 또 두 사람 사이에서 오작교 역할을 했던 게 바로 그녀였다.

"그 임신 얘기 좀 그만하면 안 돼? 듣기 싫은데."

"도대체가 믿어져야 말이지. 그 순진한 얼굴을 하고……."

중얼중얼. 말하던 지민이 문득 뭔가 생각났다는 듯 소리쳤다.

"……아! 생각해 보니 이상한 점이 있기는 했다!"

"이상한 점?"

"어. 원래 회사에서 마주치면 늘 박동건이 먼저 인사했었거든? 근데 최근엔 왠지 피하는 느낌이더라고. 기분 탓인가 했는데 진짜 피한 거였나 보네. 찔려서 그랬나?"

"그랬나 보네."

"와, 나 완전 배신감 장난 아니네. 진짜 박동건 미친 거 아니야? 너한테 첫눈에 반했다면서 나까지 괴롭힐 땐 언제고. 이렇게 뒤통수를 세게 쳐? 사람 그렇게 안 봤는데!"

"진정 좀 해. 누가 보면 네가 차인 줄 알겠다."

"내가 지금 진정하게 생겼어? 그 자식한테 받은 충격과 배신감이 얼만데. 물론 너한테 비할 바는 아니겠……."

격렬한 배신감에 몸을 부르르 떨던 지민은, 문득 눈앞에 보이는 광경에 말을 채 끝내지 못하고 냅다 소리쳤다.

"야, 서유경! 너 지금 뭐 하는 거야?"

유경이 무심한 얼굴로 잔에 소주를 따르고 있었다. 소주잔이 아니라 맥주잔에다가 아주 콸콸콸.

"보면 몰라? 술 따르고 있잖아."

"그거 물 아니거든? 소주라고, 소주!"

"알아."

덤덤하게 대꾸한 유경은, 말릴 새도 없이 맥주잔 가득 따른 소주를 한 번에 들이켰다. 눈 깜짝할 새에 비어 버린 잔을 보며 지민이 경악하며 자리에서 벌떡 일어났다.

"너 진짜 미쳤어?! 그걸 원샷하면 어떡해!"

탁!

빈 잔을 테이블 위에 내려놓으며 유경이 커다란 눈을 치떴다.

"미쳤냐고? 당연히 미쳤지. 그럼 지금 내가 제정신이겠어?"

"……그래. 그건 인정."

지민은 할 말 없다는 듯 쩝, 입맛을 다셨다.

"말리지 마. 맨정신으론 도저히 못 견딜 것 같으니까."

유경이 다시금 술병을 집어 들었다. 하지만 지민은 아무 말도 하지 못하고 자리에 도로 앉았다.

"그래도 자제해. 이런 날 술 과하게 먹으면 꼭 뒤끝 안 좋더라."

"괜찮아. 무슨 일이 일어나도 이보다 더 최악일 순 없을 것 같거든."

유경은 마치 해탈한 얼굴로 콸콸콸, 다시금 술잔을 채웠다. 이번에도 역시 지민은 차마 말리지 못하고 그저 안타까운 시선으로 바라만 볼 뿐이었다.

자신이 이렇게 충격일진대 당사자인 유경은 오죽할까. 덤덤한 척하고 있었지만, 그 속까지 정말로 괜찮을 리가 없다는 건. 오랜

친구인 자신이 더욱더 잘 알고 있었다. 지금 유경은 술이 아니라 사약이라도 들이켜고 싶은 심정일 게 뻔했다.

물론 두 사람 사이의 일은 둘밖에 모르는 법이라지만. 그래도 두 사람이 결코 가볍게 만나던 게 아니라는 것은, 지민뿐만 아니라 두 사람을 아는 지인이라면 모두 알고 있는 사실이었다. 당연히 두 사람이 결혼에 골인할 거라 철석같이 믿고 있었다. 각자의 부모님도 다 알고 있는 사이였고, 3년이나 만났으며, 둘의 나이 역시 결혼 적령기였으니까 말이다.

"내가 내일 회사 가면, 곧장 박동건 찾아가서 얼굴에 뜨거운 커피를 부어 버릴게."

지금 지민이 해 줄 수 있는 건, 위로랍시고 뱉는 말과 안주로 나온 곰장어를 유경의 쪽으로 밀어 주는 것뿐이었다. 그런 지민의 마음을 잘 안다는 듯 유경은 픽, 작게 웃으며 대꾸했다.

"됐어. 커피는 내가 이미 부었으니까."

"맞다. 그랬다고 했지, 참."

"다 식어 빠진 커피라 조금 아쉽기는 하지만."

술을 홀짝이며 유경은 진심으로 아쉽다는 듯 중얼거렸다.

"근데 넌 그 상황에서 어떻게 남의 커피를 가져가서 부을 생각을 했냐, 대체."

"나도 몰라. 그냥 정신 차리고 보니까, 내가 남의 커피를 박동건 얼굴에 뿌리고 있더라."

"그 커피 주인은 진짜 황당했겠다."

"안 그래도 그분껜 굉장히 미안하게 생각하고 있어. 커피값이라도 드리고 왔어야 했는데……."

그럴 정신이 없었다. 하긴, 정신이 있었으면 애초에 남의 커피를 집어 드는 황당한 짓조차 하지 않았겠지만 말이다.

"얼굴은 기억나?"

"아니. 전혀."

기억나는 건 두 가지였다. 상대가 남자였다는 것과 커피 잔을 집어 드는 저를 정말이지 황당해하는 시선으로 바라봤다는 것. 뭐 이런 미친년이 다 있나, 싶었겠지.

"그러고 보니까, 나 오늘 완전히 민폐 갑이었네. 커피숍 직원한테도, 커피 주인한테도, 커피숍에 있던 사람들한테도……."

유경은 길게 한숨을 내쉬었다. 아까 커피숍에서 있었던 일을 떠올리자, 뒤늦게 자괴감이 파도처럼 밀려든다. 미친 짓은 분명 박동건이 먼저 했는데. 어째서 자신까지 덩달아 미친년이 되어 버린 걸까.

"아니야. 잘했어. 난 네 그 순발력, 아주 칭찬해. 그거라도 안 했으면 얼마나 억울했겠어?"

지민이 기죽지 말라는 듯 유경의 등을 토닥여 주며 말했다.

"그리고 뒷일은 박동건이 다 수습했을 거야."

"그랬으려나?"

"당연히 해야지. 지가 양심이 있으면."

"글쎄. 딱히 양심이 있는 놈인지는 모르겠는데."

"헐, 맞다! 그 생각을 못 했네?"

별 의미 없는 대화를 나누던 두 여자는 서로를 마주 보며 푸훗, 작게 웃음을 터뜨렸다. 술 덕분인지. 지민 덕분인지. 조금 전까지만 해도 이루 말할 수 없을 정도로 참담했던 기분은 어느덧 썩 괜찮아져 있었다. 술잔에 남은 술을 한 번에 털어 넣으며, 유경은 생각했다. 얼른 취해 버렸으면 좋겠다고.

"나 술기운이…… 헐."

화장실을 갔다가 다시 포장마차로 돌아온 지민은 눈 앞에 펼쳐진 광경에 입을 쩍 벌렸다. 술기운이 올라온다고, 이제 그만 일어나는 게 어떻겠느냐고 말하려 했는데 선수를 뺏겨 버린 것이다. 유경은 이미 테이블 위에 풀썩 쓰러져 있었다. 장렬하게 전사한 모습이었다.

"유경아, 서유경!"

"……."

"일어나 봐. 집에 가야지. 응?"

어깨를 잡고 흔들었다. 하지만 소용은 없었다. 몸만 흔들릴 뿐, 유경은 좀처럼 정신을 차릴 기미가 보이지 않는다.

"하, 완전히 뻗었네."

더 이상 깨우기를 포기한 채 자리에 털썩 주저앉았다. 계속 어깨를 흔들어 댄다고 해서 일어날 것 같지가 않았다. 그도 그럴 것이, 지금 유경은 본인의 평소 주량을 완전히 넘어선 상태였다. 원래도 술이 약한 편이었다. 그러니 지금은 술에 취한 게 아니라 정신을 잃었다고 봐도 무방할 것이다.

"박동건, 이 개자식. 내가 진짜 가만두나 봐라."

일을 이렇게 만든 원흉을 떠올리며 이를 으득 갈았다. 진심으로 내일 회사에서 마주치면 유경의 몫까지 혼쭐을 내줘야겠다고 생각하며 지민은 휴대폰을 들었다. 유경의 동생에게 전화를 걸어 뒤처리를 부탁할 생각이었다. 자주 있는 일은 아니지만 아주 가끔 이런 일이 생길 땐, 늘 유현에게 연락했다. 그러면 유현은 투덜거리면서도 누나를 챙기러 나와 주었다. 본인들은 인정하고 싶어 하지 않지만, 남들이 봤을 때 두 사람은 사이가 꽤 좋은 남매지간이었다. 자연스럽게 유현의 전화번호를 찾아 전화를 걸려던 순간이었다. 문득 떠오르는 생각에 지민은 멈칫하며 버튼에서 손을 뗐다.

"아, 맞다! 해외봉사 갔다고 했지……."

머리가 띵했다. 사실 처음부터 유현만 믿고 있었는데. 이럴 줄 알았으면 유경이 술을 퍼붓는 것을 마냥 지켜보고만 있지는 않았을 것이다. 뒤늦은 후회에 지민은 양손으로 머리를 감싸 쥐었다.

"어떡하지. 우리 집으로 데려가야 하나?"

사실 지금 문제는 유경의 집으로 데려갈지, 자신의 집으로 데려갈지 하는 게 아니었다. 저 몸뚱이를 어떻게 옮기느냐, 하는 것이었다. 유경의 키는 170이었다. 사실 170보다 1~2센티 정도 더 큰 게 분명했다. 하지만 본인이 우겨대서 공식적인 키는 170으로 통일하고 있었다.

어쨌든 원체 마르기는 했지만 키가 있어서 결코 가볍지는 않았다. 게다가 지금 상태는 시체가 따로 없을 정도이니 더욱더 무겁게 느껴질 게 뻔했다.

"이거 완전 위급 상황이잖아……?"

그렇다고 119를 부를 수도 없고.

암담한 마음에 낮게 한숨을 내쉬었을 때였다. 별안간 휴대폰 벨 소리가 울린다. 소리가 나는 쪽을 보니, 테이블 위에 놓여 있는 유경의 휴대폰이 반짝반짝 빛을 내뿜고 있었다.

지민은 흘끗 액정을 확인했다.

[권이준]

이름 석 자가 떠 있었다.

"누구지?"

낯선 이름에 지민은 고개를 갸웃했다. 유경은 사교적인 성격이 아니었기에 인간관계의 폭이 그리 넓은 편은 아니었다. 아니, 솔직히 말해서 좁았다. 그것도 굉장히. 그래서 지민은 유경의 주변 인들에 대해서는 훤히 꿰뚫고 있었다. 그런데 권이준이라는 이름은 낯설다. 이름을 보니 남자인 것 같고. 전화번호가 이미 저장돼 있는 걸 보니 완전히 뜬금없는 사이도 아닌 것 같고. 게다가 이 야심한 시각에 전화를 걸 정도면…….

"이거, 뭔가 냄새가 나는데?"

지민의 눈빛이 호기심에 반짝였다. 그때였다. 끊어졌던 벨 소리가 다시금 울리기 시작했다. 이번에도 역시나 액정에 뜨는 이름은 같았다.

"와. 이 남자, 끈질긴 것 보소."

예리한 여자의 직감이 말하고 있었다. 상대방은 받을 때까지 전화를 걸 작정인 게 분명하다고. 또한 보통 사이가 아닌 것 같다고. 끈질기게 울리는 벨 소리를 듣고 있던 지민은 조심스럽게 유경의 휴대폰을 집어 들었다. 그러곤 크흠, 목청을 가다듬고 전화를 받았다.

"여보세요."

– ……

"여보세요?"

– 서유경 씨 전화, 아닙니까?

요것 봐라? 목소리도 구별할 줄 아네.

지민의 입꼬리가 씨익 말려 올라갔다. 유경과 지민의 통화 목소리는 대부분의 사람들이 헷갈려 할 정도로 비슷한 편이었다. 심지어 친동생인 유현도 가끔 속아 넘어갈 정도였다. 그런데 이렇게 단번에 맞히다니. 역시 예사 관계는 아닌 게 분명했다.

"네. 맞는데요."

– 그런데 왜 전화를……

"지금 유경이가 전화를 받을 수 없는 상황이라서요."

순간 수화기 너머에서 흠칫하는 것이 여기까지 느껴진다.

– 설마, 서유경 씨한테 무슨 일 생겼습니까?

걱정이 가득 담긴 질문에, 지민은 제 맞은편에 널브러져 있는 유경을 바라보며 아주 느릿하게 말을 내뱉었다.

"무슨 일이 있기는 한데……"

말이 채 끝나기도 전에 상대가 말했다.

– 어딥니까?

"네?"

– 지금 바로 가겠습니다.

지민은 조금 당황했다. 다급한 목소리가 정말로 지금 당장 달려올 기세였기 때문이다.

무슨 일인 줄 알고. 이 시간에?

점점 이 남자에 대한 호기심이 강하게 든다. 지민은 조금 전보다 훨씬 더 눈을 반짝이며 말했다.

"그 전에."

– …….

"그쪽이 누구신지 먼저 밝히는 게 순서가 아닐까요?"

질문을 던진 지민은 귀를 쫑긋 세운 채 상대방의 대답을 기다렸다. 대체 이 남자의 정체가 뭔지, 궁금해서 죽을 것만 같았다.

– ……저는.

잠깐 고민하는가 싶더니, 이내 남자가 말했다.

– 서유경 씨의 동거인입니다.

4. 동침

통화를 끝낸 지 약 30분 후 잠잠하던 포장마차 입구가 펄럭이더니, 조막만한 얼굴에 훤칠한 키의 한 남자가 들어왔다. 지민은 설마 하는 눈으로 남자를 바라보았다. 순간 지민과 남자의 눈이 마주쳤다. 남자가 꾸벅 고개를 숙인다.

헐!

차마 입 밖으로 내뱉지 못한 감탄사가 입안에서 흩어졌다. 지민은 저도 모르게 자리에서 벌떡 일어났다.

"……권이준 씨?"

"네."

"혹시…… 유현이 친구?"

"네."

이준은 무덤덤한 얼굴로 꼬박꼬박 대답했다. 그리고 그런 이준을 바라보는 지민은 벌어진 입을 좀처럼 다물지 못했다. 아까 술을 마시면서 유경이 언뜻 흘러가는 듯 말을 하긴 했었다. 유현의 친구가 잠깐 자신의 집에서 신세를 지게 됐다고. 그런데 동생 친구의 성별이 남자라는 말은 듣지 못했었다. 게다가 이렇게 잘생긴 남자라는 말은 더더욱.

지민은 넋 놓은 채로 이준을 훑었다. 통화를 했을 때 중저음의 목소리가 참 좋다고 생각하기는 했지만, 이렇게까지 그 목소리와 어울리는 외모를 지니고 있는 남자였을 줄이야. 목소리가 좋으면 외모는 별로라는 말이 있던데. 이제 보니 다 틀린 말인 것 같다. 목소리도 외모도 완벽한 남자가 제 눈앞에 떡하니 나타나지 않았는가. 그의 뒤편으로 후광이 보이는 듯한 착각이 들 정도였다. 긴 다리로 성큼성큼 이쪽을 향해 다가온 이준은 곧바로 유경의 옆에 섰다. 그는 시체처럼 늘어져 있는 유경을 내려다보며 못마땅한 듯 눈썹을 살짝 찌푸렸다.

"술이 떡이 됐네요."

"아, 내가 먹인 거 아니에요. 혼자 이렇게 먹은 거지. 난 말렸어요."

지민은 저도 모르게 변명했다. 왠지 그래야만 할 것 같아서였다. 어째 스물일곱 남자애가 풍기는 포스가 장난이 아니다. 유현과 친구라는 걸 몰랐다면 절대 같은 나이라고는 생각하지 못했을 것 같다. 그렇다고 나이가 들어 보이는 얼굴은 절대 아닌데. 그냥 이상하게 전체적인 분위기가 그랬다.

"이해 좀 해 줘요. 오늘은 그럴 만한 일이…… 있었어요."

두루뭉술하게 말했지만 이준은 더 묻지 않고 그저 고개를 끄덕였다. 딱히 신경을 쓰지 않는 것 같기도 했고, 또 한편으로는 꼭 뭔가를 알고 있는 것처럼 보이기도 했다.

"바로 데려가도 될까요?"

"혼자 괜찮겠어요?"

"조금만 도와주시면 될 것 같아요."

"도와야죠, 당연히."

지민은 재빠르게 이준이 유경을 일으키는 것을 도왔다. 이준이 유경을 업기 위해 몸을 숙였다. 떡 벌어진 어깨와 탄탄해 보이는 등판이 제법 듬직해 보인다. 그래도 조금 마르지 않았나. 의식이 없는 상태라 많이 무거울 텐데. 괜히 다치면 어떡하지. 걱정하며 유경을 맡겼다.

"이 정도면 괜찮아요?"

"팔만 앞으로 보내 주세요."

시키는 대로 축 늘어진 유경의 팔을 앞으로 보내 주었다.

"됐어요?"

"네."

걱정했던 것이 무색할 정도로 이준은 쉽게 유경을 등에 업고 일어섰다. 자세가 꽤나 안정적이었다. 힘든 기색도 전혀 없었다. 겉으론 말라 보이는데 그래도 남자라고 힘은 좋은 모양이었다. 유경은 키도 컸지만 그중에서도 다리가 유독 긴 편이었다. 그래서

유현이 대충 업었을 때엔 땅에 발끝이 땅에 질질 끌리기도 했었다. 그런데 지금 유경의 발끝은 허공에 대롱대롱 매달려 있었다. 그렇다고 유현의 키가 작은 편은 아닌데 이준이 워낙 컸다. 대충 가늠해 봤을 땐 190센티쯤 되어 보인다. 그것보다 아주 조금 더 작거나.

유경을 업은 채로 이준이 먼저 포장마차를 나섰다. 지민은 그 뒤를 따랐다.

밖으로 나오자마자 어둠 속에서도 잘빠진 외형을 자랑하는 흰 세단이 눈에 띄었다. 차에 대해서는 잘 모르지만 값비싼 외제차라는 것은 알 수 있었다.

스물일곱에 외제차……

지민은 새삼스럽게 이준을 바라보았다. 저 외모에 능력까지 더해져 있다니. 뭐 이리 완벽한 남자가 다 있나 싶다. 드라마에서나 볼 법한 남자 주인공 캐릭터가 아니던가.

"누나 집은 어디예요?"

뒷좌석에 유경을 조심스럽게 눕힌 뒤 이준이 지민을 향해 물었다. 별안간에 들은 '누나'라는 말에 지민은 티 나게 움찔했다.

"네? 저희 집이요……?"

환상적인 저 목소리 때문일까. 아니면 저 실감나지 않는 외모 때문일까. 누나라는 말을 한두 번 들어 본 것도 아닌데, 마치 태어나서 처음 듣는 것처럼 생경한 느낌이다.

"주소만 알려 주세요. 가는 길에 데려다 드릴게요."

"아, 괜찮아요. 바로 근처 살아요."

"그냥 타세요. 시간도 많이 늦었고."

차갑게 생긴 외모와 무뚝뚝한 말투와는 어울리지 않게 배려가 넘친다. 이준이 조수석 문까지 친절하게 열어 주는 바람에 당황한 지민은 양손까지 휘휘 내저으며 거듭 거절했다.

"아뇨. 전 정말로 괜찮아요. 걸어서 5분도 안 걸려요."

이렇게 잘생긴 남자를 실물로 보는 건 처음이라 너무도 부담스러웠다. 멀리서 볼 때는 좋지만 집까지 함께 가다가는 숨이 막혀서 질식사를 하게 될지도 모를 일이다. 실제로 차를 얻어 타기엔 집이 많이 가깝기도 했고.

"정 그러시다면 어쩔 수 없죠."

알겠다는 듯 이준은 조수석 문을 탁 닫았다.

"그럼 먼저 가 보겠습니다."

이준이 꾸벅 고개를 숙였다. 덩달아 지민도 고개를 꾸벅 숙였다. 그러다 문득 뒤늦게 떠오른 생각에 지민은 다급하게 이준을 불렀다.

"아, 잠깐만요."

이제 막 운전석 문을 열던 이준이 행동을 멈추고 돌아본다.

"아니, 그러니까……."

"……."

"그게……. 딱히 그쪽을 의심하는 건 아닌데, 아무래도 초면이니까……."

왠지 입이 떨어지질 않아 머뭇거리던 지민은, 저를 빤히 바라보는 이준의 시선에 이내 고개를 내저었다.

"아뇨. 아무것도 아니에요."

반짝반짝. 아주 자체발광을 하고 있는 저 잘난 얼굴을 마주하고 있자니, '우리 유경이한테 헛짓거리 할 생각은 아니죠?'라는 말이 차마 나오질 않는다. 초면이고 나발이고 얼굴이 '나는 여자 따위 전혀 아쉽지 않습니다.' 하고 아주 당당히 결백함을 밝히고 있는데 무슨 걱정이 더 필요하겠는가.

"우리 유경이 잘 부탁해요."

"네. 걱정 마세요."

가볍게 웃는 이준의 얼굴을 보며 지민은 속으로 생각했다. 오히려 조심해야 할 건 유경이 아니라 저쪽인 걸지도 모르겠다고.

✳

마치 자칫 잘못하면 깨어질 유리공예 작품을 내려놓듯, 아주 조심스럽게 침대 위에 유경의 몸을 뉘었다. 가녀린 몸 아래에 깔린 이불을 빼내어 어깨까지 꼼꼼하게 덮어 준 후에야 이준은 뻐근한 허리를 쭉 폈다.

"키가 커서 그런가, 보기보다 꽤 무겁네."

유경을 업고 돌아다닌 건 포장마차에서 차까지 가는 동안과 또 주차장에서부터 여기까지 올라오는 게 전부였는데 꽤나 힘에 부친다. 고생했다는 것을 증명하기라도 하듯 밖의 날씨는 아직도 쌀쌀하기만 한데 이마엔 땀이 송골 맺혔다. 이준은 소매로 땀을 닦은 뒤 유경을 내려다봤다. 유경은 곤히 잠들어 있었다. 아니, 잠들었다는 표현보단 정신을 잃었다는 표현이 더 맞는 걸지도 모르겠지만 말이다.

이준은 침대에 살짝 걸터앉았다. 그러곤 아주 조심스럽게 유경을 향해 손을 뻗었다. 이대로 잠들면 불편할 것 같아 겉에 입고 있는 카디건을 벗길 생각이었다. 한쪽 팔을 빼내고 다른 한쪽 팔을 빼내려던 순간이었다.

"으응……."

불편했는지 유경이 몸을 뒤척였다. 그와 동시에 이준의 팔에 말캉한 무언가가 닿았다. 그 촉감의 정체가 무엇인지는 금방 알아차릴 수 있었다. 업었을 때부터 자꾸만 지그시 제 등을 짓누르던 그것과 같을 테니까 말이다. 심지어는 등에 닿았을 때보다 팔뚝에 닿는 지금의 감촉이 한층 더 실감난다. 인지를 하기가 무섭게 움찔, 하고 몸이 먼저 반응한다. 아랫배가 뻐근해져 왔다.

사실은 아까 포장마차에서 그녀를 업었던 그 순간부터 위기의 연속이었다. 힘이 들어갔다가 가라앉았고. 또 힘이 들어가고. 상황에 맞지 않게 자꾸만 고개를 쳐들어 대는 남자의 본능 때문에 환장할 노릇이었다.

"하, 젠장."

이준은 낮게 욕설을 뱉어 내며 잡고 있던 카디건을 확 빼내었다. 그 힘에 의해 닿았던 유경의 몸이 옆으로 휙 돌아간다.

너무 거칠었나?

순간 저도 모르게 힘 조절을 못한 저를 탓하며 걱정스럽게 유경을 바라보았다. 하지만 우습게도 유경은 카디건을 벗고 몸이 편해졌는지 오히려 조금 전보다도 훨씬 더 평온한 얼굴이다. 마치 좋은 꿈을 꾸는 어린아이처럼 평온한 얼굴에 이준은 헛웃음을 흘렸다.

"잘도 자네."

남의 속도 모르고.

그는 침대에 걸터앉은 채 유경의 발그스름한 뺨을 검지로 툭 건드렸다. 불만이 담긴 손끝에 닿은 탱탱한 피부가 짧게 진동했다. 가까이에서 보니 뽀얀 피부가 더 예술이다. 잡티는커녕 모공조차 보이지 않는 매끈한 피부에 언뜻 솜털까지 보인다. 피부가 외모에는 절대적인 영향을 끼친다더니. 그 말이 사실인 듯했다. 타고난 피부 탓인지 유경은 동안이었다. 서른하나는커녕 자신보다 더 어리다고 해도 믿을 수 있을 것 같았다.

"나이도 그러면 좀 좋아."

불쑥. 입술을 비집고 저도 모르게 불만을 품은 속마음이 튀어나온다. 깨어 있는 당신의 앞에서는 절대 못 할 말이었다. 수십 번, 아니, 수백 번도 더 나 혼자 삼켜 내야만 했던 말이었다. 앞으로도 쉽게 내뱉지는 못할 그 말…….

잠든 유경을 바라보는 이준의 새카만 눈동자가 깊은 심연으로 서서히 가라앉기 시작할 때였다. 문득 형광등 불빛에 반사돼 뭔가가 반짝하는 것이 느껴졌다. 그것을 향해 느릿하게 시선을 옮겼다. 유경의 눈꼬리에 맺혀 있는 눈물방울이 시야에 들어온다.

"가지가지 한다."

그것이 눈물이었음을 깨달은 순간, 저 깊숙한 곳에서부터 화가 순식간에 치밀어 오르는 것을 느꼈다. 턱에 힘이 한껏 들어갔다. 악다문 잇새로 탁한 음성이 흘러나온다.

"울긴 왜 울어? 뭘 잘했다고."

그의 커다란 손이 유경의 턱을 감싸 쥐었다. 작은 얼굴은 한 손에 움켜쥐어졌다.

이렇게 쉽게 내 손에 들어오는데. 이렇게나 쉬운데…….

제 손아귀에 들어온 유경의 얼굴을 내려다보고 있자니, 저도 모르게 서서히 손끝에 힘이 들어간다.

"읏……."

잠결에도 아픔이 느껴지는지 유경이 미간을 찌푸렸다. 그제야 이준은 손끝에 들어갔던 힘을 느슨하게 풀었다. 유경을 내려다보는 이준의 눈빛엔 미안한 기색 따위는 없었다. 그저 빤히 바라보다 그대로 고개를 숙였다. 입술이 그녀의 귓가에 닿을 듯 말 듯 가까워졌다. 그 상태에서 속삭이듯 낮게 읊조렸다.

"내 앞에서 그딴 놈 때문에 울지 마요, 누나."

군더더기 없이 정중한 어투였다. 그 말을 끝으로 눈꼬리에 맺힌 눈물방울을 향해 천천히 입술을 내렸다. 입술이 닿기가 무섭게 물기는 금방 스며들었다. 혀끝에 감도는 짠맛에 눈썹이 절로 찌푸려진다. 그는 잠든 유경을 짙은 시선으로 바라보며 느릿하게 말을 이어 갔다.

"당장이라도, 그 새끼 목을 비틀어 버리고 싶어지니까."

서늘한 음성이 유경의 얼굴로 무겁게 내려앉았다. 그 위로 이준의 새카만 눈동자가 위험하게 빛났다.

잠에서 깨어난 그 순간부터 엄청난 두통이 밀려왔다. 얼마나 심한지 눈꺼풀을 들어 올릴 기력조차 없었다. 속마저 울렁거리는 듯했다. 모처럼 만에 지독한 숙취를 겪게 될 거라는 불길한 느낌이

확 온다. 지금까지의 패턴으로 본다면, 숙취는 분명 눈을 뜨면서
부터 시작될 것이다.

"죽겠네, 진짜……."

짙은 한숨과 함께 유경은 무거운 팔을 들어 지끈거리는 이마를
짚었다. 아니, 짚으려고 했다. 그런데 이마에 닿기도 전에 손등이
어딘가에 툭 닿는 느낌이 들었다.

뭐지?

의아한 마음에 무거운 눈꺼풀을 슬며시 들어 올렸다. 가장 먼저
시야에 들어오는 건 어슴푸레한 빛이었다. 그리고 두 번째로 눈
에 들어오는 건, 남자의 얼굴이었다.

새하얀 피부. 기다란 속눈썹. 오뚝한 콧날. 촉촉해 보이는 붉은
입술. 날카로운 턱선…….

"헙!"

저도 모르게 찬찬히 남자의 얼굴을 관찰하던 유경은 저도 모르
게 숨을 멈췄다. 한 침대에서, 그것도 마주 본 상태로 잠들어 있는
상대의 정체를 깨달았기 때문이었다.

대체 이게 무슨……!

잠과 두통이 순식간에 달아났다. 하지만 그와 반대로 몸은 마
치 마비라도 온 듯 뻣뻣하게 굳는 느낌이다. 덩달아 뇌도 굳어 버
린 것 같았다. 이러지도 못하고 저러지도 못하고. 유경은 느릿하
게 눈만 껌뻑였다. 도저히 믿을 수 없는, 아니, 죽어도 믿고 싶지
않은 상황이었다.

꾸, 꿈이겠지……?

당황한 유경은 두 눈을 질끈 감았다가 아주 느릿하게 떴다. 하지

만 눈앞에 펼쳐진 상황은 여전히 변함이 없었다. 제발 아니길 빌었건만. 지금 제 앞에 닥친 이 말도 안 되는 그림은, 진정 현실이었던 것이다. 충격적인 현실을 깨닫는 순간, 유경은 재빠르게 시선을 내려 자신의 차림부터 살폈다. 카디건을 제외하면 어제 입은 옷차림 그대로였다. 정말이지 불행 중 다행인 일이 아닐 수 없었다.

"하아……."

꽉 닫혀 있던 입술을 비집고 절로 안도의 한숨이 흘렀다. 그때였다. 머리맡에서 잠에 잠긴 낮은 목소리가 들려온 것은.

"잘 잤어요?"

익숙하면서도 낯설게 들리는 음성은 아주 자연스러운 인사를 건네고 있었다. 마치 함께 밤을 보낸 연인들이나 할법한 다정한 인사말에, 유경은 머리털이 쭈뼛 서는 것 같은 기분을 느꼈다. 최악의 상황까지는 가지 않았음을 제 두 눈으로 확인했음에도 왠지 모르게 덜컥 겁이 났다.

마치 고장 난 로봇처럼 삐거덕거리며 시선을 천천히 들어 올렸다. 360도 아니고, 180도 아니고, 고작 90도 정도로 시선을 들 뿐인데 시간은 한참이 걸린다. 분명 찰나였지만 마치 영원처럼 느껴지는 시간이 흐른 후에야 유경은 마침내 시선을 바로 했다. 그와 동시에 이쪽을 빤히 바라보고 있던 이준의 시선과 딱 마주쳤다. 평소 무서울 정도로 또렷하던 인상과는 달리 이제 막 잠에서 깬 그의 얼굴엔 나른함이 그득했다.

당황한 나머지 입이 제멋대로 움직였다.

"……굿모닝."

굿모닝이라고. 너무도 천연덕스러운 아침 인사를 내뱉고 난 후에야 정신이 번쩍 들었다.

서유경. 너 진짜 미쳤어?

굿모닝? 굿모닝이라고? 지금 이 상황에서, 태평하게 마주 본 채로 그게 할 소리야?

아무리 정신이 없다지만 그래도 이건 아니지 않은가. 그리고 이준 역시 같은 생각을 한 모양이었다. 한쪽 입꼬리를 살짝 말아 올린 채 묻는다.

"정말로 좋은 아침이라고 생각하는 거 맞아요? 표정은 영 아닌 것 같은데?"

시선을 똑바로 마주한 채 뱉어 낸 이준의 장난스러운 목소리에 얼굴이 순식간에 달아올랐다. 그제야 혈액순환이 된 듯 굳어 있던 몸도 풀렸다. 유경은 상체를 벌떡 일으켰다. 그러곤 이준을 향해 꽥 소리를 내지르듯 크게 목소리를 내뱉었다.

"네가 왜 여기 있어?"

물론 뒷북을 아주 신명나게 치는 것 같아 스스로도 민망하긴 하지만 말이다.

"글쎄요. 내가 왜 여기 있을까."

다행히도 이준은 비웃는 대신 질문을 받아쳐 주었다. 그러나 원하는 대답은 아니었다. 유경은 미간을 잔뜩 좁히고 이준을 노려보았다.

"장난하지 말고 똑바로 말해. 어제 무슨 일이 있었던 거야?"

"지금 화내는 거예요?"

"뭐?"

"누나가 그럴 입장이 아닐 텐데."

네 주제를 알라는 듯, 이준이 아주 여유로운 시선으로 유경을 훑었다. 그제야 유경은 자신이 처한 상황을 깨달았다. 좁혔던 미간을 얼른 곧게 폈다.

"……내, 내가 언제 화를 냈다고 그래?"

비루한 변명도 빠르게 덧붙였다.

"그냥 당황해서 목소리가 크게 나왔을 뿐이야."

이준이 피식, 낮게 웃음을 흘렸다. 그러곤 아주 천천히 상체를 일으킨다.

침대가 좁아서일까. 누워 있는 이준을 마주했을 때와는 달리 제대로 마주 앉은 이준이 위협적으로 느껴졌다. 유경은 본능적으로 움찔하며 몸을 뒤로했다. 바로 뒤가 벽이라 마음처럼 그리 멀어지지는 못했지만 말이다.

"누나."

이준이 삐딱한 시선으로 유경을 바라보며 물었다.

"왜 그렇게 쫄았어요?"

"쫄다니, 누가?"

유경은 떨리는 속마음을 숨긴 채 애써 덤덤한 척 되물었다. 그러자 그녀를 담고 있는 이준의 시선이 짙어진다.

"지금 누나 표정이 어떤 줄 알아요?"

"내 표정이…… 어떤데?"

"곧 호랑이한테 잡아먹힐 토끼 같아요. 겁에 질려 벌벌 떠는."

부정할 수 없을 정도로 정확한 표현이었다. 벽에 닿은 등이 덜덜 떨리고 있었으니까 말이다. 완전히 속마음을 들킨 유경은 반박 대신 아랫입술을 질끈 깨물었다.

순간, 이준의 미간이 확 일그러졌다. 그와 동시에 턱, 팔을 뻗어 벽을 짚었다. 순식간에 유경은 그의 팔과 벽 사이에 갇힌 꼴이 되어 버렸다. 흠칫, 놀라 어깨를 떠는 유경을 똑바로 바라보며 이준은 이 상황이 마음에 들지 않는다는 듯 딱딱한 목소리를 내뱉었다.

"누나가 그러니까 꼭 내가 무슨 짓이라도 한 것 같잖아요."

"……"

"정작 무슨 짓을 한 건 누난데."

그의 낮은 음성이 마치 칼날처럼 귓가로 날카롭게 흘러들었다. 심지어 저 눈빛은 또 어떻고. 저를 바라보는 이준의 눈빛은 상처받은 것 같기도 하고 실망한 것처럼 보이기도 했다. 마치 정말로 간밤에 자신에게 무슨 짓을 당했다는 듯이. 지금 이 순간, 유경은 말도 못 할 정도로 당황스러웠다. 조금 전 눈을 뜨자마자 이준의 얼굴을 봤던 그 순간보다도 더.

"내, 내가 무슨 짓을……"

너무 당황한 나머지 말을 더듬는 것으로도 모자라 말을 채 마무리 짓지도 못했다. 유경은 그저 흔들리는 시선으로 이준을 바라볼 뿐이었다.

"정말로 기억 안 나요?"

그런 유경을 바라보며 이준은 느긋하게 말을 덧붙였다.

"누나가 날 끌어안고 애원했잖아요."

마치 똑똑히 알아들으라는 듯 한 음절, 한 음절 뚝뚝 끊어 가며.

"제. 발. 가. 지. 말. 아. 달. 라. 고."

✳

　내 인생의 바닥은 대체 어디인 걸까. 이보다 더 아래로 내려갈 수 없을 거라고 생각한 게 바로 어제였다. 그런데 24시간도 채 지나지 않아 그보다 더한 바닥을 찍게 되다니.

　설마 이보다 더 최악의 순간이 기다리고 있는 건 아니겠지…….

　하아. 유경은 짙은 한숨과 함께 버스 유리창에 이마를 콩 찧었다. 찬 기운이 피부로 전달되었지만 두통으로 지끈거리는 머리는 좀처럼 괜찮아질 생각을 않는다. 그래도 하나 다행인 게 있다면 아침에 큰 충격을 받은 덕분에 숙취가 싹 가셨다는 것이었다. 하지만 그마저도 전혀 기쁘지 않았다. 숙취가 사라진 자리에 덩그러니 남은 쪽팔림 때문이었다.

'정말로 기억 안 나요?'

　사실 아까 이준이 되묻는 그 순간부터 어렴풋이 어제의 일이 머릿속에 떠올랐었다.

　지민과 술을 먹었던 것. 갑자기 머리가 핑 돌았던 것. 눈을 떴을 때 누군가의 등에 업혀 있었던 것. 그리고 또 누군가를 끌어안았던 것까지…….

　그 모든 장면들이 마치 끊어진 필름처럼 뜨문뜨문 떠올랐다. 특히나 마지막 장면은 탄탄한 그의 허리를 양팔로 꽈악 끌어안았던 그 감촉마저 생생했다. 제발 가지 말아 달라고 애원을 했는지까지는 기억이 나질 않는다. 하지만 거짓말하지 말라며 뻔뻔하게 모르는 척할 수도 없었다. 스스로도 절대 그런 말 따위 하지 않았을 거라는 믿음이 없었다. 이미 제멋대로 끌어안았다는 것부터가 어제의 자신은 제정신이 아니었다는 것을 증명해 주고 있으니까 말이다.

동생 같은 녀석에게 술에 취해 정신을 잃은 모습을 보여 준 거로도 모자라서, 업혀 들어오질 않나. 게다가 제멋대로 끌어안고 가지 말라고 애원까지 했으며 결국 한 침대에서 동침까지 했다니…….

심지어 이준의 말에 따르면 그녀가 어미 품으로 파고드는 어느 동물의 새끼처럼 자꾸만 자신의 품으로 파고들어서 매우 곤란했다고도 했다.

"……진짜 최악이다, 최악."

간밤의 제 행적을 떠올리던 유경은 고개를 절레절레 내젓고는 두 눈을 질끈 감았다. 아까는 애써 덤덤한 척 이준에게 사과의 말을 건넸지만, 사실 덤덤하기는커녕 쥐구멍이 보인다면 지금 당장이라도 몸을 욱여넣고 싶을 지경이었다.

"아니, 근데!"

유경은 뭔가 생각났다는 듯 감은 눈을 번쩍 떴다. 그러곤 골몰하며 낮게 중얼거렸다.

"권이준, 걔도 진짜 이상한 거 아니야?"

가지 말라고 붙든다고 정말 안 가고 한 침대에서 잠들 건 대체 뭐람. 물론 그렇다고 내가 잘했다는 건 아니지만. 어쨌든 술주정이 분명하니 그냥 무시하면 그만이었을 텐데. 아니면 혹시 내가 매정하게 뿌리치지 못할 정도로 질척거렸나……?

어제의 일을 아주 차근차근 곱씹고 있을 때였다. 별안간 휴대폰이 울렸다. 유경은 재빠르게 휴대폰을 확인했다. 액정에 발신인의 이름이 떠 있었다. 그것을 확인하자마자 삽시간에 그녀의 얼굴이 새하얗게 질렸다. 엄마의 전화였다.

순간 잊고 있던 얼굴 하나가 떠오른다. 이제는 전 남자친구가 되어 버린 박동건의 얼굴이었다.

"하. 완전히 잊고 있었네."

스스로가 생각해도 기가 막혔다. 아무리 아침에 일어난 일이 충격적이었다지만, 어떻게 그 일을 까먹을 수가 있단 말인가. 무려 3년이나 사귄 남자친구가 바람이 난 건데 말이다. 그것도 상대방 여자를 임신시켰다는 엄청난 소식까지 옵션으로 전해 듣지 않았던가.

유경은 낮게 한숨을 내쉬었다. 어제의 기억이 떠오르자 조금 전과는 비교도 할 수 없을 만큼 기분이 가라앉았다. 하지만 그런 그녀의 마음을 모르는 전화는 끊어질 생각을 않았다. 하염없이 액정에 떠 있는 '엄마'라는 두 글자를 물끄러미 내려 보던 유경은 이내 결심한 듯 전화를 받았다.

"응, 엄마."

최대한 아무렇지 않은 척, 평소처럼 덤덤하게 말했다. 그런데 엄마가 묻는다.

- 너 무슨 일 있어?

"응? 갑자기 그게 무슨 말이야?"

- 목소리가 착 가라앉았는데?

역시 엄마는 엄마인가 보다. 목소리만 듣고도 귀신같이 제 상태를 맞추는 걸 보면…….

순간 울컥하는 마음이 치밀어 오르는 걸 꾹 참으며 유경은 대답했다.

"아, 감기 기운이 살짝 있어서 그런가 봐."

– 감기 걸렸어?

"아직 걸린 건 아니고. 올락 말락 하는 것 같아."

– 으이그. 또 멋 부린다고 춥게 입고 다닌 거지? 멋 부리다 얼어 죽는다고 내가 몇 번을 말해. 이런 날씨엔 그냥 따뜻하게 입는 게 최고야. 왜 이렇게 엄마 말을 안 들어?

아무래도 괜한 말을 꺼낸 듯했다. 기다렸다는 듯 쏟아지는 엄마의 잔소리에 유경은 잠깐 생각했다. 차라리 무슨 일이 있다고 하는 편이 더 나았던 걸 아닐까, 하고.

"네, 네. 알았어요. 앞으론 따뜻하게 입고 다닐게."

더 길어지기 전에 유경은 얼른 엄마가 원하는 대답을 내뱉었다.

"근데 아침부터 웬일로 전화를 다 했어? 혹시 집에 무슨 일 있어?"

– 집에 무슨 일이 있을 게 뭐가 있어. 속 썩이는 너희가 없어서 아빠랑 엄마가 얼마나 평온한 하루하루를 보내고 있는데. 아주 살맛이 난다, 얘.

호호호. 수화기 너머에서 엄마의 웃음소리가 들려온다. 언제 들어도 좋은 웃음소리에 굳어 있던 유경의 입가에도 덩달아 느슨해진다.

"자식한테 부부금슬 자랑하려고 이 아침부터 전화하셨어요?"

– 왜 부럽니?

"부러우라고 한 소리야?"

– 당연하지. 이런 걸 부러워해야 너도 얼른 시집갈 생각을 할 거 아니야.

순간 느슨해졌던 입가가 다시금 바짝 경직됐다. 삽시간에 굳어버린 유경은 아랫입술을 지그시 깨물며 말했다.

"……용건 없으면 끊어요. 나 출근 중이라 바빠."

– 얘는, 결혼 얘기만 나오면 말 돌리더라.

조금 전까지 들려오던 웃음은 어딜 가고 투덜거리는 엄마의 목소리가 들려온다. 유경은 한숨을 낮게 내쉬었다. 여자 나이 서른하나. 요즘은 딱히 그런 것도 없다지만, 그래도 부모님 나이대의 어른들이 봤을 땐 딱 결혼 적령기였다. 아니, 어쩌면 결혼 적령기를 조금 넘어선 나이일지도 모르겠다.

유경의 엄마도 마찬가지였다. 그녀가 서른이 되던 해. 그러니까 작년부터, 엄마는 마치 떠보듯 은근슬쩍 결혼 얘기를 꺼내기 시작했다. 그러다 올해부터는 아주 본격적으로 들이대고 있는 중이었다. 그런 엄마의 마음을 모르는 건 아니었다. 부모의 마음이란 다 그런 거라고. 남들은 다 하는 거, 내 자식은 왜 못 하나. 충분히 걱정할 수도 있다는 걸 이해한다.

그녀 역시 결혼 생각이 아예 없는 건 아니었다. 다만 결혼 얘기가 나올 때마다 피했던 건, 동건 때문이었다. 그는 결혼은 아직 부담스럽다고 말했다. 심적으로도 경제적으로도 준비가 되었을 때 하고 싶다고. 그러기 위해서 노력하는 중이라고. 그러니 조금만 더 기다려 달라고.

그 말을 철석같이 믿고 기다렸었다. 부담 주기 싫어 우리 부모님이 결혼 걱정을 하시더라, 하는 말 한번 꺼낸 적 없었다. 그 끝이 이런 배신일 줄은 꿈에도 생각지 못하고……

"그 부분은 내가 알아서 한다고 했잖아."

ㅡ 네가 알아서 할 생각이 없는 것 같으니까 그렇지. 요즘 젊은 사람들 중엔 연애랑 결혼이 따로라고 생각하는 사람들도 많다던데. 설마 너희도……

"진짜 끊는다?"

엄마의 말허리를 끊으며 유경이 단호한 목소리로 말을 내뱉었다. 그러자 엄마가 졌다는 듯 두 손 두 발을 들었다.

ㅡ 알았어. 알았어! 용건 말하면 되잖아.

"……"

ㅡ 아마 오늘이나 내일쯤 택배 하나 도착할 거야. 반찬이니까 받자마자 최대한 빠르게 냉장고에 넣어 둬. 또 상자 그대로 방치해 뒀다가 상하게 하지 말고.

실컷 뾰족하게 말했더니 반찬이라니. 이건 반칙 아닌가. 미안한 마음에 유경은 괜스레 불퉁하게 대꾸했다.

"뭘 또 보냈어. 저번에 보내 준 반찬도 많이 남았다니까."

ㅡ 누가 너 먹으라고 보냈대? 설레발치고 있어, 얘가.

"나 말고 그럼 누구? 이젠 유현이도 없는데."

ㅡ 누구긴 누구야. 우리 박 서방이지.

엄마의 입에서 나온 살가운 단어에 유경은 흠칫, 굳었다. 그런 그녀의 표정을 알 리 없는 엄마는 신이 나서 말을 이어갔다.

ㅡ 박 서방이 고들빼기김치 좋아하잖아. 이번에 좋은 재료 싸게 사서 많이 했거든. 그런 김에 다른 반찬들도 몇 가지 더 넣었어.

큰 통이 박 서방 거니까 그거 전해 줘. 근데 이번에 양념이 조금 맵게 됐거든. 괜찮으려나…….

매운 걸 못 먹는 동건의 식성에 대한 걱정이 이어진다. 제발 쓸데없는 걱정 마시라고. 이제 그만 자식 생각도 마시라고. 목구멍 끝까지 차오른 말을 애써 삼켜 내는데, 엄마가 말을 덧붙인다.

– 참. 그런데 요즘 박 서방 많이 바쁜가 봐? 통 연락이 없네.

이 아침부터 전화를 건 진짜 용건은 어쩌면 이것이었을지도 모르겠다. 툭 뱉어진 듯한 말이었지만 그런 엄마의 목소리에 은근한 걱정이 배어 있음을 모를 리 없었다.

"그 사람…… 요즘 많이 바빠. 그러니까 엄마도 괜히 연락 먼저 하거나 하지 마요."

– 걱정 마, 얘. 나도 그 정도 예의는 있는 사람이야.

차마 헤어졌다는 말이 나오질 않는다. 그렇다고 계속해서 아무일 없었던 척 거짓말로 엄마를 속이고 싶지도 않았다. 시큰거리는 가슴을 붙든 채 유경은 얼른 통화를 마무리 짓기로 했다.

"엄마. 나 이제 버스에서 내려야 해. 전화 끊어요."

– 그래. 알았어. 고생해, 우리 딸.

오늘따라 '우리 딸'이라는 말이 왜 이렇게 다정하게 들리는 걸까. 통화를 끝내고 액정이 검게 변한 휴대폰을 내려 보던 유경은 휴대폰을 꽈악 그러쥔 채 두 눈을 질끈 감았다. 기다란 속눈썹이 바르르 떨려 온다.

사실 회사 일이야 한가했던 적 없이 늘 바쁘기는 했지만, 오늘은 정말이지 그 정점을 찍는 하루였다. 해도 해도 끝이 나지 않는 업무 때문에 어찌나 정신이 없었는지, 도무지 오늘 하루가 어떻게 흘러갔는지 기억이 나지 않을 정도였다.

평소 같았으면 짜증이 났을 테다. 하지만 오늘만큼은 어미 새가 먹이를 주듯 일거리를 물어다 주는 부장도 딱히 밉게 느껴지지 않았다. 덕분에 다른 생각 않고 일에만 집중할 수 있었으니까 말이다. 일에 집중하면 할수록 지끈거리던 두통이 오히려 잦아드는 신기한 경험까지 했다. 열심히 일한 덕분에 당당하게 칼퇴근을 하게 된 유경은 집이 아닌 회사 근처의 이탈리안 레스토랑으로 향했다. 지민과 만나기로 했기 때문이었다.

"예약하셨나요?"

가게 안으로 들어가자 직원이 물었다. 예약 시간보다 이르게 도착한 상황이었다. 유경은 예약자 이름을 얘기하고 상황을 설명했다. 다행히도 직원은 자리가 비어 있다며 그녀를 안내를 해 주었다.

"주문은 어떻게 하시겠어요?"

"일행 오면 그때 할게요."

"네, 알겠습니다. 언제든 불러 주세요."

직원이 떠나고 유경은 앞에 놓인 생수를 홀짝였다. 시계를 확인했다. 아직 약속 시간까진 30분이 더 남아 있었다.

이럴 줄 알았으면 내가 그쪽으로 갈 걸 그랬네.

유경의 퇴근 시간이 지민보다 늘 늦는 탓에 약속장소를 여기로 정한 것이었다. 그런데 오늘따라 칼퇴를 해 버려서 시간이 조금

붕 뜨게 됐다.

평소엔 뭘 하면서 시간을 때웠더라…….

일을 할 때와는 달리 머리가 멍했다. 자연스럽게 떠오르려는 생각을 꾹꾹 누르다 보니 더욱 그런 것 같았다. 1분 1초도 방심할 수가 없었다. 조금의 틈이라도 나면 불쑥불쑥 어제의 장면이 떠오르곤 했으니까. 이 순간에도 마찬가지였다. 동건의 목소리가, 엄마의 목소리가, 자꾸만 떠올라 유경은 다른 생각을 떠올리려고 노력해야만 했다. 그렇게 생각을 또 다른 생각으로 애써 덮어 갈 때였다. 문득 어지러운 생각 사이를 비집고 이준의 얼굴이 떠오른다. 그리고 목소리까지.

'퇴근 시간이 한참 지나도 소식이 없길래, 걱정돼서 전화한 거거든요.'

이제부터 늦어지면 늦어진다는 연락을 꼭 해야겠다고 결심했던 게 바로 어제의 일이었다. 유경은 휴대폰을 집어 들었다. 잠깐 망설이다가 이내 문자를 써 내려갔다.

[나 오늘 저녁 먹고 들어갈 거야.]

전송 버튼까지 눌렀지만, 아직도 조금 의아하긴 했다. 한집에 살게 됐다는 이유만으로 이런 보고를 꼬박꼬박 하는 게 맞는 건지. 정말로 이게 보통인 건지. 자신이 보낸 문자를 뚱하니 바라보고 있는데 그 위로 이제 막 도착한 이준의 답장이 뜬다.

[혹시 술도 마셔요?]

어제와 같은 꼴을 또 보게 될까 봐 걱정이 되는 모양이었다. 순간 오늘 아침 눈을 뜨자마자 봤던 이준의 얼굴이 떠오르며 얼굴로 열이 확 오른다. 삽시간에 불타는 고구마가 된 유경은 민망한 마음에 얼른 답장을 보냈다.

[아니야. 밥만 먹고 들어갈 거야.]

[알겠어요. 좀 이따 봐요.]

이준의 문자를 확인한 유경은 휴대폰을 내려놓고 손부채질을 시작했다. 하지만 한번 달아오른 열은 쉽사리 가라앉지 않았다. 요즘 들어 민망한 일이 자꾸 생기는 것 같은 건, 기분 탓인 걸까…….

그때였다. 맞은편에 털썩 누군가가 앉았다. 고개를 돌렸다. 지민이었다.

"얼굴이 왜 그렇게 빨개? 열 있어?"

"아니, 조금 더워서."

"난 또. 술병 제대로 난 줄 알았네."

쯧, 혀를 차는 지민의 말에 유경은 냅다 고개를 푹 숙였다.

"죄송합니다. 어제는 정말 민폐를 끼쳤어요."

"알면 됐다. 내 쿨하게 너의 죄를 사하노라."

"쿨하게 용서해 주셔서 감사합니다. 오늘은 제가 살 테니 마음껏 드시지요."

고개를 든 유경은 메뉴판을 지민에게 양도했다. 지민은 사양하는 것 없이 메뉴를 골랐다.

"참, 박동건 오늘 머리털도 안 보이더라?"

주문을 받아 든 직원이 돌아가고 지민이 말했다.

"지은 죄가 있어서 피해 다니나 봐. 일부러 그쪽 사무실 근처까지가 봤는데 못 만났어. 출근은 했다던데."

"됐어. 그 사람 얘기 안 궁금해."

유경은 굳은 얼굴로 말했다.

"나도 신경 끌 테니까, 너도 괜히 신경 쓰지 마."

지민이 저를 생각해서 이 얘기를 꺼냈다는 걸 모르지 않는다. 하지만 지금은 동건의 '동' 자도 듣고 싶지 않았다.

"그래, 그냥 길 가다가 똥 밟은 셈 치고 잊어버려!"

위로하듯 뱉어진 씩씩한 친구의 말에 유경은 알겠노라 고개를 끄덕였다. 그러자 지민이 유경의 눈치를 슬쩍 보다 기다렸다는 듯 묻는다. 사실 진짜 하고 싶은 말은 이쪽이었다는 듯.

"근데 대체 어떻게 된 거야?"

"뭘?"

"어제 그 꽃돌이 말이야."

"꽃돌이?"

"얘가 왜 자꾸 시치미를 떼고 그러실까. 꽃돌이 하면 바로 알아들어야지. 꽃보다 더 화려한 외모를 지닌 권이준 씨 말하는 거잖아."

앞에 붙은 수식어가 너무도 화려해서 손발이 오그라들 지경이었다. 물론 이준이 잘생긴 건 유경도 인정하는 바였지만 말이다.

"어제 말했잖아. 유현이 친구랑 같이 살게 됐다고."

"남자라는 얘기는 없었잖아."

"그랬나?"

"뭐가 이렇게 덤덤해?"

"그렇다고 호들갑 떨 일도 아니잖아."

"왜 아니야? 무려 남자랑 동거인데? 심지어 그 남자가 무려 엄청난 미남인데?"

'동거'라는 단어가 새삼스럽게 귀에 푹 꽂힌다. 유경은 떨떠름한 얼굴로 지민을 바라보았다.

"어째 네 반응이 어제보다 더 격한 것 같다?"

"……티 났어?"

"응. 완전."

단호하게 대꾸한 유경은 말을 이었다.

"그리고 동거라고 말 안 했으면 좋겠어. 왠지 듣기 불편해."

"동거를 동거라고 하지. 그럼 뭐라고 해?"

그러게. 뭐라고 해야 할까. 하숙……은 아닌데.

유경이 선뜻 대답하지 못하자 지민이 말했다.

"아무튼. 지금은 그게 중요한 게 아니고."

순간 유경을 바라보는 지민의 눈빛이 반짝 빛난다.

"둘이 무슨 관계야?"

"누구? 나랑 권이준?"

"그럼 나랑 꽃돌이 말하는 거겠니?"

"여태 뭘 들었어? 유현이 친구라니까."

황당하다는 듯 대꾸하자 지민이 눈을 가늘게 뜨고 되묻는다.

"단지 그뿐?"

"그럼 뭐가 더 필요해?"

"흐음……."

지민은 대답 대신 유경을 빤히 바라보았다. 그 시선이 뭔가 더 필요하다는 걸 여실히 알려 주고 있었다.

"너 또 이상한 생각 하는 거지?"

지민의 의미심장한 눈빛을 읽은 유경이 미간을 좁혔다.

"하여튼. 넌 그게 문제야."

지민이 쯧, 혀를 찼다.

"내가 뭘?"

유경이 미간을 구기며 대꾸했다. 지금 혀를 차야 할 사람이 대체 누군데.

"매사에 너무 그렇게 단호하게 선 긋는 거 말이야. 그거 진짜 안 좋은 버릇이다, 너? 사람이 유연하게 생각할 줄도 알아야지."

"동생 친구를 상대로 유연하게 생각해서 뭘 하라고."

"뭘 하긴 뭘 해. 연애를 해야지."

"뭐? 연애?"

기가 막힌다는 듯 유경은 눈을 치떴다. 눈빛이 심상치 않다는 생각은 했지만 설마 정말 그쪽으로 이준과 자신을 엮을 줄이야. 누가 들을까 겁난다.

"정지민! 제발 말도 안 되는 소리 좀 하지 마."

"왜 정색을 하고 그래?"

"내가 지금 정색 안 하게 생겼어?"

유경의 반문에 지민은 가볍게 어깨를 으쓱했다.

"말이 안 될 건 또 뭐야? 너 이제 솔로잖아. 그리고 어제 보니까 꽃돌이도 여자친구 없는 것 같던데."

네가 그걸 어떻게 아느냐고. 아니, 설사 그게 사실이라고 한들 지금 이 상황에서 그딴 게 뭐가 중요한 거냐고. 따져 묻고 싶었지만 그렇게 되면 이 쓸데없는 대화가 더 길어질 것 같아 유경은 그저 입을 다물었다. 하지만 지민은 유경이 대꾸를 하든 말든 전혀 신경 쓰지 않는다는 듯 제 할 말을 이어 갔다.

"똥차 가고 벤츠 온다는 얘기. 너도 알지?"

"왜 모르겠어? 너무 잘 알지. 그 얘기가 지금 이 상황에 안 어울린다는 것도 아주 잘 알고."

확실히 하지 않으면 지민이 계속해서 쓸데없는 얘기를 늘어놓을 것 같아 유경은 확실히 대꾸했다.

"그러니까 이제 그만 좀 해. 박동건 얘기만큼이나 듣기 싫으니까."

그렇게 세상에서 가장 단호하게 선을 그었을 때였다. 마침 주문한 음식이 나왔다. 그제야 지민은 입을 다물었다. 물론 계속해서 의미심장한 눈빛을 쏘아 대기는 했지만 말이다.

현관문을 열고 안으로 들어서자 음식 냄새 대신 훈기가 끼쳐 왔다. 거실엔 형광등이 훤하게 켜져 있었고 작게 TV 소리도 들려왔다. 또다시 유경은 흠칫했다. 이제 적응이 웬만큼 됐을 법도 한데, 퇴근 후 달라진 집 분위기는 아직도 낯설기만 하다.

"왔어요?"

신발을 벗고 거실로 들어서자 소파에 앉아 TV를 보고 있던 이준이 시선을 이쪽으로 하며 눈인사를 했다. 흰 박스 티에 회색 트레이닝복 바지 차림이었을 뿐인데, 긴 다리를 꼬고 앉아 있는 자태가 꼭 화보의 한 장면 같았다. 역시 모델이라 태부터가 일반인들과는 다른 듯했다.

"응. 다녀왔어."

간단하게 대꾸하고 방으로 들어가려고 했다. 그런데 유경의 시야에 뭔가가 들어왔다. 거실 테이블 한편에 가지런히 놓여 있는 그것에 시선을 뺏긴 그녀가 걸음을 멈추고 물었다.

"그건 뭐야?"

"아, 이거요? 파스요."

"파스?"

뭐지. 이 불길한 예감은…….

"허리가 조금 뻐근해서요."

이준은 별거 아니라는 듯 자신의 허리를 툭 건드렸다. 그러나 유경은 대수롭지 않게 넘어갈 수가 없었다. 대놓고 말하지는 않았지만 그의 허리가 아픈 게 누구 탓인지 알 것 같았기 때문이다.

"혹시 어제 일 때문에?"

이준은 대답 대신 어깨를 가볍게 으쓱해 보였다. 긍정이었다. 젠장. 유경은 속으로 낮게 읊조렸다.

"혹시 삐었어? 병원 가 봐야 하는 거 아니야?"

"그 정도는 아니에요."

"그걸 왜 네가 판단해. 의사도 아니면서."

"내 몸이니까 잘 알죠."

"……."

"진짜 걱정 안 해도 돼요. 운동할 때 이런 적 많았으니까. 파스 붙이고 하루 이틀 쉬다 보면 금방 괜찮아져요."

철로 만들어진 운동기구만큼이나 내가 무거웠단 얘긴가. 걱정하지 말라고 뱉은 말에 유경은 마음이 한층 더 무거워지는 것 같았다.

"파스는 제대로 붙였어?"

"뭐, 대충요."

대답이 영 시원치가 않다. 유경은 성큼성큼 이준에게 다가섰다.

"어디 봐."

"뭘요?"

"파스 제대로 붙였는지 봐야겠어."

이준은 조금 당황한 눈치였다. 정말로 보여 줘야 하나? 망설이는 것 같았다. 하지만 유경은 전혀 물러날 생각이 없다는 듯 이준의 허리 쪽만 빤히 바라봤다. 결국 이준은 주춤거리며 상의를 살짝 들어 올렸다.

"내가 이럴 줄 알았어."

유경은 혀를 쯧 찼다. 역시나. 손이 제대로 닿지 않았는지 파스는 쭈글쭈글 엉망으로 붙어 있었다. 이래서는 파스 효과는 둘째 치고 잘 때 허리가 배기지는 않을지 걱정될 정도였다.

"떼고 다시 붙여야겠다."

"괜찮은데."

"네가 못 봐서 그러는데 이쪽 상황은 전혀 괜찮지가 않아."

테이블 위에 놓여 있던 파스를 집어 든 유경은 이준의 옆자리에 엉덩이를 붙였다. 본격적인 자세를 취하자 이준은 더는 빼지 않고 얌전히 등을 맡겼다. 쭈글쭈글 붙어 있는 파스를 망설임 없이 잡아 뜯었다. 새 파스의 겉 포장지를 벗기고 붙이려는데 들췄던 상의가 흘러내린다. 한 손으로 상의를 붙들었더니 이번엔 파스를 붙이기가 애매하다.

"옷 좀 잡아 줄래? 자꾸 흘러내리네."

분명 조금만 잡아 주면 된다고 말했다. 그런데 말이 끝나기가 무섭게 이준은 상의를 아예 훌러덩 벗어 버린다. 순식간에 드러난 맨몸에 당황한 유경은 저도 모르게 꽥 소리를 내질렀다.

"야! 너 지금 뭐 하는 거야? 왜 옷을 벗고 그래?"

이준은 너무도 덤덤하게 말했다.

"생각해 보니까 어깨도 뻐근한 것 같아서요."

"……어깨?"

"네. 붙이는 김에 어깨도 붙여 줘요."

"아, 그래. 알겠어."

혼자 놀라서 허둥댄 게 민망해져서 유경은 얼른 파스를 집어 들었다. 이준이 뒤돌아서 있어서 붉어진 얼굴을 보이지 않은 게 그나마 다행이었다.

먼저 어깨에 파스 두 장을 붙이며 유경은 은근슬쩍 이준의 몸매를 살폈다. 사실 대놓고 본다 한들 뒤통수에 눈이 달린 게 아닌 이상 이준에게 들킬 리가 없는데도 괜히 흘긋거리게 된다. 딱 벌어진 역삼각형의 등판은 마치 평원처럼 널찍했다. 잔근육이 탄탄하게 붙은 어깨와 늘씬한 허리, 그리고 선명하게 골을 만들고 있는 척추기립근까지. 여자들이 가장 좋아하는 이상적인 몸매였다. 대충 짐작은 했지만 생각했던 것보다 훨씬 몸이 탄탄하다. 운동을 정말 열심히 한 모양이었다.

"누나."

이제 막 허리에 파스 하나를 붙였을 때였다. 이준이 문득 말했다.

"응?"

설마 음흉한 이 눈빛이 느껴진 건가?!

깜짝 놀란 유경은 크게 되물었다.

"내일도 늦어요?"

"내일?"

다행히 그건 아닌 모양이었다. 유경은 놀란 가슴을 다독이며 대답했다.

"글쎄⋯⋯. 내일 돼 봐야 알 것 같은데. 왜?"

"그냥요. 혼자 밥 먹으니까 맛이 없어서."

"오늘도 저녁 혼자 먹었어?"

"네."

확실히 혼자 밥 먹는다는 건 쓸쓸한 일이 분명했다. 하물며 이준에겐 남의 집이었으니 어쩌면 더 쓸쓸하게 느껴졌을지도 모르겠다.

"혼자 밥 먹는 거 싫으면 친구랑 같이 먹지."

"친구 없어요. 서유현 빼곤."

"그게 자랑이야?"

"아마 누나 동생도 그럴걸요?"

반박할 수 없었다. 사실이었으니까.

사내 녀석 둘이서 어찌나 붙어 다니는지. 모르는 사람들이 보면 둘 사이를 의심할 수도 있을 정도였다. 아마 그녀 역시도 동생의 컴퓨터 속 꽁꽁 숨겨져 있던 '작박구리' 폴더를 보지 못했다면 의심했을지도 모르겠다. 폴더 속에는 동생의 여성 취향이 적나라하게 드러나 있었다.

"알겠어. 내일은 최대한 일찍 들어올게."

닥쳐 봐야 아는 거지만 일단 이번 주엔 예고된 야근은 없었다. 이제 남자친구도 없으니 데이트 약속도 없을 것이다. 물론 있을 때에도 딱히 데이트를 했던 기억은 없지만.

"다 됐다."

파스의 가장자리를 마지막까지 꼼꼼하게 눌러 주었다.

이준은 그제야 상의를 입었다. 헐렁한 박스 티가 조각 같던 그의 몸매를 완전히 가렸다. 왠지 아쉬운 마음에 티를 빤히 바라보던 유경은 이내 정신을 차리고 자리에서 벌떡 일어났다. 그러곤 이준을 향해 고개를 꾸벅 숙였다.

"어젠 정말 미안했어. 다시 한번 사과할게."

"아침에도 사과했잖아요."

"파스 붙이다 보니, 한 번 갖고는 안 될 것 같단 생각이 들어서."

"그 정도는 아니라니까."

이준은 고개를 조아리는 유경을 보며 피식, 낮게 웃었다.

"근데 누나 술은 진짜 끊어야겠던데요? 술꼬장보다 더 안 좋은 술버릇이 잠드는 건데."

"네가 오해하고 있는 것 같아서 얘기하는데. 어제가 특이 케이스였던 거야. 나 원래는 술버릇 없어. 취해도 집에는 얼마나 잘 들어오는데. 귀소본능 장난 아니야."

그게 무슨 자랑이라고. 마치 변명하듯 주절주절 내뱉었다. 그러자 가만 듣고 있던 이준이 삐딱하게 그녀를 바라보며 되묻는다.

"그거, 안전 불감증인 거 알아요?"

"안전 불감증이라고? 내가?"

"집이 안전하다고 철석같이 믿고 있잖아요, 지금."

"그럼 아니야?"

"글쎄요. 나는 상황에 따라 그 어떤 곳보다도 굉장히 위험할 수도 있는 게 집이 아닐까 싶은데."

대체 그게 무슨 소리야? 마치 수수께끼처럼 알 수 없는 말에 유경은 고개를 갸웃했다.

"뭐, 못 알아들었으면 됐어요."

이준은 가볍게 어깨를 으쓱해 보인 후 자리에서 일어났다. 그러곤 자세하게 설명해 줄 생각 따위 없다는 듯, 의아해하는 그녀를 지나쳐 그대로 방으로 들어갔다.

"상황에 따라 집이 위험할 수도 있다고……?"

탁.

닫힌 방문을 바라보며 유경은 그가 한 말을 곱씹어 보았다. 하지만 여전히 그 의미는 알 수 없었다.

5. 남자복 있는 관상

　3년을 만났던 남자친구와 헤어졌지만, 심지어 이별의 이유가 엄청난 충격을 안겨 주었지만, 그럼에도 유경의 일상은 딱히 달라진 것 없이 그대로였다. 일, 집. 일, 집. 지루한 루틴을 반복했다. 그중 예전과 달라진 게 있다면 퇴근 후 집에 왔을 때 이준이 있다는 것이었다. 함께 저녁을 먹은 후 드라마나 예능 프로그램을 보며 소소한 수다를 나누었다. 금요일 밤엔 얼마 전 장만한 홈시어터로 영화를 보며 치킨과 맥주를 먹기도 했다.

　꼬박꼬박 함께 식사를 하는 것도, 같이 TV를 보며 수다를 떠는 것도, 집에서 함께 영화를 보는 것도, 모두 유현과 함께 살 때에는 상상도 할 수 없는 일이었다. 딱히 사이가 나쁜 편은 아니었지만 그래도 보통의 남매들이 그렇듯 그렇게 다정한 사이도 아니었으니까 말이다.

어쨌든 그 덕분일까. 걱정했던 것과는 다르게 시간은 빠르게 흘러갔다. 이별을 통보받았던 날 지민과 함께 술을 먹은 것 외에는 배신감에 치를 떨지도, 슬픔에 잠겨 엉엉 울어 보지도 못했던 것 같은데. 문득 정신을 차려 보니 어느덧 주말이었다.

쏟아지는 햇살을 받으며 눈을 뜬 유경은 졸린 눈을 비비며 시계를 확인했다. 벌써 10시가 훌쩍 넘어 있었다.

웬일이래. 이 시간까지 안 깨우고…….

평일이고 주말이고 할 것 없이 이준은 아침 먹는 시간엔 칼같이 그녀를 깨웠다. 끼니는 제때 챙겨 먹어야 하는 거라며. 더 자려거든 밥부터 먹고 나서 자라고, 그는 꼭 엄마처럼 말했었다. 덕분에 토요일이었던 바로 어제도 유경은 7시에 일어나야만 했었다. 그런데 오늘은 10시까지 아무런 말이 없다니. 의아하지 않을 수가 없는 상황이었다.

거울을 보며 대충 눈곱을 떼고 방을 나섰다. 그런데 집 안이 고요했다. 물론 평소에도 딱히 소란스러운 집은 아니었지만, 그것과는 다른 고요함이었다. 이준이 머물고 있는 유현의 방으로 시선을 옮겼다. 방문은 꽉 닫혀 있었다.

아직 자나?

노크를 해 볼까, 하는 생각이 들었다. 하지만 금방 마음을 고쳐 먹었다. 로봇이 아닌 이상 그도 하루쯤은 늦잠을 자고 싶을 수도 있는 거 아니겠는가. 만약 그렇다면 달콤한 잠을 굳이 방해하고 싶지 않았다.

유경은 머리를 긁적이며 주방으로 향했다. 잠을 오래 잔 탓인지 허기가 졌다. 최근 계속해서 밥을 얻어먹었으니 오늘 아침 정도는 자신이 준비를 해 볼 생각이었다. 물론 비루한 요리 실력 탓에 안 하느니만 못한 일이 될 수도 있지만 말이다.

뭘 차려야 하지. 한식은 자신 없는데. 식빵이 집에 있던가? 메뉴를 고민하며 주방에 도착했을 때였다. 유경의 시선이 절로 식탁 위를 향했다. 그도 그럴 것이 식탁 위에 너무도 강렬한 빨간색의 보자기가 널따랗게 펼쳐져 있었기 때문이다. 언젠가 엄마가 반찬을 싸 왔던 보자기였다. 그리고 그 위에는 노란 포스트잇 한 장이 붙어 있었다. 유경은 포스트잇을 뜯어 확인했다. 이준이 남겨 놓은 게 분명한 메모가 쓰여 있었다.

「회사에서 급한 연락이 와서 나가요. 아침이랑 점심 챙겨 먹고 있어요. 저녁밥 먹기 전엔 들어올게요.」

정말로 급했는지 제법 반듯해 보이는 글씨의 끝이 휘갈겨져 있었다. 메모지를 확인한 유경은 보자기를 들췄다. 찌개 냄비와 반찬들이 놓여 있었다. 밥을 제외하면 완벽한 한 상이었다.

"급하다면서, 밥 차릴 시간은 있었나 보네."

유경은 이준의 성실함에 헛웃음을 흘렸다. 심지어 짧은 메모에도 밥 얘기가 반 이상을 차지하지 않았던가. 혹시 전생에 그가 자신의 엄마였던 건 아닐까. 아니면 밥 못 먹고 죽은 귀신이 붙었거나, 하는 엉뚱한 생각까지 들었다.

지금까지 알고 지낸 세월이 꽤 오래지만, 최근 일주일을 함께

하는 동안 유경은 이준에 대해서 완전히 다시 생각하게 됐다. 예전엔 이준을 참한 아이라고 생각했었다. 외모도 잘났고. 공부도 잘하고. 인사성도 바르고. 어쩜 저렇게 완벽한 아이가 다 있을까 하고.

그런데 지금은 생각이 조금 바뀌었다. 물론 잘난 외모는 오히려 한층 더 업그레이드된 것 같지만, 누군가 참한가 물어본다면 답은 '글쎄'였다. 오늘처럼 이렇게 꼬박꼬박 밥을 차려 줄 때면 참하기 그지없어 보이다가도 가끔 시건방진 눈빛으로 저를 볼 때가 있었다. 그 눈빛을 볼 때면 언젠가 들었던 누나 대접해 주기 싫다던 그 말이 어쩌면 진심이었을지도 모르겠다는 생각이 들 정도였다. 하지만 그렇다고 또 마냥 시건방진 녀석이라고 하기엔, 평소 모습은 다정한데…….

"하여튼 진짜 알 수 없는 녀석이라니까."

이준에 대해서 생각하던 유경은 한마디로 정의를 내리지 못하고 고개를 절레절레 내저었다. 생각하다 보면 끝도 없을 것 같았기 때문이다.

쿵!

묵직한 소리가 피트니스 센터에 흐르고 있는 커다란 음악 소리를 가르고 울려 퍼졌다. 그와 동시에 바닥에 커다란 덤벨이 나뒹굴었다. 그 위로 뚝뚝뚝, 굵은 땀방울이 마치 빗방울처럼 쏟아진다.

"하아……."

이준은 목에 두르고 있던 수건으로 땀을 닦으며 거친 숨을 골랐다. 땀을 닦아 내자 유독 뽀얀 그의 피부는 언제 그랬냐는 듯 금방 뽀송해졌다. 땀에 젖어 있는 머리카락이 아니었다면, 불과 1분 전까지 미친 듯이 운동을 하던 사람이라는 것을 못 믿을 정도로 말끔한 모습이었다.

잠깐 쉬다 다음 세트를 진행하기 위해 다시금 덤벨을 집어 들려 할 때였다.

"여, 권이준."

뒤에서 불쑥 익숙한 목소리가 들려왔다. 이준은 고개를 돌려 목소리의 주인공을 확인했다. 봄날에 흩날리는 벚꽃을 연상케 하는 분홍빛 머리카락의 이 남자는, 그와 같은 회사의 소속 모델인 최재규였다. 두 사람은 동갑이었으며, 같은 해에 데뷔한 동기이기도 했다.

"언제 왔냐?"

"한 시간 정도 됐네."

"웬일로 이렇게 일찍? 요샌 계속 오후에 오더니."

"김 실장님이 호출해서 회사 다녀왔거든."

"이 아침부터? 무슨 일인데?"

"뻔하지, 뭐."

이준은 덤덤하게 대꾸하고 덤벨을 들어 올렸다.

"아하, 또 방송 섭외 들어왔나 보군."

불친절한 설명에도 재규는 알겠다는 듯 고개를 끄덕였다. 종종 있는 일이었다.

"그래서 대답은? 하기로 했어? 거절했어?"

"어땠을 거 같은데?"

"뭐, 또 무심한 얼굴로 '싫습니다' 했겠지. 너 우리 회사 들어올 때 내건 조건이 방송은 절대 안 하겠다는 거였잖아."

"잘 아네."

"사실 예전부터 궁금했는데. 넌 대체 왜 방송은 죽어도 하기 싫다는 거야? 방송 한 번 타면 인지도도 확 오르고, 돈도 엄청 벌 수 있을 텐데. 잘하면 연기 쪽으로 빠질 수도 있고. 완전 대박 기회 아니냐?"

"얼굴 팔리는 게 싫으니까."

엄청난 기회를 거절하는 것치고는 지나치게 심플하다 못해 허무한 이유였다. 재규는 황당하다는 듯 허, 하고 헛웃음을 흘렸다. 하지만 정말로 단지 그 이유가 전부일 거라는 건 잘 알고 있었다. 이준은 말수가 적은 만큼 허튼소리를 하는 법이 없었다.

"모델은 얼굴 안 팔리고?"

"방송이랑 쇼는 차원이 다르지."

"하긴, 그건 그러네."

재규는 빠르게 수긍하며 고개를 끄덕였다. 이준은 계속해서 운동을 이어 갔다.

"근데."

운동을 시작할 생각은 않고 옆에서 이준이 덤벨을 들어 올리는 모습을 지켜보던 재규가 대뜸 물었다.

"너 혹시 무슨 일 있냐?"

"아니, 왜."

"그냥, 네 표정이 평소랑 좀 다른 것 같아서."

금세 한 세트를 끝낸 이준이 덤벨을 다시금 바닥에 내려놓고는 저를 빤히 바라보고 있는 재규와 시선을 마주했다.

"내 표정이?"

"음, 굉장히 미묘한 차이기는 한데……."

재규는 눈을 아주 가늘게 뜨고 이준의 얼굴을 바라보았다. 어찌나 가늘게 떴는지 앞이 보이기는 하는 건지 궁금할 정도였다. 하지만 이렇게 하지 않으면 결코 눈치챌 수 없었을 것이다. 그 정도로 이준의 조각 같은 얼굴엔 표정이랄 게 없었다.

오죽했으면 재규는 처음 이준을 봤을 때, 사람이 아니라 조각상이나 로봇은 아닐는지 진지하게 의심까지 했더랬다. 솔직히 말하자면 지금도 완전히 의심을 거둔 건 아니었다. 모델로 데뷔 후 이준에게 가장 먼저 붙은 별명 역시 '냉미남'이었다.

"굳이 설명하자면 조금 밝아 보인달까?"

밝아 보인다라…….

이준은 재규의 말을 곱씹으며 정면을 바라보았다. 한쪽 벽면을 가득 채우고 있는 거울을 통해 제 얼굴이 고스란히 눈에 들어온다. 제 눈에도 마주한 얼굴은 무감하기 그지없어 보였다. 그런데 어떻게 이 얼굴을 보고 제 감정의 변화를 알아차렸을까.

"맞지? 좋은 일 있는 거."

다시 한번 확인하듯 묻는 재규를 보며 이준은 대답 대신 속으로 낮게 뇌까렸다.

귀신같은 놈.

재규는 평소엔 한심하게 보일 정도로 별생각 없이 사는 듯한 녀석이지만, 가끔 이렇게 날카로운 촉을 발휘해 그를 놀라게 하곤 했다. 하지만 재규가 제 감정을 알아차렸다고 해도 솔직하게 털어 놓고 싶은 마음은 눈곱만큼도 없었다. 이준은 뼛속부터 확실한 개인주의자였다. 본인이 타인에게 관심이 없는 만큼 타인이 저에 게 관심을 갖는 것 역시 굉장히 불편해했다. 물론 제 입으로 저에 대한 이야기를 하는 것 역시도 마찬가지.

"그런 거 없어."

이준은 무심하게 대꾸했다. 어찌나 단호한지. 옆에서 보는 이가 민망할 정도의 냉정한 거절이었다. 그러나 이런 이준에게 너무도 익숙한 재규는 집요했다.

"아냐. 내 촉이 분명 말하고 있어. 너에게 뭔가 일이 생겼다고. 그 것도 판타스틱한 그런 일."

"……."

깔끔하게 무시하고 덤벨을 다시 들려는 순간이었다. 이번에는 아예 이준의 팔을 덥석 붙들어 운동을 방해하면서까지 질척인다.

"뭐야, 뭔데. 응?"

"주먹 나가기 전에 얼굴 저리 치워라."

"왜. 내 잘생긴 얼굴이 부담돼?"

정말로 주먹이 나가려던 순간이었다. 뒤에서 앙칼진 목소리가 들려왔다.

"쭌!"

굳이 눈으로 확인하지 않아도, 두 사람은 목소리의 주인공을 금 방 알아차릴 수 있었다.

귀여움과는 전혀 거리가 먼 권이준을 '쭌'이라는 간지러운 애칭으로 부르는 건, 그들 주위에 단 한 사람밖에 없었으니까 말이다.

두 사람의 시선이 동시에 소리가 나는 쪽을 향했다. 역시나, 그들의 예상대로 민아가 이쪽을 향해 다가오고 있었다.

핑크색 브라탑에 딱 붙는 검은색 레깅스 차림의 그녀는 피트니스 센터 특유의 칙칙한 분위기 속에서 유독 눈에 띄었다. 운동을 하고 있던 남성들의 시선이 노골적으로 그녀를 향했다. 쏟아지는 시선이 따가울 정도였지만 익숙한 일이었다. 민아는 그들의 시선 따위는 전혀 신경 쓰지 않는 듯 긴 생머리를 휘날리며 두 사람을 향해 직진했다. 아니, 정확하게 말하자면 '두 사람'이 아니라 '한 사람'을 향한 걸음이었다.

"오랜만이네."

그녀는 재규에게는 시선도 주지 않고 곧바로 이준의 앞에 멈춰 섰다. 이준의 바로 옆에 서 있는 재규의 모습 따위는 눈에 들어오지도 않는 듯이.

"그동안 잘 지냈어?"

민아가 결 좋은 머리카락을 귀 뒤로 넘기며 예쁘게 눈웃음을 쳤다. 예쁜 얼굴에 섹시한 몸매, 거기다 옵션으로 애교까지. 남자라면 넘어가지 않으려야 않을 수가 없을 정도로 완벽한 조합이 아닐 수 없었다. 이쪽을 보고 있던 남자들의 심장 뛰는 소리가 들릴 정도였다. 그러나 정작 가까이에서 그녀를 마주하고 있는 이준과 재규는 덤덤할 뿐이었다. 물론 민아 역시 그런 두 남자의 반응에도 전혀 당황한 기색이 없었다. 민아는 재규의 고등학교 동창이었다. 그리고 두 사람과 같은 회사 소속의 모델이기도 했다. 데뷔 년도는 다르지만 이준과 재규가 함께 다니다 보니, 자연스럽게 민아와 어울리는 일이 잦아져서 현재는 셋 다 친구처럼 편하게 지내고 있는 중이었다.

"오랜만은 무슨."

상큼한 민아의 인사에 답변을 한 건, 이준이 아니라 재규였다. 그는 눈에 뻔히 보이는 내숭을 떨고 있는 민아를 아니꼽게 바라보며 투덜거렸다.

"고작 이틀 안 봤는데."

순간 오직 이준만을 향해 있던 민아의 시선이 휙, 빠르게 재규를 향했다. 그러곤 언제 웃고 있었냐는 듯 사나운 눈초리로 재규를 향해 쏘아붙였다.

"내가 언제 너한테 물었니? '낄끼빠빠' 좀 해, 제발."

"뭐어? 낄끼빠빠?"

눈치껏 낄 때 끼고 빠질 땐 빠지라는 민아의 말에 상처를 받은 재규가 눈썹을 치떴다.

"야, 이민아! 넌 좀 일관성이라는 걸 가져 보는 게 어때?"

"내가 뭘?"

"몰라서 묻냐? 표정, 목소리. 아니, 그냥 머리끝부터 발끝까지! 권이준 대할 때랑 나 대할 때가 달라도 너무 다르잖아. 이건 뭐 이중인격도 아니고."

"지금 이중인격이라고 했니?"

"이중인격이라는 말이 듣기 싫어? 그럼 아수라 백작이라고 불러 줄까?"

그동안 불만이 꽤나 쌓여 있었던 모양이다. 마치 이 순간만을 기다렸다는 듯 거침없이 술술 제 욕을 뱉어 내는 것을 보니 말이다.

"어쭈, 최재규."

재규의 말을 가만히 듣고 있던 민아가 눈을 가늘게 뜨며 한껏 여유로운 목소리를 뱉어 냈다.

"지금 선배 앞에서 눈 동그랗게 뜨고 대드는 거야? 하극상인가?"

흠칫.

순간 콧김을 내뿜는 코뿔소처럼 씩씩대던 재규의 몸이 굳었다. 물론 짝다리를 짚고 저를 노려보는 민아의 눈빛이 무서워서는 아니었다. 단지 그녀의 입에서 회심의 일격으로 나온 '하극상'이라는 단어 때문이었다. 이준과 재규는 스무 살에 데뷔를 했지만, 민아는 열일곱이라는 이른 나이에 데뷔했다. 데뷔 연도로 따지면 민아가 두 사람보다 무려 3년이나 빨랐다. 이 바닥에서 3년은, 하늘과 땅 차이나 마찬가지였다. 친구로 시작한 관계가 아니었다면, 눈도 제대로 마주칠 수 없을 정도로 대선배인 것이다.

실제로 민아는 현역 모델들 사이에서 '조상님'이라고 불리고 있었다. 게다가 여전히 현역으로 잘나가는 톱모델이기까지 했다. 그런 고로 민아의 '선배' 공격에 재규는 속수무책일 수밖에 없는 것이다.

"……하, 참나. 이럴 때만 선배지?"

당황한 기색이 역력한 채로 재규는 센 척을 했다. 하지만 그렇다고 쉽게 넘어가 줄 민아가 아니었다. 그녀는 제법 매서운 눈빛으로 재규를 쏘아보며 말했다.

"그래? 그럼 평소에도 선배처럼 대해 줄까? 내 입장에선 전혀 어렵지 않은데."

평소와 달리 하이 톤의 목소리를 한껏 내리깔고 말하는 민아의 포스는 남달랐다. 카리스마가 철철 넘쳤다. 괜히 다른 모델들이 '가장 무서운 선배가 누구냐'는 질문에 약속이라도 한 듯 하나같이 민아를 외치는 게 아니었던 모양이다.

"……아니요."

결국 깨갱, 하고 꼬리를 마는 건 오늘도 재규였다. 지금 이 순간 그는 진심으로 민아와의 관계를 고등학교 동창으로 시작해서 다행이라고 생각했다.

"늘 이렇게 맥없이 질 거. 대체 왜 매번 쓸데없이 객기를 부리는 거야? 하여튼 머리 나쁜 거 티 낸다니까."

승자인 민아는 코웃음을 치며 마지막까지도 독설 날리는 것을 잊지 않았다. 그러곤 분함에 부들부들 떠는 재규를 아주 깔끔하게 무시한 채, 다시금 이준을 바라보았다.

"쭌아. 오늘 무슨 날인지 알지?"

조금 전과 확연히 다르게 다정한 눈빛과 목소리였다. 이중인격자. 아수라 백작. 재규는 차마 겉으로 티를 내지는 못하고 혼자 속으로 낮게 읊조렸다.

"오늘?"

기대에 찬 민아를 보며 이준은 금시초문이라는 듯 되물었다. 그러자 활짝 핀 꽃처럼 화사하던 민아의 얼굴이 살짝 일그러진다.

"장난하는 거지……?"

"……."

이준은 이번에도 전혀 모르겠다는 얼굴이었다. 진심이다, 저건. 진심으로 모르는 거야. 상황 파악을 한 민아가 섭섭해 죽겠다는 듯 꽥 소리를 내질렀다.

"야이, 멍청아! 내 생일이잖아! 내 생일! 한 달 전부터 노래를 부르고 심지어 이틀 전에도 말했는데, 당일에 새까맣게 잊는 게 말이 돼? 최재규랑 같이 다니더니 쭌이 너까지 바보가 되어 가는 거야, 뭐야!"

"가만히 있는 나는 왜 또 걸고……."

욱해서 소리치던 재규는 이내 찌릿, 노려보는 민아의 눈빛에 말을 채 끝맺지도 못하고 입을 꾹 다물었다. 그녀의 매서운 눈빛이 말하고 있었다. '낄끼빠빠'라고.

"아, 완전히 잊고 있었네."

그제야 기억이 난 모양이었다. 이준이 말했다.

"미안."

분명 사과를 들었는데 더 화가 나는 이유는 뭘까. 말과는 달리 전혀 미안하지 않아 보이는 저 무심한 표정 때문일까. 무심한 목소리 때문일까. 성의 없는 사과에 민아는 또 한번 울컥했다. 하지만 이번에는 소리를 내지르는 대신 심호흡을 크게 한 번 했다.

"후우……."

사실 제가 화를 내는 게 더 웃겼다. 이준이 이토록 무심한 남자라는 것을 몰랐던 것도 아니니 말이다.

"그래, 잊을 수 있지."

심호흡으로 마음을 가다듬은 민아가 애써 미소를 띠며 말했다.

"요즘 너무 바빠서 정신이 없는 거잖아. 나한테 관심이 없어서가 아니라. 안 그래?"

눈물이 날 정도로 안쓰러운 자기 합리화였다. 이제는 재규마저 그녀를 안쓰럽다는 듯 바라보기 시작했다.

"어쨌든. 오늘 저녁에 오기는 할 거지?"

"어딜?"

그리 묻는 이준은 여전히 무덤덤한 표정이었다. 그와 동시에 민아의 이마에는 핏줄이 섰다. 심호흡을 한 게 고작 몇 초 전인데, 벌써 인내심이 슬슬 바닥이 나고 있는 중이었다.

"내가……."

자칫하면 또 소리를 지르게 될 것 같아 민아는 한 템포 끊고 말을 이었다.

"생일 파티 한다고 했잖아. 이번엔 클럽 빌려서 아예 제대로 할 거라고."

어금니를 꽉 깨물고 되물었다.

"이것도 정말 기억 안 나?"

그러나 돌아오는 대답은…….

"그랬나?"

그랬나아아……? 지금 '그랬나'라고 한 거야?

민아는 당장이라도 폭발할 것 같은 화를 애써 억누르며, 마지막으로 인내심을 쥐어짜 내서 차분하게 말했다.

"으응, 그랬어."

하지만 또다시 돌아오는 이준의 짧은 답변은 그녀의 마지막 남은 인내심을 거덜 내기에 충분했다.

"근데 미안해서 어떡하지. 나 거기 못 갈 것 같은데."

"뭐? 왜!"

따지듯 묻는 민아와 시선을 똑바로 맞춘 채로 이준은 눈 하나 깜빡하지 않고 대답했다. 세상에서 가장 진지한 얼굴로.

"저녁 밥 하러 집에 가야 하거든."

보글보글.

끓고 있는 냄비를 물끄러미 내려다보고 있는데 뒤에서 인기척이 느껴졌다. 유경이 휙 고개를 돌렸다. 언제부터 와 있었던 건지 이준이 이쪽을 보고 있었다.

"언제 왔어?"

유경은 깜짝 놀라 되물었다. 저녁 먹기 전에 돌아오겠다고 해서 더 늦어질 줄 알았는데, 벌써 올 줄이야.

"좀 전에요."

"근데 왜 그러고 있어?"

"그냥요. 좀 신기해서."

"뭐가?"

"이 광경이?"

대답과 함께 이준은 주방 안을 한번 쓱 훑었다. 유경의 시선 역시 그의 시선을 따라 움직였다. 그제야 주방이 엉망진창이 되어 있는 게 보였다. 이준이 요리를 할 때와는 사뭇 다른 풍경이었다.

"아! 원래는 치우면서 하는데, 오늘은 마음이 급해서……."

민망한 마음에 유경은 변명 아닌 변명을 하며 다급하게 아무렇게나 펼쳐 놨던 야채들을 주섬주섬 주워 접시에 담았다.

"근데 오늘 무슨 날이에요?"

"그게 무슨 말이야?"

"아니, 누나가 부엌에서 요리하는 건 처음 보는 것 같아서요."

마치 오늘은 서쪽에서 해가 떴나? 하는 뉘앙스였다. 남의 선의를 이런 식으로 받아들이다니. 괜히 기분이 상해서 입을 불퉁 내밀었다.

"네가 할 틈이나 줬니?"

"줬으면 했고요?"

"했지. 당연히."

"원래 요리에 취미 없잖아요."

"누가 그래? 서유현이 그러디?"

"그래서 아니라고요? 분리수거할 때 보니까 편의점 도시락 케이스가 한가득이던데?"

시침을 뚝 떼려고 했는데 정곡을 푹 찔려 버렸다. 할 말이 없어진 유경은 괜스레 크흠, 헛기침을 하며 말을 돌렸다.

"······내가 잘 안 해서 그렇지. 그래도 할 땐 잘해."

"그것 참 기대되네요."

"그렇다고 너무 기대는 하지 말고."

"알았어요. 그럼 너무 기대 않고 적당히만 기대할게요."

이준이 피식, 낮게 웃으며 주방으로 성큼 들어섰다.

"냄새 좋네요. 카레예요?"

유경은 대답 대신 고개를 끄덕였다. 그녀가 선택한 메뉴는 카레였다. 김치만 있으면 다른 밑반찬을 준비할 필요가 없다는 게, 카레를 고른 가장 큰 이유였다. 물론 그것보다 더 큰 이유는 할 줄 아는 요리가 딱히 없다는 것이었지만 말이다.

"냄새 맡으니까 배고프다."

"점심 안 먹었어?"

"먹었어요. 근데 운동했더니 배가 다 꺼졌어요."

늦게 했으면 큰일 날 뻔했네. 유경은 속으로 혹시라도 카레를 끓이다가 실패했을 때를 대비해서 이르게 요리를 시작한 자신을 칭찬했다.

"뭐 도와줄 거 없어요?"

"응. 없어."

유경은 단호하게 고개를 내저었다. 이준이 쳐다보고 있다고 생각하니까 도리어 긴장이 돼서 불편하다. 꼭 시어머니에게 감시를 받는 며느리가 된 기분이라고나 할까.

"다 돼 가니까 거기 앉아서 기다려."

유경은 이준이 더 이상 다가오지 못하도록 몸으로 막으며 이준이 늘 하던 말을 내뱉었다. 의미는 조금 다르지만.

"그럼 옷 좀 갈아입고 올게요."

불편해하는 기색을 눈치챘는지 이준은 주방을 나섰다. 그제야 유경은 긴장을 풀고 음식에 집중했다. 사실 요리라고 하기에도 조금 민망할 정도로 그녀가 한 건 딱히 없었다. 그냥 손질한 야채와 국거리용 고기를 시중에 파는 카레 가루와 함께 푹 끓여 주면 끝이었다. 그래도 어디서 본 건 있어서 중간중간 냄비에 눌어붙지 않도록 저어 주기는 했다.

어느 정도 시간이 지나고 색이 그럴듯하게 변했을 때, 유경은 가스 불을 껐다. 커다란 그릇을 꺼내 밥을 담고 그 옆으로 카레를 한 스푼 크게 퍼 담았다. 수저까지 식탁 위에 세팅을 하고 마지막으로 함께 곁들일 반찬인 김치를 꺼내기 위해 냉장고 문을 열었다.

문득 그녀의 시야에 냉장고 마지막 칸을 차지하고 있는 커다란 반찬통이 들어온다. 엄마가 동건에게 주라며 보낸 김치통이었다. 큰 통이라고 해 봐야 얼마나 크겠어, 생각했는데 막상 받아 보니 상상 이상으로 큰 통에 동건이 좋아하는 고들빼기김치가 한가득 담겨 있었다.

마음 같아서는 당장이라도 내다 버리고 싶었다. 하지만 저 속에 들어 있는 것이 김치가 아니라 엄마의 마음이라고 생각하니 차마 그럴 수가 없었다. 음식에 무슨 죄가 있겠는가. 물론 엄마는 더욱 더 죄가 없었고.

유경은 굳은 채로 통을 빤히 바라보았다. 마치 정해진 프로그램이라도 작동하듯 김치통 위로 동건의 얼굴이 떠올랐다. 주먹이 절로 그러쥐어졌다. 손톱 끝이 살점을 파고 들어가고 있었지만 아픔은 느껴지지 않았다.

생각하지 말자, 서유경. 제발 생각하지 마.

유경은 속으로 읊조리며 고개를 휘휘 내저었다. 평범하게 일상을 보내고 있다고 해서. 엉엉 울지 않는다고 해서. 사실 정말로 잊었거나 괜찮은 건 아니었다. 당연한 일이었다. 3년의 연애가 끝난 것이다. 3년을 고작 일주일 만에 잊을 수 있을 리가 없다. 다만 떠올리면 아프기에 생각하지 않으려고 애쓸 뿐.

"뭐 하고 있어요?"

뒤에서 의아해하는 이준의 목소리가 들려왔다. 그제야 유경은 냉장고에 박고 있던 고개를 들어 올렸다.

"김치를 꺼내려는데 통이 무거워서."

"혹시 어머니께서 이번에 보내 주신 고들빼기김치 말하는 거예요?"

"응. 그거."

"큰 통은 그냥 둬요. 따로 소분해서 담아 놨어요."

"아, 그래?"

"나와요. 그냥 내가 꺼낼게요."

유경이 주춤 뒤로 물러서자 이준은 아주 자연스럽게 두 번째 칸에 있는 자그마한 통을 꺼냈다. 굳이 뚜껑을 열지 않아도 내용물은 알 수 있었다. 왜 빨리 찾지 못했는지 스스로가 의문일 정도로 투명한 유리 너머로 고들빼기김치의 자태가 고스란히 보이고 있었다.

"우리 집 냉장곤데 나보다 네가 더 잘 아네."

"냉장고뿐만 아니라 웬만한 살림은 누나보다 더 잘 할걸요."

인정하지 않을 수가 없었다. 유경은 고개를 끄덕였다.

이 집에 온 이후로 이준은 빨래와 청소를 매일같이 하고 있었다. 심지어는 웬만한 주부들도 귀찮아서 미룬다는 화장실과 부엌도 늘 잊지 않았다. 나름 청소를 좋아한다는 엄마와 함께 살 때보다 지금의 집이 훨씬 더 깨끗하게 느껴질 정도였다.

"혹시나 해서 묻는 건데. 나중에 모델 은퇴하고 나면 청소 업체 차릴 생각이야?"

"그냥 미리 연습하는 거예요. 나중에 아내한테 예쁨 받으려고."

권이준이 아내에게 예쁨 받고 싶어서 요리와 청소를 연습하다니. 본인의 입에서 나왔지만 왠지 너무도 어울리지 않는 것 같아 유경은 잠깐 멍하게 그를 바라보았다. 하지만 그리 말하는 그의 눈에는 진심이 그득해 보였다. 이내 유경 역시 인정한다는 듯 고개를 크게 끄덕였다.

"그래. 이렇게만 하면 넌 진짜 아내한테 예쁨 듬뿍 받을 거야."

사실 굳이 뭘 하지 않아도, 그저 그 잘난 얼굴만으로도 충분히 예쁨 받을 수 있지 않을까. 하는 생각이 들었지만 뒷말은 삼켰다.

"오, 비주얼은 그럴듯한데요?"

고들빼기김치를 식탁 위에 내려놓은 이준이 자리에 앉으며 말했다.

"맛은 장담 못 해."

"아까까진 자신감 넘치더니 갑자기 웬 약한 모습?"

"그냥. 갑자기 정신이 돌아왔어."

솔직한 고백에 이준은 작게 웃었다.

"잘 먹겠습니다."

이준이 숟가락을 들었다. 유경은 밥과 카레를 잘 섞어 입으로 가져가는 이준의 행동을 빤히 바라보았다. 오물오물. 잘 씹은 음식이 그의 목구멍으로 넘어가는 순간이었다. 그와 동시에 유경 역시 마른침을 꼴깍 삼켰다.

"……맛 어때?"

조심스럽게 물었다. 그러자 이준이 들고 있던 숟가락을 내려놓으며 조심스레 말한다.

"앞으로 음식은 내가 할게요."

"……그렇게 별로야?"

카레는 어떻게 만들어도 맛없을 수가 없지 않나? 내가 그 정도로 요리 실력이 꽝이었나? 그래도 라면은 잘 끓이는 편인데?

순식간에 울상이 되는 유경을 바라보던 이준이 재미있다는 듯 하하, 웃으며 고개를 내저었다.

"농담이에요. 맛있어요."

"됐거든."

"삐졌어요?"

"맘에도 없는 위로 필요 없다고."

삐진 기색이 역력하게 드러나자 이준이 당황한 듯 말을 내뱉었다.

"농담이었다니까요?"

"……."

"진짠데? 봐요. 잘 먹잖아요."

보란 듯이 듬뿍 퍼서 입으로 가져가는 이준을 보며 눈살을 찌푸렸다. 하지만 그래도 못 먹을 음식을 만들진 않은 것 같아 마음 한편이 놓이기는 했다. 그제야 유경은 저도 한 술 떴다. 지금까지 이준도 이런 기분이었을까. 그렇다면 앞으론 좀 더 맛있다고 티를 팍팍 내주면서 먹어야겠다고도 생각했다.

식사를 끝내고 이준이 후식으로 과일을 내왔다. 둥글넓적한 접시 위에는 토끼 모양으로 예쁘게 깎인 사과가 가지런히 놓여 있었다. 요리 솜씨뿐만 아니라 데코 솜씨도 예사롭지가 않다. 무슨 재주가 이렇게도 많은지. 이 녀석에겐 대체 부족한 게 뭘까. 새삼스럽게 감탄하고 있는데, 이준이 포크로 사과를 쿡 찍어 유경에게 건넸다. 오늘은 또 다정한 권이준인 모양이었다.

"고마워. 잘 먹을게."

유경은 군말 없이 사과를 받아 한 입 베어 물었다. 그러고 보니까 최근엔 계속 '건방진 권이준'보다는 '다정한 권이준' 쪽이었던 것도 같다.

"재미있는 거 해요?"

"응. 이거 이번에 새로 시작하는 예능 프로그램인데, 꽤 재밌더라."

두 사람은 나란히 소파에 앉아 TV를 시청했다. 개그맨 몇 명이 모여서 콩트를 찍는 예능 프로그램이었는데, 꽤나 유쾌했다. 시작한 지 10분 만에 몇 번이나 웃었는지 모르겠다. 웃다가 눈물도 찔끔 나올 정도였다. 유머 코드가 맞지 않았는지 이준은 별로 웃는 것 같지 않았지만 말이다.

"근데 누나."

그렇게 실컷 웃으며 한참 예능에 집중하고 있을 때였다. 문득 이준이 말했다.

"괜찮은 거예요?"

"응?"

뜬금없이 그게 무슨 말이야? 물으려던 유경은 이내 입을 다물었다. 짚이는 것이 있었다. 물고 있던 포크를 내려놓고 고개를 획 돌려 이준을 바라보았다.

"알고 있었어?"

"네."

"언제부터?"

"술 먹은 누나 들쳐 업고 왔던 날부터."

이별 통보를 받았던 그날이었다. 그러니까 이준은 처음부터 알고 있었던 것이다. 그래서 최근에 계속 저에게 맞춰 줬던 걸까. 꼬박꼬박 밥을 같이 먹어 주고. 시답잖은 수다를 나눠 주고. 치킨과 맥주를 함께 먹어 주고. 또 이렇게 지금처럼 재미도 없는 예능을 함께 봐 주기도 하면서…….

"어떻게 알았어?"

"내가 말했잖아요. 누난 얼굴에 다 티 난다고."

이쯤 되면 정말로 누군가가 제 얼굴에 뭔가를 써 놓은 건 아닐는지, 의심이 된다. 유경은 낮게 한숨을 내쉬었다.

"너 관상 볼 줄 안다고 했지? 그럼 내 관상도 좀 봐줄래?"

"어떤 부분이 궁금한데요?"

"돈."

생뚱맞게 튀는 말에 이준이 황당하다는 듯 되묻는다.

"돈? 연애 쪽이 아니라?"

"연애는 이제 됐어. 지긋지긋하기도 하고. 잘할 자신도 없고."

진심이었다. 이제 더는 남자라는 것 자체를 믿지 못할 것 같았다. 하지만 그보다 더욱더 못 믿겠는 건, 멍청했던 제 눈이었다. 박동건이 첫 남자이자 마지막 남자일 거라고 생각했던, 무뚝뚝해도 배신 같은 건 절대 하지 않을 남자라고 철석같이 믿었던, 제 이 두 눈.

"평생 혼자 살게요?"

"그것도 나쁘지 않은 것 같아. 사실 기혼자들도 돈만 있으면 혼자 사는 게 낫다는 말도 많이 하고."

유경이 진심을 담아 얘기했을 때였다. 이준이 망설임 없이 말했다.

"누난 돈 복 없어요."

"뭐어?"

"관상이 그래요."

단호한 목소리였다. 웃음기라고는 전혀 없었다. 그래서 더욱더 그 말이 와 닿는다. 예전 같았다면 무시하고 넘겼을 테다. 관상은 무슨 얼어 죽을 관상이냐고. 하지만 지금은 그럴 수가 없었다. 상상도 하지 못했던 동건의 여자문제를 단번에 맞혔던 이준이 아니었던가. 물론 얻어걸린 거겠지만, 그래도 마음 한편이 찝찝하고 신경이 쓰이는 건 어쩔 수 없다.

"웃기지 마. 그럴 리가 없어. 다시 제대로 봐줘."

유경이 이준을 향해 제 얼굴을 바짝 들이밀었다. 너무 과했는지 순간 흠칫, 놀란 듯 눈을 크게 뜨던 이준이 이내 뒤로 슬금 물러나며 말했다.

"대신 남자복은 있네요."

"남자복? 내가?"

그건 더 말이 안 되는 거 아니야?

엉터리 같은 말에 유경은 납득이 안 된다는 듯 고개를 갸웃했다. 그런 유경의 두 눈을 똑바로 바라보며 이준이 말했다.

"곧 아주 좋은 남자가 나타날 거예요. 얼마 전 헤어진 그 남자랑은 비교도 안 될 정도로 좋은. 누나밖에 모르고, 평생을 누나밖에 모르고 살, 아주 괜찮은 남자."

"……."

"그러니까, 혼자 살겠다는 쓸데없는 생각 말고……."

뒤로 물러나 있던 이준이 유경의 코앞으로 얼굴을 바짝 들이밀며 말을 덧붙였다.

"연애하고 결혼도 해요."

어쩐지 무시할 수 없는, 세상에서 둘도 없이 진지한 목소리였다.

"그 남자랑."

마치 정말로 어딘가에 그런 말도 안 되게 좋은 남자가 존재하는 건 아닐까, 하는 기대감이 들 정도로.

월요일 아침부터 유경은 정신이 없었다. 갑작스럽게 떨어진 특명 때문에 평소 출근 시간보다 훨씬 이르게 집에서 나서야 했기 때문이다.

일의 시작은 어젯밤 걸려온 한 통의 전화였다. 아주 뜬금없이 전화를 건 부장은 내일 아침 출근하기 전 거래처에 들러 물건을 전달받아 달라는 부탁을 했다. 말이 부탁이지 사실 명령이나 마찬가지였다.

원래 본인이 해야 할 일이었다. 그런데 하필이면 유경의 집이 거래처와 더 가깝다는 아주 그럴듯한 이유를 대며 당당하게 미루는 게 아닌가. 어찌나 당당하신지, 유경은 핑계를 대며 거절할 생각도 못 하고 '네' 하고 대답해야만 했다. 사실 부장이 당당하게 부탁하지 않았다고 해도 이미 답은 정해져 있었지만 말이다.

"내가 진짜 로또만 당첨돼 봐. 당장 이 회사부터 때려치워 버릴 테니까!"

하루에 열두 번도 더 하는 꿈만 같은 상상을 하며, 유경은 씩씩거리며 회사로 복귀했다. 품에는 거래처에서 받아 온 짐이 한가득이었다. 무거운 짐 더미를 든 채로 낑낑거리며 회사 로비를 가로지르는데, 이제 막 엘리베이터 문이 닫히려는 게 보인다.

눈이 번쩍 뜨였다. 안 그래도 조금 전 버스에서 내릴 때 부장에게 재촉 전화를 받은 참이었다. 이번 엘리베이터를 놓치면 더 늦어질 테니 무조건 타야만 했다. 유경은 걸음을 바삐 하며 소리쳤다.

"잠시만요!"

다행히도 목소리가 들린 모양이었다. 닫히던 엘리베이터 문이 다시금 열리기 시작했다. 유경은 얼른 올라탔다.

"감사합니다."

꾸벅. 고개를 숙이자 안에 타고 있던 남자 역시 가볍게 고개를 숙이며 인사를 받아 주었다. 버튼을 누르려는데 이미 눌려 있다. 이 남자도 같은 층을 가는 모양이었다. 유경은 속으로 '럭키'를 외쳤다. 안 그래도 양손에 끌어안고 있는 짐 때문에 버튼을 누르려면 손을 뻗어야 해서 곤란하던 참이었다. 엘리베이터가 움직이기 시작했다. 유경은 습관처럼 숫자가 바뀌는 LED판을 바라보고 있었다. 그런데 옆에서 왠지 따가운 시선이 느껴진다. 모르는 척하기엔 지나치게 노골적인 시선이었다.

휙. 고개를 돌려 옆을 바라보았다. 그와 동시에 저를 빤히 보고 있던 남자와 시선이 마주쳤다. 상식적으로 남을 빤히 보는 건 실례되는 행동이 아니던가. 그런데 남자는 당황하기는커녕 오히려 싱긋 웃어 보인다.

"기획팀이신가 봐요."

유경의 목에 매달린 사원증을 본 듯 남자가 말을 걸었다.

"네."

짧게 대답한 유경은 남자를 살폈다. 하지만 그의 목에는 사원증이 없었다.

"방향이 같네요."

그래서요? 황당해서 되물으려는데 남자가 이쪽으로 손을 뻗으며 말했다.

"그거 이리 주세요."

"네?"

"제가 들어 드릴게요."

이제 보니 방향이 같으니 짐을 들어 주겠다는 거였다. 예상치 못한 친절이었다. 그것도 모르고 너무 경계했던 것 같아 미안해진 유경은 정중하게 거절했다.

"아니에요. 괜찮아요."

"많이 무거워 보이는데……."

무거운 건 사실이었다. 지금도 중력을 못 이기고 팔이 점점 아래로 내려가는 중이었다.

'한 번만 더 물어보면 못 이기는 척 넘겨줘야지.' 생각하는데 남자가 꼭 그녀의 마음을 읽기라도 한 것처럼 말했다.

"그러지 말고 저 주세요."

여전히 뻗은 손을 거두지 않은 상태였다. 유경은 속으로 또 한 번 '럭키'를 외치며 못 이기는 척 그에게 짐을 넘겼다.

"정말 감사합니다."

"뭘요."

남자는 대수롭지 않다는 듯 싱긋 웃어 보였다. 이제 보니 미소가 참 선한 느낌이 든다. 그리고 꽤나 훈남이었다. 우리 회사에 이런 남자가 있었던가. 잠깐 생각하던 유경은 별안간 묘한 느낌을 받았다. 방금 본 얼굴이 어쩐지 낯설지가 않게 느껴진다. 흘긋. 시선을 틀어 남자의 얼굴을 다시 한번 확인했다. 이번에도 역시 느낌은 같았다. 분명 낯이 익었다.

어디서 봤더라…….

빠르게 기억을 되짚어 봤지만 떠오르는 건 없었다. 이 정도 얼굴이라면 만난 걸 쉽게 잊을 수 있을 리가 없는데 말이다. 그냥 회사에서 스쳐 지나가며 본 걸 기억하는 건가? 고개를 갸웃하고 있는데, 어느덧 목적지에 도착한 엘리베이터의 문이 열린다. 남자는 유경이 먼저 내릴 수 있도록 배려를 해 주었다.

"기획팀으로 바로 가면 되죠?"

"네."

두 사람은 기획팀을 향해 걸음을 옮겼다. 나란히 걷는데 너무 말이 없는 것도 이상한 것 같아, 유경이 먼저 친근하게 말을 걸었다.

"저희 팀에 볼일이 있으신가 봐요."

"뭐, 그렇다고 볼 수 있죠."

"어디 소속이세요?"

"어디일 것처럼 보이나요?"

스무고개도 아니고. 질문에 또 다른 질문으로 답할 줄은 몰랐다. 별로 어려운 걸 물은 것 같지도 않은데 말이다.

"글쎄요. 잘……."

당황한 유경이 어색하게 웃으며 대답했다. 그러자 남자는 또다시 싱긋 웃으며 말했다.

"곧 알게 될 거예요."

곧 알게 된다고······?

무슨 그런 어이없는 대답이 다 있나 싶었다. 그런데 남자의 말은 정말이었다. 사무실 문을 열고 들어가자마자 그의 소속을 곧바로 알게 되었으니까 말이다.

"대리님, 오셨어요?"

유경을 발견한 보라가 인사를 건넸다. 그러다 이내 뒤따라 들어오는 남자를 보고 활짝 웃는다.

"어? 팀장님이랑 같이 오셨네요? 앞에서 만나셨어요?"

으응?

"······팀장님이라고?"

"어머, 모르셨어요? 전 같이 들어오셔서 이미 인사 나누신 줄 알았어요."

보라의 말에 유경은 멍한 얼굴로 남자를 바라보았다. 남자는, 아니, 새로 온 팀장은 들고 있던 짐을 정확하게 그녀의 책상 위에 내려놓았다. 그러곤 여전히 멍한 얼굴로 자신을 바라보는 유경을 향해 손을 척 내밀었다.

"반갑습니다. 이번에 기획팀 팀장으로 부임하게 된 한선우라고 합니다."

아까와 마찬가지로 선한 미소였다.

"앞으로 잘 부탁합니다."

하지만 이번엔 마냥 선하게만은 보이지 않는 건─.

"서유경 대리님."

……기분 탓인 걸까.

✳

점심시간 여느 때처럼 구내식당에서 밥을 먹던 중 보라가 문득 말했다.

"완전 대박이죠?"

이제 막 밥을 가득 편 숟가락을 입으로 가져가던 유경이 고개를 들었다.

"응? 뭐가?"

"저기요."

보라가 흘끗 눈짓으로 어딘가를 가리켰다. 자연스레 유경의 시선 역시 따라 움직였다. 보라의 시선이 닿은 곳에는 익숙한 얼굴들이 식사를 하고 있는 게 보였다. 부장과 새로 온 팀장, 한선우였다.

"너무 잘생기지 않았어요?"

설마 부장을 말하는 건 아닐 테고. 아무래도 선우에 대해 이야기를 하는 모양이었다.

"저 진짜 아침에 보고 깜놀했다니까요. 설마 저렇게 잘생긴 분이 우리 팀 팀장으로 올 줄이야! 벌써 다른 부서에도 소문 쫙 퍼졌는지, 여직원들이 부러워하고 난리 났대요. 완전 잘생긴 인물이 기획팀에 상륙했다고."

꺄르르.

보라 특유의 소녀 같은 웃음소리를 한 귀로 흘려들으며 유경은 선우의 얼굴을 찬찬히 뜯어보았다. 보라가 호들갑을 떠는 게 어느 정도 이해가 될 정도로 확실히 잘생긴 얼굴이기는 했다. 그렇다고 연예인처럼 조각 같은 외모는 아니었지만 요즘 흔히들 말하는 '훈남' 스타일이었다. 쌍꺼풀은 없지만 큰 눈. 오뚝한 코. 도톰한 입술. 건강해 보이는 구릿빛 피부. 수트빨을 완성시켜 주는 큰 키와 넓은 어깨까지. 선이 굵직굵직해서 말 그대로 '남자답다'라는 표현이 잘 어울리는 인상이었다. 그런데 또 웃을 때는 예쁘게 접히는 눈가와 한쪽이 푹 들어가는 보조개 덕분인지 서글서글해 보이기도 했다.

"성격도 좋은 것 같죠?"

"잠깐 보고 그걸 어떻게 알아? 제대로 겪어 보지도 못했는데."

"에이, 딱 봐도 사람 선해 보이잖아요. 하루 종일 툴툴거리는 김 과장님 앞에서도 표정 한번 구기지 않고 웃어 주는 거 봐요. 웬만한 성격이면 절대로 그렇게 못 할걸요?"

보라는 이미 선우에게 홀라당 넘어간 것 같았다. 사실 그건 보라뿐만이 아니었다. 실제로 김 과장을 제외한 다른 팀원들 역시 선우에게 호감을 보이고 있었다. 보라의 말대로 대놓고 적대감을 보이는 김 과장의 이런저런 행동들에 기분이 나쁠 법한데도, 그는 기분 나쁜 기색 전혀 없이 웃으며 응대했었다. 웃는 얼굴에 침 못 뱉는다고, 김 과장 역시 어느 순간부터는 뾰족하게 세우고 있던 가시를 확 누그러뜨렸을 정도였다.

고작 반나절 만에 모든 이들을 제 편으로 만들다니. 대단한 능력이 아닐 수 없었다. 하지만 유경은 좀처럼 선우를 향한 경계를 늦출 수가 없었다. 아침에 자신의 정체를 숨기고 접근했던 수상쩍은 행동 때문만은 아니었다. 그보다도 이상하게 저를 보는 그의 눈빛이 수상쩍게 느껴졌기 때문이다. 오늘 새로 온 사람이니 회사에서 본 건 아니란 얘긴데. 그럼 난 대체 저 얼굴을 어디서 본 거지……?

물론 회사가 아니라 길을 가다가 우연히 스쳐 지나갔을 수도 있고, 또 어쩌면 잘못 기억하고 있는 걸 수도 있는 일이었다. 그런데도 이상하게 찝찝한 마음이 쉬이 가시질 않는다. 그렇게 골똘히 생각하고 있을 때였다. 시선이 느껴졌는지 선우의 고개가 이쪽을 향했다. 그와 동시에 멍하니 그를 바라보고 있던 그녀의 시선과 딱 마주쳤다.

헉.

당황한 유경이 시선을 얼른 거둬들이려고 하는 순간이었다. 선우가 먼저, 마치 괜찮다는 듯 싱긋 눈웃음을 지어 보였다. 보라의 말대로, 딱 봐도 선해 보이는 미소였다.

본디 첫 단추를 잘 꿰어야 하는 거라고 했던가. 아침부터 재수가 없는가 싶더니, 아니나 다를까 그 후로도 하루 종일 재수 없는 일이 이어지기 시작했다. 일기를 쓴다면 제목을 '더럽게 재수 없는 날'이라고 짓고 싶을 정도였다.

부장을 대신해서 외근을 한 게 그 시작이었다. 새로 온 팀장이 왠지 모르게 계속해서 찝찝하다 싶더니, 오후에는 갑자기 컴퓨터가 제멋대로 재부팅을 시도해서 작업하던 서류를 완전히 날리기까지 했다. 여기까지만 해도 어쨌든 괜찮았다. 아니, 사실 전혀 괜찮지는 않았지만 그래도 아주 최악인 상황까지는 아니라고 생각했다.

그래. 살다 보면 이런 날이 있을 수도 있지. 그저 한 달에 한두 번은 꼭 겪는 '재수 없는 날'쯤으로 여기고 대수롭지 않게 생각하려 했다. 그런데 퇴근 후 한선우 팀장의 환영식을 겸한 회식 자리에서 더 이상 대수롭게 여길 수 없는 일이 벌어져 버렸다. '재수 없는 날' 앞에 '더럽게'라는 형용사가 붙지 않으려야 그럴 수가 없는 사건이었다. 팀원들과 함께 고깃집 안으로 들어선 유경은 재빠르게 자리부터 스캔했다. 그러곤 부장과 가장 멀리 떨어져 있는 자리를 향해 재빠르게 달려갔다. 모두가 원하는 자리였기에 눈치와 스피드는 필수였다.

다행스럽게도 원하는 자리에 앉을 수가 있었다. 부장과 다소 가까운 자리에 앉게 된 팀원들의 부러움을 한몫에 받으며, 유경은 마치 승자라도 된 것처럼 여유를 부렸다. 갑작스럽게 부장이 자신을 찾기 전까지는.

"어이, 서 대리!"

저승사자가 이름을 부른다면 아마도 이런 느낌이 들지 않을까.

철렁하는 가슴을 안고 유경은 느릿하게 고개를 틀었다. 부장의 시선은 정확하게 이쪽을 향해 있었다.

"그쪽에서 뭐 하고 있어? 이쪽으로 오지 않고."

부장은 흘긋 자신이 앉아 있는 테이블의 빈자리를 가리켰다. 4인용 테이블엔 이미 세 사람이 자리를 잡고 앉아 있었다. 부장과 김 과장, 그리고 선우였다.

맙소사, 저건 또 무슨 조합이야…….

순간 유경은 두 눈을 질끈 감고 싶은 충동에 휩싸였다. 어쩌다가 저 세 사람이 한 테이블에 앉아 있게 된 건지. 보고 있는 것만으로도 숨이 턱 막히게 하는 조합이 아닐 수 없다. 저 세 사람 사이에 앉게 된다면, 오늘 회식 자리가 얼마나 지옥 같을지 안 봐도 훤했다. 그냥 못 들은 척 계속 버틸까. 망설이고 있는데 부장이 재촉하듯 한 번 더 그녀를 부른다.

"서 대리?"

당장 오지 않고 뭘 꾸물대고 있어? 하는 뒷말을 생략한 채 부장은 어울리지 않게 윙크를 찡긋 해 보였다. 소름이 쫙 돋는 것과 동시에 언젠가 부장과 나누었던 대화가 뇌리를 스쳐 지나간다.

'상황이 이렇게 됐으니까, 새 팀장이 오면 서 대리가 신경 좀 잘 써 줬으면 해.'

'업무도 그렇고. 그 외의 부분에서도 말이야. 그래도 팀에선 김 과장 다음으로 자네가 힘이 있지 않나, 응?'

'내 말, 무슨 뜻인지 알지?'

아아, 그때 했던 말이 이런 뜻이었던가.

굉장히 곤란한 입장에 처하게 되리라는 건 이미 예상하고 있는 일이었다. 하지만 그렇다고 이렇게까지 대놓고 그 입장에 몰아넣어지게 될 거라는 생각은 하지 못했었는데 말이다. 참담한 마음이 된 유경은 어쩔 수 없이 자리에서 일어났다. 이렇게까지 저를 콕 짚어 애기하는데, 부장을 무시할 수는 없는 노릇이었다. 팀원들은 그런 그녀를 안쓰럽다는 듯 바라보고 있었다. 맞은편에 앉아 있던 보라는 '파이팅!' 하고 입을 벙긋하기까지 했다.

그들의 심심한 위로를 뒤로한 채 유경은 마치 도살장에 끌려가는 소처럼 느릿하게 부장의 테이블에 합류했다. 그녀의 자리는 부장의 맞은편이자 선우의 바로 옆자리였다. 대각선으로는 불쾌한 기색이 역력한 김 과장의 표정이 또렷하게 보인다. 그런데 이런 분위기가 보이지 않는 건지. 아니면 다 알고도 모르는 척하는 건지. 부장은 신이 난 얼굴로 술병을 들어 올렸다.

"자, 어서 서 대리도 한잔 받아. 술부터 채우고 시작해야지."

"네에."

유경은 어색하게 웃으며 술잔을 들었다. 그리고 빈 잔에 술이 콸콸콸 차오르는 것을 바라보며 진심으로 생각했다. 회식이 끝나고 집에 가는 길에 당장 로또를 구매해야겠다고. 그것도 아주 왕창!

회식 자리가 무르익어 갈수록 유경의 얼굴도 새빨갛게 익어 가고 있었다. 시뻘겋다 못해 터질 것 같은 얼굴을 하고 있었지만, 바로 맞은편에 앉은 부장의 눈에는 보이지 않는 모양이었다. 아니면 원래 그녀의 피부색이 이토록 붉다고 착각을 했든가. 그렇지 않고서야 이렇게까지 쉬지 않고 끊임없이 술을 권할 수 있을까.

"어라, 서 대리 잔이 비어 있구만? 그럼 안 되지. 술잔은 늘 가득 차 있어야 하는 거야."

술을 즐기느라 바쁘신 와중에도 부장은 부하 직원의 빈 잔을 챙기는 것을 결코 잊지 않았다. 술병을 들어 올리는 부장을 보며 유경도 빈 잔을 들어 올렸다.

그때였다. 선우가 불쑥 부장을 향해 손을 뻗는다.

"부장님, 이번엔 제가 서 대리님께 한잔 드리겠습니다."

"오, 그럴래?"

부장은 선뜻 선우에게 자신이 들고 있던 술병을 넘겼다.

"그래, 친해지는 데엔 술만 한 게 없지. 상사가 먼저 나서서 술을 주는 것도 보기 좋고."

부장은 술자리에서 적극적인 선우의 행동이 마음에 쏙 드는 모양이었다. 껄껄껄. 아주 흡족해하는 부장의 웃음소리를 들으며 유경은 떨떠름한 얼굴로 들고 있던 잔의 방향을 틀었다.

"제가 한잔 드릴게요. 괜찮죠?"

그럼 여기서 안 된다고 할까?

삐딱하게 되묻고 싶은 마음을 꾹 참아 내며 유경은 가식적인 미소를 흘날렸다.

"저야 영광이죠."

"그렇게 말해 주시니 저야말로 영광이네요."

선우는 그녀의 말을 아주 유연하게 받아쳤다. 그러곤 부드럽게 웃으며 술병을 기울였다. 그 미소가 왠지 얄밉게 느껴져 유경은 선우를 외면한 채 들고 있는 잔을 주시했다.

빈 잔에는 금방 샛노란 맥주가 차올랐다.

이 정도면 된 것 같은데…….

생각하던 순간이었다. 병의 입구가 살짝 틀어지는가 싶더니 이내 맥주가 잔이 아닌 허공을 향해 쏟아진다.

쪼르륵.

맑은 소리와 함께 다리에 차가운 감촉이 느껴졌다. 선우가 쏟은

맥주가 하필이면 그녀의 치마를 적신 것이다.

"서 대리님! 괜찮으세요?"

선우가 당황한 듯 얼른 들고 있던 병을 내려놓고 티슈를 한가득 뽑아 건넨다. 유경은 미간을 좁힌 채 그가 건네는 티슈를 받아 들었다. 대체 이게 웬 봉변이란 말인가. 안 그래도 기분이 썩 좋지 않은 상황에서 이런 일까지 겪으니 짜증이 확 치솟는다.

"어이구, 이 사람아. 조심 좀 하지 그랬어."

"죄송합니다. 갑자기 손이 미끄러져서."

"됐어. 죄송은 무슨. 고의로 그런 것도 아닌데. 안 그래, 서 대리?"

당한 건 난데 왜 당신이 괜찮다고 하는 건데?!

바락 언성을 높이며 되묻고 싶었지만, 부장의 말대로 고의로 그런 것도 아닌데 이 정도 실수에 화를 낼 순 없는 노릇이었다. 유경은 티슈로 치마를 벅벅 닦으며 이번에도 가식적으로 말했다.

"네, 괜찮습니다. 많이 안 젖었어요."

괜찮다는 건 순 거짓말이었지만 많이 젖지 않았다는 말만큼은 사실이었다. 다행히도 적은 양이라 티슈로 닦으니 금방 물기가 사라졌다. 검은 치마라 티도 별로 나지 않는다.

티슈로 닦아 낸 치마를 대충 툭툭 털었다. 그런데 그 모습을 보던 선우가 말한다.

"이런, 많이 젖었네요."

"네?"

"티슈로는 안 되겠어요. 화장실 가서 물로 제대로 닦아 내는 게 좋을 것 같아요. 맥주라서 냄새도 날 거고."

치마가 검어서일까. 아니면 옆자리라 제대로 보이지 않아서일까. 선우는 단단히 오해를 한 것 같았다.

"그 정도는⋯⋯."

그 정도는 아니라고. 괜찮다고. 말하려는데 그녀가 말을 채 끝내기도 전에 선우가 말을 덧붙인다.

"스타킹도 새로 사셔야 하죠?"

"네? 아뇨⋯⋯."

뜬금없이 웬 스타킹? 당황스러웠지만 이번에도 유경은 말을 끝마칠 수가 없었다. 선우가 다시 한번 말허리를 뚝 끊어내며 제 할 말을 뱉었기 때문이다.

"오는 길에 보니까 골목 끝에 편의점이 하나 있더라구요."

할 말을 끝내지 못해 입만 벙긋거리고 있는 유경이 안 보이는 건지. 선우가 자신의 지갑에서 꺼낸 카드를 건넸다.

"그리고 여기 카드요. 제 잘못이니까 이걸로 긁으세요."

저기요? 한 팀장님? 제발 제 말도 좀 들어 주시면 안 될까요? 유경은 제 할 말만 해 대는 선우를 향해 꽥 소리를 내지르고 싶어졌다. 치마에만 술이 흘렀을 뿐. 스타킹은 술이 한 방울도 튀지 않고 멀쩡했다. 하지만 바른대로 말을 할 수가 없었다. 선우의 오버에 이번에는 부장까지 덩달아 가세를 했기 때문이다.

"그래, 서 대리. 한 팀장이 많이 미안한가 봐. 그러니까 그냥 마음 편하게 다녀와."

지금 이 상황에서 더 사양하면 오히려 자신이 사과를 받아 주지 않는 몹쓸 부하 직원이 될 분위기였다. 결국 유경은 선우의 카드를 받아 든 채 엉거주춤 자리에서 일어나야만 했다.

✳

　골목 끝에 있는 편의점에 도착한 유경은 멀쩡한 스타킹 대신 초코우유 하나를 골랐다. 물론 계산은 선우의 카드가 아닌 자신의 카드로 했다. 편의점을 나온 유경은 앞에 마련된 파라솔에 자리를 잡고 앉았다. 빨대를 꽂고 우유를 쪽 빨아 당겼다.

　"으―. 달다, 달아."

　달콤함을 한껏 느끼며 유경은 플라스틱 의자 등받이에 편하게 몸을 기댔다. 선선하게 불어오는 바람과 입안을 휘젓는 차가운 초코우유의 조합은 완벽했다. 머리끝까지 치솟던 술기운이 천천히 누그러드는 느낌이다.

　"나쁘지 않네. 회식 자리에서 벗어나서 이런 여유도 누리고."

　아까는 솔직히 제멋대로 구는 선우의 행동에 짜증이 치밀어 올랐는데, 이제 와 생각해 보니 오히려 자신에겐 잘된 일인 것 같았다. 술을 쏟아 줘서, 또 오버를 해 줘서 고맙다고. 나중에 선우에게 감사의 인사라도 드려야 할 판이다.

　쪼오오옥.

　기분 좋게 우유를 한껏 입에 머금었을 때였다. 휴대폰이 울렸다. 이준의 전화였다. 유경은 입에 머금고 있던 우유를 꿀꺽 삼킨 뒤 전화를 받았다.

　― 아직도 회식 안 끝났어요?

　"응."

　대뜸 묻는 말에 유경은 가볍게 대꾸했다. 아까 회식이 결정되자마자 이준에게 문자를 보냈었다. 늦으면 늦는다, 일찍 가면 일찍

간다, 하고 꼬박꼬박 보고를 하는 것이 벌써 익숙해졌다.

　- 오래도 하네.

　이준이 불만 섞인 목소리를 내뱉는다. 유경은 잠깐 귀에서 휴대폰을 떼어 내어 시간을 확인했다. '오래'라고 하기엔 아직 시간은 10시밖에 되지 않았다.

　"네가 회사 안 다녀 봐서 잘 모르나 본데. 원래 이 정도는 기본이야."

　- 언제 끝나는데요?

　"글쎄. 부장님이 만족하실 때?"

　- 그게 뭐야.

　"기준이 좀 그렇지? 근데 정말이야."

　회식의 시작이 부장의 뜻대로인 만큼 끝내는 것 역시 부장의 뜻대로였다. 부장이 술 마시고 싶은 날 회식이 잡혔고, 부장이 만족할 만큼 술을 마셨을 때서야 회식을 끝낼 수 있었다.

　- 술 많이 안 먹었죠?

　"그거 확인하려고 전화했니?"

　- 당연하죠. 내가 그날 얼마나 고생을 했는데.

　사실이었으므로 반박을 할 수가 없다. 할 말이 없는 유경은 괜히 빨대 끝을 잘근잘근 씹었다.

　- 상사가 주는 대로 다 받아먹지 말고 눈치껏 조절해서 먹어요. 또 그날처럼 꽐라 되지 말고.

　"알았어."

　유경은 얼른 대답했다. 대답하지 않으면 계속해서 잔소리를 늘어놓을 게 뻔했기 때문이다. 함께 지내면서 알게 된 녀석의 또 다른 모습은 엄마만큼이나 잔소리가 심하다는 것이었다.

- 끝나고 집에는 어떻게 와요?

"택시 타고 갈 거야."

- 택시? 여자 혼자 술 먹고 택시 타는 거 위험한데…….

또 엄마 같은 저 말. 아니, 그보다도 훨씬 더 과했다. 정작 엄마도 서른한 살 먹은 자신을 이렇게까지 걱정하지는 않았던 것 같은데 말이다. 유경은 고개를 절레절레 내저었다. 다른 사람들은 알까. 생긴 건 누가 봐도 완전 시크하게 생긴 권이준의 속에 사실은 웬 애늙은이 하나가 들어 있다는 것을. 그것도 매사에 쓸데없는 걱정이 너무도 많은 애늙은이.

- 끝나고 연락해요. 데리러 갈게.

"됐어. 번거롭게 그럴 필요 없어."

- 안 번거로워요. 드라이브하는 거 원래 좋아해요.

드라이브랑 이게 같은가? 고개를 갸웃하던 유경은 이내 대답했다.

"정말 괜찮아. 같은 동네에 사는 팀원 있어서 둘이 같이 가면 돼. 매번 그랬어."

- 남자?

"아니, 여자."

- 그래요. 알겠어요. 조심해서 와요.

마지막까지 조심하라는 이준의 잔소리를 끝으로 통화가 끝이 났다. 유경은 검게 변한 휴대폰 액정을 물끄러미 바라보았다. 최근 이준과 통화를 하는 일이 잦았다. 별 대단한 용건은 아니었다. 대부분 그저 오늘처럼 '언제 들어와요?' 하는 연락이거나 '오늘 저녁 뭐 먹을래요?' 같은, 일상적인 내용이 전부였다. 꼭 신혼부부들이 할 법한…….

"나 지금 무슨 생각을 하는 거야? 신혼부부는 무슨."

스스로 생각해 놓고도 어이가 없어서 헛웃음을 흘렸다. 그때였다. 검은 액정 위로 이제 막 도착한 메시지 하나가 떴다. 이번엔 보라의 문자였다.

[대리님. 천천히 오셔도 될 것 같아요. 지금 한 팀장님이랑 부장님이 갑자기 술 마시기 시합을 시작했어요. 부장님이 밀리고 계셔서 대리님 늦게 오셔도 눈치 못 채실 듯!]

문자를 읽어 내려가던 유경은 고개를 갸웃했다.

"갑자기 웬 술 마시기 시합……?"

기획팀 역사에 남을 만한 일이 벌어졌다. 보통 자정이 지나서야 끝나던 회식이 11시가 채 되기도 전에 끝이 난 것이다. 평소와 다르게 부장이 빠르게 취해 버린 탓이었다. 편의점에서 대충 시간을 끌던 유경이 자리로 다시 돌아갔을 때, 부장은 이미 만취 상태였고 회식 자리 역시 파장하는 분위기였다. 선우와 술 마시기 시합을 했다더니. 지지 않으려고 엄청 마신 모양이었다.

같은 동네에 사는 김 과장이 부장과 함께 먼저 자리를 떠났다. 그 후에 남아 있던 팀원들도 각자 뿔뿔이 흩어졌다. 모두들 선우에게 고맙다는 인사를 하는 것도 잊지 않았다.

"감사해요, 팀장님. 덕분에 이렇게 일찍 집에 가게 되네요!"

보라 역시 웃으며 인사를 전했다.

"다들 고맙다는 말을 많이 해 주셔서 당황스러워요. 별로 대단한 일을 한 것도 아닌 것 같은데."

"아니에요. 팀장님 엄청 대단한 일 하신 거 맞아요."

보라는 멋쩍어하는 선우를 향해 엄지를 척 치켜들었다.

"근데 술 엄청 잘 드시네요?"

부하 직원에게 실려 가다시피 떠난 부장과는 다르게 선우는 멀쩡해 보였다.

"못하는 편은 아니죠."

"그 정도면 못하는 편이 아니라 엄청 잘하는 거거든요?"

"그런가요?"

"그럼요. 술로 부장님 이기는 사람 처음 봤어요. 안 그래요, 대리님?"

보라의 말에 유경은 동의한다는 듯 고개를 끄덕였다. 그러자 선우가 부드럽게 웃어 보인다.

"두 분은 동네가 어디세요?"

"저희는 건대 쪽이요."

"두 분 다요?"

"네."

"잘됐네요. 두 분 다 제 차로 이동하시죠. 곧 대리 기사님 오실 거예요."

"팀장님 차로요?"

"네. 건대면 저희 동네랑 같은 방향이거든요."

보라와 선우의 대화를 듣고 있던 유경이 끼어들었다.

"아니에요. 저희 그냥 택시 타고 가면 돼요."

"굳이 택시비 낭비할 필요 있어요? 어차피 가는 길인데."

"맞아요! 택시비 아깝긴 해요."

유경이 말을 하기도 전에 보라가 불쑥 대답했다. 그러곤 유경의 옆구리를 쿠욱 찌른다.

"대리님, 우리 그냥 팀장님 차 타고 가요. 네에?"

은근한 눈빛이 말하고 있었다. '저 팀장님 차 타고 집에 가고 싶어요, 대리님. 도와주세요.' 하고.

"⋯⋯그럼 신세 좀 질게요."

뻔히 드러나는 보라의 속마음을 모르는 척할 수도 없어서 유경은 한숨을 작게 내쉬며 말했다.

"잘 생각했어요."

선우가 싱긋 웃었다.

"아하하하, 정말요?"

"네, 정말로요."

밤거리를 달리는 차 안. 조수석의 선우와 뒷좌석의 보라는 쉴 새 없이 대화를 나누고 있었다.

"팀장님, 은근히 재미있으시네요."

"은근히?"

"외모만 보면 유머나 농담과는 거리가 멀어 보이거든요."

"그거 욕인가요?"

"설마요! 칭찬이에요. 잘생겼다는 칭찬."

두 사람의 대화가 무르익어 갈 때였다. 물과 기름처럼 어울리지 못하고 동떨어진 채 창밖만 바라보고 있던 유경의 입이 드디어 열렸다.

"저, 여기서 내려 주시면 돼요."

익숙한 골목 입구를 가리켰다.

"집이 여기예요?"

선우가 주변을 살피더니 묻는다.

"네, 저기 보이는 아파트요."

"그럼 골목 안으로 더 들어가야 하는 거 아닌가요?"

"걸으면 금방이에요."

"그래도 밤길이라 위험한데 입구까지 같이 가죠."

어디선가 많이 들어 본 말이었다. 기시감을 느낀 유경이 저도 모르게 움찔하는데, 선우가 말했다.

"기사님, 골목 안까지 부탁드립니다."

결국 선우의 말대로 차는 멈추지 않고 골목 안으로 들어가기 시작했다. 이 정도면 가는 길에 내려 주는 것이 아니라 거의 택시를 탄 거나 마찬가지였다. 대리비도 아마 기본요금보다 더 많이 요구할 테였다.

이럴 줄 알았어. 그냥 택시 타고 올 걸……

과한 친절에 미안한 마음과 부담스러운 마음이 동시에 들었다. 그렇게 뒤늦은 후회를 하는 사이 차는 정확하게 그녀의 아파트 단지 입구 앞에서 멈춰 섰다.

"데려다주셔서 감사합니다."

유경은 선우를 향해 고개를 꾸벅 숙였다.

"보라 씨, 내일 봐."

"네, 대리님. 내일 봬요."

마지막으로 보라와도 인사를 나눈 유경은 차에서 내렸다. 그러곤 차가 먼저 움직이는 것을 본 후에야 걸음을 옮겼다. 그렇게 몇 걸음이나 걸었을까. 뒤에서 타다닥, 빠르게 달려오는 걸음소리가 들린다. 흠칫 놀라는 것도 잠시, 이내 들려오는 목소리에 유경은 걸음을 뚝 멈췄다.

"서 대리님!"

저를 부르는 게 분명했다. 유경은 고개를 휙 돌렸다. 역시나. 선우가 빠른 속도로 이쪽을 향해 달려오고 있었다.

"한 팀장님……?"

"생각보다 걸음이 빠르네요. 하아, 하아."

유경의 앞에 멈춰선 선우가 가쁜 숨을 몰아쉬었다. 어찌나 숨소리가 거친지. 그가 얼마나 다급하게 달려왔는지 알 수 있을 정도였다.

"무슨 일 있으세요?"

"이거요. 차에 두고 내리셨더라구요."

선우가 척 건네는 건 유경의 휴대폰이었다. 내릴 때 실수로 흘린 모양이었다.

"아, 이것 때문에 가다가 돌아오신 거예요? 그냥 내일 회사에서 주셔도 되는데……."

"휴대폰 잃어버리면 불편하잖아요. 어디서 잃어버렸는지 모르면 불안하기도 할 거고."

선우의 말이 맞았다. 뒤늦게 휴대폰이 없어진 것을 알아차렸다면 분명 혼비백산했을 것이다. 유경은 휴대폰을 꼬옥 그러쥔 채 진심을 다해 꾸벅 고개를 숙였다.

"정말 감사합니다."

선우는 또다시 빙긋 웃었다.

"그럼 이만 가 볼게요. 내일 회사에서 봐요."

"네. 팀장님도 조심히 가세요."

다시 한번 꾸벅. 고개를 숙인 유경은 선우가 시야에서 완전히 사라질 때까지 걸음을 떼지 못했다. 조금 전 급하게 몰아쉬던 그의 숨이 아직도 공기 중에 남아 있는 것만 같았다.

"……좋은 사람인 것 같긴 한데."

대체 왤까. 이상하게 마음 한편이 찝찝한 이유는……. 유경이 그가 사라진 곳을 보며 낮게 중얼거릴 때였다. 뒤에서 불쑥 익숙한 목소리가 들려온다.

"이제 와요?"

깜짝 놀란 유경이 뒤를 돌아보았다. 대체 언제부터 여기 있었던 건지 바짝 다가온 이준이 그녀를 내려다보고 있었다.

"야, 권이준!"

유경은 놀란 가슴을 부여잡은 채 이준을 향해 꽥 소리를 내질렀다.

"너 저번에도 이러더니. 인기척 좀 내고 다닐 수 없어?"

"내가 닌자도 아니고 인기척을 어떻게 숨기고 다녀요. 그냥 누나가 둔한 거지."

어떻게 된 게 한마디도 지는 법이 없다. 듣고 보니 이준의 말이 맞는 것도 같아 유경은 입맛을 쩝 다셨다.

"근데 이 시간에 밖엔 왜 나와 있어?"

"오늘 분리수거하는 날이잖아요."

이준이 들고 있던 상자를 들어 보였다. 그제야 유경은 오늘이 월요일이라는 것을 깨달았다. 완전히 잊고 있었다.

"아, 맞다! 그랬지."

"생각도 안 하고 있었죠?"

"……."

"그 정도면 검사받아 봐야 하는 거 아닌가? 붕어도 아니고."

비아냥거리는 게 분명했지만 이번에도 딱히 할 말이 없다. 분명 지난주에도 이런 장면이 연출됐던 것 같으니까 말이다. 멋쩍어진 유경은 괜히 발끝으로 땅을 툭툭 쳤다.

"그나저나, 누구예요? 방금 그 남자."

"아, 봤어?"

"봤으니까 묻죠."

말에 가시가 돋친 것처럼 느껴지는 건 기분 탓일까. 유경은 얼떨떨한 얼굴로 대꾸했다.

"아까 내가 말했지? 우리 팀에 새로운 팀장 왔다고. 그분이야."

이보다 더 친절할 수가 없는 설명에도 이준의 표정은 좀처럼 풀리지 않았다. 화가 난 건가? 왜……? 유경이 고개를 갸웃할 때였다. 이준이 대뜸 묻는다.

"왜 거짓말했어요?"

"무슨 거짓말?"

"여자라면서요."

"내가 언제 팀장님이 여자라고 했어?"

"아니, 팀장님 말고."

"그럼?"

"같은 동네 산다던 직원."

"아, 보라 씨?"

뒤늦게 유경은 이준이 무슨 말을 하는지 알아들을 수 있었다.

"거짓말을 한 게 아니라, 팀장님이 가는 길에 데려다주시겠다고
해서 보라 씨랑 같이 타고 온 거야."

"셋이서?"

"그래. 방금은 내가 차에 휴대폰을 두고 내려서 팀장님이 가져
다주신 거고."

내가 왜 얘한테 이런 변명 아닌 변명을 하고 있어야 하는 걸까.
이유는 모르겠지만 왠지 그래야 할 것 같아 유경은 열심히 설명했
다. 그제야 굳어 있던 이준의 표정이 조금은 느슨해지는 듯했다.

거짓말에 예민한 타입인가?

간혹 그런 사람들이 있기는 했다. 작은 거짓말도 용납 못 하는,
유독 거짓말에 예민한 사람들이. 만약 그런 타입인 거라면 앞으
로 정말 조심해야겠다고, 유경은 생각했다. 한결 분위기가 풀린
채로 두 사람은 나란히 집을 향해 걷기 시작했다. 엘리베이터 앞
에 멈춰 선 채로 기다리고 있을 때였다. 문득 이준이 말했다.

"그 남자랑 가까이하지 마요."

생뚱맞은 말이었다. 그리고 유경이 뭐라고 되묻기도 전에 툭 내
뱉듯 말을 덧붙인다.

"관상이 영 별로야."

6. 남자로 봐달라는 거잖아

점심시간 유경은 구내식당이 아닌 회사 밖으로 나왔다. 회사 근처로 외근을 나왔다는 지민과 점심을 함께하기로 했기 때문이었다. 만나기로 한 곳은 맛있기로 소문난 주꾸미볶음 전문점이었다. 가게 안으로 들어서자마자 매콤한 향이 훅 끼친다. 주위를 두리번거리는데 지민이 손을 흔들었다.

"여기야!"

유경은 재빠르게 자리로 가 앉았다. 지민은 이미 새빨간 앞치마를 목에 걸고 있었다.

"세희는?"

"나 먼저 왔어. 일이 아직 남았다고. 마무리 짓고 오겠대."

"금쪽같은 점심시간을 쪼개면서까지 해야 할 정도로 급한 일이래? 다른 날도 아니고 하필이면 내가 여기까지 온 오늘 같은 날?"

지민이 투덜거렸다. 제 딴엔 친구들 얼굴을 보자고 일부러 시간을 낸 건데, 못내 섭섭한 모양이었다. 이해가 안 되는 건 아니었다. 이쪽으로 외근을 나온 건 맞지만, 그래도 함께 점심을 먹으려면 스케줄 조정이 불가피했을 것이다. 유경은 지민을 위로하고 세희를 대변하기 위해 말을 거들었다.

"세희 요즘 진짜 바쁜 것 같더라."

지민은 여전히 뿔난 얼굴로 툭 내뱉었다.

"너희 회사 일 혼자 다 하나 보네."

유경은 분위기를 전환하기 위해 화제를 돌렸다.

"음식은? 아직 안 시켰지?"

"응, 아직."

얼른 손을 들고 외쳤다.

"이모! 저희 주문할게요!"

바쁜 와중에 유경의 목소리를 정확하게 들은 직원이 주문을 받기 위해 이쪽으로 왔다. 세희의 몫까지 주꾸미 3인분을 주문했다. 회사 앞에 있는 가게인지라 점심 땐 스피드가 생명이었다. 주문을 한 지 얼마 되지 않아 밑반찬과 함께 새빨간 양념에 버무려진 주꾸미가 소담하게 담긴 넓적한 냄비가 나왔다. 밑반찬을 먹으며 주꾸미가 익기를 기다렸다. 나무주걱을 쥐고 눌러 붙지 않도록 이리저리 뒤적거렸다. 요리에는 재주가 없지만 익히는 것만큼은 자신 있었다.

세희가 나타난 것은, 주꾸미가 먹음직스럽게 익어 갈 때 즈음이었다.

"타이밍 좀 봐. 너 일부러 시간 딱 맞춰서 왔지?"

지민은 툴툴거리면서도 세희에게 앞치마를 건네주었다.

"늦어서 미안, 미안. 일이 많아서."

"요즘 계속 바쁜 것 같다? 혹시 상사한테 찍힌 건 아니지?"

"설마. 내가 넌 줄 알아?"

"뭐? 야, 지금 그거 무슨 뜻이야?"

"알아들었으면서."

"아니. 나 하나도 못 알아들었거든?"

또 시작이다. 지민과 세희는 예전부터 만나기만 하면 툭탁거리는 게 일이었다. 그렇다고 사이가 나쁜 건 아니었다. 오히려 비슷한 면이 많아서 더 자주 부딪히는 거였다. 두 사람을 중재하는 건 늘 유경의 몫이었다. 언제나 그랬던 것처럼 유경은 두 사람의 눈치를 보다가 이내 소리쳤다.

"다 됐다, 얘들아. 얼른 먹자!"

나무주걱으로 주꾸미를 듬뿍 퍼서 각자의 앞접시에 놓아주었다. 그제야 두 사람은 서로를 흘겨보던 것을 멈추고 식사에 집중하기 시작했다.

"참."

한창 식사를 하던 중, 지민이 운을 뗐다.

"세희 너, 그 얘기 들었어?"

"뭘?"

"유경이랑 박동건 헤어진 거."

순간 유경과 세희가 동시에 젓가락질을 뚝 멈췄다. 세희는 유경을 바라보았고, 유경은 지민을 노려보았다.

"밥 잘 먹다가 갑자기 그 얘기를 왜 꺼내?"

"왜. 내가 뭐 못 할 얘기 했어? 끝까지 비밀로 할 것도 아니잖아."

지민의 말이 맞았다. 최근에 세희와 대화를 할 기회가 없어서 말하지 못했을 뿐, 딱히 비밀로 하려던 건 아니었다. 세 사람은 가장 친한 친구 사이였다. 열일곱, 같은 반 친구로 만나 시작된 인연이 지금까지 쭉 이어져 오고 있었다. 함께한 세월이 무려 10년이 훌쩍 넘었다. 그동안 수많은 일을 겪었고, 또 그런 만큼 유대관계도 상당히 깊었다. 세 사람 사이에는 비밀이랄 게 기의 없었다. 당연하다는 듯 아주 자연스럽게 모든 것들을 공유해 왔었다. 연애사역시 마찬가지였다. 일부러 정해 놓은 건 아니었지만 서로가 동의한 암묵적인, 일종의 룰 같은 거였다. 다만, 그게 왜 하필이면 지금이냐는 거지. 밥 잘 먹다가 체할 것 같잖아. 유경이 입을 비죽이자 지민이 어깨를 으쓱하며 말한다.

"세희도 알아야지. 박동건, 그 자식이 얼마나 쓰레기 짓을 했는지. 쟤 박동건 사람 좋다며 칭찬 엄청 했었잖아."

마치 국민의 알 권리를 주장하는 언론 같았다. 하지만 이번에도 역시 틀린 말은 아니었기에 유경은 그저 앞에 놓인 냉수만 홀짝였다. 전혀 모르는 사이라면 또 모르겠지만, 세희 역시 동건을 잘 알고 있었다. 예전엔 커플끼리 종종 더블데이트도 하곤 했었다. 약 1년 전, 세희가 만나던 남자친구와 헤어지면서 자연스럽게 만날 기회가 줄어들기는 했지만 말이다. 그래도 사석에서 만난 횟수로 따지자면, 세희가 오히려 같은 회사에 다니는 지민보다도 동건을 더 자주 봤을 것이다.

"네 입으로 말할래, 아니면 내 입으로 말할까?"

"선택지 한번 많고 좋네."

유경은 불퉁 대답했다. 지민은 그럴 줄 알았다는 듯 세희를 향해 말했다.

"바람났대. 상대는 임신까지 했다더라."

간결하다 못해 썰렁하게 느껴지는 설명이었다. 하지만 이보다 더 완벽할 수 없는 설명이기도 했다. 3년. 결코 짧지 않은 시간이었는데, 그 끝에 남은 건 고작 초라한 두 마디뿐이다. 그 사실을 인지하자 새삼스럽게 울컥하고 감정이 치솟는다. 제 자신까지 덩달아 초라해지는 것 같은 느낌. 유경은 아무렇지 않은 척 숟가락을 집어 들었다. 하지만 숟가락을 쥔 손끝이 떨리는 건 막을 수 없었다. 역시 아직은 시간이 더 필요한 모양이다.

"아, 그래……?"

세희는 잠깐 멈췄던 젓가락질을 다시금 시작했다. 맞은편에서 그 모습을 빤히 바라보던 지민이 툭 내뱉듯 묻는다.

"그게 다야?"

"뭐가?"

"저 두 사람이 헤어졌다는데. 심지어 바람인 데다가 상대가 임신까지 했다는데. 넌 안 놀라워?"

"충분히 놀랐어."

"놀랐다고? 그게 놀란 표정이야?"

"대체 지금 무슨 말을 하고 싶은 거야?"

"아니, 그냥. 반응이 너무 없어서. 마치 예상하고 있었다는 것처럼 보여서."

"내 반응이 뭘? 그럼 너는 내가 여기서 소리라도 질러야 한다는 거야?"

두 사람의 언성이 점점 높아지기 시작했다. 그럴수록 유경의 표정 역시 점점 구겨져 갔다. 조금 전에 이어서 2차전이었다. 하지만 이번엔 아까의 툭탁거림과는 전혀 달랐다. 정말로 서로 감정이 상해서 언성이 높아지고 있는 것이었다.

"누가 소리를 지르래? 그냥 네 반응이 좀 이상하다고 했지."

"그러니까 내 반응이 대체 뭐가 이상하냐고, 어?"

말리지 않으면 한도 끝도 없이 길어질 기세였다. 결국 더는 참지 못하겠다는 듯 유경이 들고 있던 숟가락을 탁! 소리 나게끔 테이블 위에 내려놓았다.

"둘 다, 그만 좀 해!"

갑작스레 언성을 키우자 놀란 듯 네 개의 눈동자가 동시에 이쪽을 향한다.

"내 일이야, 근데 왜 쓸데없이 너희가 싸우고 그래?"

유경은 얼어붙은 채로 저를 바라보는 두 여자를 번갈아 보며 호소하듯 소리쳤다.

"진짜 너무한 거 아니야? 지금 이 순간, 내 기분이 어떨지는 생각해 봤어?"

애써 덤덤한 척하고 있었지만, 사실 속까지 정말로 괜찮은 건 아니었다. 세상 어느 누가 이런 일을 겪고 괜찮을 수가 있겠는가. 그건 유경도 마찬가지였다. 그저 겉으로 드러내지만 않았을 뿐. 그런데 그런 제 마음을 누구보다 잘 알 만한 친구들이 이렇게 나오는 것을 보고 있자니 섭섭하다 못해 서러워진다.

"……."

"……."

그제야 두 사람은 이 상황에서 가장 기분이 더럽고 비참할 사람이 누구인지를 깨달은 듯, 유경의 눈치를 보며 입을 다물었다. 순식간에 찬물이라도 끼얹은 듯 착 가라앉은 분위기. 그 침묵을 가장 먼저 깬 건 세희였다.

"……유경아, 미안."

그녀는 정말로 미안해하는 얼굴이었다.

"나도 미안……."

뒤를 이어 지민도 사과했다.

"……."

유경은 대답 대신 툭툭, 주먹으로 가슴께를 쳤다. 속이 답답했다. 아무래도 체한 것 같다.

탁.

테이블 위에 커피숍 로고가 크게 박힌 머그컵 두 개가 놓였다. 하나는 아메리카노였고 또 하나는 휘핑크림이 가득 올라간 프라푸치노였다.

"자. 이거."

지민이 프라푸치노를 유경의 앞으로 조심스럽게 쓰윽 밀며 말했다.

"아까 일은 정말 미안해. 나 완전히 반성하고 있으니까, 이거 먹고 기분 풀어. 응?"

두 손을 모으고 싹싹 비는 시늉을 한다. 유경은 팔짱을 낀 채 제 앞에 놓인 머그컵을 뚱하니 바라보았다. 조금 전, 셋 다 더 이상 밥이 넘어갈 것 같지 않아 자리를 파하고 나왔다. 회사로 돌아가려는데 지민이 두 사람을 붙들었다. 사과의 의미로 커피를 사겠다는 것이었다.

할 일이 많다며 세희는 먼저 회사로 들어갔다. 정말로 일이 있었는지, 아니면 자리가 불편해서 피한 건지는 모르겠지만 말이다. 사실 유경 역시 느긋하게 커피를 마실 기분은 전혀 아니었다. 하지만 그렇다고 여기까지 온 지민을 이대로 그냥 돌려보내는 건 더 아닌 것 같아서 지민을 따라왔다.

"용서해 주면 안 될까요, 언니?"

마치 애니메이션에 나오는 말하는 고양이처럼 눈을 반짝이며 묻는다. 그런 친구의 노력이 가상해 유경은 느릿하게 컵을 집어 들었다. 탑처럼 높게 쌓여 있던 휘핑크림이 아슬아슬하게 흔들린다.

"근데 이거 왜 이래? 직원이 실수한 건가?"

"응? 뭐가?"

"휘핑크림이 너무 많은 것 같아서. 원래 여기 이 정도로 휘핑크림을 줬던 적은 없는 것 같은데."

"아, 그거? 내가 일부러 가득 얹어 달라고 했어. 단거 먹으면 기분 풀린다잖아."

배시시. 지민이 웃는다. 본인의 죄를 아주 잘 알고 있는 모양이었다. 웃는 얼굴에 침 못 뱉는다고. 유경은 한결 풀어진 얼굴로 프라푸치노에 스트로를 푹 꽂았다. 그대로 쪼옥 빨아 당겼다. 원래 음료 자체도 단데 휘핑크림까지 더해지니 입이 저릴 정도로 달다. 절로 미간이 찌푸려졌다. 하지만 지민의 말처럼 단 걸 먹으니 기분이 조금 가라앉는 것 같기도 했다.

"어때. 맛있지?"

"엄청 달아."

"그럼 기분도 엄청 풀렸겠네?"

능글맞은 지민의 물음에 유경은 결국 피식, 작게 웃음을 터뜨렸다. 예전부터 그랬다. 애초에 싸우는 일이 별로 없기도 했지만, 종종 오늘 같은 일이 일어나더라도 그게 하루를 넘긴 적은 없었다. 잘못한 사람은 빠르게 진심으로 사과를 하고, 사과를 받아 주는 사람 역시 그 마음을 기꺼이 받아 주는 것. 그것이 쉽지 않다는 여자 셋의 우정이 길게 유지되고 있는 비결 중 하나였다.

"근데 너, 전에 임세희 요즘 좀 이상한 것 같다고 말했었지?"

"없는 자리에서 험담하려고?"

"야! 험담이라니, 나를 뭐로 보고!"

지민이 발끈하며 말한다.

"그런 게 아니라, 오늘 보니까 내 눈에도 세희가 조금 이상한 것 같아서 말이야."

"언제는 나더러 예민하게 생각하지 말라더니."

"그때는 그때고, 지금은 지금이지."

당당한 지민의 말에 유경은 졌다는 듯 고개를 내저었다.

"요즘 일이 많다잖아. 그거 때문에 정신이 없나 보지."

"그런 느낌이 아니던데……."

"그럼 무슨 느낌인데?"

"으음, 그러니까……."

혼자 뭔가를 생각하는 듯하던 지민은 이내 고개를 세게 흔들었다.

"에이, 설마. 아니겠지."

"뭐가 아니야?"

"아니야. 아무것도."

그러니까 뭐가 아니라는 건데? 황당했지만 더 캐묻고 싶은 마음은 없었다. 지금은 제 생각만으로도 머리가 혼란스러워서 다른 사람까지 신경 쓸 여유가 없었다. 유경은 대수롭지 않게 생각하며 스트로를 쪼옥 빨았다.

"맞다!"

아메리카노를 홀짝이던 지민이 문득 생각났다는 듯 박수를 짝 쳤다.

"나 너한테 물어볼 거 있었는데."

지민은 자신의 가방을 뒤적거렸다. 커다란 가방에서 나오는 건 잡지였다. 지민이 그것을 유경에게 내밀었다.

"웬 잡지?"

뜬금없는 물건의 등장에 유경은 고개를 갸웃했다.

"내가 접어놓은 곳 펼쳐 봐."

지민의 말대로 잡지 중간에 접혀 있는 페이지가 보인다. 유경은 페이지를 펼쳤다. 남성 시계 브랜드의 화보였다. 하지만 정작 광고하려는 시계보다도 모델이 더욱더 눈에 띄는 듯했다. 물이 가득 찬 욕조에 들어가 젖은 옷을 입은 채, 남자는 카메라를 마치 잡아먹을 듯 빤히 바라보고 있었다. 화보의 콘셉트가 퇴폐미인 모양이었다. 젖은 옷은 탄탄한 몸매를 여실히 드러내 보이고 있었고, 흐트러져 있는 검은 머리카락 사이로 또렷이 보이는 눈 화장은 짙었다.

사진을 바라보고 있던 유경은 저도 모르게 마른침을 삼켰다. 진한 눈 화장 때문인지, 아니면 강렬한 눈빛 때문인지. 그저 사진을 보고 있을 뿐인데, 사진 속으로 빨려 들어갈 것만 같은 기분이다.

"이거, 너희 집 연하남 맞지?"

너희 집 연하남이라니. 마치 키우는 애완견을 지칭하는 듯한 호칭이었다. 하지만 이준을 지칭하는 게 분명했기에 유경은 고개를 끄덕였다.

"화장이 진해서 조금 헷갈리기는 하는데, 맞는 것 같아."

"헐, 정말로?"

정작 이 잡지를 가져온 건 본인이었으면서, 지민은 믿을 수 없다는 듯 둥그렇게 뜨고 되물었다.

"그 꽃돌이, 모델이었어?"

"응."

"어쩐지 처음 봤을 때부터 풍기는 포스가 예사롭지 않더니……."

이준과의 첫 만남을 회상하는 듯 지민이 낮게 중얼거렸다.

"근데 왜 말 안 했어?"

"네가 안 물어봤잖아."

"그건 그러네."

지민은 납득한다는 듯 고개를 끄덕였다.

"아무튼, 그러면 나 너한테 부탁 하나만 해도 될까?"

"부탁?"

"그 꽃돌이 사인 좀 받아다 줄 수 있어?"

"권이준 사인 말하는 거야?"

"응, 알고 보니까 지영이가 엄청난 팬이더라고."

지영은 지민의 막내 여동생이었다.

"내가 지영이 책상에 펼쳐져 있던 이 잡지를 우연히 발견했는데, 실수로 아는 얼굴인 것 같다는 말을 했거든. 그걸 듣더니 정말이 냐고, 사인 좀 받아와 달라고, 아주 난리를 피우더라. 사인만 받아 주면 공부 열심히 하겠다나, 뭐라나. 그 말을 믿는 건 아니지만 그래도 지가 뱉은 말이 있는데, 사인 가져다주면 공부하는 시늉이라도 하지 않겠어?"

나이차가 열두 살이나 나는지라, 지민에게 지영은 동생이 아니라 자식 같은 느낌이었다. 그것은 지영이 아주 어렸을 때부터 옆에서 지켜본 유경도 마찬가지였다.

"알았어. 사인만 받아다 주면 돼?"

"사인도 감지덕지지. 고마워, 정말로."

"별로 어려운 부탁도 아닌데, 뭘."

물론 이준도 그렇게 생각할지는 모르겠지만 말이다.

"근데. 그런 유명인이랑 한집에 살면 불편하지 않아?"

뜬금없이 무슨 말이냐는 듯 바라보자, 지민이 말을 이어 갔다.

"네 입장에서야 어릴 때부터 봐 온 동생 친구라지만, 남들이 봤을 땐 성인 남녀잖아. 혹시 이상한 소문이라도 나면 어떡해?"

"무슨 이상한 소문?"

"스캔들 같은 거 말이야. 요즘 보니까 기사 한번 잘못 나면 연예인들 이미지 추락하는 건 한 순간이던데."

"그런 건 연예인들이나 겪는 일 아니야?"

유경은 말도 안 된다는 듯 작게 웃었다. 하지만 지민의 표정은 더없이 진지했다.

"지영이 말 들어 보니까 권이준, 모델계에서는 엄청 유명하다고 하던데? 방송 타는 걸 극도로 싫어해서 우리 같은 일반인들한테는 생소한데, 그쪽 바닥에선 완전 탑급이래. 유명 디자이너들 쇼에서도 거의 메인으로 선다더라. 팬카페도 따로 있다고 하고."

"……팬카페? 그 정도라고?"

"전혀 몰랐어? 인기 장난 아닌 것 같던데. 거의 연예인급이더만."

이준에 대해서는 유현도 늘 그렇게 말하곤 했었다. 정말 잘나가는 모델이라고. 탑급이라고. 하지만 모델뿐만 아니라 원체 연예계 쪽으로는 관심이 없었던지라 유경은 그냥 그런가 보다 했었다. 사실 친구 자랑을 하고 싶어 동생이 과장되게 허세를 떠는 것 같아 딱히 믿지 않았다. 이준과 같이 살게 된 후로도 피부로 딱히 와 닿는 건 없었고. 그런데 타인의 입으로 들으니 느낌이 확 다르다. 게다가 멋진 화보까지 제 눈앞에 있으니 더욱더.

……스캔들, 팬카페, 그리고 연예인.

지민이 말한 단어들이 귓가를 윙윙거리면서 맴돈다.

지민과 헤어지고 사무실로 돌아온 유경은 곧바로 컴퓨터 앞에 앉았다. 권이준. 인터넷 창을 켜고 이름 석 자를 써 넣었다. 검색 버튼을 클릭하자마자 수많은 정보들이 좌르륵 펼쳐진다. 가장 먼저 눈에 들어오는 건 프로필이었다. 이름과 나이, 신체사이즈, 소속사, 경력 등이 자세히 나와 있었다. 이쪽에 대해서는 아는 게 거의 없는 유경이었지만 이준의 경력이 화려하다는 건 알 수 있었다. 모델계에선 탑급이라던 말은 사실인 듯 했다. 지민이 말했던 팬카페도 보였다. 회원 수가 무려 10,000명에 육박했다.

"……10,000명?"

입이 절로 쩍 벌어졌다. 뭔가에 홀린 것처럼 카페에 접속했다. 많은 회원들이 활발하게 활동하고 있었다. 'new'라는 빨간 딱지가 붙은 게시글이 가득했다. 호기심에 그중 하나를 클릭했다. 하지만 게시글은 확인할 수 없었다. 회원가입을 해야 한다는 문구가 뜬다.

카페 가입까지는 오버인 것 같은데.

'회원가입 하기'라는 버튼을 바라보며 잠깐 고민했다. 그러나 이내 고개를 내저으며 웹사이트를 껐다. 조금 전 검색창이 다시 떴다. 대충 훑는 유경의 눈에 문득 화려한 문구 하나가 들어왔다.

[★모델 권이준의 치명적인 사진 모음집. 입덕주의★]

블로그 포스팅 제목이었다. 아무래도 블로그의 주인이 이준의 팬인 것 같았다.

이건 그냥 볼 수 있는 건가?

기대하며 클릭했다. 다행히도 가입하라는 문구 대신 내용이 주르륵 떴다. 제목부터 심상치 않더니, '사진 모음집'이라는 설명대로 엄청난 양의 사진이 주르륵 이어졌다. 이준이 찍은 화보 사진들과 쇼 무대에 서 있는 사진들이었다. 사진 하나하나마다 팬심이 가득 담긴 각주가 달려 있었다.

'전혀 몰랐어? 인기 장난 아닌 것 같던데. 거의 연예인급이더만.'

조금 전 지민이 했던 말이 떠오른다. 유경은 저도 모르게 입을 쩍 벌렸다.

"진짜 장난 아니잖아……?"

조금 전 지민에게서 얘기를 들었을 때까지만 해도 사실 크게 와 닿지는 않았었다. 그런데 이 사진들을 보자 마치 마른하늘에 날벼락이라도 맞은 듯 정신이 번쩍 든다. 더는 인정하지 않으려야 않을 수가 없었다. 제 집에서 집안일을 하고 밥을 하는 남자가 얼마나 대단한 남자인가에 대해서. 유경은 새삼스러운 시선으로 사진 속 이준을 바라보았다. 저도 모르게 마른 침을 꼴깍 삼켰다. 오늘 아침에도 보고 온 얼굴이건만 이토록 낯설게 느껴지는 건 왜일까. 사진발은커녕 오히려 실물이 훨씬 나은데도 불구하고 말이다.

"어? 권이준이다!"

멍하니 모니터를 바라보고 있는데 뒤에서 불쑥 목소리 하나가 들려왔다. 유경은 마치 못된 짓을 하다 들킨 사람처럼 화들짝 놀라며 고개를 틀었다. 보라가 유경의 모니터 화면을 보고 있었다.

"우와. 대리님도 권이준 팬이셨어요?"

"아……."

"저도 완전 좋아해요!"

이때 오해라고 확실히 말을 했어야 했다. 나는 권이준의 팬이 아니라고. 그냥 어쩌다 보니 사진을 보고 있었던 거라고. 정말 단지 그뿐이라고. 그런데 동지를 만났다는 생각에 잔뜩 들뜬 보라가 신이 나서 말을 이어가 버리는 바람에 타이밍을 완전히 놓쳐 버렸다.

"진짜 잘생기지 않았어요? 암만 봐도 모델만 하기엔 너무 아까운 얼굴이에요. 제발 연기 쪽으로 바람 딱 한 번만이라도 피워 줬으면 좋겠어요. 웬만한 배우들은 압살시킬 미모든데!"

"……."

"분위기는 또 어떻고. 퇴폐미에, 섹시미에! 진짜 이런 쪽으로는 독보적인 것 같아요. 그쵸?"

"……."

"참, 팬카페는 가입하셨어요? 가입 안 했으면, 주소 알려 드릴 테니까 당장 하세요. 거기에 레어템급 사진 엄청 많거든요."

신이 나서 이준에 대한 이야기를 줄줄 늘어놓는 보라를 보며, 유경은 그저 어색하게 웃을 뿐이었다. 아무래도 잘못 걸린 듯했다.

퇴근 후 집으로 돌아왔을 때, 이준은 베란다에서 빨래를 널고 있었다. 유경은 가방도 내려놓지 않고 그 자리에 멈춰선 채로 유리문 너머의 이준을 물끄러미 바라보았다. 손질 안 된 부스스한 머리. 편안한 옷차림. 빨래를 탈탈 터는 야무진 손끝까지……. 아까 화보에서 봤던 모습과 너무도 괴리감이 느껴지는 모습이었다.

1,000명의 팬카페 회원들이 이 광경을 본다면 얼마나 기가 막혀할까. 아니, 얼굴도 모르는 사람들까지 생각할 것도 없었다. 유경의 아주 가까운 곳에도 한 사람이 있었으니까 말이다.

점심시간 이후 유경은 틈이 날 때마다 보라에게 이준에 대한 이야기를 들어야 했다. 어찌나 좋은 말만 해 대는지. 거의 '권이준 찬양가' 수준이었다.

"여기서 이러고 있을 애가 아닌 것 같은데……."

보라에게 세뇌를 당한 건지, 처음으로 이준을 보며 죄책감 비슷한 것이 느껴진다. 그때였다. 이제 막 빨래 너는 것을 끝낸 이준이 거실로 나오다 유경을 발견하곤 인사를 건넸다.

"언제 왔어요?"

"이제 막 왔어."

"근데 왜 그렇게 멍하게 서 있어요? 가방도 안 내려놓고."

"아, 잠깐 딴생각 좀 하느라고."

유경은 고개를 내저었다.

"배고프죠? 얼른 옷 갈아입고 나와요. 밥 먹게."

퇴근 후 집에 들어오면 편한 옷으로 갈아입고 이준이 차려 준 저녁밥 먹기. 회식 같은 특별한 사정이 생기지 않는 이상, 최근 유경은 계속 이 패턴을 유지하고 있었다.

진짜 이래도 되는 건가…….

사람이란 참 간사한 것 같다. 여태까지는 아무렇지도 않았는데 이준의 인기를 알고 나니 새삼스럽게 걱정이 된다. 사실 따지고 보면 자신이 원해서가 아니라 이준이 원해서 하는 일이었지만 말이다.

"뭐 해요? 계속 거기 서 있을 거예요?"

"갈 거야."

옷을 갈아입기 위해 방으로 돌아가려던 유경은, 문득 떠오르는 생각에 걸음을 멈추고 뒤돌아서 이준을 붙잡았다.

"아참! 나 너한테 부탁할 거 있는데."

"뭔데요?"

"사인, 한 장만 해 줄 수 있어?"

예상치 못한 부탁이었던 모양이다. 이준이 당황한 듯 손을 들어 자신을 가리키며 묻는다.

"사인이요? 내 거?"

유경은 고개를 끄덕였다.

"갑자기 내 사인은 왜, 뭐하게요?"

"내 친구 동생이 네 팬인데, 네 사인 받으면 공부 열심히 할 수 있을 것 같다고 했대."

"친구 누구?"

"그때 포장마차에서 봤던 내 친구 기억나지? 지민이."

"아, 누나가 꽐라 됐던 날 같이 있던 그 친구분?"

설명이 쓸데없이 너무 상세한 거 아니니? 굳이 그럴 필요까진 없는 것 같은데. 유경은 능글맞게 웃고 있는 이준을 찌릿 노려보았다. 하지만 이내 자신이 부탁을 하는 처지라는 것을 깨닫고 금세 시선을 거두어들였다.

"해 줄 수 있지?"

"뭐, 어려운 부탁은 아니죠."

"고마워."

말이 끝나기가 무섭게 유경은 가방 속에 들어 있던 작은 노트와 펜을 꺼내 이준에게 건넸다. 아까 지민이 부탁하며 건넸던 노트와 펜이었다.

"사인은 여기, 표지에 해 주면 돼."

"지금 바로 해 달라고요?"

"쇠뿔도 단김에 빼랬다고. 기왕 말 나왔을 때 바로 하면 좋잖아. 나중에 까먹을 수도 있고."

"하긴. 누나 기억력 금붕어 수준이었지, 참."

납득한다는 듯 고개를 끄덕인 이준은 노트를 받아 들었다. '금붕어'라는 단어가 심히 거슬렸지만 부탁하는 입장이었던지라 유경은 억지 미소를 지어 보일 수밖에 없었다.

이준은 삐딱하게 선 채로 한 손으로 노트를 받쳐 들었다. 큰 노트는 아니었지만 그렇다고 한손에 다 들어올 정도로 작은 크기도 아니었다. 그런데 이준의 손에 들린 노트는 꼭 조그마한 수첩처럼 보였다. 확실히 남자라 그런지 손이 크긴 크구나.

유경이 속으로 작게 감탄하는 사이 이준은 볼펜 뚜껑을 입에 앙 문 채로 툭 펜을 뽑아 들었다. 붉은 입술 사이에 검은 펜 뚜껑이 대롱대롱 매달렸다. 다른 사람이 했다면 분명 쓸데없이 똥폼을 잡는다고 생각했을 것이다. 하지만 지금 이 순간엔 감히 그런 생각을 할 수가 없었다. 고작 검은 펜 뚜껑을 입에 물었을 뿐인데, 마치 화보를 찍을 때 포즈를 잡은 것처럼 멋있어 보인다. 한마디로, '똥폼'이 아니라 정말로 '폼'이 났다.

손 크기에 이어서 유경이 또다시 감탄하는 동안, 이준은 표지에 사인을 휘갈기기 시작했다. 휘리릭. 늘 있는 일이라는 듯 익숙하게 자신의 사인을 남기는 이준의 모습은 프로페셔널해 보였다.
처음으로 이 집에서 이준이 '모델 권이준'으로 느껴지는 순간이
었다. 여태까지는 그냥 '동생 친구 권이준'이었을 뿐인데 말이다.

"이름은요?"

사인을 끝낸 이준이 입에 물고 있던 펜 뚜껑을 빼 들며 물었다.

"응?"

무슨 뜻인지 몰라 되묻자, 턱으로 노트를 가리킨다.

"누나 친구 동생 이름이요. 이 노트 주인."

"아, 지영이야. 정지영."

"나이는?"

"올해 열아홉."

"고3? 동생이 생각보다 어리네요?"

"응. 막둥이라 나이 차이가 좀 나. 열두 살, 띠동갑."

호구 조사라도 하는 것처럼 이것저것 묻던 이준은 이내 사인을
끝낸 노트 표지에 끄적끄적 뭔가를 더 적기 시작했다. 그러곤 유
경에게 노트를 건넸다. 노란 표지 위에는 커다랗게 사인이 그려
져 있었다. 자신의 이름 이니셜을 따서 만든 것인지 'K'라는 글씨
가 제일 크게 눈에 들어왔다. 그 뒤로는 휘갈겨진 지렁이 글씨도
보였다. 다른 사람은 따라 할 엄두도 못 낼 정도로 복잡하고 독보
적인 사인이었다.

사인도 멋있네.

유경은 왠지 부럽다는 생각을 했다. 자신은 사인이라고 해 봐
야 카드를 긁고 난 뒤 서명란에 휘갈기는 제 이름 석자가 전부인
데 말이다. 그런데 노트 가장자리에 뭔가가 적혀 있는 게 보인다.

작은 글씨였다.

「지영 양. 인생에 공부가 전부는 아니지만, 그래도 후회는 남지 않도록 열심히 하길 바라요. 응원할게요. 권이준 드림.」

사인뿐만 아니라 진심 어린 메시지까지. 자신도 이렇게 감동인데 받는 이는 얼마나 더 감동적일까. 생각도 못 했던 정성스러운 사인에 유경은 제 어깨로 이준의 어깨를 가볍게 툭 쳤다.

"오, 권이준. 제법 섬세한데?"

"어떻게, 만족은 하시나요, 고객님?"

"만족하고말고. 아주 완벽해."

유경은 이준을 향해 양손 엄지를 척 치켜들며 고마운 마음이 가득 담긴 '쌍따봉'을 날렸다.

"다행이네요."

칭찬을 들은 이준은 싱긋 웃어 보였다. 그러곤 여전히 웃는 얼굴로 말을 덧붙인다.

"그럼 이번엔 누나가 내 부탁을 들어줄 차례죠?"

"부탁?"

"그럼 공짜로 해 줄 줄 알았어요? 원래 세상은 'Give&Take'인 법인데."

네 살이나 어린 동생에게 세상이 이렇다, 저렇다 하는 충고를 듣게 되다니. 유경은 기가 막혀서 미간을 잔뜩 찌푸렸다.

"너무 치사한 거 아니야? 네 입으로도 그랬잖아. 어려운 부탁 아니라고."

"걱정 마요. 내 부탁도 그리 어려운 건 아닐 테니까."

어려운 게 아닐 거라는데, 겁부터 나는 건 왤까. 유경은 잔뜩 경계하는 눈빛으로 이준을 바라보았다.

"뭔데, 부탁이?"

"들어줄 거예요?"

"일단 뭔지 들어 보고."

순식간이었다. 이준이 팔을 뻗어 유경의 손에 들려 있던 노트를 쏘옥 빼 간 것은. 방심하고 있던 틈에 완전히 뺏겨 버렸다. 줬다 뺏기라니. 자신의 빈손과 노트가 들린 이준의 손을 번갈아 보던 유경은 꽥 소리를 내질렀다.

"진짜 치사하게 이럴래?"

"치사한 게 아니라 'Give & Take'라니까."

하, 기브 앤드 테이크 같은 소리 하고 있네. 콧방귀를 뀐 유경은 노트를 다시 쟁탈하기 위해 노트를 향해 팔을 뻗었다. 이준 역시 뺏기지 않으려는 듯 노트를 쥔 팔을 위로 한껏 들어 올렸다. 잡아 보려고 점프까지 해 봤지만 닿지 않는다. 압도적인 키 차이였다. 다리만 긴 줄 알았는데, 이제 보니 그에 못지않게 팔도 길다. 물론 당연한 거겠지만 말이다. 어릴 때부터 지금까지 평생 키가 크다는 소리만 듣고 살아왔다. 은연중에 큰 키를 콤플렉스처럼 여기고도 있었다. 그런데 웬걸. 약 20센티가량 차이 나는 이준 앞에 서니 완전히 꼬맹이 수준이다.

"포기해요. 불가능하니까."

낑낑거리는 유경과 달리 이준은 너무도 여유로워 보인다. 농락당하는 기분이었다. 아니, 기분이 아니라 아까부터 정말로 농락당하고 있는 거다.

"그래. 누가 이기나 해보자."

오히려 오기가 생겨 투지가 불타오르기 시작할 때였다. 그런 유경을 재미있다는 듯 바라보고 있던 이준이 툭 내뱉듯 말했다.

"주말에 나랑 영화 봐요."

멈칫.

행동을 뚝 멈춘 유경의 시선이 이준의 얼굴을 향했다.

"……영화?"

'최근 많이 봤잖아.' 하는 눈빛을 읽은 듯 이준이 말을 덧붙인다.

"집 말고 영화관에서요. 보고 싶은 영화가 이번에 개봉했는데 같이 보러 갈 사람이 없어서요. 누나도 알죠? 나 친구 없는 거."

얘는 대체 뭐가 자랑이라고 매번 저렇게 당당한 얼굴로 저 얘기를 하는 걸까. 이해를 할 수가 없다.

"그래, 그건 아는데……."

유경은 의심 가득한 눈빛으로 되물었다.

"정말로 이게 부탁이라고?"

"그럼 누나더러 장기라도 내놓으라고 할 줄 알았어요?"

이준은 코웃음을 쳤다. 그제야 유경은 경계를 풀고 대답했다.

"그래, 알았어."

"약속한 거죠?"

"알았다니까. 영화 같이 보는 게 뭐 그리 어려운 일이라고."

시원스러운 대답이었다. 그제야 이준은 노트를 유경에게 건네며 싱긋 웃는다.

"거봐요. 내가 어려운 부탁 아니라고 했잖아."

지금까지 본 것 중 가장 싱그러운 미소였다.

약속했던 주말.

느지막이 잠에서 깬 유경은 시간을 확인하고 깜짝 놀랐다. 벌써 11시가 다 되어 가고 있었다.

"헉!"

놀란 토끼 눈이 되어 상체를 벌떡 일으켰다. 한순간에 잠이 다 달아나는 것 같았다.

이젠 안 깨워 주니까 제시간에 일어나지도 못하는구나. 서유경.

유경은 정신 차리라는 듯 제 머리를 주먹으로 콩, 가볍게 찍었다. 최근 이준이 아침마다 깨워 주다 보니 버릇이 나쁘게 든 모양이다. 같이 산 지가 며칠이나 됐다고. 사람은 적응하는 동물이라는 게 여실히 와 닿는 순간이다.

아침부터 볼일이 있다며 외출을 한 이준과 만나기로 한 시간은 12시였다. 주어진 시간은 한 시간. 외출 준비를 하기에 빠듯한 시간이었다.

또 잔소리 듣게 생겼네.

벌써부터 이준의 잔소리가 이명처럼 들려오는 것만 같았다. 허겁지겁 침대를 벗어난 유경은 눈곱도 떼지 못한 채 곧장 욕실로 달려갔다.

*

띠리릭─

도어록이 풀리는 기계음이 왠지 낯설게 느껴졌다. 이준은 저도 모르게 아주 조심스럽게 현관문을 열었다. 현관으로 들어서자 널따란 거실의 풍경이 한눈에 들어온다. 벽지와 가구, 전자제품 모두 블랙으로 통일되어 있었다. 심플한 것이 딱 자신의 취향이었다. 그런데 참 신기한 일이 아닐 수 없었다. 그 모든 게 도어록 기계음처럼 낯설게 느껴지는 건 마찬가지였으니 말이다.

"……황당하네."

집 안을 훑으며 그는 작게 헛웃음을 흘렸다. 스스로도 어이가 없었다. 고작 보름 정도 비웠을 뿐인데, 제 집이 이렇게나 낯설게 느껴질 줄이야. 하긴. '제 집'이라고 해봐야 살게 된 지는 아직 반년도 채 되지 않았다. 그러니 어린 시절부터 들락날락거렸던 유현의 집이 더욱더 친근하게 느껴지는 것이, 어쩌면 당연한 일인지도 모르겠다.

실내화로 갈아 신고 거실로 성큼 들어섰다. 집 안을 감돌던 냉기가 훅 끼쳐왔다. 먼지 냄새도 났다. 고작 보름일 뿐이었지만, 그래도 빈집은 빈집인 모양이었다. 넓은 집 안이 오늘따라 유독 쓸쓸해 보인다. 냉기 때문일까. 아니면 먼지 때문일까. 그것도 아니면, 그녀가 없어서일까…….

"뭐가 됐든. 별로 다시 돌아오고 싶은 생각은 안 드네."

집 떠나면 고생이다. 집이 최고다. 많은 이들이 공감하는 말들이겠지만, 어쩐지 자신에게는 통하지 않는 것 같았다. 지금도 이런데 세 달을 채우고 다시 집으로 돌아올 땐 얼마나 더 쓸쓸하게 느껴질까. 벌써부터 겁이 날 지경이다.

새삼스러운 시선으로 집을 훑던 이준은 이내 드레스 룸으로 향했다. 지금껏 한 번도 찾지 않던 집을 오늘 굳이 찾은 이유는, 바로 옷 때문이었다. 분명 유경의 집으로 들어갈 때 커다란 캐리어에 한가득 옷가지들을 챙겨 갔었다. 그것으로도 모자라 커다란 가방도 두어 개 더 챙겼었다. 그런데 오늘 막상 옷을 고르다 보니 입을 만한 옷이 보이지 않았다. 많은 옷들 중 마음에 드는 옷이 거짓말처럼 단 하나도 없었다. 사실 평소엔 외출복에 딱히 신경 쓰는 타입은 아니었다. 그저 '모델'이라는 이미지를 깨지 않을 정도로만 깔끔하게 챙겨 입었다. 하지만 오늘은 고대하고 또 고대하던, 첫 데이트가 아니던가. 어떻게 얻은 기회인데, 아무렇게나 나갈 순 없었다. 물론 그녀에겐 데이트가 아니라 그저 가벼운 '외출'일 뿐이겠지만 말이다.

"대체 어떤 옷을 입어야 부담스럽지 않고 적당할까……."

이준은 꼭 패션 매장처럼 깔끔하게 진열되어 있는 수많은 옷들을 하나하나 찬찬히 살피기 시작했다. 원래 꾸미지 않은 듯하게 꾸미는 스타일이 가장 어려운 법이었다. 적당한 옷을 고르는 그의 눈빛이 예리하게 빛났다. 그는 지금, 그 어느 날보다도 진지했다.

11시 59분 아슬아슬하게 약속 시간에 딱 맞춰서 집에서 나왔다. 엘리베이터에서 내린 유경은 허겁지겁 단지 입구를 향해 걸음을 옮겼다.

'내일 12시까지 입구에 나와 있어요. 데리러 올게요.'

'번거롭게 뭐하러 그래. 그냥 영화관에서 바로 보면 되는데.'

'괜찮아요. 어차피 가는 길이니까.'

어제는 이준이 쓸데없는 고집을 부린다고 생각했었다. 그런데 지금은 더 사양하지 않길 잘한 것 같다는 생각이 든다. 만약 영화관에서 보기로 했으면 완전히 지각을 했을 것 같으니까.

빵—!

앞만 보고 걷고 있을 때였다. 별안간 어딘가에서 작게 클랙슨 소리가 들려왔다. 왠지 그 소리가 자신을 향하고 있는 것 같은 느낌에 유경은 걸음을 멈추고 뒤를 돌아보았다. 쏟아지는 햇빛을 받아 반짝이는 잘빠진 흰 세단이 눈에 들어온다. 한눈에 봐도 고가의 차량임을 알 수 있었다. 특히나 차 앞에 박혀 있는 큼지막한 로고는 유경도 잘 아는 브랜드였다.

"……착각이었나?"

아마도 그런 것 같았다. 클랙슨을 울린 건 분명 저 차일 텐데. 저 차의 주인이 자신을 향해 클랙슨을 울릴 이유가 뭐가 있겠는가. 별로 대수롭지 않게 생각하며 유경이 다시금 가던 길을 가려고 할 때였다. 멈춰 있던 차가 미끄러지듯 이쪽으로 다가오더니 유경의 바로 앞에서 뚝 멈춰 선다.

지잉—.

짙게 선팅된 조수석 창문이 내려가고 그 틈으로 운전석에 앉은 남자의 얼굴이 보였다. 세련된 차의 외형과 아주 잘 어울리는 저 얼굴.

"……권이준?"

224

유경이 눈을 동그랗게 뜨고 이준을 바라보았다. '네가 왜 거기서 나와?'라고 묻는 얼굴이었다.

"뭐 해요? 얼른 타요."

유경은 여전히 얼떨떨한 얼굴로 조수석에 올라탔다. 차의 내부는 겉모습보다도 훨씬 번쩍번쩍했다. 국산차와는 달리 계기판의 모양도 화려했고, 기분 탓인지 모르겠지만 의자도 편안한 것 같았다. 구경하듯 차 안을 휘 둘러보고 있을 때였다. 별안간 이준이 유경의 쪽으로 상체를 확 숙였다. 그와 동시에 차 안을 맴돌던 방향제의 향을 뚫고 이준 특유의 시원한 체향이 훅 끼쳤다. 놀란 유경이 등받이로 몸을 바짝 기댔다. 조각 같은 이준의 옆얼굴이 코앞까지 바짝 다가와 있었다. 콧김마저 고스란히 전달될 것 같은 느낌이 들 정도로 가까운 거리였다. 저도 모르게 마치 숨 쉬는 법을 까먹은 사람처럼 호흡을 멈췄다.

탁.

경쾌한 소리와 함께 안전벨트가 채워졌다. 그제야 이준은 볼일이 끝났다는 듯 다시 운전석으로 돌아갔다.

"차에 타면 안전벨트부터 해요."

이준이 충고했다. 나 원래 안전벨트 매거든? 교통법규 완전 준수하는 사람이거든? 반박하고 싶었지만 왠지 입술이 떨어지지를 않아 그냥 고개를 끄덕였다. 이준은 자신도 안전벨트를 찬 후 차를 출발시켰다.

"근데 아까 왜 봐 놓고도 그냥 갔어요?"

"아, 네 차인지 몰랐어."

설마 이준의 차가 이렇게 값비싼 외제차일 거라고는 생각도 못

했었다. 그도 그럴 것이 보통 스물일곱에는 자신의 차를 갖는 것
도 어려운 일이 아니던가. 유현만 해도 그랬다. 차를 살 엄두는
커녕 면허조차 없었다. 그리고 그건 서른하나인 유경도 마찬가
지였다.

'똥차 가고 벤츠 온다는 얘기. 너도 알지?'

언젠가 지민이 했던 말이 떠오른다. 그런데 정말로 권이준이
벤츠를 타는 남자였을 줄이야. 지민은 뭘 알고 그런 소리를 했
던 걸까.

"탔었잖아요, 이 차."

"내가? 언제?"

"아, 맞다. 그때 누나 기절한 상태였었지."

아무래도 꽐라가 됐던 그날을 말하는 모양이었다. 도대체 언제
쯤이면 그날의 악몽에서 벗어날 수 있는 걸까. 내가 다시는 술을
그렇게 처먹나 봐라. 속으로 깊은 결심을 하며 유경은 얼른 말을
돌렸다.

"너 돈 잘 버나 보다?"

"그냥요. 굶어 죽진 않을 정도로 벌어요."

"너무 겸손한 대답 아니니? 서유현이 이번에 산 집도 네 명의라
고 했던 것 같은데, 맞지?"

이준은 긍정하듯 고개를 까딱였다.

"와. 너 진짜 대단하다."

유경은 진심으로 감탄했다.

"나보다 어린데 벌써 차도 있고, 집도 있고……. 진짜 다 갖췄네."

말하다 보니 왠지 쓸쓸해진다. 권이준이 가진 게 어디 차와 집뿐이던가. 눈에 띨 정도로 잘생긴 외모에 출중한 요리 솜씨까지. 이 정도면 역대급 '사기캐'가 아닐까 싶다.

"다 갖춘 건 아니에요. 진짜 갖고 싶은 건 못 가졌으니까."

"욕심도 많다. 네 인생에 부족한 게 있긴 해?"

"있어요."

"뭔데?"

진심으로 궁금해져서 빤히 바라보았다. 이준이 정면을 바라보며 툭 내뱉듯 말했다.

"여자친구."

"여자친구?"

"왜 그렇게 놀라요?"

"의외라서."

"뭐가요?"

"난 네가 여자한텐 별로 관심 없는 줄 알았거든."

때마침 차가 신호에 멈춰 섰다. 이준이 고개를 휙 옆으로 틀어 이쪽을 바라보았다. 그러곤 아주 진지한 얼굴로 묻는다.

"설마 내가 고자일 거라고 생각하는 건 아니죠?"

고자라니. 엄청난 뜻이 담긴 노골적인 단어에 유경의 얼굴이 새빨갛게 달아올랐다.

"이게 진짜! 누나한테 못 하는 말이 없어!"

"누나가 먼저 내 정체성을 의심했잖아요."

이준이 눈을 치떴다. 잠시라도 부정을 당했다는 사실이 매우 기분이 나쁜 모양이었다. 유경은 얼른 말했다.

"의심한 적 없어."

"그럼 됐고요."

그제야 사납던 눈빛이 한층 누그러든다. 말 두 번 잘못했다가는 잡아먹힐 뻔했다, 아주. 자기도 남자다, 이건가. 하긴, 그러고 보면 미래의 아내에게 사랑받기 위해 요리와 청소를 한다고도 했었지, 참.

"근데 왜 여자친구는 안 만들어?"

"그게 내가 만들고 싶다고 만들 수 있는 거예요?"

"왜. 너 정도면 가능하지 않나? 여자들 줄을 설 거 같은데. 너 인기 많잖아."

"인기 없어요."

"겸손도 과하면 오히려 재수 없게 보인다는 거 아니?"

"진짠데."

끝까지 우기는 이준을 향해 유경은 코웃음을 쳤다.

"웃기고 있네. 네 팬카페 회원들만 해도 10,000명이던데."

"팬카페?"

"아……."

"누나가 내 팬카페를 어떻게 알아요? 들어가 봤어요?"

팬카페만 들어갔다 뿐인가. 사진 모음집까지 봤는데. 하지만 솔직하게 말하자니 왠지 민망해서 대충 둘러댔다.

"아니, 그냥. 예전에 서유현한테 들은 것 같아서. 아니야?"

"아마도 그쯤 될 거예요. 숫자는 정확하게 기억 안 나지만."

다행히도 이준은 딱히 의심하지 않는 눈치였다.

"거봐. 10,000명한테 사랑 받고 있으면서, 어디서 인기 없다는 드립을 치고 있어? 네 팬카페 회원들이 들으면 얼마나 섭섭하겠니?"

"그러게. 생각해 보니 나 인기 많네요."

이번엔 겸손 떨지 않고 쿨했다. 그런데 이건 또 이것대로 재수가 없다. 유경은 입을 불퉁 내밀었다.

"네가 너무 눈이 높은 거 아니야?"

"글쎄요……."

잠깐 생각하는가 싶더니 말한다.

"딱히 높은 것 같지는 않은데?"

"뭐야, 그 의미심장한 말은?"

"……."

"혹시 이미 마음에 두고 있는 여자 있는 거야?"

이준은 고개를 끄덕였다. 유경의 눈이 둥그렇게 커진다.

"아깐 여자친구 없다며?"

"여자친구 아니에요."

"그럼?"

"좋아해요. 나 혼자."

진심이 가득 담긴 목소리였다. 그 말이 어찌나 달콤하게 들리는지, 순간 유경은 주책없이 제 가슴이 떨리는 걸 느꼈다. 마치 자신이 고백을 받기라도 한 것처럼.

"그럼 짝사랑이라는 얘기야?"

"뭐, 그렇죠."

헐.

유경은 입을 쩍 벌렸다. 권이준이 짝사랑이라니. 본인 입으로 말을 했음에도 불구하고 도저히 믿어지지가 않는다. 무려 저 얼굴에, 저 능력에, 짝사랑이라니.

"그 여자가 너 싫대?"

"모르겠어요. 아직 고백도 못 해 봐서."

"그럼 네가 좋아하는 것도 모르는 거야?"

"아마도요."

"어지간히 둔한가 보네, 그 여자."

이준이 피식, 웃는다.

"동감해요."

왜 웃는 거지? 그 여자를 생각만 해도 웃음이 나는 건가? 유경은 그런 이준의 얼굴 위로 왠지 제 옛날 모습이 겹쳐 보이는 듯했다. 완전히 잊고 있던 감정이 발끝에서부터 스멀스멀 피어난다. 하루 온종일 두근두근하고 콩닥콩닥했던, 그때 그 설렘이……

"사랑은 타이밍이라고 하잖아."

유경은 마치 그 옛날의 서유경에게 이야기하듯 진심을 담아 얘기했다.

"용기 있는 자가 미녀를 차지한다는 말, 알지?"

"알죠."

"그러니까 너도 괜히 뜸 들이다 밥 다 태우지 말고 얼른 고백을 해. 특히나 둔한 여자일수록 돌직구가 필요한 법이야."

"그런가?"

이준이 되묻는 순간, 유경은 아차 했다. 뒤늦게 제 처지가 떠올랐기 때문이다. 자신이 지금 누군가의 연애에 대해 충고를 할 처지였던가. 심지어 그 사실을 이준도 뻔히 알고 있는데.

"좀…… 오버였나? 지금 내가 이런 말 할 입장이 아닌데……."

유경은 이준의 눈치를 보며 머쓱한 얼굴로 목덜미를 긁적였다. 하지만 다행히도 이준은 비웃지 않고 제대로 대답해 줬다.

"아뇨. 도움 됐어요. 많이."

"그래? 그렇담 다행이고……."

"아하하."

유경은 어색하게 웃어 보인 후 창가로 시선을 돌렸다. 뒤통수에 닿는 이준의 시선이 느껴졌지만 차창 밖만 바라보았다. 조금 전까지 느껴지던 설렘은 어디로 가고 입안에는 쓴맛만 남았다.

운전 스타일은 대개 둘로 나뉜다. 공격운전을 하는 사람과 방어운전을 하는 사람. 이준은 후자 쪽이었다. 괜히 속도를 과하게 낸다거나 무리를 해서 차선을 바꾼다거나 끼어드는 일이 없었다. 당연히 거친 말도 시끄러울 일도 없었다. 그가 운전하는 동안 차 안은 클래식 음악이 깔려도 괜찮겠다 싶을 정도로 평온하기 그지없었다.

덕분에 유경은 아주 편안하게 목적지까지 올 수 있었다. 물론 차가 좋아서 더 편안하게 느껴지는 걸지도 모르겠지만 말이다. 주말이라 그런지 영화관 건물의 지하 주차장엔 차가 많았다. 주차장은 지하 2층부터 시작되는데, 지하 5층까지 내려와서야 겨우 한 자리를 찾을 수 있었다. 운전 실력만큼 주차 실력도 완벽했다. 꽤 어려워 보이는 자리였는데 이준은 버벅거림 없이 한 번에 칸에 딱 맞게 주차를 했다.

"다 왔어요."

시동을 끈 이준이 조심스럽게 유경의 어깨를 톡톡 건드렸다. 오는 내도록 차창 밖으로만 시선을 고정하고 있었던 탓에 잠들었다고 생각하는 모양이었다.

"으응……."

왠지 그 기대에 부응해 줘야 할 것 같아 유경은 마치 자다 깬 것처럼 느릿하게 고개를 바로 했다. 목이 뻐근했다. 뒷목을 주무르며 물었다.

"네가 영화 예매했다고 했지? 몇 시 영화야?"

"2시요."

"2시?"

유경은 시계를 확인했다. 12시 30분이었다. 한 시간 반이나 남은 것이다.

"시간 너무 많이 남은 거 아니야?"

"일부러 넉넉하게 잡았어요."

"일부러? 왜?"

"영화 보기 전에 밥 먹으려고요. 누나 어차피 늦잠 자서 아침도 건너뛰었을 테니까."

확신에 가득 찬 어투였다. 꼭 CCTV로 그녀의 일과를 본 것처럼 말이다.

"어떻게 알았어?"

"뻔하죠, 뭐."

가볍게 뱉어진 이준의 말이 마치 '누난 내 손바닥 안이에요. 훗.' 하고 말하는 듯했다. 하지만 그게 사실인지라 할 말이 없다. 내가 그렇게 단순한 인물이었던가? 유경은 새삼스럽게 자아성찰을 했다.

"뭐 먹을래요? 혹시 먹고 싶은 거 있어요?"

"아니, 딱히 없어. 너는?"

"파스타 어때요?"

"파스타?"

"이 건물에 파스타 맛집 있다더라고요."

원래 유경은 양식보단 한식파였다. 그런데 최근 이준이 워낙 한식을 이것저것 만들어 준 덕분인지, 외식 한 번쯤은 양식을 먹어도 괜찮겠다 싶다.

"그래. 좋아."

메뉴를 정하고 두 사람은 차에서 내렸다. 나란히 걷는데 유경의 시야에 문득 유리에 비친 이준의 모습이 보인다. 사실 아까 차에 탈 때부터 느꼈지만 오늘 그는 평소와 느낌이 많이 다른 것 같았다. 집에서 봤을 때보다 조금 더 반짝거린다고 해야 할까.

흰색 티셔츠 위에 레이어드해서 입은 체크 남방. 검은 스키니진. 흰색의 운동화. 따져 보면 흔해 빠진 아이템인 것 같은데, 이준이 입고 있어서 그런지 마치 명품이라도 휘감은 것처럼 보인다. 심지어 캐주얼한 패션인데도 말이다. 하긴. 이준은 잠옷 차림으로도 화보를 찍는 남자였다. 하물며 지금은 외출복 차림이니 한층 더 빛나는 게 당연할 터.

유경은 시선을 옮겨 자신의 차림을 바라보았다. 시간이 없어 급한 마음에 대충 손에 잡히는 대로 입고 나왔더니 후드티에 청바지 차림이었다. 편한 옷차림이 맞기는 했지만, 이준의 옆에 서 있자니 괜히 더 후줄근하게 보이는 느낌이다. 이럴 줄 알았으면 나도 좀 더 신경 쓰고 나오는 건데……. 뒤늦게 후회를 할 때였다. 문득 뇌리를 스쳐 지나가는 생각에 유경은 걸음을 뚝 멈췄다.

"잠깐만!"

다급한 부름에 이준도 덩달아 걸음을 멈추고 유경을 바라보았다.

"왜요, 무슨 일 있어요?"

"너 말이야. 이러고 가도 되는 거야?"

"뭐가요?"

"모자 같은 거 안 써?"

"웬 모자? 나 머리에 왁스 바른 거 안 보여요?"

"그럼 선글라스는?"

"지금 무슨 말을 하는 거예요. 실내에서 누가 선글라스를 낀다고."

대체 무슨 헛소리를 하는 거냐는 듯 이준이 미간을 살짝 좁힌다. 하지만 못 알아듣고 딴소리를 하는 이준 때문에 답답하기는 유경도 마찬가지였다.

"누가 알아보면 어떡하려고?"

유경은 걱정이 가득한 얼굴로 되물었다.

'네 입장에서야 어릴 때부터 봐 온 동생 친구라지만, 남들이 봤

을 땐 성인 남녀잖아. 혹시 이상한 소문이라도 나면 어떡해?'

'무슨 이상한 소문?'

'스캔들 같은 거 말이야. 요즘 보니까 기사 한 번 잘못 나면 연예인들 이미지 추락하는 건 한 순간이던데.'

'그런 건 연예인들이나 겪는 일 아니야?'

'전혀 몰랐어? 인기 장난 아닌 것 같던데. 거의 연예인급이더만.'

지금까진 별생각이 없었는데, 얼마 전 지민과 나눴던 대화가 떠오르자 갑자기 위기의식이 생긴다. 아무래도 이준의 인기에 대해 알아 버려서 더 그런 것 같았다. 그런데 걱정하는 유경과 달리 이준은 천하태평이다.

"아, 난 또. 무슨 소리 하나 했네."

뒤늦게 유경이 왜 엉뚱한 소리를 했는지를 이해했다는 듯, 그는 낮게 헛웃음을 흘렸다.

"걱정 안 해도 돼요. 나 그 정도 급은 아니니까."

또 나왔다. 과하다 못해 재수 없게까지 느껴지는 저 겸손. 분명히 내가 본 게 있고 들은 게 있는데……! 유경은 눈을 가늘게 뜨고 이준을 바라보았다.

"내가 아까 분명히 말했지? 너무 겸손해도 재수 없다고."

"겸손 떠는 게 아니라 사실을 말하는 거예요. 내가 연예인도 아니고. 방송도 안 하는 일개 모델까지 알아보는 사람은 거의 없어요. 일반인이나 마찬가지예요. 물론 간혹 알아보는 사람이 있기는 하지만, 그렇다고 해도 상관없고."

"왜 상관이 없어? 나랑 같이 있는 거 보면, 다른 사람들이 오해할 수도 있잖아. 혹시 이상한 소문이라도 나면…….”

“걱정 안 해도 된다니까요. 그런 건.”

이준은 정말로 별 대수롭지 않게 생각하는 듯했다. 그런데 과연 10,000명의 팬들도 그렇게 생각할까. 연예인에 열광했던 적이 없어서 잘은 모르겠지만, 그래도 분명 그들의 생각이 그렇지 않으리라는 것 정도는 알 수 있었다. 그렇다면 아무래도 이미지에 타격을 입게 되지 않을까. 이준은 자신이 연예인이 아니니 괜찮다고 했지만, 따지고 보면 모델도 인기로 먹고사는 직업 아닌가. 유경은 영 마음이 불편했다. 하지만 본인이 이렇게까지 괜찮다는데 어쩌겠는가. 제삼자인 자신이 계속 걱정을 하는 것도 웃긴 일이었다.

“그래, 네가 괜찮다면 그런 거겠지.”

유경은 알겠다는 듯 고개를 끄덕였다. 사실 한편으로는, 사람들이 자신과 이준을 보고 연인 사이라는 말도 안 되는 오해를 하지는 않을 것 같기도 했다.

“거봐요. 내 말이 맞죠?”

영화관을 나오며 이준이 기세등등하게 말했다. 유경은 들고 있던 빈 음료 컵을 쓰레기통에 버리며 떨떠름하게 대꾸했다.

“그래, 내가 오버했나 보다. 인정.”

걱정하지 말라던 이준의 말은, 겸손이 아닌 사실이었던 것이다. 하필이면 바로 주변에 이준의 극성팬이 두 명이나 있어서 걱정을 꽤 했었는데. 파스타를 먹고 영화를 보고 나오는 지금 이 순간까지, 다행히도 걱정했던 일은 일어나지 않았다.

물론 함께 다니는 동안 힐끔힐끔, 이준을 향한 여자들의 시선이 느껴지기는 했다. 하지만 모델 권이준이라는 걸 알고 쳐다보는 것 같지는 않았다. 그저 잘생긴 외모 때문에 절로 시선이 가는 분위기라고나 할까. 괜스레 옆에 있는 자신에게까지 그 시선이 닿아 민망하기는 했지만 불편하게 느껴질 정도는 아니었다.

"이제 뭐 할까요?"

"집에 안 가?"

"오랜만에 나왔는데 집에 바로 들어가기는 아쉽잖아요."

그건 그랬다. 모처럼 만의 외출이었다. 최근 패턴은 늘 회사와 집의 반복이었다.

"뭐 하고 싶은 거 없어요?"

"음. 글쎄……."

"없어요?"

"갑자기 물어보니까 생각이 안 나네."

"그럼 내가 하고 싶은 거 하러 가도 돼요?"

그리 묻는 이준은 신이 난 것처럼 보였다. 그리고 보면 오히려 이준이 유경보다도 더 집에 있었던 시간이 길긴 했다.

"넌 뭐가 하고 싶은데?"

마치 오랜만에 산책을 나온 대형견이 집에 들어가기 아쉬워하는 것처럼 보여서 유경은 작게 웃으며 물었다. 그러자 이준이 기다렸다는 듯 대답한다.

"쇼핑이요."

✳

쇼핑이라고 해서 당연히 옷이나 가방, 신발, 혹은 액세서리를 떠올렸다. 그런데 이준이 그녀를 데리고 온 곳은 백화점이나 아웃렛이 아닌 대형마트였다. 주차장에 주차를 할 때까지만 해도 조금 헷갈렸었다. 이곳에서도 옷을 팔기는 했으니까 말이다.

보통 주부를 타깃으로 하는 브랜드가 많이 입점해 있는 걸로 알고 있었는데, 저가 모르는 새에 많이 바뀌었나 보다고. 혹은 모델이라 패션 감각이 보통 사람들과는 많이 다른 걸지도 모르겠다고. 하지만 이번에도 유경의 예상은 완전히 빗나갔다. 이준은 패션 브랜드들이 모여 있는 코너를 그대로 지나쳐 곧장 주방용품 코너로 향했다. 처음부터 그럴 작정이었던 것처럼.

"……쇼핑한다며?"

황당해하는 유경의 물음에 이준은 진열되어 있는 프라이팬 하나를 덥석 집어 들며 대답했다.

"지금 쇼핑하러 왔잖아요."

"사겠다던 게 프라이팬이었어?"

"집에 프라이팬이 오래돼서 그런지 바닥이 많이 까졌더라고요. 코팅이 다 벗겨져서 뭘 볶을 때마다 계속 눌어붙어요. 설거지도 힘들고."

"그래. 이것도 쇼핑이라면 쇼핑이긴 하지……."

다만, 하고 싶은 게 있다더니 그게 고작 프라이팬 쇼핑이었다는 게 조금 황당할 뿐. 유경은 프라이팬을 이리 뒤집고 저리 뒤집으며 꼼꼼히 살피는 이준을 멍하니 바라보았다.

"둘 중에 어떤 게 더 나은 것 같아요?"

진열된 프라이팬들 중 두 개를 골라 든 이준이 물었다.

"둘 다 그냥 프라이팬 아니야?"

"색도, 모양도, 회사도 다 다르잖아요."

"아, 색상……."

섬세하기도 하지. 유경은 이준이 양손에 들고 있는 빨간색과 파란색 프라이팬을 번갈아 보다 이내 고개를 내저었다.

"난 봐도 모르겠어. 어차피 사용하는 건 널 테니까, 그냥 네가 알아서 골라."

"그럼 이걸로 할까요?"

"그래."

"아니다. 손잡이가 조금 더 기니까 이게 낫나?"

"……아무거나 해."

유경은 프라이팬 하나 사는데 이렇게까지 고심하는 이준을 좀처럼 이해할 수가 없었다. 쇼핑 스타일이 완전히 달랐다. 유경은 옷을 살 때도 여러 군데 돌아다니지 않고 처음 들어간 매장에서 마음에 드는 것을 골랐다. 옷뿐만 아니라 모든 쇼핑이 그런 식이었다. 하물며 프라이팬은 어떻겠는가.

몇 분이나 흘렀을까. 이것저것 재 보다가 결국 이준이 고른 것은 파란 프라이팬이었다. 그는 빨간 프라이팬을 도로 제자리에 두고 들고 있던 샛노란 플라스틱 바구니에 파란 프라이팬을 넣었다.

"그걸로 결정한 거야?"

"네. 이게 더 나은 것 같아요."

뭐가 더 낫다는 건지는 전혀 모르겠지만 유경은 알겠다며 고개를 끄덕였다. 그렇게 프라이팬 쇼핑을 끝내고 주방용품 코너를 나올 때였다. 이준이 말했다.

"누나는 살림에 관심이 전혀 없나 보네요."

목소리가 왠지 뾰로통한 것 같다. 설마 프라이팬 고를 때 관심을 두지 않았다고 삐진 건가.

"네가 관심이 너무 많은 건 아니고?"

"다른 것도 아니고 살림인데. 관심 없는 것보단 낫지 않아요?"

맞는 말이었다. 유경은 입을 다물었다. 그러자 이준이 한마디를 덧붙인다.

"누난 꼭 살림 잘하는 남자한테 시집가야겠어요."

고작 프라이팬 하나 때문에 미래의 남편에 대한 걱정까지 들었다. 그것도 네 살이나 어린 녀석에게. 이걸 대체 건방지다고 기분 나빠해야 하는 걸까. 아니면 내 걱정해 줘서 고맙다고 해야 하는 걸까. 속으로 가늠하고 있는데 이준이 식료품 코너를 가리킨다.

"온 김에 장도 보고 갈까요?"

'장'이라는 말에 유경의 눈이 커졌다. 여태 잊고 있던 것이 떠올랐기 때문이다.

"그러고 보니까 여태 장 본 거 다 네 돈으로 샀었지? 얼마나 들었어?"

"됐어요."

"같이 먹었는데 나도 반은 내야지."

"그럼 오늘은 누나가 계산해요."

간단하게 정리를 끝낸 이준은 앞장서 걸었다. 유경은 뒤따르며 생각했다. 앞으로는 아예 생활비를 걷어야겠다고. 장을 봐야 하기 때문에 바구니를 내려놓고 대신 카트를 가져왔다. 커다란 카트에 파란 프라이팬 하나를 집어넣고 두 사람은 식료품 코너로 향했다. 구입하려는 물품은 바뀌었지만 상황은 아까와 별반 다르지 않았다. 이준은 이것저것 재료들을 골라 담고, 유경은 그 광경을 관망하는.

아까처럼 제 미래까지 걱정하는 이준의 말을 또 듣고 싶지는 않아 이번에는 적극적으로 거들 생각이었다. 그런데 그것도 뭘 알아야 거들 것 아닌가. 이준이 무슨 요리를 할 생각인지, 그 요리에 어떤 재료가 들어가는지 알 턱이 없는 유경이 할 수 있는 일은 이번에도 그저 바라보는 것뿐이었다.

나, 정말로 살림 잘하는 남자 만나야겠는데…….

감자와 당근 등을 매의 눈으로 살피고 골라 담는 이준의 모습을 한 걸음 뒤에서 바라보며, 유경이 진지하게 자신의 미래에 대해 걱정을 할 때였다. 그녀의 바로 옆에 놓여 있는 봉지를 한 장 뜯은 아주머니가 불쑥 말했다.

"아유, 신랑이 참 꼼꼼하네. 저런 남자 정말 잘 없는데."

처음에 유경은 그 말이 누구를 향하고 있는지 몰랐다. 바로 옆에서 들려오고 있기는 했지만. 또 주변에 저와 아주머니 둘뿐이었지만, 그래도 설마 저한테 하는 말은 아닐 거라 생각했다. 그럴 수밖에 없는 것이, '신랑'이라는 단어는 자신과 거리가 아주 멀었으니까 말이다. 그런데 이어지는 아주머니의 뒷말은 정확하게 유경을 향하고 있었다.

"새댁이 복 받았네. 좋겠어요."

'새댁'이라니. 당황함에 유경의 눈이 둥그렇게 커졌다. 아무래도 아주머니는 이준과 자신을, 연인도 아닌 부부라고 오해를 한 모양이었다. 대체 어딜 봐서. 유경은 얼른 손사래를 치며 말했다. 당장 오해를 바로잡아야 했다.

"저어, 뭔가 오해를 하신 것 같은데……."

최대한 정중하게 덧붙였다.

"저희 부부 아니에요."

"어멋, 아니에요?"

"네, 동생이에요, 동생."

일부러 '동생'이라는 단어를 한 번 더 강조하듯 말했다. 그러자 아주머니의 얼굴에 당황한 기색이 역력하게 퍼진다.

"어머머머, 정말 미안해요. 둘이 너무 잘 어울리길래 영락없이 신혼부분 줄 알았네."

"오호호호……."

어색한 웃음을 흩뿌리며 아주머니는 도망치듯 자리를 떠났다. 완전히 잘못 짚고 오지랖을 부린 것이 민망하긴 한 모양이었다. 그렇게 아주머니가 떠난 지 얼마 되지 않아, 감자와 당근이 가득 든 두 개의 봉지를 든 이준이 돌아왔다.

"다 골랐어?"

이준은 대답 대신 유경의 뒤편에 세워 둔 카트에 봉지를 담았다. 그런데 이준의 표정이 왠지 심상치 않은 것 같다.

"혹시, 아까 아주머니가 하신 얘기 들었어?"

이준은 이번에도 대답하지 않았다. 그저 유경을 빤히 바라볼 뿐이었다. 아무래도 다 들은 모양이었다. 하긴. 이렇게 거리가 가까웠는데 못 듣는 게 더 이상했다. 언제는 그런 건 상관없다며, 걱정하지 않아도 된다고 쿨한 척을 하더니. 역시 걱정이 되기는 하는 모양이지.

훗, 작게 웃은 유경은 짐짓 거들먹거리며 말했다.

"걱정하지 마. 내가 오해라고 확실히 얘기했어."

"알아요."

무뚝뚝하게 대답한 이준은 카트를 끌고 먼저 걸음을 옮기기 시작했다. 안다고? 그럼 지금 저 표정은 뭐지……? 쌩하게 돌아선 그의 뒷모습을 바라보며 유경은 고개를 갸웃했다.

똑똑.

방문을 두드리는 노크 소리. 그리고 이어지는 익숙한 목소리.

"저녁 다 됐어요."

벌써 시간이 그렇게 됐나. 굳이 시계를 보지 않아도 지금이 몇 시쯤 됐는지 가늠할 수 있었다. 이준이 식사를 준비하는 시간은, 매번 마치 일부러 계산이라도 하는 것처럼 거의 일정했으니까 말이다.

"알겠어. 지금 나갈게."

유경은 작업하던 파일을 저장하고 노트북을 덮은 뒤 자리에서 일어났다. 두 시간가량 노트북만 보고 있었더니 어깨가 뻐근했다. 팔을 뻗어 간단하게 스트레칭을 한 후 방을 나섰다.

식탁 위에는 이미 밥상이 차려져 있었다. 유경은 자연스럽게 자신의 자리에 앉았다. 곧장 맞은편에 있는 이준의 얼굴을 바라보앉다. 잔뜩 굳은 표정이었다. 안 그래도 눈매가 날카로워 웃지 않으면 서늘한 인상인데, 저렇게 작정하고 표정을 굳히고 있으니 서늘하다 못해 오한까지 느껴진다.

아직도냐…….

마트에 들렀던 그때부터 지금까지 계속 이 분위기였다. 돌아오는 차 안에서 얼마나 숨이 막혔는지 모른다. 분위기를 환기하기 위해 일부러 말을 붙여 봤지만, 돌아오는 건 차라리 안 하니만 못한 무뚝뚝한 대답뿐이었다. 집에 돌아오자마자 눈치를 보다 방으로 쏙 들어갔다. 왠지 이준에게 혼자만의 시간이 필요할 것 같아서였다. 그렇게 두 시간이 흘렀다. 도대체 무슨 일 때문인지는 알 수 없었지만, 이쯤 되면 기분이 풀리지 않았을까 생각했다. 그런데 지금 저 표정을 보니 풀리기는커녕 오히려 더 나빠진 것 같다.

흠흠. 작게 헛기침을 한 유경은 슬그머니 이준에게서 시선을 떼며 식탁 위를 바라보았다. 그러곤 괜히 과장되게 밝은 목소리를 내뱉었다.

"김치볶음밥이네?"

둥글넓적한 접시 위에 새빨간 볶음밥이 밥그릇을 엎어 놓은 듯 동그랗게 솟아 있고 그 위에는 반숙된 달걀프라이가 올라 있었다. 당장 내다 팔아도 될 것 같은 먹음직스러운 비주얼에 꼴깍 군침이 절로 넘어간다.

"역시 권이준 센스 최고! 안 그래도 낮에 파스타 먹었더니 매콤한 게 당겼는데."

과장된 칭찬과 함께 엄지까지 척 치켜들었다. 하지만 이준의 굳은 표정엔 조금의 변화도 없다.

"······."

유경은 멋쩍은 얼굴로 치켜들었던 엄지를 천천히 내렸다. 그냥 조용히 밥이나 먹어야겠다는 생각에 숟가락을 집어 들었다. 흰자 안에 갇혀 있는 노른자를 숟가락 끝으로 톡 건드렸다. 샛노란 계란물이 새빨간 밥알 사이사이로 섞여들었다. 슥슥 대충 비벼 밥을 한 스푼 크게 떴다. 그렇게 입으로 가져가려던 찰나, 저를 빤히 바라보고 있는 이준과 눈이 마주쳤다. 그와 동시에 살짝 벌렸던 입을 꾹 다물었다. 들고 있던 숟가락도 도로 접시 위에 내려놨다. 이 상태에서 밥을 먹으면 체할 게 분명했다.

"뭐 기분 나쁜 일 있어?"

결국 못 참고 물었다. 의외로 대답은 금방 돌아왔다.

"네."

이렇게 쉽게 대답해 줄 줄 알았으면 진작 물어볼걸. 유경은 쩝, 입맛을 다시며 다시 한번 물었다.

"혹시 내가 뭐 실수라도 했니?"

자신이 이준에게 뭔가 실수한 게 있을 거라 생각해서 물은 건 아니었다. '나 때문이 아니면 그 표정 좀 풀어 주지 않을래? 밥만큼은 편하게 먹고 싶거든.' 하고 말하고 싶은 걸 에둘러 말한 것이었다. 그런데 돌아오는 대답은 유경의 예상을 완전히 빗나갔다.

"네."

"······뭐?"

잘못 들었나 싶어 되물었다. 하지만 이준은 아주 단호한 목소리로 답했다.

"했다고요. 실수."

제대로 들은 것 맞는다고. 내가 실수를 했다고? 유경은 황당한 얼굴로 이준을 바라보았다. 저 매서운 눈빛이 정말로 저 때문이었다고 생각하니 소름이 쫙 돋는다. 재빠르게 머릿속으로 지나간 하루를 되짚어 보았다. 하지만 딱히 짚이는 부분은 없었다. 당연한 일이었다. 만약 조금이라도 마음에 걸리는 부분이 있었다면, 함께 돌아오는 차 안에서 진작 사과를 했을 것이다.

"내가…… 너한테 무슨 실수를 했는데?"

왠지 억울해져서 물었다. 그런데 이번엔 대답 대신 도로 질문이 돌아온다.

"내가 왜 누나 동생이에요?"

"뭐?"

"내가 왜 서유경 동생이냐고. 서유현이 아닌데."

심히 반항적인 어조였다. 삐딱한 눈빛도 마찬가지였다. 유경은 말문이 턱 막혔다. 아무래도 아까 마트에서 있었던 일에 대해 이야기를 하는 것 같기는 한데, 도대체 어느 포인트에서 화가 난 건지 알 수가 없다.

"그러니까…… 동생이라고 해서 기분이 나빴다는 거야?"

이준은 대답 대신 빤히 유경을 바라보았다. 긍정의 뜻이었다. 한층 더 황당해져서 따져 묻듯 되물었다.

"대체 왜?"

"누나보다 나이가 어릴 뿐이지, 그렇다고 동생인 건 아니니까요."

"그럼 네가 오빠야?"

"오빠는 아니지만 동생도 아니죠."

끝까지 동생은 아니란다. 이쯤 되면 이준이 저를 놀리려고 작정을 한 게 분명했다. 그렇지 않고서야 저렇게 말 같지도 않은 말을 할 리가 없으니까.

"너 지금 나랑 말장난하자는 거야?"

짜증이 확 치밀어 올라 뾰족하게 되물었다. 하지만 이준은 여전히 눈 하나 깜빡하지 않고 대답한다.

"지금 내가 장난하는 것 같아요?"

"장난이 아니면? 그럼 대체 뭔데?"

"남자로 봐 달라는 거잖아."

"네가 남자지, 그럼! 누가 너더러 여자라고 했어?"

"정말로 단 한 번이라도 나를 남자로 본 적 있어요?"

솟구치는 짜증에 들썩이던 유경은 순간 멈칫했다. 이준의 입에서 나온 '남자'라는 말이 왠지 낯설게 들렸기 때문이다. 자신이 생각했던 것과 의미가 조금 다른 것 같았다.

설마……

"참고로 말하자면."

무슨 뜻인지 유경이 제대로 가늠하기도 전에, 이준은 제 할 말을 이어 갔다.

"나한테 서유경은 지금까지 여자가 아니었던 적 없었어요."

"……"

"단 한순간도."

마주한 그의 시선이 제 심장을 꿰뚫는 것만 같았다.

7. 닿을 수 있기를

　서유경에게 권이준은 남자 '아이'였다. 아주 자연스러운 일이었다. 그럴 수밖에 없는 상황이었으니까. 두 사람이 처음 봤을 때 이준은 열 살 초등학생이었고, 유경은 열넷으로 중학생이었다. 지금에야 같이 늙어 가는 처지라지만 그 당시 네 살은 엄청난 차이였다.

　그녀가 고등학생이 되었을 때도 이준은 아직 초등학생이었고, 스무 살이 되어 술을 마시며 흥청망청할 때도 이준은 고작 중학교 3학년이었다. 세대 차이가 난다고 말해도 무방할 정도의 나이

차. 동생의 친구, 그 이상도 이하도 아닌. 딱 그 정도로밖에 생각할 수 없었다. 아니, 솔직히 말하자면 애초에 이준에 대해 진지하게 생각을 해 본 적이 없었다. 그래서 정말이지 눈곱만큼도 상상하지 못했다. 설마 이준이 저를 그런 눈으로 보고 있었을 줄이야.

"꿈인 건가……."

웬일로 주말 아침에 알람도 없이 일찍 눈을 뜬 유경은 느릿하게 눈을 껌뻑였다. 잠에서 깨자마자 어제의 기억이 저절로 떠올랐다. 그런데 24시간도 채 지나지 않은 그 장면이 벌써 어슴푸레하게 느껴지는 것이, 정말 꿈인 것 같기도 했다. 잠깐 희망을 가져 봤다. 얼마 전에도 엄청 생생한 개꿈을 꾸지 않았던가. 그때의 그 꿈만큼이나 이번 상황도 말이 안 되기는 마찬가지였다. 권이준이 서유경을 좋아한다니.

"……그게 말이나 돼?"

그래, 말도 안 된다. 아무리 곱씹어 봐도, 어떻게 생각해 봐도. 이건 말이 안 된다. 자기 비하를 하려는 게 아니었다. 현실이 정말로 그랬다. 유경은 자신의 주제를 누구보다 잘 알고 있는 현실적인 사람이었다. 비단 나이 차이뿐만이 아니었다. 이준과 자신은 모든 것에서 차이가 났다. 하나부터 열까지, 모두 어울리지 않았다.

"그래, 맞아. 꿈이었을 거야. 꿈."

그래야만 해! 이불을 머리끝까지 뒤집어쓴 채 두 눈을 꼭 감고서 마치 세뇌하듯 몇 번이고 '꿈'이라는 단어를 곱씹었다. 그러지 않으면 머리가 터져 버릴 것만 같아서. 그렇게 얼마나 시간이 지났을까.

똑똑. 노크 소리가 들려왔다. 유경은 감고 있던 눈을 번쩍 떴다.

귀를 쫑긋 세웠다. 이내 이준의 목소리가 들려온다.

"일어났어요?"

어떡하지. 대답을 해야 하나, 말아야 하나. 그냥 자고 있는 척할까. 짧은 순간 머릿속으로 온갖 생각이 들었다. 하지만 이내 의미 없는 짓이라는 것을 깨달을 수 있었다. 한집에 살고 있는 마당에 지금 잠깐 피하는 게 무슨 의미가 있겠는가. 뒤집어썼던 이불 밖으로 얼굴을 배꼼 내밀고 대답했다.

"……으응. 일어났어."

"그럼 잠 깨고 나와요. 밥 다 됐어요."

대화는 그게 끝이었다. 밥 다 됐다는 말을 끝으로 이준의 걸음이 멀어지는 소리가 들려온다. 여느 아침과 별반 다르지 않은 대화였다. 아니, 토씨 하나 틀리지 않고 똑같아서 오히려 당황스러웠다. 뭘까, 이건……. 왠지 멍한 기분에 천장을 바라보며 눈만 끔뻑이던 유경은 이내 상체를 벌떡 일으켰다.

"진짜 꿈인가?"

"꿈 아니에요."

푸훗—!

이제 막 입에 들어갔던 국이 분수처럼 뿜어져 나왔다.

켁켁.

유경은 두 손으로 제 목을 붙들고 기침을 뱉어 냈다. 다행히 기도로는 들어가지 않았지만, 그래도 목이 아픈 건 어쩔 수 없었다.

눈물마저 찔끔 나왔다.

"괜찮아요?"

이준이 제 옆에 있던 티슈를 뽑아 건넸다. 유경은 티슈로 입 주변을 닦아 낸 후 이준을 향해 물었다.

"대뜸 그게 무슨 말이야?"

"그냥요."

이준은 티슈를 조금 더 뽑아 식탁 위로 튄 파편들을 덤덤하게 닦아 내며 말했다.

"누나 표정이 왠지, 어제 일이 꿈이길 바라는 거 같아서."

……귀신같은 놈.

"너 진짜로 신내림이라도 받았니?"

"누누이 말했지만, 내가 아니라 누나가 너무 속마음을 못 숨기는 거예요."

어떻게 된 게 한 번도 져 주는 법이 없다. 입을 닦은 휴지를 식탁에 내려놓으며 유경은 못마땅하다는 듯 이준을 바라보았다.

"없던 일로 할 생각 없어요."

어찌나 단호한지. 꼭 항소심에서 범죄자에게 형량을 줄여 줄 생각 따위 전혀 없다고 말하는 판사 같았다.

"누가 뭐래?"

"눈으로 말했잖아요."

"멋대로 내 속마음 읽지 마."

시선을 차단하듯 양손으로 두 눈을 가렸다. 그 모습에 이준이 피식, 낮게 웃는다.

"나 원망하지 마요. 원인 제공자는 누나니까."

"내가 무슨 원인 제공을……."

"어제 누나가 그랬잖아요. 용기 있는 자가 미녀를 차지하는 거라고."

"……."

"기억 안 나요?"

진짜 붕어도 아니고 어떻게 기억을 못 할 수가 있겠는가. 며칠 전 일도 아니고 바로 어제 일어난 일인데. 그것도 심지어 제 입으로 내뱉은 말이고. 어디 그뿐이랴. 사랑은 타이밍이라고. 그 여자 참 둔한 것 같다고. 그런 여자에겐 돌직구 고백이 필요한 거라고. 열심히 바람을 넣기까지 했었다. 설마 그게 제 발등을 찍는 일인 줄도 모르고서. 또렷하게 떠오르는 어제의 기억에 할 말을 잃은 유경은 괜스레 숟가락으로 국그릇을 휘휘 저었다.

"고마워요. 덕분에 용기를 낼 수 있었어요."

찌릿. 숟가락에서 손을 뗀 유경이 이준을 노려봤다.

"누구 놀리니?"

"정말로 고마워서 한 말인데, 왜요. 어제 누나는 나 놀린 거였어요?"

되묻는 이준의 입가에는 여유로운 미소가 걸쳐져 있었다. 젠장. 또 제 발등을 찍은 모양이다. 이러다간 발등이 남아나질 않겠다. 유경은 따갑게 노려보던 시선을 슬그머니 거두어들이며 작게 중얼거렸다.

"……그렇다고 이렇게 쉽게 고백을 할 줄은 몰랐지."

그 상대가 나일 줄은 더더욱 몰랐고. 뒷말을 삼켜내며 또다시 깊은 한숨을 내쉴 때였다. 이준이 탁, 하고 들고 있던 숟가락을 내려놓았다. 제법 큰 소리에 유경의 시선이 절로 이준을 향했다. 입가에 걸려 있던 미소가 언제 그랬냐는 듯 싹 사라져 있었다.

"쉽게 말한 거 아니에요. 가벼운 마음도 아니고."

이준은 조금 화가 난 것 같았다. 이유는 굳이 묻지 않아도 알 수 있었다. 아마도 유경이 그의 마음을 편할 대로 치부해 버려서 기분이 상한 걸 테다. 명백한 제 실수였다. 유경은 변명하기 위해 얼른 입을 열었다.

"아니, 내 말은……."

"오래전부터 좋아했어요."

"……"

"누나가 상상도 하지 못할 정도로 아주 오랫동안."

살짝 벌어졌던 입이 다물어졌다. 하려던 말 역시 쏙 말려 들어가 버렸다.

"거절당하는 게 두려워서 말 못 했어요. 누나는 나 동생으로만 보고 있다는 거 잘 아니까. 누나 눈에 내가 남자로 보일 수 있을 때. 떳떳하게 누나 옆에 설 수 있을 때. 그때, 고백하려고 했어요."

어제에 이어 두 번째 돌직구였다. 이번에도 역시 너무 강력해서 유경은 도저히 받아칠 수가 없었다.

"조금만 더 어른이 되면, 조금만 더……. 그러다 타이밍을 놓쳐서 영원히 입도 벙긋 못 할 뻔하기는 했지만. 그래서 남자친구랑 헤어지고 힘들어하는 누나 보면서, 미안하지만 나 기뻤어요. 나한테도 기회가 온 거 같아서."

얼어붙은 채 눈만 껌뻑이는 유경을 똑바로 바라보며, 이준은 한 번 더 강조하듯 덧붙였다.

"나는, 진심이에요."

진심······.

그리 말하는 이준의 눈빛은 도저히 진심을 의심할 수 없을 정도로 짙었다. 저가 생각했던 것보다 훨씬 무거운 이준의 진심에 뒤통수를 한 대 얻어맞기라도 한 듯 정신이 번쩍 들었다. 그제야 유경은 지금 이 상황에 대해 제대로 실감을 할 수 있었다. 꿈 따위가 아니었다. 없던 일로 할 수도 없다. 이건······ 장난이 아니다.

"알겠어."

유경은 무릎에 올리고 있던 손을 꽈악 그러쥐었다.

"네가 진지한 것 같으니까······ 나도 진지하게 답할게."

꿈이니 뭐니 하며 무시하는 건 이준에 대한 예의가 아닌 것 같았다. 호흡을 한번 골랐다. 그리고 아주 조심스럽게 입을 열었다.

"솔직히 많이 당황스럽긴 한데. 그래도 일단 네 마음은 고맙게 생각해."

"······."

"그런데 나는······."

말이 채 끝나기도 전에 이준이 선수를 친다.

"거절하려는 거예요?"

속마음을 또 읽혔다. 아니, 이번엔 굳이 읽지 않아도 알 수 있었으려나. 아닌 척 숨길 생각조차 없었으니까.

"······."

유경은 대답 대신 이준의 두 눈을 빤히 바라보았다. 긍정의 뜻이었다. 속마음이 그대로 드러나는 유경의 눈빛에 순간 내내 여유롭던 이준의 표정이 흐려지는 게 보인다. 이번엔 정말로 상처를 받은 것 같았다.

"누난, 내가 싫어요?"

목소리 끝이 떨려 왔다. 간절함이 느껴졌다. 유경의 얼굴에 난감한 기색이 역력하게 떠오른다.

"그런…… 문제가 아니잖아."

"그럼 뭐가 문젠데요?"

"……."

"내가 누나보다 어린 거? 누나 친구 동생인 거?"

이준은 도저히 납득할 수 없다는 듯 되물었다. 그리고 그런 이준을 보며 유경은 저도 모르게 아랫입술을 질끈 깨물었다. 무엇이 문제라고 콕 집어 말할 수가 없었다. 무엇이 문제인지. 아니, 정말로 문제라는 게 있기는 한 건지. 알 수가 없었다.

"누나야말로 쉽게 대답하지 마요."

이준의 낮은 음성이 귀에 묵직하게 꽂혔다. 차마 아니라는 말은 할 수 없었다. 진지하게 대답하겠다고 말은 했지만, 사실은 이준의 말대로 쉽게 말하려고 했던 거였다. 더 고민할 것도 없이 처음부터 답은 이미 정해져 있었으니까.

"지금까지 나에 대해서 연애 상대로 생각해 본 적, 단 한 번도 없었잖아요."

이미 그 속을 꿰뚫어 본 것처럼 이준은 간절한 마음을 담아 말했다.

"그러니까 지금부터라도 생각해 줘요. 나처럼 10년, 20년, 길게 생각해달라는 거 아니에요. 적어도 그냥 아니라고만 하지 말고, 진지하게 고민은 해달란 거예요."

"……."

"그때까지 부담 주지 않을게요."

그의 눈빛이 너무 간절해서…….

"보채지도 않을게요."

그의 목소리가 너무도 간절해서…….

"그냥, 얌전히 기다릴게요."

유경은 차마 거절할 수가 없었다.

일요일 사람들이 붐비는 백화점.

유리로 된 자동문이 열리고 두 남자가 안으로 들어섰다. 그와 동시에 쇼핑을 하던 사람들의 시선이 자동으로 그들에게 쏠렸다. 그런 손님들을 붙들고 영업을 해야 하는 직원들의 시선도 마찬가지였다. 시선이 갈 수밖에 없었다. 훤칠한 키에 완벽한 비율을 자랑하는 그들은 그냥 걷고 있을 뿐인데도 꼭 런웨이를 걷는 것 같았다. 몸매 못지않게 얼굴 또한 완벽했다. 심지어는 들고 있는 쇼핑백마저 명품 가방처럼 보일 정도였다.

"모델인가?"

"신인 배우 아니야?"

"촬영하나?"

일반인은 절대 아닐 거라는 확신 때문인지, 대놓고 바라보는 시선은 따가웠고 저마다 한마디씩 던지는 목소리 역시 컸다. 그런 시선과 수군거림이 부담스러울 법도 한데, 두 남자의 얼굴엔 그 어떤 미동도 없었다. 마치 이런 일쯤이야 늘 겪는 일상이라는 듯 평온해 보였다.

"역시 주기적으로 이렇게 나와 줘야 한다니까."

재규가 흐뭇한 미소를 지으며 말했다. 그는 지금 이 상황을 부담스러워하기는커녕 오히려 즐기고 있는 중이었다.

"관심종자."

이준은 그런 친구를 보며 고개를 절레절레 내저었다. 그러거나 말거나 재규는 신이 나서 걸음을 옮겼다. 그런데 어째 방향이 조금 이상한 것 같다. 이상한 낌새를 눈치챈 이준이 재규의 뒷덜미를 콱, 잡았다.

"그쪽으로는 왜 가는데? 화장품 코너잖아."

"알아."

"근데 왜."

"뭘 물어? 꽃에 나비가 날아드는 건 당연한데."

무슨 개소리인가, 하고 보는데 재규가 속삭이듯 말을 덧붙인다.

"저쪽에 예쁜 여자들이 많아."

백화점에 들어온 지 얼마나 됐다고, 벌써 스캔을 완료한 모양이었다.

"몽골인이냐?"

"나도 신기해. 이상하게 여자 볼 때면 시력이 확 뛰더라?"

"자랑이다."

"훗, 자랑할 만하지. 이것도 나름 특별한 능력인데."

"대단한 능력 났네."

이준은 혀를 쯧 찼다. 그러거나 말거나 재규는 활짝 웃으며 이준의 어깨를 붙들었다. 그러곤 마치 모험을 떠나는 모험가처럼 씩씩하게 외친다.

"자, 가자! 꽃밭으로!"

꽃밭 같은 소리 하네. 탁, 이준은 어깨에 닿은 재규의 팔을 무심하게 뿌리치며 말했다.

"나는 됐으니까 혼자 돌아다니시죠, 최나비 씨."

"나 혼자 가라고?"

"그래."

"그럼 넌 뭐 하게?"

재규의 질문에 주위를 둘러보았다. 백화점 안에 입점한 프랜차이즈 커피숍이 눈에 들어온다.

"커피 한잔하고 있을게."

"혼자서?"

"너랑 돌아다니는 것보단 낫지."

"이럴 거면 왜 같이 왔는데?"

"안 그래도 후회하는 중이다. 내가 여길 대체 왜 왔는지."

"뭐어?"

"간다. 적당히 하고 와라."

기가 막힌다는 듯 저를 바라보는 재규를 향해 무심하게 뱉어 낸 이준은 커피숍으로 곧장 걸음을 옮겼다. 커피숍 안도 많은 사람들도 복작였다. 아이스 아메리카노를 주문한 이준은 창가 자리에 앉았다. 조금 전과 마찬가지로 사람들의 시선이 흘끗흘끗 저를 향하는 게 느껴진다.

재규와 달리 이준은 이런 관심이 달갑지 않았다. 역시 그냥 집에 있을 걸 그랬나. 커피를 홀짝이며 뒤늦게 후회했다. 평소 그는 운동과 업무에 관련된 일이 아니면 외출을 거의 하지 않는 편이었다. 친구도 별로 없을뿐더러 야외활동 자체를 별로 즐기지 않았다. 완벽한 '집돌이' 성향이었다. 그런데 오늘, 쇼핑을 하고 싶다는 재규의 연락에 집을 나선 것은 오로지 유경 때문이었다. 고백 이후로 그녀는 자신과 단둘이 있는 걸 불편해하는 것 같았다.

어제 하루 종일 그녀는 방 밖으로 거의 나오질 않았다. 밥을 먹을 때면 고개를 푹 숙인 채 말 그대로 밥만 먹었고, 좋아하는 예능 프로그램을 하는 시간이 되어도 깜깜 무소식.

오늘도 그럴 게 뻔했다. 대놓고 피하는 그녀의 행태가 영 마음에 들지는 않았다. 그래도 집주인은 그녀인데 저 때문에 불편해하는 게 한편으로는 미안하기도 했다. 그래서 그냥 자신이 자리를 비켜주는 게 낫겠다는 생각에 밖으로 나온 것이었다.

'네가 진지한 것 같으니까…… 나도 진지하게 답할게.'
'솔직히 많이 당황스럽긴 한데. 그래도 일단 네 마음은 고맙게 생각해.'
'그런데 나는…….'

유리창 너머로 보이는 풍경들을 멍하게 바라보고 있자니, 유경이 했던 말이 떠오른다. 밤새도록 얼마나 되새김질을 했던지 지겨울 정도였다. 이준은 낮게 한숨을 내쉬었다.

"좀 참을 걸 그랬나……."

서유경에게 권이준은 동생, 그 이상도 이하도 아니라는 것을 누구보다도 잘 알고 있었다. 둔한 그녀가 자신의 마음을 꿈에도 상상하지 못하고 있으리라는 것 역시도. 게다가 연인과 헤어진 지 얼마 되지 않은 상황이 아니던가. 그녀에겐 뜬금없는 제 고백이 당황스럽게 느껴지는 건, 어쩌면 당연한 일이었다. 사실 이렇게 급하게 고백을 할 생각은 아니었다. 천천히 다가가려고 했다. 참는 건, 누구보다도 자신 있었다. 아니. 그렇다고 생각했다. 그녀에게서 그 말을 듣기 전까지는.

'동생이에요. 동생.'

머리로 알고 있는 것과 직접 듣는 건, 느낌이 전혀 달랐다. 너무도 당연하다는 듯 동생이라고 선을 긋는 그녀를 보는 순간 깨달았다. 자신이 지금 이렇게 여유를 부리고 있을 처지가 아니라는 것을. 마냥 기다리다가는 또 언젠가처럼 그녀를 뺏길지도 모르는 일이었다. 그런 끔찍한 경험은 한 번이면 족했다.

"그래. 차라리 잘됐어."

매도 먼저 맞는 게 낫다고. 어차피 한 번은 겪어야 할 일이었다. 솔직히 그대로 시간이 더 흐른다고 한들, 서유경에게 권이준이 동생 아닌 남자로 보이는 날이 올 거라는 장담은 할 수 없었으니까 말이다. 기회라고 생각하자. 절체절명의 기회라고……. 그렇게 이준이 복잡한 머릿속을 애써 비워 내고 있을 때였다. 옆에서 인기척이 느껴졌다.

"오빠!"

들려오는 목소리가 낯설지 않다. 설마……. 이준은 느릿하게 고개를 옆으로 틀었다. 아니나 다를까. 설마, 했던 그 인물이 그를 빤히 바라보고 있었다.

"역시, 오빠 맞네. 뒷모습 보고 혹시나 했는데."

활짝 웃는 나은과는 달리 이준의 얼굴은 딱딱하게 굳었다. 하지만 그런 이준의 표정을 빤히 보면서도 나은은 여전히 방긋 웃는 얼굴로 이야기를 이어 간다.

"혼자 온 거야?"

"아니."

"그럼 누구랑?"

"그냥."

"에이, 오빠. 누구냐고 묻는데 답변이 뭐 그래. '그냥'이라는 사람도 있어?"

성의 없는 대답에 자존심이 상할 법도 한데. 그 뜻 또한 알아들었을 텐데. 나은의 표정엔 변화가 전혀 없었다. 무시가 통하지 않는 강적이었다. 이럴 땐 그냥 피하는 게 답이다. 결심을 한 이준은 자리에서 일어섰다.

"가려고?"

나은이 다급하게 이준의 손목을 붙들었다.

"오랜만에 봤는데, 이렇게 그냥 헤어지기는 너무 아쉽잖아. 응?"

"……."

"참, 오빠. 나 신기한 일 있었다? 있잖아, 내 친구가……."

말이 채 끝나기도 전에 이준이 거칠게 나은의 손에 붙잡힌 제 손목을 빼내었다.

"넌 학습능력이라는 게 없어?"

서늘한 눈빛에 나은의 어깨가 움찔 떨린다.

"네가 지금 유치원생도 아니고. 내가 이러는 게 하루 이틀도 아니고. 이쯤 되면 적당히 말귀를 알아듣는 시늉이라도 해야 하는 거 아닌가?"

"……."

"아님, 나 엿 먹으라고 일부러 이러는 거야?"

스스로가 들어도 소름이 돋을 정도로 차가운 음성이었다. 나은도 역시나 같은 것을 느낀 모양이었다. 지금까지 애써 추커올리고 있던 입가가 아래로 처진다.

"……미안."

아무것도 모른다는 듯 뻔뻔하게 웃는 얼굴을 마주하는 것도 별로였지만, 지금처럼 시무룩해진 얼굴은 더 별로였다. 무시하고 돌아서려고 했는데 발걸음이 왠지 쉽게 떨어지지 않는다. 이렇게 만든 건 분명 자신이었다. 하지만 과연 정말로 저가 원했던 게 이런 것이었는지는 모르겠다. 이준이 속으로 낮게 한숨을 내쉴 때였다. 나은의 뒤로 중년의 여성이 다가왔다.

"나은아, 여기서 뭐 하니? 2층으로……."

무언가를 말하려던 정인은 이준과 시선이 마주치자마자 입을 딱 다물었다. 마치 귀신이라도 본 것처럼 눈이 커졌다. 하지만 그건 잠시였다. 언제 그랬냐는 듯 금방 원래의 평온한 얼굴로 돌아온다.

"아, 엄마. 우연히 오빠를 봐서……."

나은이 두 사람의 눈치를 보며 말끝을 흐렸다.

"……."

"……."

세 사람 사이에 짧지만 숨 막힐 것 같은 침묵이 흘렀다. 그 침묵을 먼저 깬 건 정인이었다.

"……이런 데서 다 보는구나."

온몸에 휘감고 있는 명품. 조명 빛을 받아 번쩍이는 커다란 보석 알이 박힌 액세서리. 피부과와 마사지 숍에서 관리받아 젊은 여성 못지않게 반짝이는 피부. 답답하지도 않은지 늘 쓰고 있는 가식적인 가면. 고저 없는 우아한 목소리까지……. 정인은 고상한 사모님의 표본이었다. 적어도 겉모습은 그랬다.

"그러게요. 앞으로는 커피숍도 골라 가며 다녀야겠네요."

비아냥거림이 분명한 무례한 어투에 정인의 입가가 살짝 떨리는 게 보였다. 하지만 이번에도 표정은 금방 돌아온다.

"언제 한번 집에 들르렴."

정인은 미소까지 지으며 이준에게 말했다.

"그래도 가족인데, 몇 년째 얼굴 안 비치는 건 너무하지 않니."

'가족'이라는 단어가 가슴에 콱 박혔다. 아린 통증에 절로 미간이 좁아진다. 이준은 어금니를 꽉 깨물었다. 그러지 않으면 속에 갇혀 있는 것이 입 밖으로 쏟아질 것 같아서였다. 하지만 이쪽도 포커페이스는 자신 있었다. 이준은 한쪽 입꼬리를 비스듬히 올리며 정인을 마주 보았다.

"여전하시네요."

"……뭐?"

"표정 하나 안 바뀌고 마음에도 없는 말 하시는 거."

순간, 정인의 입가에 걸려 있던 미소가 싹 사라졌다. 탱탱하던 미간이 그러모아져 주름을 만들었고, 이준을 담고 있는 눈은 뱀의 그것처럼 매섭게 빛났다. 더는 표정 관리를 할 생각이 없는 듯했다. 저를 향한 불쾌함이 여실히 드러나고 있었지만 이준의 입장에서는 가식적인 가면을 대하는 것보다는 이쪽이 더 편했다. 자신 때문에 일그러지는 정인의 표정을 보는 건, 꽤 즐거운 일이었다.

"앞으론 안 그러셔도 됩니다. 말씀하시는 여사님도, 듣는 저도. 피차 불쾌할 뿐일 텐데요."

"……."

"그럼 먼저 가 보겠습니다."

제 할 말을 쏟아 부은 이준은 뒤늦게 예의를 차리듯 고개를 까딱 숙여 보였다. 그러곤 그대로 두 여자를 등지고 돌아섰다.

"오빠!"

팽팽한 분위기에 섣불리 끼어들지 못하고 지켜보고만 있던 나은이 다급하게 이준의 뒤를 따르려 했다. 그런 나은을 향해 정인이 소리쳤다.

"거기 서, 권나은!"

"엄마, 나 잠깐……."

"시끄러워. 당장 따라와."

뒤에서 들려오는 모녀의 대화에 이준은 피식, 낮게 조소하며 커피숍을 벗어났다.

하늘보육원.

다섯 살 때까지 이준은 그곳에서 자랐다. 원장 선생님은 그가 돌이 막 지났을 때쯤 보육원에 맡겨졌다고 했다. 이름 석 자와 생년월일, 그리고 구구절절 사정이 적혀있는 편지와 함께.

편지의 내용에 의하면 그의 모친은 남편 없이 혼자 그를 키웠다고 했다. 그런데 하늘도 무심하시지. 죽을병에 걸려버리고 말았단다. 아들만 혼자 남게 될 상황이지만, 아이의 아버지에겐 사정상 도움을 요청할 수가 없다고. 그래서 피치 못하게 이런 선택을 할수밖에 없었다고. 얼굴을 보고 부탁드리면 거절당할까 두려워 이렇게 제멋대로 아이를 버리고 가는 거 용서해달라고. 부디 잘 키워달라고. 죽어서도 이 은혜는 절대 잊지 않겠다고…….

편지 속 여인의 기구한 팔자가 너무도 안타까워서, 원장 선생님께선 눈물마저 찔끔 났다고 했다. 여태껏 보육원을 운영하면서 그렇게 긴 편지는 처음 받아봤다고. 진심이 느껴졌다고. 너희 어머니는 분명 좋은 사람이었을 거라고도 했다. 원장 선생님은 분명 그를 위로하기 위해 한 말일 것이다. 하지만 안타깝게도 그에게는 와 닿지 않았다.

가족, 부모, 사랑. 그 모든 게 그에게는 먼 단어였으니까 말이다. 그럼에도 슬프지는 않았다. 단 한 번도 가져본 적이 없었기에 결핍도 느낄 수 없었던 것이다. 그날도 여느 때와 다름없이 친구들과 함께 보육원 뒷마당에 있는 놀이터에서 놀고 있을 때였다.

"이준아, 원장 선생님이 부르셔."

보육원의 맏이인 민지였다. 원장 선생님 다음으로 아이들이 잘 따르는 '큰누나'였다.

"왜에?"

"글쎄, 왜일 거 같은데?"

덜컥 겁이 난 이준이 눈을 이리저리 굴리며 물었다.

"나…… 혼나는 거야?"

"이준이 혼날 짓 했어?"

"아니야. 안 했어. 착한 짓만 했어!"

격렬하게 고개를 도리도리 젓는 이준을 보며 민지가 귀엽다는 듯 훗, 작게 웃었다. 그러곤 부드럽게 이준의 머리를 쓰다듬어 주며 말했다.

"그래. 혼나는 거 아니야."

"정말?"

"그래. 좋은 일이야."

"좋은 일……?"

"아주, 아주, 좋은 일."

그리 말하는 민지의 미소가 눈부셔서, 이준의 심장도 덩달아 콩닥콩닥 뛰었다. 좋은 일이라는 게 뭘까. 기대에 부푼 가슴을 안고 원장실에 도착했을 때, 이준의 눈에 가장 먼저 들어온 건 한 남자였다. 검은 양복이 잘 어울리는, 낯선 중년의 남성.

"……."

그는 소파에 기대앉은 채 이준을 무심한 눈으로 빤히 바라보았다. 원장 선생님께 혼날 때보다 훨씬 더 무서워서 민지의 뒤로 얼른 몸을 숨겼다. 겁먹고 숨어 있는 이준을 보던 남자는 혀를 쯧, 차더니 원장 선생님을 향해 물었다.

"이 아이입니까?"

"그렇습니다."

"별로 닮지 않은 것 같은데……."

낮게 중얼거리며 남자는 다시 한번 이준을 바라보았다. 이번에도 역시 달가운 시선은 아니었다.

"검사 결과는 확실한 겁니까?"

"그건 저한테 물으실 일이 아닌 것 같습니다. 검사는 권 사장님 측에서 알아서 진행하셨고, 저희 쪽에는 뒤늦게 통보하셨으니까요."

"흐음…… 그렇군요."

원장 선생님과 의미 모를 대화를 주고받던 남자는, 이내 결심했다는 듯 고개를 끄덕이며 자리에서 일어섰다.

"한 번 더 확인한 후, 확실해지면 그때 데리고 가도록 하죠."

냉정한 남자의 말에 원장 선생님 역시 서늘하게 대꾸했다.

"좋을 대로 하시죠."

남자는 이준에게 시선도 주지 않고 그대로 원장실을 빠져나갔다. 탁. 문이 닫히자 원장 선생님은 짙은 한숨을 내쉬었다.

"하필이면 저런 남자일 게 뭐람."

그 말의 뜻이 무엇인지는 알아들을 수 없었다. 다만 그제야 긴장이 풀렸을 뿐이다. 이준은 민지의 옷자락을 잡아당겼다.

"누나, 좋은 일은……?"

기대에 차 반짝이는 이준의 두 눈을 보며 민지는 난감하다는 듯 어색하게 미소를 지었다. 그것이, 생물학적 아버지와의 첫 만남이었다.

그로부터 며칠 뒤. 남자가 다시 찾아왔다. 그리고 이준은 그와 함께 보육원을 떠나게 되었다. 떠나기 전날, 이준을 무릎에 앉힌 채 민지가 말했다.

"이준아, 혹시 며칠 전에 봤던 아저씨 기억나?"

"무서웠던 아저씨?"

"그래. 무서웠던 아저씨……. 그분이 네 아버지셔."

"아버지? 나도 아버지가 있어?"

"으응, 사정이 있으셔서 조금 늦으신 거래. 근데 지금부터는 이준이랑 같이 살고 싶으시대. 너한테도 이제 가족이 생긴 거야."

"……가족."

"그리고 이건 비밀인데. 너희 아버지가 엄청 부자래. 하고 싶었던 거, 먹고 싶었던 거, 갖고 싶었던 거. 마음껏 할 수 있을 거야."

하지만 이번엔 '좋은 일'이라는 말은 하지 않았다. 그리 말하는 표정도 며칠 전과 달리 어두웠다. 민지가 보여 줬던 그 표정의 의미를, 이준은 그리 오래 지나지 않아 알 수 있었다. 민지의 말대로 아버지는 엄청난 부자였고, 물질적으로 풍족했다. 하고 싶은 것, 먹고 싶은 것, 갖고 싶은 것. 그 모든 걸 마음대로 할 수는 없었지만 그래도 보육원에서 지낼 때보다는 만족스러웠다. 조금 심심하다는 것만 제외하고. 아버지는 바쁜 사람이었다. 한집에 살면서도 얼굴 보기가 힘들었다. 새어머니 역시 보기 힘든 건 마찬가지였다. 커다란 집엔 늘 도우미 아주머니와 이준, 둘뿐이었다. 하지만 그때까진 나쁘지 않았다. 가족이라는 건 원래 다 이런 거구나. 그렇게 생각했다.

새어머니가 아이를 갖기 전까지는. 동생이 태어나자 많은 것이 변했다. 아버지의 귀가 시간은 빨라졌고, 새어머니 역시 늘 집에 있었다. 두 분 다 동생에게만큼은 헌신적이었다. 그 모습은 이준에게 너무도 낯설기만 했다. 마치 저 혼자 브라운관 밖에서 TV 속을 들여다보고 있는 것만 같았다.

그렇게 숨죽여 살던 어느 날이었다. 늦은 밤. 목이 말라 잠에서 깬 이준이 주방으로 향하고 있을 때였다. 살짝 열린 안방 문 너머로 부모님의 대화소리가 흘러나오고 있었다.

"어떡할 거예요. 결정은 했어요?"

"이제 와서 파양할 수도 없잖아. 보는 눈도 많은데."

'파양'이라는 단어에 이준은 멈칫, 걸음을 멈췄다. 익숙한 단어였다. 보육원에 있을 때 늘 듣고 살았던 말이었으니까 말이다. 본능적으로 자신에 대한 이야기를 나누고 있다는 것을 깨달을 수 있었다. 그리고 더 들어서 좋을 게 없을 거라는 사실까지도. 하지만 그런 이성과는 달리 좀처럼 발걸음이 떨어지질 않았다.

"단지 그 이유가 전부예요?"

"뭐?"

"우리 혜주가 딸이라서 그런 거 아니냐고요!"

"여보……."

"애 못 낳은 죄로 밖에서 낳아온 자식까지 거뒀어! 그런데 이번엔 딸 낳은 죄인이 되어야 하는 거예요?!"

"진정해. 당신 지금 너무……."

"이게 지옥이 아니면 대체 어디가 지옥이겠어요! 당신보다 그 여자를 더 닮은 그 아이를 보는 게, 나는 너무 끔찍한데! 끔찍해 죽겠다고요!"

귓속을 날카롭게 파고드는 새어머니의 비명과도 같은 외침을 들으며, 그제야 이준은 깨달았다. 나는 단 한 번도 이 집의 '가족'이었던 적이 없었다는 것을.

✳

　이준은 늦은 밤이 되어서야 집으로 돌아왔다. 도어록 비밀번호
를 누르고 현관으로 들어섰다. 거실에는 훤하게 불이 켜져 있었
다. 희미하게 TV 소리도 들려왔다.
　"아직 안 자고 있는 건가……."
　의아한 마음에 이준은 시계를 확인했다. 자정이 다 되어 가고 있
었다. 최근 같이 살면서 파악한 유경의 패턴대로라면, 벌써 꿈나
라에 들었을 시간이었다. 그녀는 마치 새 나라의 어린이라도 되
는 것처럼 일찍 잠자리에 들었다. 물론 새 나라의 어린이라고 하
기엔 아침에 너무 못 일어나기는 했지만 말이다. 신발을 벗고 집
안으로 들어갔다.
　거실 소파에 길게 누워 있는 유경의 모습이 보인다. 한 손에는
리모컨이 들려 있었다. 순간 살짝 놀란 이준은 이내 조심스럽게
가까이 다가갔다. 아니나 다를까. 인기척도 느끼지 못할 정도로
그녀는 깊게 잠이 든 상태였다. 곤히 잠든 그녀의 얼굴을 보자, 딱
딱하게 굳어 있던 입가가 절로 느슨해진다. 하루 종일 들끓던 감
정이 마치 찬물이라도 끼얹은 것처럼 차분해지는 것 같기도 했다.
　"혹시 기다리다 잠든 건가……."
　아니. 아마도 그건 아닐 것이다. 저를 기다리기는커녕 혹시 머리
카락이라도 보일까 피해 다니기 바빴으니까. 그냥 저가 없으니 마
음 편하게 TV를 보다가 까무룩 잠든 거겠지. 하지만 그렇게 생각

하면서도, 또 한편으로는 은근히 기대가 되는 건 어쩔 수 없다. 짝사랑이란, 원래 그런 것 아니겠는가. 혼자 멋대로 기대하고 또 혼자 멋대로 실망하게 되는.

　그녀를 마음에 담고 살아온 지난 세월 동안 단 한 순간도 마음이 편했던 적이 없었다. 눈을 뜨는 순간부터 감는 순간까지, 깨어 있는 동안 온 신경은 온통 그녀를 향해 있었다. 가끔은 꿈에서조차 자유로울 수 없었다. 그럼에도 포기가 안 되는 건…….

　"내 인생에서 처음으로 욕심 낸 게 당신이기 때문이겠지."

　잠든 유경을 담은 이준의 새카만 눈동자가 짙게 가라앉았다. 그 위로 옛 기억이 어슴푸레 피어난다.

　'너 집에 가기 싫어? 그럼 우리 집에 같이 갈래?'

　동생이 태어난 후로 집에 가기 싫어 방황하던 이준에게 같은 반 친구 유현이 대뜸 한 말이었다. 그땐 그리 친하지 않은 상태였다. 처음엔 황당했었다. 친하지도 않은데 자신의 집에 초대를 하는 유현이, 이준은 좀처럼 이해가 되지 않았다. 하지만 우습게도 거절하지 못했다. 얼굴에 철판을 깔고 그 길로 유현을 쫄래쫄래 따라갔다.

　아마도 그땐 그 정도로 집에 들어가기 싫었던 것 같다. 유현의 집은 자신이 살고 있는 집과는 분위기가 완전히 달랐다. 어느 한 사람 겉돌지 않고 옹기종기 다정했다. 궁궐처럼 넓은 집은 아니었지만, 집안일을 도와주는 도우미 아주머니도 없었지만, 냉기만 감도는 자신의 집보다도 훨씬 따뜻하고 풍요로워 보였다. 자상한 아버지. 정 많은 어머니. 그리고 사랑스럽고 친절한 누나까지. 처음엔 그런 가족들을 가진 유현이 부러웠다. 이 가족 속에 속하고 싶었다. 유현이 되고 싶었다.

'나도 너희 가족이 되고 싶어.'

차곡차곡 가슴에 담아 두었던 진심이 툭, 하고 입 밖으로 튀어 나왔다. 뱉어 놓고도 당황했다. 당장이라도 주워 담고 싶었다. 배은망덕도 유분수지. 네가 되고 싶다니. 네 자리를 뺏고 싶다니. 유현이 제게 어떻게 해 줬는데. 친구를 배신했다는 생각에 죄책감마저 들었다.

'우리 가족이 되고 싶다고?'

하지만 유현은 심각하게 생각하지 않는 듯 가볍게 대꾸했다.

'그럼 나중에 우리 누나랑 결혼하면 되겠네.'

'결혼?'

'그래. 네가 우리 누나의 남편이 되면, 우리 가족이 되는 거잖아.'

순간 뒤통수라도 한 대 세게 맞은 것 같았다. 지금 와 생각해 보면 정말 우스울 정도로 허무맹랑한 말이었는데, 그땐 진지했다. 마치 눈앞에 동아줄이 아니라 금줄이라도 내려진 것 같은 기분이었다. 아마도 그때부터였던 것 같다. '내 누나였으면' 하고 바랐던 유경을 다른 마음으로 보게 된 것이. 건방진 마음을 꽁꽁 숨겨 두고 몰래 그녀를 바라보았다. 눈이 마주치면 그녀는 늘 예쁘게 웃어 주었다. 이준아, 왜? 다정한 목소리와 함께. 그 미소가 보고 싶어, 그 목소리가 듣고 싶어 점점 더 그녀를 눈으로 좇게 됐던 것 같다. 그렇게 자꾸만 눈길을 주었던 탓일까. 저도 모르는 새에 마음까지 가 버린 듯했다. 정신을 차렸을 땐, 이미 짝사랑이라는 지독한 열병을 앓고 있는 중이었다. 돌이키기엔 너무도 늦어 버린 상황.

　어느덧 유현이 되고 싶던 마음은, 유현이 아니라서 다행이라는 생각으로 바뀐 지 오래였다. 목적과 수단이 완전히 뒤바뀌어 버린 것이다. 내가 당신의 동생이 아니라 다행이라고. 남자로 당신 옆에 서고 싶다고.

　잠든 유경을 빤히 내려다보던 이준은 소파 밑으로 축 처진 그녀의 손을 조심스럽게 잡았다. 들려 있던 리모컨을 빼내고 그 자리에 제 손바닥을 마주 댄 채 소중하게 움켜쥐었다.

　"……당신은 아마도 모르겠지."

　내가 당신을 얼마나 원하고 있는지. 짙은 시선으로 그녀를 내려다보던 이준은 아주 천천히 새하얀 손등 위에 자신의 입술을 내렸다. 그리고 진심으로 갈망했다. 이 온기와 함께 제 진심이 전달되기를. 당신의 마음에 닿을 수 있기를.

8. 동생이었던 남자

주말에 이어 오늘도 유경은 알람이 울리기 전에 일어났다. 그러곤 눈을 뜨자마자 당황했다. 잠든 기억이 없는데 아침이 밝아 있었기 때문이었다. 게다가 제 방 침대 위였다. 이상한 일이었다. 분명 어젯밤 자신은 거실 소파에서 이준을 기다리고 있었는데 말이다. 잠든 기억도 없지만 제 방까지 걸어온 기억은 더 없었다.

"……몽유병은 없는데."

고개를 갸웃하던 유경은 얼른 침대를 벗어났다. 조심스럽게 방문을 열었다. 집 안은 고요했다. 마치 어제처럼. 어제 볼일이 있다며 일찍 집을 나선 이준은 밤늦도록 돌아오지 않았다.

처음에는 집에 단둘이 있는 불편한 상황을 면하게 됐다는 생각에 마음이 편했다. 안 그래도 이준이 먼저 나가지 않았다면 자신이 먼저 없는 약속을 만들어서 나갈 생각이었다. 그런데 밤이 깊어질수록 슬슬 마음이 불편해지기 시작했다. 늦을 거라는 연락을 못 받았을 뿐더러 여태 늘 저보다 일찍 집에 들어왔던 이준이었기에 괜한 걱정도 들었다. 설마 무슨 일이 생긴 건 아니겠지. 요즘은 남자들도 안전을 보장받기 힘든 세상이 아니던가.

늘 제멋대로 귀가하던 유현이 늦는 것과는 느낌이 달랐다. 예전에 자신이 연락도 없이 늦었을 때 이준이 걱정했던 게 어느 정도 이해가 될 정도였다. 그때 이준이 그랬던 것처럼 먼저 연락을 해 볼까, 하는 생각도 했다. 하지만 통화라니. 한집에 둘만 있는 것만큼이나 불편할 것 같아 선뜻 용기가 나질 않았다. 어련히 알아서 하겠지. 애도 아니고 다 큰 어른인데……. 생각하면서도 왠지 신경이 쓰여 거실 소파에 앉아 이준을 기다렸다. 티를 내지 않기 위해 별로 관심 없는 TV 프로그램도 틀어 놓고서. 하지만 결국 그가 들어오는 것은 보지 못했다.

"설마…… 아직도 안 들어온 건가?"

확인을 해야 할 것 같아 이준의 방을 향해 걸음을 옮기려 할 때였다. 달칵. 욕실 문이 열리더니 이준이 젖은 머리카락을 털며 나왔다. 두 사람의 시선이 허공에서 마주쳤다. 당황한 유경은 황급히 이준의 방 쪽으로 향했던 몸을 휙 틀었다.

"일찍 일어났네요?"

"으응."

"혹시 출근 빨리 해야 해요?"

"아니. 그냥 눈이 떠져서⋯⋯."

"그럼 평소 식사 시간에 맞춰서 준비해도 되는 거죠?"

유경은 대답대신 고개를 끄덕였다. 알겠어요. 대꾸한 이준은 별로 대수롭지 않다는 듯 제 방으로 향했다.

탁.

이준이 들어가고 방문이 닫혔다. 하지만 유경은 그 자리에서 꼼짝도 할 수가 없었다. 그저 멍하니 닫힌 방문을 바라볼 뿐. 이준은 걱정한 게 무색할 정도로 멀쩡한 모습이었다. 무슨 일이 있었던 게 아니라 단순히 귀가가 늦었던 것뿐인 모양이다.

"뭐야. 나는 조금만 늦어도 꼬박꼬박 연락해 줬는데⋯⋯."

쳇, 어쩐지 간밤에 마음 졸였던 게 억울해져서 유경은 입을 비죽이며 욕실로 향했다.

출근 준비를 끝마치고 주방으로 갔을 때, 식탁 위에는 밥상이 차려져 있었고 이준은 식탁에 앉아 있었다. 지정석에 앉으며 유경은 이준의 얼굴을 슬쩍 살폈다. 이른 아침임에도 붓기 따위 조금도 없는 조막만 한 얼굴. 반짝이는 피부. 덤덤한 표정까지. 아까도 그랬지만, 역시나 그는 평소와 전혀 다름없어 보였다.

"왜 그렇게 봐요?"

시선을 느낀 듯 이준이 묻는다. 저도 모르게 너무 빤히 바라본 모양이었다.

"혹시 어제……."

네가 날 방에 데려다준 거니? 물으려던 유경은 이내 입을 다물었다. 몽유병을 앓고 있지는 않으니, 분명 이준이 저를 제 방 침대에 눕혔을 확률이 백퍼센트였다. 그 장면을 상상하는 것만으로도 이렇게나 민망한데 굳이 확인사살을 하고 싶지는 않았다.

"어제, 뭐요?"

"아니. 아무것도 아니야."

유경은 얼른 고개를 내젓고는 식사에 집중하기 시작했다.

부담 주지 않고, 보채지도 않고, 얌전히 기다리겠다던 말을 지키려는 듯 이준은 평소와 다름이 없었다. 늘 그랬던 것처럼 식사를 끝마쳤고 집을 나서는 그녀에게 잘 다녀오라는 인사를 건넸다. 표정, 말투, 눈빛. 모두 평소와 다를 바 없었다. 마치 고백했던 일 따위 없었다는 것처럼 말이다. 물론 그렇다고 해서 마음이 완전히 편한 건 아니었다. 그가 했던 고백의 말이 아직도 생생하니까 말이다. 그래도 한집에 살면서 계속 얼굴을 봐야 하는데 티를 내서 숨 막히게 만드는 것보다야 이편이 훨씬 나았다.

"이대로 3개월만 버티면 좋겠는데……."

한숨과 함께 낮게 중얼거릴 때였다. 홍보실을 다녀온 보라가 유경의 옆으로 다가왔다.

"대리님, 부장님 호출이요."

"또?"

"그러게요. 요즘 부장님이 대리님을 자주 찾으시네요."

살짝 인상을 찌푸린 유경은 자리에서 일어나며 공식 질문을 던졌다.

"부장님 분위기는 어떠셨어?"

"평소보다 좋아 보이셨어요."

"그래?"

"넵. 아, 그리고 팀장님도 같이 계시더라구요."

"다행이다. 그럼 나쁜 소식은 아니겠네."

부장이 선우를 유독 좋아한다는 사실은 기획팀뿐만 아니라 다른 부서까지 소문이 났을 정도였다. 유경은 한결 가벼워진 마음으로 부장실 문 앞에 섰다. 똑똑. 문을 두드리자 안에서 들어오라는 명이 떨어졌다. 조심스럽게 문을 열고 안으로 들어갔다. 보라의 말대로 선우가 먼저 와 있었다.

"이리 와, 앉아. 서 대리."

부장이 선우의 옆자리를 가리켰다. 유경은 고개를 꾸벅 숙여 보인 후 자리에 앉았다.

"서 대리가 보기엔 어떤 것 같아?"

"네?"

"한 팀장 말일세. 적응 잘하고 있는 것 같나?"

사람 면전 앞에 대놓고 이런 걸 묻다니. 참 센스가 꽝이라고 생각하면서도 유경은 가식적인 미소를 지으며 대답했다.

"완벽하게 적응하신 것 같습니다."

"그런가?"

"네."

확실하다는 듯 고개를 끄덕이자 부장은 마치 자신이 칭찬을 받기라도 한 것처럼 뿌듯해했다. 하지만 거짓말은 아니었다. 정말로 선우는 '완벽'하게 팀에 적응하고 있었으니까 말이다. 성격이 워낙 서글서글하고 좋아 트러블 따위는 없었다. 심지어는 처음엔 잔뜩 경계하던 김 과장도 이제는 한껏 기세가 누그러진 상태였다. 게다가 업무 적응 능력도 워낙 좋아서 굴러온 돌 취급은커녕 바로 리더로 인정받고 있는 중이었다.

　"역시, 내 예상대로구만. 처음 보자마자 엄청난 인물이 뚝 떨어졌다고 생각했지."

　"과찬이십니다. 그리고 다 서 대리님 덕분이기도 하고요."

　"오호, 그래?"

　"네, 적응할 수 있도록 옆에서 많이 도와주셨습니다."

　"그래, 맞아. 우리 서 대리가 참 친절하지. 얼굴도 예쁘고. 일도 잘하고. 한 팀장은 모르겠지만, 사실은 서 대리가 기획부 에이스야, 에이스."

　"제가 봐도 그런 것 같습니다."

　시공간이 오그라들 것 같은 과한 칭찬과 함께 호탕하게 웃는 부장과 그 옆에서 동의한다는 듯 고개를 끄덕이는 선우까지. 두 남자의 협공에 유경의 얼굴은 곧 터질 것처럼 붉게 달아올랐다. 뻔히 립 서비스인 걸 알지만 민망했다. 그럴 수밖에 없는 것이, 지금까지 자신이 선우에게 도움을 준 일은 딱히 없었다. 굳이 신경 쓰지 않아도 알아서 워낙 잘했으니까 말이다.

　"참. 그래서 말인데, 서 대리가 오늘도 한 팀장을 좀 도와줘야겠어."

"네? 어떤……."

"내일 당장 임원회의가 있는 거 알지? 그런데 한 팀장이 온 지 얼마 안 돼서 아직 업무파악을 완벽하게 할 수 있는 상황이 아니지 않나. 아무리 능력이 좋아도 혼자 기획안 작성하는 건 무리야."

유경은 부장의 말이 무슨 뜻인지 금방 알아들을 수 있었다. 길게 말하고 있었지만 그 속뜻은 명확했다. 단 한 마디로 압축하자면 바로 이거였다. 오늘 남아서 야근해.

그럼, 그렇지. 웬일로 이렇게 칭찬을 해 주나 했네. 유경은 속으로 헛웃음을 흘리며 대답했다.

"네, 알겠습니다."

"대리님, 저 먼저 가 보겠습니다."

퇴근 시간. 가방을 챙겨 든 보라가 자리에서 일어나며 옆자리의 유경을 향해 인사를 건넸다.

"그래. 조심해서 가고 내일 봐."

"넵. 수고하세요!"

홀가분하게 사무실을 떠나는 보라의 뒷모습을 보던 유경은 문득 떠오른 생각에 휴대폰을 집어 들었다. 그러곤 얼른 이준에게 보낼 문자를 써 내려갔다. 원래 같았으면 더 일찍 보냈을 텐데, 오늘은 정신이 없어서인지 완전히 까먹고 있었다.

[오늘 야근이야.]

전송 버튼을 누르기 직전 유경은 잠깐 망설였다. 문득 어젯밤 기억이 떠올라서였다.

"나도 그냥 보내지 말까."

똑같이 되갚아 줄까, 하는 생각이 들었다. 하지만 곧 고개를 내저었다. '눈에는 눈, 이에는 이'라는 말이 있기는 하지만 그래도 이건 너무 유치한 것 같으니까 말이다. 잠깐이라도 그런 유치한 생각을 진지하게 했다는 것이 민망해서 유경은 얼른 전송 버튼을 눌렀다. 액정에 메시지가 전송되었다는 문구가 뜬다. 그것을 확인하고 휴대폰을 내려놓으려는 순간이었다. 딩동, 하고 마치 기다렸다는 듯 답장이 날아왔다. 발신인은 당연히 이준이었다.

[나 때문에 괜히 없는 일 만들어서 늦게 오는 건 아니죠?]

"이제 난 얘가 진짜로 신내림을 받았다고 해도 믿을 수 있을 거 같아……."

뜨끔. 정곡을 찔린 유경은 문자를 내려다보며 중얼거렸다. 사실 낮에 부장에게서 야근을 하라는 얘기를 들었을 때, 평소처럼 짜증이 치밀기보다는 오히려 안심했었다. 이준과 단둘이 집에 있는 건 역시나 불편했으니까 말이다. 이준이 티를 내지 않기 위해 노력하는 건 알겠지만, 그것과는 별개의 문제였다. 둘 다 그 일에 대해 입 밖으로 꺼내지 않는다고 한들, 그 일이 없던 일이 될 리가 없지 않은가. 혹시 기억상실증에라도 걸리면 또 모를까.

[그런 거 아니야. 정말로 일 때문에 야근하는 거야.]

[혹시 그 팀장이라는 사람도 같이 야근해요?]

아, 진짜 소름……!

유경은 문자에 뜬 '팀장'이라는 단어를 보고 하마터면 휴대폰을 떨어뜨릴 뻔했다. 신내림이 아니면 CCTV나 도청 장치라도 달아

놓은 건가. 말이 안 된다는 걸 알면서도 두 눈을 크게 뜨고 주변을 살피다가 이내 답장을 보냈다.

[맞아. 근데 그건 왜?]

[그냥요.]

[그냥?]

[네. 그냥. 그럼 수고해요.]

'그냥'이라니. 이리도 불친절한 답변이 또 어디 있을까. 유경은 못마땅하다는 듯 미간을 좁힌 채 이준의 문자를 응시하다 이내 휴대폰을 내려놓았다.

"수고하세요, 서 대리님."

"수고해, 서 대리."

몇 차례 퇴근하는 팀원들과 인사를 주고받고 나자 넓은 사무실은 금방 텅 비었다. 오늘 야근을 할 사람은 선우와 유경, 두 사람뿐이었다.

유경은 컴퓨터에 USB메모리를 꽂은 후 주르륵 뜨는 수많은 파일들을 하나하나 확인하기 시작했다. 시간이 별로 없기 때문에 핵심 중에서도 핵심만 간추려서 선우에게 전달해야만 했다. 신중하게 엄선하고 있을 때였다. 불쑥 뒤에서 선우의 목소리가 들려왔다.

"서 대리님."

유경은 모니터에서 시선을 떼고 뒤를 돌아보았다. 언제 다가온 건지 선우가 그녀를 보고 있었다.

"미안해요. 괜히 나 때문에 서 대리님까지 고생하네요."

"아니에요. 제가 해야 할 일인데요, 뭘."

유경은 손사래를 쳤다.

"근데 무슨 일이세요?"

"안 바쁘시면 잠깐 나가서 식사부터 하고 오는 게 어떨까 싶어서요."

"밖에 나가서요?"

"일하기 전에 맛있는 거 든든하게 먹으면 좋잖아요."

"아……"

"먹고 싶은 거 있으면 뭐든 말해요. 저 때문에 야근하는 거니까 제가 맛있는 거 살게요."

식사까지 제대로 챙기는 걸 보니 아무래도 본격적으로 야근을 하려는 모양이다. 물론 자신도 애초에 대충 할 생각은 없었지만, 생각보다 훨씬 더 엄청난 선우의 기세에 유경은 괜히 겁이 났다.

"먼저 고르세요."

선우가 메뉴판을 건넸다. 유경은 눈으로 대충 훑은 후 빠르게 대답했다.

"까르보나라로 할게요."

"음료는요?"

"아, 전 자몽 에이드로요."

"그럼 저도 같은 걸로 할게요."

선우는 메뉴판을 확인도 하지 않고 주문을 마무리 지었다.

"주문 확인하겠습니다. 까르보나라 둘, 자몽에이드 둘. 맞으신

가요?"

"네."

"금방 준비해 드리겠습니다."

 방긋 웃는 얼굴의 종업원이 떠나자 두 사람이 앉은 테이블엔 정적이 흘렀다. 그러고 보니 단둘이 이렇게 마주 앉은 건 처음이었다. 사무실에서도 두 사람의 자리는 끝과 끝에 위치해 있었다. 심지어 가게도 이탈리안 레스토랑이었다. '뭐가 좋겠어요?' 하는 질문에 유경은 선뜻 대답을 하지 못했다. 그러자 선우가 먼저 '파스타는 어때요?' 하고 물었다. 파스타보다는 한식이 더 좋았지만, 콕 집어 얘기까지 하는데 싫다고 할 수가 없어 그냥 고개를 끄덕였다. 그렇게 이곳으로 오게 된 것이다.

 주변엔 다정해 보이는 커플투성이였다. 왠지 못 올 곳을 온 것 같은 기분이다. 며칠 전 이준과 함께 파스타를 먹으러 갔을 때도 조금 민망하긴 했지만, 그때보다 지금이 훨씬 더 어색했다. 하긴, 상사와 파스타집이라니. 확실히 언밸런스하긴 하다. 이럴 줄 알았으면 아까 선우가 메뉴 선택권을 줬을 때, 뜸들이지 말고 당당하게 해장국을 외칠 걸 그랬다. 뒤늦은 후회를 하고 있는데 주문했던 음료가 먼저 도착했다. 안 그래도 살짝 목이 탔던 유경은 얼른 제 앞에 놓인 음료를 집어 들었다. 기다란 유리컵에 꽂힌 스트로를 쪽 빨아 당겼다. 달콤 쌉싸름한 맛이 입안으로 퍼져 나간다. 쓴맛에 저도 모르게 미간이 살짝 찡그려질 때였다. 선우와 시선이 마주쳤다. 유경은 얼른 스트로에서 입을 떼고는 어색한 미소를 지었다.

"조금 어색하네요."

분위기상 무슨 말이라도 해야 할 것 같아 입을 뗀 거였다. 그런데 아무래도 단어 선택을 잘못한 모양이었다. 선우의 눈이 휘둥그레 커진다.

"혹시 저랑 식사하는 거 불편해요?"

"아뇨……! 그게 아니라, 식당이요. 저는 야근하기 전에 이렇게 분위기 좋은 레스토랑에서 밥 먹는 건 처음이거든요. 보통은 구내식당에서 먹거나, 아니면 편의점 도시락이나 컵라면으로 때우니까……."

황급히 변명하듯 말했다. 그제야 선우의 눈동자가 제자리로 돌아온다.

"고급 인력 도움받는 건데요. 편의점 도시락이나 컵라면으로 때울 순 없죠."

"혹시 이거 뇌물인가요?"

"잘 부탁드립니다."

고개까지 꾸벅 숙여 보이는 선우의 넉살에 유경은 작게 웃었다.

"참. 회사 생활은 어떠세요? 보기엔 적응 잘하고 계시는 것 같긴 한데……."

"네. 덕분에 아주 즐겁게 회사생활 하고 있습니다."

"부장님 앞에서도 그렇고. 저 찔리라고 일부러 그러시는 거죠?"

"진심으로 하는 말인데요?"

유경은 납득할 수 없었다. 아무리 생각해 봐도 자신이 선우의 '즐거운 회사생활'에 일말의 도움도 준 적이 없었으니까 말이다. 하다못해 그의 앞에서 뭔가 실수를 해서 웃음을 나오게 만든 적조차 없었다. 하지만 따져 물을 일도 아닌 것 같아 유경은 네에,

하고 대답할 뿐이었다. 선우의 립 서비스가 장난 아니라고 생각하면서.

"조금 이따가 제가 전달받아야 할 사항이 많나요?"

"최대한 요약해서 알려 드릴게요. 걱정 마세요."

"아뇨. 서 대리님만 시간 괜찮으시면 요약 말고 꼼꼼하게 알려 주세요."

순간 선우를 바라보던 유경의 얼굴에 경악 비슷한 것이 스쳐 지나갔다.

"꼼꼼……하게요?"

"네. 하나부터 열까지, 전부 다요."

야근을 앞두고 일거리를 더 많이 달라고 하는 사람은 처음이었다. 심지어 그리 말하는 선우의 표정이 진심인 것 같아서 더 당황스러웠다. 일을 잘하는 사람이라고는 생각했지만 '잘'하는 것을 넘어서서 '좋아'하는 지경에까지 이른 모양이다. 소위 말해서 워커홀릭인 건가.

어쨌든 선우가 먼저 물꼬를 튼 덕분에 두 사람은 잠시 후 있을 업무에 대해 이야기를 나눌 수 있었다. 일에 관련된 이야기를 하자 조금 전까지만 해도 어색했던 분위기는 오간 데 없이 대화가 잘 통했다. 덕분에 식사가 나올 때까지 어색하지 않게 시간을 때울 수 있었다.

"있잖아, 그 모델……."

파스타 면을 포크에 둘둘 말아 올려 입으로 가져가기 바로 직전이었다. 옆 테이블에서 나누는 대화 소리가 유경의 귀에 꽂혔다. 정확하게 말하자면 '모델'이라는 단어가.

순간 유경은 흠칫, 하며 포크를 내려놓았다. 그러곤 저도 모르게 그들의 대화에 귀를 기울였다. 다행히도 이준에 대한 이야기를 나누는 건 아닌 것 같았다. 그제야 유경은 안도의 한숨을 내쉬었다. 모델이라는 단어를 들었을 뿐인데 이렇게 긴장이 되다니. 아무래도 아주 괴상한 노이로제에 걸려 버린 것 같다.

"왜 그래요?"

포크를 입까지 가져가다가 갑자기 내려놓는가 싶더니 이어서 한숨까지. 선우의 입장에선 유경의 행동이 의아하게 보일 수밖에 없을 것이다.

"아뇨. 아무것도 아니에요."

유경은 고개를 내젓고는 얼른 파스타를 입으로 가져갔다. 오물오물. 입안 가득 들어 있는 것을 열심히 씹었다. 좋아하는 음식이 아니라 맛을 음미하고 싶은 마음은 없었다. 말 그대로 씹는 행위일 뿐이었다. 그런 유경을 물끄러미 바라보던 선우가 문득 입을 열었다.

"모델 권이준이요."

뜬금없이 튀어나온 한마디에 유경은 하마터면 입에 있던 것을 입 밖으로 뱉어 낼 뻔했다. 놀란 마음에 얼른 입안에 든 것을 꿀꺽 삼키고 선우를 바라보았다.

"네? 권이준이 왜요?"

"팬이라고 했죠?"

아무래도 보라와의 대화를 들은 모양이었다. 하긴. 최근 조금만 나면 보라가 이준에 대해 재잘거렸으니 모르는 게 더 이상했다.

"아, 그게······."

"······."

"네. 맞아요."

자연스럽게 부정하려던 유경은 이내 마음을 고쳐먹고 고개를 끄덕였다. 사실 한집에 살고 있다는 것보다는 모델 권이준의 팬으로 남는 편이 훨씬 유리하긴 했으니까 말이다.

"근데 팀장님도 모델 권이준을 아세요?"

"안다고 하기보단 그냥 좀 들었어요. 사실 지금 사촌 동생이랑 같이 살고 있는데, 그 녀석도 모델이거든요."

"어머, 정말요?"

"권이준에 비하면 그리 잘나가는 모델은 아닌 것 같지만."

선우는 작게 웃은 후 말했다.

"동생한테 사인 받아 달라고 할까요?"

사인이라니? 이번엔 입안에 아무것도 없어서 다행이었다. 유경은 서둘러 손사래를 쳤다.

"아뇨! 그렇게까지 신경 안 써 주셔도 돼요."

"보통 팬이면 사인 받고 싶어 하지 않아요?"

"그건 그런데······."

"혹시 부담돼서 거절하는 거면 안 그러셔도 돼요."

선우가 걱정 말라는 듯 부드럽게 웃으며 말을 이었다.

"둘이 잘 아는 사이인 것 같았어요. 사실 동생한테 은근슬쩍 물어봤는데 사인 정도는 받아 줄 수 있다고 하더라고요. 어렵지 않다고."

벌써 물어보기까지 했다니. 매너가 있다 못해 철철 넘쳐흐르는 그의 쓸데없는 배려에 유경은 속으로 한숨을 내쉬었다. 이렇게까지 말을 하는데 어떻게 거절할 수가 있겠는가. 게다가 얼마 전에 정말로 이준의 팬인 지영이 사인에 목을 맸던 것이 떠올라서 더 거절할 수가 없었다. 팬이라 해 놓고 끝까지 거절하면 이상하게 보일 테니까 말이다.

"……그럼 부탁드릴게요."

유경은 마지못해 대답했다.

"윤 주임님 것도 같이 부탁하면 되겠죠?"

"보라 씨가 아주 좋아하겠네요."

"서 대리님은요?"

너무 남 일처럼 대꾸했던 모양이다. 의아해하는 듯한 선우의 물음에 유경은 억지로 미소를 지어 보였다.

"아, 물론 저도 좋죠."

물론 대답 속엔 영혼이라고는 1그램도 담겨 있지 않았다.

TV에서는 예능 프로그램이 한창이었다. 개그맨이 한 마디를 던지자 함께 출연한 패널들이 일제히 깔깔깔, 웃음을 터뜨린다. 웃는 것으로 모자랐는지 눈물까지 찔끔 흘리는 사람도 있었다. 웃음바다가 되어 버린 현장. 하지만 브라운관 밖에서 그 모습을 바라보는 이준의 표정엔 변화가 없었다. 그의 웃음 코드가 유난히 남다른 탓이 아니었다. 그들이 나누는 대화에 집중을 하지 못하고 있었기 때문이었다.

띠링—.

테이블 정중앙에 떡하니 올려놓은 휴대폰에 메시지 도착음이 울렸다. 그와 동시에 이준이 소파에 기댔던 상체를 벌떡 일으키며 기다렸다는 듯 휴대폰을 집어 들었다. 빠른 손놀림으로 휴대폰 패턴을 풀고 메시지를 확인했다.

[뭐하고 있냐? 나 심심한데 한잔할래?]

재규에게서 온 연락이었다. 살짝 커져 있던 동공이 언제 그랬냐는 듯 제자리로 돌아온다. 이준은 메시지 답장을 하는 대신 휴대폰을 테이블 위에 다시금 내려놓았다. 지금 딱히 아무것도 하는 일은 없었지만, 한가하게 술이나 마실 상황이 아니었다. 시계를 확인했다. 벌써 11시에 가까워지고 있었다.

"너무 늦는 것 같은데?"

지금까지는 야근을 해도 10시쯤이면 이제 일이 끝났다며 집으로 간다는 문자가 왔었다. 그런데 오늘은 끝났다는 연락은커녕 연락조차 닿지 않고 있었다. 이준은 내려 두었던 휴대폰을 다시금 집어 들었다. 통화목록을 확인했다. 10시에 한 번, 10시 30분에 한 번. 두 통이나 유경에게 전화를 걸었지만 전화는 연결되지 못했다.

"분명 부재중이 찍혔을 텐데……."

대체 왜 아직도 연락이 없는 걸까. 한 통 정도야 못 보고 넘어갈수도 있지, 하고 가볍게 생각할 수도 있었지만 두 통이나 못 봤다는 건 너무 이상하다. 게다가 시간이 점점 늦어지고 있다는 것도 신경 쓰이고. 그러나 무엇보다 그를 신경 쓰이게 만드는 건 팀장이라는 남자였다. 며칠 전 봤던 그 반반한 얼굴 말이다. 늦은 시각 유경과 단둘이 서서 사이좋게 대화를 나누던 그 모습이 자꾸만 신경이 쓰인다.

"흠……"

잔뜩 굳은 얼굴로 통화 목록을 빤히 바라보던 이준은, 결국 참지 못하고 유경의 번호로 전화를 한 통 더 걸었다. 하지만 이번에도 긴 신호음 끝에 흘러나오는 건 유경의 목소리가 아닌 기계음이었다.

– 고객님이 전화를 받을 수 없어…….

세 번째로 듣는 똑같은 기계음에 이준은 미간을 좁혔다.

역시 세상에 공짜는 없는 법인 모양이다. 이미 어느 정도 예상하고는 있었지만, 막상 일을 시작해 보니 선우는 예상했던 것 그이상으로 열정적이었다. 결국 유경은 값비싼 파스타를 얻어먹은 값을 톡톡히 치러야만 했다. 자정이 가까워져 갈 무렵에야 끝이 보였다.

유경이 선우를 향해 마지막 서류를 건넸다.

"팀장님, 이게 끝이에요."

받아든 선우가 눈으로 한 번 빠르게 쓱 훑더니 알겠다는 듯 고개를 끄덕였다.

"수고하셨어요, 서 대리님."

드디어 선우의 입에서 마무리를 짓는 말이 나왔다. 그와 동시에 유경은 감복해 마지않으며 테이블 위로 풀썩 엎어졌다. 널따란 회의실 테이블 위에 서류가 한가득 놓여 있었다. 두 사람이 얼마나 열성적으로 일을 했는지 보여 주는 광경이었다. 대체 이걸 언제 다 정리한담. 눈앞이 캄캄해져 한숨을 푸욱 내쉬는데 선우가 자리에서 쓱 일어난다.

"뒷정리는 제가 할게요. 서 대리님은 쉬고 계세요."

"아니에요. 같이 해야죠."

유경은 숙였던 상체를 벌떡 일으켰다. 그러자 선우가 유경의 어깨를 누른다.

"그냥 앉아 계세요. 미안해서 일 더 못 시키겠으니까."

"둘이 하는 게 훨씬 빠를 텐데……."

"제가 두 사람 몫을 하면 되죠."

아까부터 생각한 거지만, 선우는 은근히 고집이 센 편인 것 같았다. 말투나 표정이 너무 부드러운 데다가 그 고집이 상대를 위한 배려인지라 굳이 나쁘다고 볼 순 없지만 말이다. 선우는 테이블 위에 어질러져 있는 서류들을 차곡차곡 한데 쌓기 시작했다. 얼떨결에 자리에 다시 엉덩이를 붙인 유경은 그 광경을 빤히 바라보았다. 선우는 손이 빠르고 또 꽤나 야무졌다. 제각각인 서류들이 질서정연하게 탑을 만들었다. 종이 한 장도 삐져나오는 것 하나 없이 칼각을 이루고 있었다.

"날짜별로 정리해 두면 되는 거죠?"

금세 서류를 한데 모은 선우가 묻는다.

"네, 근데 정말로 혼자 괜찮으시겠어요?"

"내가 그렇게 못 미더워요?"

"그게 아니라……."

"얼른 끝내고 올게요. 쉬고 계세요."

뭐라고 말을 더 하기도 전에 선우는 싱긋 웃으며 서류 탑을 품에 안고 회의실을 빠져나갔다. 유리문이 닫혔다. 멍하니 닫힌 문을 바라보던 유경은 선우의 모습이 시야에서 완전히 사라졌을 때서야 다시금 풀썩 테이블 위로 엎어졌다.

"그래. 저렇게까지 쉬라고 하는데 그냥 쉬자!"

결심한 유경은 입을 크게 벌리고 늘어지게 하품을 했다. 졸음이 몰려왔다. 평소 잠자리에 들었을 시간이었다. 눈꺼풀이 마치 철근이라도 되는 듯 무겁다. 자칫 잘못하면 까무룩 잠들 수도 있겠다는 생각이 든다. 잠을 깨기 위해 대충 던져두었던 휴대폰을 집어 들었다. 몇 시간 만에 확인한 휴대폰엔 부재중 전화 세 통이 찍혀 있었다. 세 통 모두 발신인은 이준이었다. 마지막 전화는 한 시간 전이었다.

"무슨 일이지?"

반쯤 감겨 있던 눈이 번쩍 떠졌다. 야근한다고 미리 연락도 줬는데 전화가 세 통이나 올 일이 대체 뭐가 있단 말인가. 혹시라도 무슨 일이 생겼을까 걱정된 유경은 얼른 이준에게 전화를 걸었다.

뚜르르. 뚜르르.

수화기 너머에서는 최신 가요가 아닌 단조로운 기계음이 흘러나왔다. 왠지 휴대폰 주인과 잘 어울리는 것 같다는 생각을 할 때였다.

달칵. 이준이 전화를 받았다.

- 일찍도 전화 주네요.

"미안. 전화 온 줄 몰랐어."

퉁명스러운 목소리에 유경은 우선 사과부터 했다.

"무슨 일 있어?"

– 그냥. 너무 늦는 것 같아서 연락해 봤어요. 야근해도 이렇게 늦은 적은 없었으니까.

다행히도 무슨 일이 있는 건 아닌 모양이었다. 유경은 안도의 한숨을 내쉬었다.

"오늘은 일이 좀 많아서 늦었어."

– 아직도 회사예요?

"응."

– 언제 끝나요?

"이제 곧. 정리하는 중이야."

내가 하고 있는 건 아니지만……. 유경은 고개를 들고 흘긋 유리문 너머를 바라보았다. 억지로 일을 떠맡긴 건 아니었지만 어쩐지 혼자 농땡이를 부리는 것 같아 괜히 찝찝하다. 역시 나도 도와야겠지. 통화를 끝내고 선우에게 합류해야겠다고 마음을 먹었을 때였다. 이준의 목소리가 흘러나온다.

– 그럼 얼른 정리하고 내려와요.

"내려오라고? 어딜?"

– 나 지금 누나 회사 정문 앞이에요.

마치 아주 당연한 얘기를 하듯 자연스럽게 흘러나온 말에 유경은 상체를 벌떡 일으키며 저도 모르게 소리쳤다.

"뭐어? 여길 왜!"

– 왜겠어요. 당연히 누나 데리러 왔죠. 버스도 끊길 시간이니까.

"아니. 그렇다고 회사를……."

그 순간이었다. 유리문 너머로 선우가 이쪽으로 오고 있는 모습이 보인다.

"일단 알겠어. 나중에 얘기해!"

유경은 황급히 통화를 마무리 지었다. 휴대폰을 귀에서 떼어 놓는 찰나 선우가 들어온다.

"무슨 일 있어요?"

"네?"

"큰 소리가 들린 것 같아서요."

조금 전 소리를 지른 것 때문에 놀란 모양이었다. 걱정하는 표정에 유경은 얼른 변명했다.

"아, 잠깐 친구랑 통화를 했는데…… 제 소리가 너무 컸나 봐요. 죄송해요."

"별일 아니라니 다행이네요."

선우가 부드럽게 웃었다. 유경은 머쓱하게 웃으며 자리에서 일어났다.

"참. 저도 도와 드릴게요."

"괜찮아요. 다 끝냈어요."

"벌써요?"

"별로 어려운 일도 아니었는데요, 뭘."

별 대수롭지 않다는 듯한 선우의 반응에 유경의 입이 살짝 벌어졌다. 그의 말대로 어려운 일은 아니었지만 그래도 이 속도는 경이로울 지경이었다.

"우리도 이제 그만 퇴근하죠."

"아, 네."

선우가 먼저 나가라는 듯 회의실 문을 활짝 열어 주었다. 유경은 감사의 뜻으로 고개를 살짝 숙이고는 회의실을 빠져나왔다. 선우는 의자를 정리하고 회의실 불까지 끈 후에야 회의실을 나왔다. 각자의 자리에서 가방을 챙겨 든 두 사람은 나란히 사무실을 벗어났다. 엘리베이터는 마침 그들이 있는 층에 있었다. 기다리지 않고 올라탔다. 버튼 바로 앞에 선 선우가 지하 3층 버튼을 눌렀다. 지하 주차장에 차를 대놓은 모양이었다. 혹시나 1층도 눌러 주지 않을까 기다렸지만 선우는 아무런 동작도 취하지 않았다. 결국 유경이 먼저 부탁해야만 했다.

"저어, 팀장님. 1층도 부탁드려요."

"저 오늘 차 가져왔어요. 데려다줄게요."

"아뇨. 괜찮아요."

기다렸다는 듯 튀어나오는 거절에 선우가 고개를 살짝 갸웃한다.

"버스는 이미 끊어지지 않았어요?"

"아, 그게……."

이 상황을 대체 뭐라고 설명을 해야 할까. 잠깐 망설이던 유경은 이내 적당한 말을 찾아냈다.

"지금 동생이…… 데리러 왔다고 해서요."

이보다 더 깔끔한 설명은 없을 것이다. 하지만 뱉어 놓고 보니 마음 한편이 찝찝해져 온다. 자신은 동생이 아니라며 단호하게 선을 긋던 이준의 얼굴이 떠올랐기 때문이다.

"동생이 있었어요?"

1층 버튼을 눌러 준 선우가 흥미롭다는 듯 유경을 보며 묻는다.

그는 '동생'의 존재를 당연히 친동생이라고 생각하는 듯 했다. 그렇다고 솔직하게 대꾸할 수도 없는 노릇이라 유경은 그냥 네, 하고 대답했다.

"남동생? 여동생?"

"남동생이요."

"의외네요. 서 대리님은 왠지 외동일 것 같았는데."

외동일 것 같았다는 건 대체 무슨 뜻일까. 딱히 좋은 뜻은 아닐 것 같은데. 왠지 찜찜한 마음이 들어 선우를 바라보는데, 그가 말을 덧붙인다.

"근데 동생이 누나를 많이 좋아하나 봐요."

"네에?"

선우는 분명 썩 대수롭지 않게 한 말일 것이다. 그런데 '좋아한다'는 말에 괜히 찔린 유경은 지나치게 놀라며 되물었다. 뱉어 놓고도 너무 과한 반응을 보인 것 같아 민망할 정도였다.

"누나가 늦게까지 야근한다고 회사로 데리러 오다니. 보통은 안 그러잖아요."

하지만 다행히도 선우는 이상하다는 생각은 못 한 듯 말을 이어 갔다.

"사실 저도 누나가 하나 있거든요."

"아, 누나가 있으셨구나."

"네. 근데 전 서 대리님 동생처럼 이렇게까지 누나를 챙긴 적은 없어요. 그렇다고 우리 남매가 사이가 나쁜 편도 아닌데."

"……맞아요. 보통은 안 그러죠."

유경이 고개를 주억거리며 느릿하게 대답하자 선우가 작게 웃는다.

"그러니까요. 그래서 솔직히 조금 신기해요. 서 대리님은 동생이랑 각별한가 봐요?"

유경은 대답 대신 어색하게 웃었다. 본의 아니게 거짓말을 해 버리기는 했지만, 그래도 이 이상으로 더 거짓말을 덧붙이고 싶지는 않았다. 만약 유현이었다면 절대로 이런 일 따위 일어나지 않았을 것이다. 아니, 자신이 데리러 와 달라고 빌고 빌어도 귀찮다고 거절했을 게 뻔했다.

'내가 왜 누나 동생이에요?'
'뭐?'
'내가 왜 서유경 동생이냐고. 서유현이 아닌데.'

새삼스럽게 이준과 자신의 관계가 와닿는다. 유경은 아랫입술을 지그시 깨물었다. 그래. 확실히 동생이 아니긴 하네……

정문으로 빠져나오자마자 갓길에 주차된 차 한 대가 눈에 띈다. 세련된 외관의 차는 어둠 속에서도 번쩍이고 있었다. 자세히 보지 않아도 이준의 차라는 걸 확신할 수 있었다. 혹시 모를 상황을 대비해 유경은 눈을 크게 뜨고 주위를 살폈다. 가로등 불빛이 은은하게 내리깔린 밤거리는 고요했다. 차 몇 대만 한산한 도로 위를 빠른 속도로 지나칠 뿐이었다. 보는 눈이 없다는 것을 확인한 후에야 빠르게 조수석으로 올라탔다.

탁.

조수석 문을 닫기가 무섭게 유경은 운전석을 향해 꽥 소리를
내질렀다.

"권이준!"

"깜짝이야. 왜 갑자기 소리를 지르고 그래요?"

적반하장이라는 건 이럴 때 쓰라고 만들어진 말이 아닐까. 오
히려 저를 나무라는 듯한 이준의 덤덤한 반응에 유경은 눈을 치
떴다.

"내가 이 상황에서 소리를 안 지르게 생겼어?"

"이 상황이 어떤 상황인데요?"

"어떤 상황이긴! 네가 말도 없이 멋대로 우리 회사 앞으로 찾아
온, 아주 황당한 상황이지!"

지금은 시간이 많이 늦어 회사 사람들이 거의 없기도 하고, 또
함께 야근을 한 사람이 선우밖에 없어서 망정이지. 만약에 선우
가 아니라 보라였다면 아주 곤란한 일이 벌어질 뻔했다. 상상만
해도 눈앞이 아찔해지는, 그런 끔찍한 일이.

"말하려고 했는데 누나가 전화를 안 받았잖아요."

"그래서, 지금 그게 내 탓이라는 거야?"

"누구 탓이라기보다는 어쩔 수 없는 상황이었다는 거죠."

"너 자꾸 말대답 할래?"

말이나 못 하면 밉지나 않지. 대체 뭘 잘했다고. 따박따박 돌아
오는 말대답에 화가 머리끝까지 차올랐을 때였다.

"걱정되는데 그럼 어떡해요?"

더 이상은 못 참겠던지 이준이 미간을 잔뜩 굳히며 되묻는다. 갑자기 진지해진 눈빛에 유경의 입이 딱 다물어진다. 이준은 그런 유경을 보며 말을 이어 갔다.

"아무리 야근한다고 듣긴 했지만, 그래도 몇 시간이나 연락이 안 되면 걱정되는 게 당연하잖아요."

"……."

"회사 안까지 쳐들어가서 생사 확인하려다가 참았어요. 그럼 누나 곤란해질 테니까."

입이 불퉁 튀어나왔다. 제 딴에는 회사에 쳐들어가지 않은 것만으로도 많은 배려를 했다고 생각하는 모양이었다. 그러니까, 지금 나더러 회사까진 쳐들어오지 않아 줘서 고맙다는 말이라도 하라는 거야? 황당한 마음이 들었지만 차마 따져 묻지 못했다. 이준의 얼굴에 진심으로 저를 걱정했다는 것이 고스란히 드러나 있었기 때문이다.

하긴. 입장을 바꿔 놓고 생각해 보니 이준의 마음을 알 것도 같았다. 일요일에 만약 자신이 전화를 걸었는데 이준이 받지 않았다면, 그날 했던 걱정을 넘어서서 별생각이 다 들었을지도 모를 일이다. 걱정돼서 여기까지 온 애한테 내가 너무 심했나…….

앞뒤 생각 않고 너무 짜증만 낸 것 같아 슬그머니 미안한 마음이 들 때였다. 순간 이준이 조수석 쪽으로 상체를 숙인다. 시원한 향과 함께 이준의 얼굴이 유경의 코앞까지 다가왔다. 덩달아 입술과 입술 사이의 거리도 가까워졌다. 자칫 잘못하다간 여지없이 닿을 거리였다. 유경은 등을 의자 등받이에 바짝 기댔다. 하지만 좁은 차 안에서 비켜 봐야 얼마나 멀어질 수 있겠는가. 그저 두 입술 사이의 거리가 조금 넓어졌을 뿐이었다. 유경은 눈을 깜빡이며 이준을 바라보았다. 그의 짙은 눈빛은 그녀의 두 눈을 똑바로 바라보고 있었다.

"누나."

듣기 좋은 낮은 음성과 함께 이준이 몸을 조금 더 기울였다. 그와 동시에 유경은 재빠르게 손을 들어 제 입술을 가렸다.

"읍!"

재빠른 방어 자세를 취해서 만족하는 순간이었다. 바로 옆에서 탁, 하고 익숙한 마찰음이 들려온다. 굳이 두 눈으로 보지 않아도 알 수 있었다. 제 몸에 지금 안전벨트가 채워졌다는 것을. 아, 젠장……. 유경은 두 눈을 질끈 감았다. 그제야 자신이 오버를 했다는 것을 깨달았기 때문이다.

피식.

이준의 붉은 입술을 비집고 나오는 웃음소리에 유경은 감았던 눈을 번쩍 떴다. 얼굴로 열이 훗훗하게 올랐다. 터질 것 같은 열감이었다. 아랫입술을 질끈 깨문 채 그녀는 제 입을 막고 있던 손을 느릿하게 내렸다. 지금 당장 땅으로 꺼져 버릴 수만 있다면 영혼이라도 팔고 싶을 지경이었다. 떡 줄 사람은 생각도 않는데 김칫국부터 홀라당 마신 탓일까. 입안이 짰다. 안전벨트를 채우고 운전석으로 돌아간 이준이 뒤늦게야 조금 전 '누나' 하고 부른 뒤하려던 그 뒷말을 덧붙였다.

"내가 차에 타면 안전벨트부터 하라고 했잖아요."

웃음 섞인 목소리. 그리고 적절한 타이밍. 놀리는 게 분명했다. 민망해진 유경은 괜히 목소리를 키웠다.

"안 그래도 하려고 했거든?"

"그랬어요? 난 또. 그때처럼 내가 해 주기를 기다리는 줄 알았지."

"무슨 그런 말도 안 되는……. 야, 나도 손 있거든!"

이준은 '네네. 어련하시겠어요.' 하는 얼굴로 차를 출발시켰다. 별것도 아닌데 왈칵 억울한 마음이 드는 건 왤까. 최근 계속해서 녀석의 손바닥 위에서 놀아나는 것처럼 느껴지는 건, 단지 기분 탓인 걸까.

고급 세단이 고요한 밤거리를 미끄러지듯 부드럽게 내달리는 동안, 유경은 창밖을 바라보며 붉게 달아오른 양 뺨을 식히기 시작했다. 고백을 한 건 분명 이준인데, 어째서 자신이 이렇게 그의 눈치를 봐야 하는지 모르겠다고 생각하며.

9. 직진

"야, 권이준!"

이준이 피트니스센터 안으로 이제 막 발을 디뎠을 때였다. 멀리서 그를 발견한 재규가 아주 빠른 속도로 달려오기 시작한다. 마치 초원을 달리는 한 마리의 사자 같았다. 친구의 격한 환영에 일단 걸음을 멈추기는 했지만 사실 마음 같아서는 그냥 무시하고 제 갈 길을 가고 싶었다. 대단한 용건이 아닐 게 분명했으니까 말이다.

"너 어제 왜 내 문자 씹었냐?"

코앞까지 바짝 다가온 재규가 대뜸 소리친다. 역시나. 예상에서 한 치의 벗어남도 없는, 그다지 대단하지 않은 내용이었다. 이준은 건성으로 대답했다.

"귀찮아서."

"이런 솔직하고도 나쁜 자식 같으니라고."

얼굴을 구긴 재규가 이준의 어깨를 가볍게 퍽 쳤다. 하지만 자주 있는 일이라 진심으로 기분이 상하지는 않았다. 사실 어제 심심하다는 문자를 보내면서도 99퍼센트의 확률로 씹힐 거라는 걸 예상했던 바였다. 이준은 재규를 뒤로한 채 탈의실을 향해 걸음을 옮겼다. 재규가 그의 뒤를 바짝 쫓았다. 챙겨 온 운동복으로 옷을 갈아입고 로커 문을 닫았다. 뒤돌아서는데 재규가 뭔가를 척 내민다.

"이게 뭔데?"

"잡지."

"누가 그걸 몰라서 물어?"

이준은 이맛살을 찌푸리며 되물었다. 뻔히 제 화보가 메인을 장식하고 있는 잡지를 못 알아봤을 리가 없는데 말이다.

"이걸 왜 주냐고 묻는 거잖아."

"아, 그걸 묻는 거였어?"

재규는 천진난만한 미소를 지으며 대답했다.

"여기에 사인 좀 해 달라고."

"사인?"

"우리 사촌 형 알지?"

"너랑 같이 산다는 그분?"

"맞아. 내가 이번에 새로운 회사로 이직했다는 얘기도 했었나?"

"어. 했어. 대기업에 스카우트 받으셨다며."

이준은 얼마 전 재규에게서 들은 정보를 그대로 읊었다. 사실 재규의 사촌 형을 직접 본 적은 단 한 번도 없었다. 하지만 어찌나 재규에게서 이야기를 많이 들었는지, 얼굴도 모르는 그의 형이 이제는 친근하게 느껴질 정도였다.

재규는 사촌 형과의 사이가 각별한 편이었다. 모델이 되는 것을 반대하는 부모님 때문에 집을 나왔을 때 그를 거둬 주고 또한 부모님을 설득해 준 게 사촌 형이라고 했다. 한마디로 사촌 형은 재규에게 은인이나 마찬가지인 것이다. 재규에게서 들은 바에 의하면 그의 사촌 형은 완벽한 남자였다. 잘생겼고, 똑똑하고, 능력 좋고, 거기다 성격까지 좋다고 했다.

"이직한 곳에 팀원들이 네 팬이라더라. 사인 받아 줄 수 있냐고 부탁하더라고. 아무래도 네 사인으로 점수 좀 따고 싶은가 봐. 원래는 이런 거 부탁하는 사람이 아닌데, 마음에 든 여자가 있는 눈치더라고."

오늘도 역시나 신이 나서 사촌 형에 대한 정보를 과하게 풀어낸 재규가 이준의 팔에 찰싹 달라붙었다. 그러곤 팔을 마구 흔들며 애교 아닌 애교를 부린다.

"해 줄 거지? 응? 응? 응?"

"알았으니까, 저리 좀 비켜."

인상을 찌푸린 채 팔에 붙은 재규를 떼어 낸 뒤 탈의실 의자에 엉덩이를 붙였다. 아싸, 소리친 재규가 냉큼 이준의 앞에 잡지 두 개와 펜을 내려놓았다.

"두 사람이야?"

"응."

잡지를 무릎에 올린 뒤 펜을 집어 들며 이준이 물었다.

"이름은?"

"윤보라랑…… 아, 또 누구랬더라."

재규가 나머지 사람의 이름을 기억하는 동안 이준은 제 사진의 귀퉁이에 사인을 크게 휘갈겼다. 그것을 바라보며 곰곰이 생각하던 재규가 뒤늦게 생각났다는 듯 손뼉을 짝, 치며 외쳤다.

"아, 맞다. 서유경!"

멈칫. 윤보라라는 이름을 적어 내려가던 이준의 펜 끝이 중간에서 멈췄다.

"누구라고?"

"윤보라랑 서유경."

"확실해?"

"어. 확실히 기억났어."

재규는 당당하게 고개를 끄덕였다.

"윤보라라는 이름은 쉬워서 금방 외웠고, 서유경이라는 이름은 형이 몇 번 얘기했었거든."

"……."

"그러고 보니까 형이 관심 있어 하는 쪽이 서유경이라는 분인 것 같기도 하네. 형 입에서 여자 이름 나온 적 별로 없는데."

재규가 신기하다는 듯 중얼거렸다. 지금 이 순간 이준의 표정이 굳어졌다는 걸 전혀 눈치채지 못한 듯했다. 이준은 손에 쥐고 있던 펜을 휘릭, 한 번 돌렸다. 재규의 사촌 형이 관심 있어 하는 여자의 이름이 서유경이라……. 특이한 이름은 아니었다. 하지만 그렇다고 흔해 빠진 이름도 아니었다. 물론 자신이 아는 서유경이라면, 절대 제 팬이라며 사인까지 받으려 하지는 않았겠지만. 그래도 왠지 찝찝한 느낌이 드는 건 어쩔 수가 없다. 잠깐 동안 속으로 곱씹던 이준은 쓰다 만 이름을 마저 써 넣으며 넌지시 물었다.

"너희 사촌 형, 어느 회사 다닌다고 했지?"

재규가 냉큼 대답했다.

"J 식품."

순간 펜을 쥔 손끝에 힘이 들어간다. 유경이 다니는 회사였다.

따끔. 따끔.

아까부터 느껴지는 빤한 시선에 유경은 들고 있던 숟가락을 식탁 위에 내려놓았다. 그냥 무시하려고 했지만, 어찌나 집요한지 도저히 무시를 할 수가 없다. 이대로 식사를 강행하다가는 체할 것 같아 유경은 이준을 향해 말했다.

"할 말 있으면 그냥 해. 얼굴 뚫어지겠다."

그제야 이준은 반항적인 눈빛을 거둬들인다.

"물어볼 게 있어요."

새삼 진지한 얼굴이었다. 대체 또 무슨 엄청난 말을 하려고. 얼마 전 이준에게서 돌직구 고백을 들은 후부터는 그가 말을 하려고 입을 열 때마다 괜스레 긴장이 되곤 했다.

"뭔데?"

"이상형이 어떻게 돼요?"

"……이상형?"

"좋아하는 남자 스타일이요."

고작 그거 물으려고 그렇게 부담스럽게 본 거니? 전혀 예상치 못했던 뜬금없는 물음에 맥이 탁 풀리는 느낌이다.

"갑자기 그건 왜?"

"그냥. 생각해 보니까 누나가 어떤 남자를 좋아하는지도 모르고 있었던 것 같아서요. 적을 알고 나를 알아야 백전백승이라고 했는데."

"내가 적이라는 거야?"

"뭐, 뜻은 일맥상통하죠. 내가 '함락'시켜야 하는 상대이기는 하니까."

함락이라는 단어가 원래 이렇게 야릇한 느낌의 단어였던가? 일부러 '함락'이라는 단어를 강조해서 말한 이준이 문제인 건지, 아니면 듣는 자신이 문제인건지. 평소엔 별로 대수롭게 생각하지 않았던 저 단어가 유독 새빨갛게 들린다. 얼굴로 덩달아 열이 홧홧하게 올라오기 시작했다. 혹시라도 눈치 빠른 이준에게 이런 음흉한 제 속마음을 들킬까 봐 유경은 괜스레 더 큰 소리를 냈다.

"언제는 부담 안 주겠다며? 보채지 않겠다며? 얌전히 기다리겠다며?"

"아, 그거요?"

그래, 그거! 속으로 따라 외치는데, 이준이 덤덤한 얼굴로 말한다.

"취소예요."

"뭐?"

"그땐 내가 너무 급해서 그렇게 말했는데, 아무리 생각해 봐도 이대로는 안 될 것 같아요. 내가 너무 손해야."

손해라니. 그럼 나는 이득이라도 봤단 말인가. 기가 차서 유경은 콧방귀를 뀌었다.

"손해? 이득? 지금 계산하는 거야?"

"계산은 누가 먼저 했는데."

"내가 계산을 했다는 거야?"

"아니라고?"

되묻는 이준의 눈썹이 삐딱하게 치솟는다. 게다가 어느 순간부터 뒤에 붙던 '요' 자도 쏙 빠져 있었다. 왠지 아니라고 말을 하면 안 될 것 같은 느낌이다. 정말로 내가 먼저 계산이라는 걸 했었던가? 헷갈리기까지 한다. 그의 기에 눌린 유경은 반박을 하지 못하고 괜스레 애꿎은 숟가락만 건드렸다. 그 모습을 삐딱한 시선으로 바라보던 이준이 말했다.

"누나 속셈이 뭔지, 내가 모를 줄 알아요?"

"내 속셈이…… 뭔데?"

소심하게 되물었다. 그러자 이준이 담담하게 대꾸한다.

"이대로 석 달만 버티자."

"……."

"아니에요?"

순간, 유경의 얼굴이 새파랗게 질렸다. 뒤통수가 싸했다. 사람이 아닌 뭔가가 제 뒤에 있는 것만 같았다.

"야! 너 그냥 솔직히 얘기해! 내 뒤에 뭐 보이지? 어?"

유경은 마치 제 뒤에 있는 뭔가를 내쫓기라도 하려는 듯 양팔을 들고 부산스럽게 파닥였다. 지금까지 소름 돋았던 적이 한두 번이 아니었지만 이번이 정말 역대급이었다. 토씨 하나 틀리지 않고 정말로 그렇게 생각했었으니까 말이다.

파닥파닥.

마치 새가 구애를 하기 위해 날갯짓을 하는 것처럼 번잡스러운 그 모습에 이준은 후, 작게 한숨을 내쉰다. 그의 얼굴에 한심해 죽겠다는 문구가 적나라하게 드러나 있는 것처럼 보이는 건 기분 탓일까. 뒤늦게야 정신을 차린 유경은 어색하게 아하하, 웃으며 파닥이던 팔을 슬그머니 아래로 내렸다.

"아무튼 전에 한 말은 다 취소예요."

"……."

"아, 내가 누나를 열렬히 좋아하고 있다는 것만 빼고."

어느 틈에 '열렬히'라는 수식어까지 붙게 된 걸까. 이준의 말이 맞았다. 그녀는 저도 모르는 사이에 계산을 했었다. 이대로 정말 3개월만 딱 버텨 보려고 했던 것이다. 아무 일 없었던 것처럼 지낼 순 없겠지만 그래도 이 정도라면 버틸 만하다고 생각했다. 어쩌면 녀석과의 관계가 틀어지지 않을 수 있을지도 모르겠다고. 은근히 기대도 했었다. 그런데 이토록 갑작스러운 태세전환이라니. 당황스럽다 못해 머리가 멍했다. 며칠 동안 아무 일 없었던 것처럼 행동하더니. 갑자기 왜 심경의 변화가 생긴 걸까. 혹시 애초부터 방심시켰다가 이렇게 내 뒤통수를 치려고 큰 그림을 그렸던 건가? 출처를 알 수 없는 배신감까지 스멀스멀 느껴진다. 그때였다. 그런 그녀의 속마음을 읽었다는 듯 이준이 말한다.

"누나는 나를 남자로 볼 노력 따위 할 생각이 전혀 없잖아요. 맞죠?"

그건 그렇지. 유경은 속으로 대답했다. 하지만 이번에도 유경의 대답을 읽었다는 듯 이준은 말했다.

"그러니까, 나라도 노력해야 하지 않겠어요?"

그게…… 그렇게 되는 건가? 너무도 논리정연한 말에 문과 출신인 유경은 이번에도 역시 반박의 말을 할 수가 없었다. 아니. 그녀가 이과 출신이었다고 해도 분명 아무 말도 할 수 없었을 것이다. 꿀 먹은 벙어리처럼 입을 꾹 다문 채 멍하니 앉아 있는데, 그녀를 똑바로 바라보며 이준이 싱긋 웃으며 말을 덧붙였다.

"3개월, 아니 남은 시간 동안 잘 부탁해요. 누나."

점심식사를 끝마치고 구내식당을 이제 막 나올 때였다. 띠링, 손에 쥐고 있던 휴대폰이 울린다. 유경은 휴대폰을 확인했다. 액정에 이준에게서 온 메시지가 떠 있었다.

[조인성?]

뭐지? 뜬금없이 남자 배우 이름만 덜렁 떠 있는 문자를 의아하다는 듯 바라보다 메시지를 눌렀다. 눌러 봐도 별반 다를 건 없었다. 내용은 그게 끝이었다. 이름 뒤에 붙은 물음표도 뜬금없기는 마찬가지였다. 혹시 뒷말이 더 있지 않을까 기다렸지만 휴대폰은 잠잠하기만 했다. 잘못 보낸 건가? 고개를 갸웃하던 유경은 이내 답장을 써 내려갔다.

[문자 잘못 보낸 것 같은데?]

메시지를 보내기가 무섭게 답장이 돌아왔다.

[누나한테 보낸 거 맞아요.]

맞는다고? 유경의 눈이 살짝 커졌을 때였다. 이어서 문자가 한 통 더 도착했다.

[조인성이에요. 강동원이에요?]

[조인성? 강동원? 이게 다 무슨 소리야?]

[누나 이상형이요.]

아……. 그제야 뜬금없는 문자의 의도를 깨달은 유경은 눈썹을 찌푸렸다. 집요해도 어쩜 이렇게 집요할 수가 있을까. 어젯밤 이준이 대뜸 이상형을 물었을 땐 장난이라고 생각했다. 그런데 오늘 아침 얼굴을 마주했을 때, 이준의 입에서 나온 첫마디가 '이상형이 뭐냐니까요?' 하는 물음이었다. 어이가 없어서 무시하고 씻고 나왔는데 밥상 앞에서도 이준은 또 한 번 물었다. '정말로 말 안 해 줄 거에요?' 하고. 그때서야 유경은 이준이 자신의 이상형에 대해 알고 싶어 하는 게 진심이라는 것을 깨달았다. 하지만 그가 원하는 대답을 해 줄 수는 없었다.

알려 주고 싶지 않아서가 아니었다. 정말로 딱히 이상형이랄 게 없었기 때문이다. 지금까지 살면서 단 한 번도 어떤 남자가 좋은지에 대해 진지하게 고민해 본 적이 없었다. 동건을 사귈 때도 그랬다. 특별히 동건이 이상형이어서가 아니라 그저 그가 저를 많이 좋아해 줬기 때문에 마음이 간 것이었다. 이상형이랄 게 있어야 대답을 해 주지. 심지어 그녀는 연예인에게도 별 관심이 없었다. 쉽게 답장을 하지 못하고 낮게 한숨을 내쉴 때였다. 띠링, 알람이 울리더니 액정 위로 이제 막 도착한 문자 한 통이 새로 떴다.

[둘 다 아니에요? 그럼 원빈?]

또 띠링.

[아니면 송중기?]

[이종석?]

[김우빈?]

띠링, 띠링, 띠링.

작정이라도 한 듯 휴대폰이 쉴 새 없이 울려 댄다. 어찌나 그 기세가 대단한지, 마치 곧 터질 폭탄을 쥐고 있는 듯한 느낌이 들기도 했다. 그에 옆에서 나란히 걷고 있던 보라가 의아하게 바라본다. 유경은 별거 아니라는 듯 어색하게 웃어 보이며 재빠르게 휴대폰을 매너모드로 변경했다. 이 와중에도 그녀의 휴대폰엔 문자 한 통이 더 날아왔다.

[차은우?]

이 자식이, 진짜……! 유경은 문자를 노려보며 으득, 이를 갈았다. 이러다가는 제가 알고 있는 남자 배우 이름을 모두 나열할 기세였다. 아니, 어쩌면 외국 배우들까지 나열하게 될지도 몰랐다. 제 대답을 들을 때까지 이준이 집요하게 굴 것 같아 유경은 대충 인물 하나를 골라 답장을 보냈다.

[송중기.]

이제 됐겠지. 안심할 때였다. 답장이 날아왔다.

[송중기의 어떤 부분이 좋은데요?]

제발, 그만 좀 해……!

유경은 이제 막 도착한 문자를 바라보며 속으로 마른 비명을 내질렀다. 그러곤 더 이상 보기도 싫다는 듯 휴대폰을 주머니에 집어넣었다.

'누나는 나를 남자로 볼 노력 따위 할 생각이 전혀 없잖아요. 맞죠?'
'그러니까, 나라도 노력해야 하지 않겠어요?'

어제 들었던 이준의 목소리가 귓가에 생생했다. 그리 말하는 동안 그의 입꼬리에 살짝 걸려 있던 미소 역시도 생생했다. 어제의 장면을 떠올리자 새삼 등골이 오싹해진다. 노력하겠다는 게 이런 뜻이었을까. 이런 식으로 내 피를 말리겠다고? 왠지 눈앞이 캄캄해지는 것 같아 유경은 눈을 질끈 감았다.

'3개월, 아니 남은 시간 동안 잘 부탁해요. 누나.'

나, 앞으로 어떡하지…….

식사를 끝마친 후 보라와 유경은 곧장 탕비실을 찾았다. 점심식사 후 커피 한 잔으로 입가심을 하는 것은 그들에게 일상이었다. 보라가 커피를 내리는 동안 유경은 탕비실 한편에 마련된 의자에 앉아 가슴을 퍽퍽 내리쳤다. 가슴께가 답답했다. 아무래도 점심을 먹은 것이 체한 것 같았다. 그럴 수밖에 없는 것이, 이준이 어찌나 집요하게 연락을 해 대는지 연이어 울리는 진동 때문에 수 저를 든 손이 덜덜 떨릴 정도였다. 결국엔 매너 모드가 아니라 아 예 무음으로 바꿔 놓기까지 했다.

"체하셨어요?"

"그런 것 같아."

"약 드셔야 하는 거 아니에요? 사 올까요?"

"아니야. 괜찮아. 커피 마시면 쑥 내려갈 것 같아."

보라가 건네는 커피를 받아 들며 유경은 고개를 내저었다. 체기 가 느껴지기는 했지만 그리 심한 정도는 아니었다. 그리고 정말 로 진한 커피를 한 모금 홀짝이자 조금 가라앉는 것 같기도 했다.

"아, 좋다. 역시 나한텐 커피가 만병통치약인 것 같아."

커피 향을 음미하며 유경이 진심으로 말하자 보라가 다행이라 며 풋, 작게 웃는다.

"보라 씨는 이상형이 어떻게 돼?"

티테이블에 마주 앉아 커피를 홀짝이던 유경이 문득 생각났다 는 듯 물었다.

"이상형이요?"

"좋아하는 남자 스타일 말이야."

아, 하고 잠깐 눈을 깜빡이더니 보라가 망설임 없이 소리쳤다.

"전 권이준이요!"

순간, 유경은 하마터면 입에 머금고 있던 커피를 뿜어낼 뻔했 다. 팬이라는 건 알았지만 이상형까지 권이준이라고 말을 할 줄 은 몰랐다. 그녀는 입안에 있는 커피를 꿀꺽 삼키고는 어색하게 웃으며 되물었다.

"권이준이······ 이상형이야?"

"네. 외모도, 성격도. 전부 제 스타일이에요."

"성격은 어떻게 알아? 방송은커녕 인터뷰도 잘 안 한다며."

"생긴 거랑 행보만 봐도 대충 감이 오잖아요. 시크하고 남자답고. 뭐, 그렇지 않을까요?"

시크하고 남자답다라······. 자신이 알고 있는 이준의 이미지와는 조금 달랐다. 과연 그럴까? 겉모습과는 달리 아주 능글맞고 집요하고 유치한 구석이 있을 수도 있지 않을까? 입안에서 맴도는 말을 차마 뱉어 내지 못하고 유경은 그저 커피만 홀짝일 뿐이었다. 그때였다. 탕비실 문이 열리더니 선우가 들어왔다.

"팀장님, 커피 드시러 오셨어요?"

그를 발견한 보라가 활짝 웃으며 물었다. 유경의 시선이 뒤늦게 선우를 향했다.

"아뇨. 두 분께 전해 드릴 게 있어서요."

"저희한테요?"

보라가 눈을 둥그렇게 떴다. 선우가 들고 있던 종이가방을 티테이블 위에 내려놓았다.

"이게 뭐예요?"

"선물이에요."

"선물이요?"

뜬금없는 말에 보라가 고개를 갸웃했다.

"지금 봐도 돼요?"

"네."

선우가 고개를 끄덕이자 보라가 호기심 가득한 눈빛으로 얼른

종이가방 안을 살폈다. 유경은 그 내용물이 뭔지 알 것 같아 종이
가방 대신 선우를 바라보았다. 눈이 마주치자 선우가 눈가를 접
으며 예쁘게 웃어 보인다. 그 웃음이 '당신이 생각하는 거 맞아
요.' 하고 얘기하는 것 같았다. 그럴 줄 알았다는 듯 유경이 마주
한 채로 덩달아 웃어 보일 때였다. 선우의 선물의 정체를 확인한
보라가 꺅, 소리를 내질렀다.

"이거 혹시 권이준 사인 아니에요?"

"역시, 바로 알아보네요."

"못 알아볼 리가 없죠. 사인 받은 사람들이 인증샷 찍어서 올릴
때마다 부러워서 구경 열심히 했거든요."

보라는 이준의 사인이 새겨진 잡지를 믿을 수 없다는 듯한 눈빛
으로 한참 동안 바라보았다. 감격에 겨운 눈빛이었다. 그러다 이
내 의아하다는 듯 선우를 향해 묻는다.

"근데 이걸 어떻게⋯⋯?"

"두 분이 권이준 팬인 것 같아서 한집에 사는 사촌 동생한테 부
탁해 봤어요. 그 녀석도 모델이거든요."

"정말요? 이름이 뭔데요?"

"최재규요."

"어머. 최재규가 팀장님 사촌 동생이었어요?"

"윤 주임님, 그 녀석도 알아요?"

"당연하죠! 최재규도 유명해요. 권이준이랑 같은 소속사이기
도 하고요."

신나서 대꾸한 보라는 '우와, 정말 신기하다.' 하며 연신 감탄
했다.

"팀장님. 정말 감사해요. 이 은혜를 어떻게 갚죠?"

"괜찮아요. 부탁받은 것도 아니고 그냥 제가 하고 싶어서 한 건데요, 뭐."

"그러니까 더 감동인 거라구요!"

마치 소중한 보물을 대하듯 잡지를 품에 꼬옥 끌어안은 보라가 말했다.

"다음에 제가 맛있는 거 살게요. 진짜진짜 완전 맛있는 걸로요!"

"음, 사양하진 않을게요."

보라가 어찌나 흥분을 했는지, 유경은 차마 끼어들지 못하고 방관자처럼 그런 두 사람을 지켜볼 수밖에 없었다. 그러다 볼일을 끝낸 선우가 탕비실을 나갈 때서야 '감사합니다, 팀장님.' 하고 한마디 거들었을 뿐이었다.

탁. 선우가 나가고 탕비실 문이 닫혔다. 그와 동시에 보라가 자리에서 벌떡 일어나더니 방방 뛰기 시작했다.

"대리님! 이거 꿈 아니죠? 실화 맞죠?"

조금 전 기쁨의 표현은 참고 참은 것이었던 모양이다. 유경은 행복에 겨워 보이는 보라를 보며 부드럽게 웃었다.

"그렇게 좋아?"

"당연하죠! 여기 좀 봐요. 권이준이 제 이름까지 써 줬어요. '윤보라 님, 좋아해 주셔서 감사합니다. 앞으로도 잘 부탁합니다. 권이준 드림'이라고요! 이 정도면 저 성덕이에요, 진짜!"

보라의 말대로 잡지 귀퉁이에 정갈한 글씨가 쓰여 있었다. 저번에 사인을 부탁했을 때도 그러더니. 이준은 사인을 부탁받을 때마다 정성 담긴 메시지를 써 넣는 모양이었다.

"참! 대리님한텐 뭐라고 써져 있어요?"

"응?"

"메시지요! 봐도 돼요?"

보라가 아직 종이가방에 남아 있는 잡지 하나를 가리키며 말했다. 유경이 고개를 끄덕이자, 보라가 얼른 잡지를 들고 표지를 살폈다.

"으응……?"

문구를 확인하던 보라의 눈이 둥그렇게 커진다.

"왜 그래?"

"아뇨. 대리님 건 메시지가 좀 특이한 것 같아서요."

"메시지가 특이하다고?"

무슨 말이냐는 듯 묻자 보라가 대답 대신 제가 들고 있던 잡지를 건넨다. 그것을 받아 든 유경의 시선이 빠르게 귀퉁이를 살폈다. 역시나 보라의 잡지에 그랬듯 그녀의 잡지 위에도 메시지가 쓰여 있었다.

「서유경 님, 좋아해 주셔서 감사합니다. 근데 내가 더 좋아해. 권이준 드림」

짤막한 메시지를 확인한 유경의 눈이 보라만큼이나 커졌다.

"앞에 문구는 똑같은데. 뒤에 문구가…… 좀 이상하지 않아요?"

이상했다. 그것도 아주 심하게 이상했다. 하지만 유경은 언제 그랬냐는 듯 커져 있던 눈을 제자리로 되돌린 다음 아무것도 모르겠다는 듯 되물었다.

"글쎄……. 이상한가? 나는 잘 모르겠는데?"

"사인해 줄 때 메시지 남겨 주는 거 유명하거든요. 근데 반말로 이렇게 메시지 남긴 건 처음 봤어요. 꼭 아는 사람한테 일부러 장난스럽게 메시지 남긴 것 같지 않아요?"

역시 여자의 촉이란 예리한 법인가 보다. 정곡을 찌르는 보라의 말에 유경은 일부러 더 과장되게 웃으며 대꾸했다.

"팬서비스 아닐까? 팬에게 친근하게 다가가려고."

"권이준 성격에 팬서비스요? 데뷔 이래로 한 번도 그런 적이 없는데, 갑자기?"

"이제부턴 그러고 싶은가 보지. 마음이야 원래 갑자기 바뀌는 거잖아."

"그건 그렇지만……."

"내가 운이 좋았네. 이런 팬서비스도 다 받고."

아하하하……. 유경은 일부러 과장되게 웃었다. 하지만 등줄기를 타고는 식은땀이 삐질 흐른다.

띠릭.

잠겨 있던 도어록이 풀리는 소리와 함께 현관문을 활짝 열어젖혔다. 고소한 냄새가 풍겨온다. 구두를 벗은 유경은 도도도 빠른 걸음으로 거실을 가로질러 주방으로 향했다. 역시나, 이준은 평소와 다름없이 주방에서 식사 준비에 한창이었다. 유경은 짝다리를 짚고 선 채 분주한 그의 뒤통수를 빤히 노려보았다. 그렇게 몇 초나 지났을까. 이상한 낌새를 느낀 듯 이준이 뒤를 돌아본다.

"언제 왔어요?"

놀란 듯 이준이 눈을 크게 떴다. 의도한 건 아니었는데 인기척을 전혀 느끼지 못한 모양이었다.

"방금."

유경은 툭 내뱉듯 대답했다.

"근데 왜 그러고 서 있어요?"

"그걸 지금 몰라서 물어?"

자세만큼이나 삐딱한 목소리였다. 이준이 고개를 갸웃한다. 무슨 말인지 전혀 못 알아듣겠다는 얼굴이었다. 유경은 가증스럽게도 '아무것도 몰라요.' 하는 이준의 두 눈을 빤히 바라보다 다시 한번 물었다.

"너, 일부러 그랬지?"

"뭐가요?"

"이래도 계속 모르는 척할래?"

유경이 가방 안에 들어 있던 것을 꺼내 앞으로 척 내밀었다. 선우에게서 받은 잡지였다. 이준의 사인이 크게 그려져 있는.

"아, 그거요?"

그제야 이준은 기억난다는 듯 고개를 끄덕였다.

"역시 누나였구나. 혹시나 했는데."

"지금 난 줄 모르고 이렇게 글을 썼다는 건 아니지?"

유경이 기가 차다는 듯 헛웃음을 뱉으며 잡지 귀퉁이에 적힌 문구를 가리켰다. 정확하게는 '내가 더 좋아해'라고 쓰인 글씨를.

"확신하진 못했어요. 누나가 설마 내 팬인 줄은 몰랐으니까."

'팬'이라는 말과 함께 유경의 얼굴에 닿는 이준의 눈빛이 묘했다. 유경이 잠깐 멈칫하는데 이준이 입꼬리를 씨익 말아 올린다.

"언제부터 날 좋아했어요?"

"뭐?"

"내 팬이라면서요."

싱긋, 웃는 걸 보니 이준은 아무래도 이번 걸로 건수를 제대로 잡았다고 생각하는 모양이었다. 자칫하다간 꽤 오랫동안 물어뜯길 것 같다는 강렬한 느낌이 든다. 유경은 단호하게 대답했다.

"오해야."

"오해라구요? 사인까지 받았으면서?"

이준이 유경의 손에 들린 잡지를 콕 짚어 가리켰다. '이렇게 뻔히 증거가 있는데 발뺌을 하려고?' 하고 묻는 것 같아 유경은 얼른 입을 열었다.

"아, 이건 어쩌다 보니까……."

당황해서 변명을 하려던 그 순간이었다. 유경의 시야에 문득 이준의 입가에 맺힌 미소가 들어왔다. 능글맞은 웃음이었다. 다 알면서 놀리는 게 분명했다. 정신이 번쩍 들었다. 유경은 눈을 치떴다.

"아니, 지금 그게 중요해?"

"그럼 뭐가 중요한데요? 사인해 달라고 해서 해 줬고. 늘 그랬던 것처럼 사인해 주면서 내가 하고 싶은 말을 썼을 뿐이에요. 그게 뭐 잘못됐어요?"

이준은 자신의 잘못은 전혀 없다는 듯 당당하게 되물었다. 그에 유경은 미간을 잔뜩 좁혔다. 곤란하게 만든 건 본인이면서 이토록 뻔뻔하게 나오니 기가 찬다. 하고 싶은 말이라고? 일부러 나 곤

란하게 하려고 장난친 게 아니라? 울컥해서 따져 물으려던 순간
이었다. 이준의 붉은 입술이 달싹였다.

"좋아해요."

"⋯⋯!"

"나는 하루에도 열두 번도 더 말하고 싶어요. 누날 좋아한다고."

사인과 함께였던 메시지만큼이나 뜬금없는 고백이었다. 유경의
눈이 휘둥그레 커졌다. 그런 그녀의 두 눈을 똑바로 바라보며 이
준이 말을 덧붙였다.

"잘 알잖아요. 내가 여태껏 얼마나 참아 왔었는지."

"⋯⋯."

"그러니까, 조금만 봐줘요."

또 이 눈빛이다. 고백을 했을 때처럼 장난기라고는 먼지만큼도
섞여 있지 않은 진지한 눈빛. 여태껏 당신을 향한 내 마음 많이 참
아 온 거 알지 않느냐고. 그러니 이 정도는 봐줄 수 있지 않느냐
고. 좋아한다는 표현조차 못 하게 하는 건 너무한 거 아니냐고. 새
카만 이준의 두 눈이 꼭 호소를 하는 것만 같았다. 그런 눈을 마
주하고 어찌 화를 낼 수가 있겠는가. 어찌 무시할 수가 있겠는가.

이런 건⋯⋯ 반칙이잖아.

순간 할 말을 잃은 유경은 시선을 피하며 아랫입술을 질끈 깨
물었다.

좌륵—

세수를 하며 얼굴에 차가운 물을 끼얹었다. 일부러 냉수를 틀었지만 얼굴까지 피어오른 열감은 좀처럼 식지 않는다. 유경은 세면대에 박고 있던 얼굴을 들었다. 거울 속으로 보이는 젖은 제 모습을 빤히 바라보다 낮게 한숨을 내쉬었다.

이준이 이렇게까지 돌직구로 나올 줄은 몰랐다. 게다가 차마 장난으로 웃어넘기지도 못할 정도로 진지하기까지 했다. 그렇다고 거절을 할 수도 없었다. 당장 대답을 바라는 것도 아닌 것 같았을 뿐더러, 그 대답이 거절이라면 더욱더 받아들일 생각도 없는 것 같았으니까 말이다.

"대체 나더러 어쩌라고……."

다시 한번 길게 한숨이 흐른다. 이대로라면 석 달이 30년처럼 길게 느껴질 게 분명했다. 그러는 동안 자신은 말라 가겠지. 그리고 그건 이준도 마찬가지일 것이다. 유경은 눈을 느리게 깜빡였다. 기다란 속눈썹 끝에 아슬아슬하게 매달려 있던 물방울이 바닥으로 툭 떨어졌다.

누군가가 자신을 좋아해 준다는 게 이렇게까지 부담스러운 일일 줄은 몰랐다. 이준의 진심이 와닿을 때마다 그녀의 가슴은 물먹은 솜처럼 무겁게 짓눌리는 듯했다. 상대가 이준이 아니었다면, 혹은 제 상황이 이렇지 않았다면, 그것도 아니면 이준의 마음이 이렇게까지 무겁지 않았다면 조금 달랐을까.

몇 가지의 가설을 떠올리던 유경은 이내 그것이 얼마나 부질없는 짓인지를 깨닫고는 수건으로 젖은 얼굴을 닦아 내었다. 물기가 완전히 가시기 전에 로션을 대충 바른 후 욕실을 나섰다. 문이 열렸다 닫히는 소리를 들은 모양이었다. 주방에서 이준이 말했다.

"밥 다 됐어요."

이 와중에도 밥 다 됐다는 말에 군침이 넘어간다. 못 말리겠다, 진짜. 유경은 스스로를 향해 혀를 쯧 차며 주방으로 무거운 걸음을 옮겼다. 유경은 지정석에 앉았다. 불편한 마음에 저도 모르게 이준의 눈치를 보는데, 문득 그의 앞에 놓인 그릇이 눈에 들어온다. 제 앞에 놓인 쌀밥 대신 이준의 앞에는 푸르딩딩한 야채들만 놓여 있었다.

"넌 밥 안 먹어?"

"곧 화보촬영 있어서 식단조절 해야 해요."

"화보촬영? 언제 하는데?"

"주말이요."

"며칠 안 남았네."

"그래서 바짝 조절해야 해요."

"힘들겠다."

유경은 소스조차 없는 생샐러드를 바라보며 안쓰럽다는 듯 말했다. 짧은 대화를 나누는 동안 어느새 조금 전까지 느끼고 있던 불편함은 잊은 후였다.

"주말에 약속 있어요?"

포크로 풀 조각을 푹 찍은 이준이 문득 물었다.

"약속은 딱히 없는데. 왜?"

"그럼 촬영하는 거 보러 올래요?"

"거길 내가 가도 돼?"

"일반적으로 외부인은 출입금지지만, 미리 말해 두면 가능해요."

순간 귀가 솔깃했다. 사실 이준이 찍은 화보들을 보며 신기하고 또 한편으로 궁금하기도 했었다. 그리고 자신이 이때가 아니면 살면서 언제 또 촬영장이라는 곳에 가 보겠는가. 왠지 들뜬 그 순간이었다. 저를 빤히 바라보고 있는 이준과 시선이 마주쳤다. 그와 동시에 잊고 있던 불편함이 훅 끼쳐 온다. 미쳤어, 서유경. 이 상황에 거길 가서 뭘 어쩌겠다는 건데? 뒤늦게야 정신을 번쩍 차린 유경은 이내 고개를 내저었다.

"……아니야. 됐어."

조금 아쉽기는 했다.

요 며칠 유경은 자신이 전쟁터 한가운데에 서 있는 기분이었다. 이준과 마주칠 때마다 그의 입에서 언제 또다시 핵폭탄급 발언이 터져 나올지 몰라서 긴장해야만 했다. 일이 이렇게 되다 보니 집보단 오히려 회사에서 보내는 시간이 더욱 편안하게 느껴질 정도였다. 꼭 이준이 처음으로 고백했던 그 순간으로 되돌아간 것만 같았다. 아니, 그때보다 지금이 훨씬 더 불편했다. 지금 이준은 그녀를 대할 때 자신의 감정을 조금도 숨기지 않았으니까 말이다. '못 먹어도 고'라고 아주 작정이라도 한 듯이.

"하, 주말이네……."

토요일 아침. 눈을 뜨자마자 유경은 한숨을 길게 내쉬었다. 몸과 마음이 모두 무거웠다. 오늘은 회사로 대피를 할 수도 없었다. 그녀는 느릿느릿 자리에서 일어났다. 커튼을 젖히자 아침 햇살이 기다렸다는 듯 방 안으로 쏟아져 들어왔다. 눈이 부셔 유경은 미간을 살짝 찡그렸다. 잠깐의 시간이 흐르자 두 눈은 금세 빛에 적응했다. 제대로 눈을 뜨고 창밖을 바라보았다. 구름 한 점 없는 하늘, 밝은 햇살. 청명한 날씨였다.

"벌써 봄인가."

뒤늦게 계절의 변화를 깨달았다. 그리고 보니 최근 입는 옷도 많이 얇아지고 있었다. 춥고 시린 겨울이 이어지고 있다고 생각했는데, 언제 이렇게 시간이 지난 걸까.

시간 진짜 빠르다……. 새삼스러운 시선으로 창밖을 물끄러미 응시하던 유경은 이내 조심스럽게 방을 나섰다. 집 안은 고요했다. 낯선 정적에 어색하게 눈을 굴리던 유경의 입에서 순간 '아' 하고 작은 탄성이 흘러나왔다.

"맞다. 오늘 화보 촬영한댔지."

며칠 전 들었던 이준의 스케줄을 떠올린 유경은 안도의 한숨을 살짝 내뱉었다. 표정이 한결 편안해졌다. 짧은 순간 동안 일어난 그녀의 표정 변화를 이준이 봤다면 분명 섭섭해했을 것이다.

"또 밥 차려 놓고 나갔으려나."

그녀는 터덜터덜 주방으로 향했다. 역시나 예상대로 이번에도 식탁 위에는 새빨간 보자기가 펼쳐져 있었다. 자연스럽게 보자기 정중앙에 붙어 있는 포스트잇을 뜯었다.

「나 촬영 가요. 밥 잘 챙겨 먹어요.」

언제 어느 상황에서도 이준은 늘 제 밥을 챙겼다. 참으로 한결같은 녀석이었다. 피식, 저도 모르게 웃음을 흘리던 순간이었다. 문득 어떤 생각이 뇌리를 스친 것은. 유경은 입매를 다잡은 채 짐짓 심각한 얼굴로 식탁 위를 바라보았다.

"혹시 밥으로 길들이려고 하는 건가……."

지금까진 미처 깨닫지 못하고 있었는데, 어쩌면 이게 이준의 계략일지도 모른다는 생각이 든다. 밥으로 상대를 꼬시는 건, 가장 원초적이면서도 확실한 방법이기는 했다. 심지어 경계심이 강한 길고양이들도 꾸준히 밥을 챙겨 주는 상대에겐 곁을 내주기도 한다지 않은가.

문득 위기감이 들었다. 이렇게 정말 받아먹어도 괜찮은 걸까, 하고. 그의 마음에 응해 줄 생각도 없으면서. 고민하듯 차려진 음식들을 빤히 응시하고 있을 때였다. 별안간 꼬르륵, 하는 소리가 배에서 흘러나온 것은.

"……."

아무도 못 들어서 다행이었다. 민망한 마음에 유경은 머쓱한 듯 콧잔등을 긁으며 자리에 털썩 주저앉았다.

"그래. 음식이 무슨 죄야."

만약 정말로 이것이 이준의 계략이었다면 90퍼센트 정도는 성공일지도 모르겠다. 이미 자신은 그의 음식에 길들어 버린 것 같으니까 말이다.

강남의 한 스튜디오. 창이 없는 지하 1층엔 햇살 한 줌 들어오지 않지만 여기저기 설치된 조명 탓에 바깥보다도 훨씬 더 눈이 부셨다. 스튜디오 안은 정신이 없었다. 콘셉트대로 착실하게 배경을 만들고 촬영 장비들을 설치하는 등, 촬영을 앞두고 많은 스태프들이 분주하게 움직이고 있었다. 그런 와중에 홀로 여유로운 이가 있었으니, 바로 이준이었다. 그는 개인 대기실에서 메이크업을 받기 위해 기다리고 있는 중이었다. 조금 전 스튜디오 실장에게서 받은 오늘 촬영 분 콘티를 확인하고 있을 때였다.

"쭈운!"

대기실 문이 벌컥 열리더니 익숙한 음성이 들려왔다. 이준은 콘티를 보고 있던 시선을 들어 거울로 상대를 확인했다. 오늘 함께 커플 촬영을 할 파트너 민아였다.

"벌써 와 있었네? 왜 이렇게 일찍 왔어."

앉아 있는 이준에게로 쪼르르 달려온 민아가 예쁘게 눈웃음을 지어 보였다.

"내가 일찍 온 게 아니라 네가 늦은 거지."

"너무 매정한 거 아니야? 고작 5분 늦었는데."

"5분이라도 늦은 건 늦은 거니까."

틀린 말은 아니었기에 할 말이 없었다. 민아는 입을 비죽 내밀었다.

"그래. 내가 잘못했어."

"그렇다고 나한테 사과할 필요는 없고."

무뚝뚝한 반응이었다. 하지만 익숙한 민아는 개의치 않는다는 듯 이준의 옆에 찰싹 달라붙었다.

"뭐 보고 있는 거야?"

"콘티."

"정말? 나도 볼래. 같이 보자."

민아가 콘티를 보려는 듯 상체를 숙였다. 네크라인 쪽이 푹 파인 의상 때문에 가슴골이 고스란히 드러났다. 누가 봐도 의도적인 행동이었다. 그리고 당사자인 민아 역시 굳이 그 사실을 숨길 생각이 없어 보였다. 민아가 이런 행동을 하는 건 종종 있는 일이었다. 주위 사람들은 이준을 향해 부럽다고 했었다. 여자가 저렇게 대놓고 유혹하는 건 대단한 노력인 거라고, 복 받은 거라고도 했었다.

하지만 이준은 도무지 동의할 수가 없었다. 민아가 이럴 때마다 불쾌함을 감출 수가 없었다. 저를 대체 어떻게 보고 이런 행동을 하는 걸까. 자신의 행동이 얼마나 저렴해 보이는지 정말 모르는 걸까. 이럴 때마다 있던 정마저 떨어진다는 것 역시도. 가끔은 민아가 자신의 유혹이 그에게 통한다고 오해를 하는 게 아닐까 하는 생각도 들었다. 그래도 여자인 데다가 또 친구고 선배인지라 대놓고 면박을 주지 못하는 것뿐인데 말이다.

"이민아."

"응, 왜?"

이준은 표정을 굳힌 채 제 무릎 위에 올려 두었던 콘티를 집어 들어 민아에게 건넸다.

"난 다 봤으니까 가져가."

"아, 그래……?"

민아는 아쉽다는 듯 입맛을 쩝 다시며 콘티를 받아 들었다. 그때였다. 대기실 문이 열리고 이준의 헤어와 메이크업을 맡고 있는 스태프인 정주가 들어왔다. 묵직한 메이크업 박스를 든 채로 정주는 이준에게 다가오지 못하고 멀찍이 서 있었다. 붙어 있는 민아 때문이었다. 별다른 용건은 없어 보이지만 그래도 혹시나 제가 방해라도 하게 될까 봐 조심하는 것이었다. 그런 정주의 마음을 읽은 이준이 민아에게 말했다.

"이제 그만 네 대기실로 돌아가는 게 좋을 것 같은데. 촬영 준비해야지."

민아가 흘긋 문 앞에 서 있는 정주를 바라보았다. 방해꾼을 보듯 날카로운 눈빛이었다. 적의가 가득한 눈빛에 정주가 움찔했다. 그 모습에 민아의 입술에 훗, 옅은 미소가 걸쳐진다.

"알았어. 메이크업 예쁘게 받고. 조금 있다 보자, 쭌아."

민아는 마치 보란 듯이 아주 다정스레 이준의 어깨를 살짝 붙들고 인사를 한 뒤 대기실을 나섰다. 정주를 스칠 때 마지막으로 다시 한번 눈을 부라리는 것도 잊지 않았다. 분명 쫓겨나는 상황이었지만 세상에서 가장 당당한 모습이었다.

"안녕, 이준아."

민아가 나가고 대기실 문이 닫힌 후에야 정주는 메이크업 박스를 들고 이준의 앞으로 다가섰다.

"네, 누나. 안녕하세요."

이준은 고개를 꾸벅 숙이며 인사했다. 재빠르게 메이크업 제품들을 세팅하던 정주가 이준을 흘긋 바라보며 물었다.

"너…… 이민아랑 사귀는 건 아니지?"

"네, 아니에요."

"앞으로도 그럴 마음 없고?"

"네. 전혀요."

단호하게 돌아오는 대답에 정주는 안심했다는 듯 한숨을 작게 내쉬었다. 정주는 민아가 자신을 싫어한다는 사실을 잘 알고 있었다. 그 이유도 알고 있었다. 이준의 스태프 중에서 자신만 유일한 여자라는 사실이 민아의 심기를 거스른 것이다.

저 혼자 짝사랑을 하는 상황에서도 이렇게 적대감을 폴폴 드러내는데, 만약 이준과 연애까지 하게 된다면 그땐 얼마나 더 심할까. 눈엣가시라며 뽑아 버리려고 할 수도 있었다. 그나마 다행인건 이준이 정말로 민아에겐 눈곱만큼도 관심이 없는 것 같다는 것이었다. 몇 년째 민아의 애정공세가 아주 노골적으로 이어지고 있었지만 이준은 한결같이 철벽을 치고 있는 중이었다. 부디, 그 철옹성이 무너지지 않기를. 속으로 간절히 기도하며 정주는 이준의 뽀얀 얼굴에 베이스 메이크업을 시작했다.

"어머, 이준아. 너 살 빠졌어?"

톡톡. 스펀지로 화장품을 얼굴에 골고루 펴 바르던 정주가 물었다.

"좀 뺐어요. 티 나요?"

"어, 엄청 나. 며칠 새에 턱 선이 훨씬 날카로워졌네. 몇 킬로나 빠진 거야?"

"한 3킬로?"

"와. 고작 며칠 만에 3킬로나 빠졌다고? 부럽다. 부러워. 나는 한 달을 다이어트해도 몸무게에 변화가 없던데. 대체 비법이 뭐야?"

"별거 없는데. 하루 세 끼 샐러드만 먹고, 하루 세 시간 운동하고."

"아……. 교과서만 보고 공부해서 서울대 갔다는 말이구나."

기대했던 대답과는 1억 광년 정도 동떨어진 대답에 정주는 떨떠름하게 웃어 보인 뒤, 계속해서 메이크업에 집중했다.

"누나."

화보 콘셉트에 맞는 메이크업을 끝내고 헤어를 만지기 위해 고데기를 연결했을 때였다. 이준이 문득 정주를 불렀다.

"남자친구가 연하라고 했죠?"

"응, 왜?"

"아뇨. 그냥 예전에 들은 것 같아서."

이준은 마치 정말로 별거 아니라는 듯, 그냥 생각나서 얘기를 꺼내 본 거라는 듯, 덤덤하게 말했지만 정주는 고개를 갸웃했다. 지금까지 꽤 오랜 시간을 함께해 오고 있었지만 이준이 자신의 사생활에 대해 궁금해하는 건 처음이었다.

"몇 살이나 차이 나요?"

"네 살."

"네 살이면……."

"맞아, 너랑 동갑이야."

대답한 정주는 조금 민망한 듯 얼굴을 붉혔다.

"좀 차이가 많이 나지?"

"전혀요. 네 살이 뭐가 많아요. 요즘은 띠동갑도 잘만 만나던데."

정주는 단호하게 대꾸하는 이준을 의외라는 듯 바라보았다. 사생활에 관심을 가진 것도 의외였지만, 응원까지 해 주니 더욱더 놀라웠다. 심지어 그냥 하는 말이 아니라 진심으로 그렇게 생각하는 것 같기도 했다.

"그렇게 말해 주니까 왠지 감동이다. 사실 연애 시작하고 주변 사람들은 물론이고, 심지어 피 섞인 우리 엄마도 나더러 너무 주책이라고 뭐라고 했었거든."

"그런 말들 신경 쓰지 마요. 연애는 두 사람이 하는 건데."

입에 발린 소리 못 하는 성격이라는 걸 알아서인지, 이준의 응원은 왠지 더 든든하게 느껴졌다. 자신의 남자친구와 동갑이기까지 해서 더 와닿는 것도 같다.

"고마워."

정주는 배시시 웃었다.

"두 사람, 어떻게 만나게 됐는지 물어봐도 돼요?"

이준의 질문에 열이 적당히 오른 고데기를 집어 들며 정주가 대답했다.

"일 때문에 알고 지낸 지 꽤 오래된 사이였어."

"그럼 처음엔 누나, 동생으로 시작했겠네요?"

"맞아. 진짜로 그냥 동생이었어. 설마 이렇게 될 줄은 전혀 몰랐지."

정주가 예전 생각이 난다는 듯 작게 웃었다.

"근데 어떻게 연애를 하게 된 거예요?"

"글쎄. 어쩌다 이렇게 됐더라……."

하도 오래전 일이기도 하고, 또 이준의 머리를 만지는 데 집중하느라 정주가 조금 건성으로 대답했다. 그러자 이준이 다급하게 되물었다.

"혹시 동생에서 갑자기 남자로 보이게 된 특별한 계기라도 있었어요?"

"계기?"

"……."

"아! 그러고 보니까 있었던 것 같네."

"뭔데요?"

순간 이준의 눈빛이 반짝였다. 하지만 머리에 집중을 하느라 눈치를 채지 못한 정주는 별 이상함을 느끼지 못한 채 친절하게 대꾸를 해 주었다.

"우연히 걔가 일을 하는 모습을 봤거든. 근데 너무 멋있더라고. 섹시하게도 보이고. 그때 처음으로 남자답다고 생각했던 것 같아. 평소랑은 다른 모습이라서 그런가?"

정주의 말을 들으며 이준은 언젠가 잡지에서 보았던 앙케이트를 떠올렸다. 여성들을 대상으로 '남자가 가장 섹시해 보일 때?' 하는 질문이었는데, 지금 정주가 말한 것이 상위권에 랭크가 되어 있었다.

자신의 일에 몰두하는 남자……. 속으로 느릿하게 곱씹는 이준의 새카만 눈빛이 낮게 가라앉았다.

"기사님! 이 주소로 가 주세요."

다급하게 콜택시에 올라탄 유경은, 택시 기사를 향해 제 휴대폰을 내밀었다. 액정에는 주소가 찍혀 있는 메시지가 떠 있었다. 내비게이션에 주소를 찍은 택시 기사가 그녀에게 휴대폰을 도로 건넸다. 휴대폰을 받아 들며 유경은 부탁의 말을 건넸다.

"죄송한데, 최대한 빠르게 부탁드릴게요."

"무슨 급한 일이 있나 봐요?"

"네. 좀 급한……."

"잘 탔네요, 아가씨."

유경의 말이 끝나기도 전에 택시 기사가 눈을 찡긋해 보인다.

"택시 경력만 30년입니다. 서울 시내 구석구석 나보다 더 잘 아는 사람은 없을걸요. 나만 믿어요."

"아, 감사합니다."

유경이 고개를 꾸벅 숙였다. 그것을 끝으로 택시가 출발했다. 자신만만하던 택시 기사의 말대로 엄청난 속도감이 느껴졌다. 그럼에도 특유의 안정감이 느껴졌다. 다행이라고 생각하며, 그제야 유경은 가쁜 호흡을 가다듬었다.

"후우, 후우."

크게 숨을 고르고 나자 뒤늦게 신고 있는 신발이 눈에 들어온다. 그와 동시에 유경의 얼굴에 경악이 서렸다. 급하게 나오느라 아무거나 발에 걸리는 걸 신고 나오긴 했지만, 하필이면 이 슬리퍼일 건 뭐람. 동네 슈퍼에 갈 때나 신고 다니는 슬리퍼였다. 하도 오래돼서 슬리퍼 코가 닳아 반질반질한 상태였다. 양말도 신지 않아 발가락이 고스란히 드러나고 있었다. 페디큐어조차 하지 않은 맨 발톱이었다. 민망한 마음에 발가락을 한껏 오므렸다. 시선을 떼어 창밖을 바라보는데 이번엔 유리에 비친 제 얼굴이 눈에 들어온다. 캡 모자가 얼굴을 반 이상 가리고 있기는 했지만 어쨌든 민얼굴임은 변함이 없었다. 급하게 나오느라 세수만 겨우 하고 나온 얼굴은 칙칙하기가 그지없었다.

"꼴이 너무 심한 거 아닌가……."

집을 나서기 직전에 전신 거울을 한 번이라도 볼 걸 그랬다. 그랬다면 비비크림이나 하다못해 틴트라도 바르고 나왔을 텐데. 뒤늦게 후회가 들었다.

- 누나. 집이에요?

느직이 아침 식사를 끝내고 부른 배를 두드리며 TV를 보고 있을 때였다. 별안간 이준에게서 전화가 온 것은.

'응. 집인데. 왜?'

- 잘됐다! 지금 많이 급해서 그런데 부탁 하나만 들어줄 수 있어요?

'무슨 부탁?'

- 내 방에 가면 침대 밑에 흰 상자 하나가 있을 거예요. 신발인데, 그것 좀 가지고 이쪽으로 와 줘요.

'가지고 와 달라니? 어디로?'

- 촬영장으로요. 주소는 문자로 보낼게요. 지금 바로 와 줘요!

굉장히 중요한 물건인 모양이었다. 통화를 하는 내내 이준은 시종일관 다급한 목소리였다. 곧 숨이 넘어갈 것처럼 들리기도 했다. 덕분에 유경까지 덩달아 마음이 급해질 수밖에 없었던 것이다.

"어쩔 수 없지. 최대한 빠르게 물건만 전달해 주고 돌아오자."

낮게 중얼거리며 유경은 품에 안고 있는 상자의 가장자리를 꽈악 그러쥐었다. 택시에서 내린 유경은 눈앞에 보이는 커다란 건물을 바라보았다. 건물 앞에는 '○○스튜디오'라는 팻말이 세워져 있었다. 문자에 찍혀 있는 건물명과 동일하다는 것을 확인한 후, 이준에게 전화를 걸었다. 뚜르르, 뚜르르. 재미없는 신호음이 한

참이나 나온 끝에 전화를 받을 수 없다는 기계음이 흘러나왔다.

"뭐야. 전화를 안 받으면 어떡하자는 거야. 급하다더니."

아까 들었던 이준의 다급한 목소리를 떠올린 유경은 제가 다 초조해져서 아랫입술을 잘근잘근 깨물었다. 건물 안을 흘긋 바라보았다. 유리문 너머에는 경비원처럼 보이는 건장한 한 남자가 서 있었다. 왠지 아무나 막 들어가도 되는 곳은 아닌 것 같았다. 낮게 한숨을 내쉬는 순간이었다. 문득 이쪽을 바라보던 경비원과 눈이 딱 마주쳤다. 유경은 얼른 시선을 피하며 다시 한번 더 전화를 걸어 보았다. 하지만 이번에도 전화는 연결이 되질 않는다.

"미치겠네, 진짜……."

손에 들고 있던 상자를 빤히 내려다보던 유경은 이내 큰 결심을 한 듯 비장한 얼굴로 건물을 향해 걸음을 옮겼다. 조심스럽게 유리문을 열고 들어섰다. 로비에 발을 딛기가 무섭게 기다렸다는 듯 경비원이 다가왔다.

"무슨 일로 오셨습니까?"

조금 전 시선이 마주친 탓일까. 아니면 그녀의 행색이 비루한 탓일까. 유경을 살피는 경비원의 시선엔 수상쩍은 사람을 보듯 경계가 가득했다.

"저는……."

"……."

"권이준 씨의 심부름을 왔는데요."

죄를 지은 것도 없는데 왜 이렇게 기가 죽는지 모르겠다. 유경은 아주 조심스럽게 대꾸했다. 네가 권이준을 어떻게 아느냐고. 증명해 보이라고. 그렇게 되물으면 어떡하지. 전화도 받지 않는 상황에서 지금 당장은 증명을 할 수 있는 방법이 없는데. 말을 뱉어 놓고도 머릿속으로 고민을 하고 있을 때였다. 날카롭던 경비원의 눈빛이 한층 누그러지는 게 보인다.

"아, 권이준 씨 스태프분이시군요."

이준이 미리 얘기를 해 둔 모양이었다. 불행 중 다행이었다. 유경은 안도의 한숨을 내쉬었다.

"지하 1층으로 내려가시면 됩니다."

"감사합니다."

고개를 꾸벅 숙인 유경은 경비원이 알려 준 곳으로 걸음을 옮겼다. 꽉 닫혀 있는 문을 열자 지하로 향하는 계단이 나왔다. 계단을 내려가자 곧바로 탁 트인 넓은 공간이 나타난다. 정중앙에는 커다란 가벽이 세워져 있었고 그 앞으로는 커다란 가죽 소파와 식탁 등이 놓여 있었다. 가정집 거실을 재현해 놓은 듯했다. 그 앞으로는 수많은 조명들과 그냥 보기에도 엄청난 고가로 보이는 카메라와 촬영 장비들이 세워져 있었다. 그리고 주위로는 수많은 사람들이 분주하게 움직이고 있었다.

유경은 조금 당황했다. 이 많은 사람들 중에서 이준을 어떻게 찾는단 말인가. 과장을 좀 많이 보태자면, 모래사장에서 바늘 찾는 것만큼이나 어려워보였다. 심지어는 예상했던 것과 달리 촬영장의 분위기는 장날의 시장통처럼 정신이 없었다. 촬영과 무관한 유경의 등장에도 어느 누구도 관심을 두지 않았다. 모두가 각자자기 할 일에만 몰두하고 있었다.

도저히 지나가는 누군가를 붙들고 물어볼 수가 없는 분위기였다. 그렇다고 '권이준! 어디 있는 거야!' 하고 소리를 내지르며 찾을 수는 없는 노릇 아닌가. 결국 유경은 유일한 희망인 휴대폰을 다시금 들었다.

"제발, 받아라. 제발……."

분주한 사람들과 멀찍이 떨어진 곳에서 전화를 붙들고 있을 때였다. 뒤에서 누군가가 유경의 어깨를 툭 쳤다.

"누나."

익숙한 음성이었다. 유경은 휴대폰을 귀에서 떼고 뒤를 휙 돌아보았다. 이준이 그녀를 향해 씨익 웃고 있었다.

"야! 너 왜 전화를 안 받아?"

"전화했어요?"

"그래! 세 통이나 했어."

"미안해요. 옷 갈아입느라 몰랐네."

벌써 몇 번의 촬영을 끝낸 듯 이준은 지쳐 보였다. 촬영 때문에 메이크업을 한 상태였지만 피곤한 기색까지는 숨길 수 없었던 모양이다. 안 그래도 요 며칠 다이어트 한다고 풀떼기만 먹더니 날렵하다 못해 핼쑥해 보인다. 안쓰러운 모습에 언제 그랬냐는 듯 울컥했던 마음이 사그라진다. 일부러 안 받은 것도 아니고 일하느라 바빠서 못 받은 거라는데, 거기다 대고 왜 그랬냐고 따질 수도 없고.

"자, 받아."

유경은 낮게 한숨을 내쉬고는 들고 있던 상자를 이준에게 건넸다.

"이거 맞지?"

"고마워요. 누나 덕에 살았어요."

"그렇게 중요한 걸 놓고 가면 어떡해? 정신 좀 차려."

유경이 타박하듯 말하자 이준이 씩, 한쪽 입꼬리를 말아 올리며 대꾸한다.

"원래 하나에 몰두하면 그 하나밖에 못 보는 스타일이라서요."

요즘 몰두하고 있는 그 '하나'가 바로 당신이라고. 그녀를 똑바로 바라보고 있는 새카만 두 눈동자가 말하고 있었다. 최근 들어 계속 이런 식이었다. 대놓고 좋아해요, 말하지는 않았지만 눈빛으로 얘기하곤 했다. 둔한 그녀조차 바로 읽을 수 있을 정도로 아주 노골적인 눈빛이었다. 말을 듣는 것과 별반 다르지 않았다. 순간 당황한 유경은 어색하게 헛기침을 한 뒤 한걸음 물러섰다.

"그럼…… 나는 이만 가 볼게. 수고해."

재빨리 자리를 떠나려고 하는 순간이었다. 이준이 탁, 그녀의 팔목을 붙들었다.

"바로 가려고요?"

"가야지, 그럼."

"기왕 여기까지 왔는데, 구경 좀 하다가 가요."

"아니야. 됐어."

"그러지 말고 구경해요. 재미있을 거예요."

이번에도 역시 이준은 집요했다. 유경이 팔을 빼내려 하자 팔목을 붙든 손에 힘을 꽈악 주기까지 한다. 그렇다고 아프게 잡고 있는 것은 아니었지만, 자신이 원하는 대답을 들을 때까지는 놓아줄 생각이 전혀 없는 것 같았다. 그때였다. 누군가가 이준을 찾는 소리가 들렸다. 그제야 이준은 유경의 팔목을 스륵 놓아주었다.

"이제 촬영 얼마 안 남았어요."

"아니, 나는……."

"끝나고 같이 가요. 알겠죠?"

제 할 말만 끝낸 이준은 그녀의 대답을 듣지도 않고 사람들 속으로 사라졌다. 이준의 뒷모습을 보며 유경은 입만 벙긋거리다 이내 길게 한숨을 내쉬었다.

10. 설렌 적 없었어?

찰칵, 찰칵, 찰칵.

고요한 스튜디오 안에는 카메라 셔터 소리만 연신 울리고 있었다. 이준은 화려한 조명이 집중하고 있는 곳에서 셔터 소리에 맞춰 포즈를 다르게 취했다. 어떻게 저렇게 다양한 포즈를 취할 수 있는 건지. 신기할 정도였다.

유경은 중심과는 꽤 떨어진 곳에서 이준의 촬영을 구경했다. 낯선 공간에 아는 사람 없이 홀로 덩그러니 서 있는 것이었지만 지루하지는 않았다. 아니, 오히려 전혀 다른 세계를 구경할 수 있어

서 좋았다. 특히나 집에서와는 전혀 다른 모습의 이준을 보는 건
꽤나 흥미로운 일이었다.

"컷!"

사진작가의 커다란 목소리가 울려 퍼졌다. 그제야 팽팽하게 긴
장감이 흘러넘치던 스튜디오가 시끌벅적해지기 시작했다.

"아주 좋았어요. 권이준 씨, 오늘 아주 완벽했어."

"감사합니다."

이준에게 칭찬의 한마디를 건넨 사진작가는 이내 스태프들을
향해 짝, 박수를 치며 소리쳤다.

"자, 바로 다음 촬영 준비합시다!"

촬영이 끝나기가 무섭게 쉴 틈도 없이 다음 촬영 준비가 시작
됐다. 스태프들이 우르르 달려들어 세트장을 변경했고 이준의 개
인 스태프들이 달려 나와 그를 대기실로 안내했다. 그 모든 장면
들이 유경의 눈에는 꼭 동영상을 빨리 감기 한 것처럼 느껴졌다.

와, 진짜 정신없구나……. 그 낯선 광경들을 멍하니 바라보고 있
는데, 대기실로 향하던 이준이 문득 걸음을 멈추고 이쪽을 바라
본다. 혹시 그녀가 도망가기라도 했을까 봐 불안한지 확인하려는
것 같았다. 이준이 있는 곳은 온 조명이 집중되고 있는 곳이라 굉
장히 밝았지만 유경이 있는 곳에는 조명이 닿지 않아 어두웠다.
그래서 그녀는 그가 쉽게 자신을 찾지 못할 거라고 생각했다. 손
이라도 흔들어 보여야 하는 건가, 망설였다. 그런데 웬걸. 고개를
쓱 훑던 이준은 단번에 유경을 찾아냈다. 어둠 속에서 유경과 시
선이 마주쳤다. 그제야 그는 마음이 놓인다는 듯 싱긋 웃어 보이
고는 가던 걸음을 마저 옮겼다. 그때였다. 유경의 옆에서 있던 여

자 스태프가 꺅, 하고 마른 비명을 내지른 것은.

"어머, 언니! 방금 권이준 이쪽 보지 않았어요?"

"이쪽을?"

"눈 마주치면서 웃어 준 것 같은데."

"촬영할 때 빼고는 표정 없기로 소문난 권이준이 생뚱맞게 이쪽을 보면서 웃었다고? 잘못 본 거 아니야?"

"그런가……."

분명 봤는데, 하고 작게 중얼거리는 스태프의 말에 괜스레 찔린 유경은 쓰고 있던 모자를 푹 눌러썼다.

"근데 저 권이준 실물 처음 봐요."

"실물로 보니까 어때. 사진보다 훨씬 더 잘생겼지?"

다행히도 두 여자는 이준이 설마 유경을 보고 예쁘게 웃었으리라고는 눈곱만큼도 생각하지 못하는 것 같았다. 하긴. 의심을 하기에는, 후줄근한 차림의 그녀는 지금 어둠에 지나치게 동화가 되어 있기는 했다. 지금 그들의 눈에 유경의 존재감은 공기만큼이나 미미하게 보일 게 당연했다.

"정말로요. 웬만한 배우 저리 가란데요?"

"내 말이. 배우 왜 안 하나 모르겠다니까."

"연기로는 재능이 없는 거 아닐까요?"

"권이준이 작정하고 연기하면 엄청 잘할 걸?"

"왜요?"

"촬영할 때 표정 연기하는 거 보면 대충 느낌 오잖아. 자기가 봐도 다른 모델들하고 뭔가 다른 게 느껴지지 않아?"

"아, 그러고 보니 그러네요. 저렇게 표정, 포즈 다양한 모델은 처음 보는 것 같아요. 솔직히 작가님이 촬영할 때 이렇게 표정 좋으신 것도 처음 봤어요."

"몰랐어? 우리 작가님이 권이준 엄청 좋아하는 거 유명한데."

"잘생겨서요?"

"그게 아니라 같이 작업하면 늘 결과가 기대 이상으로 나온다고."

"아하. 그런 뜻이구나."

"물론, 잘생겼다는 것도 아예 이유가 아닌 건 아니겠지만 말이야."

쿡쿡대며 웃는 두 여자의 대화를 본의 아니게 엿듣는 동안 유경은 자신의 어깨가 저도 모르게 조금씩 솟아나는 것을 느꼈다. 이상하게도 자신이 칭찬을 받을 때보다도 왠지 더 뿌듯했다.

"그럼 오늘 촬영 일찍 끝나겠네요?"

"글쎄. 그건 아닐걸. 마지막 촬영이 이민아랑 커플 촬영이잖아."

"그게 왜요?"

"보면 알 거야."

베테랑 여직원의 의미심장한 말이 끝나기가 무섭게 마지막 촬영이 시작됐다. 금세 소품들이 바뀌어 느낌이 확 달라진 세트장으로 이준이 들어섰다. 바뀐 세트장만큼이나 그의 차림도 변해 있었다. 그 짧은 시간에 옷을 갈아입고 나온 것은 물론이고 헤어와 메이크업까지 살짝 수정을 한 것 같았다. 이준이 자리를 잡고 나자 그 옆으로 여자 모델이 다가섰다.

유경은 눈을 크게 떴다. 이준의 상대가 모델계는 아예 모르는 그녀조차 이름까지 알고 있을 정도로 유명한 사람이었기 때문이었다. 모델로서 활동을 하고 있지만, TV 광고나 예능에서도 꽤나 자주 비치는 얼굴이었다.

와, 실물이 훨씬 예쁘네⋯⋯. 민아를 보며 유경은 속으로 감탄했다. 가늘고 긴 팔다리, 주먹만 한 얼굴, 또렷하게 보이는 이목구비까지. 몸에 딱 달라붙는 검은 시스루 원피스를 입고 있는 민아는, 꼭 어릴 적 가지고 놀던 바비 인형을 보는 것만 같았다.

"촬영 들어가겠습니다."

스태프의 목소리가 울려 퍼졌다. 그와 동시에 스튜디오에 다시금 팽팽한 긴장감이 흘렀다. 사진작가의 지시에 따라 이준이 먼저 가죽 소파에 앉았다. 그러자 민아가 그의 무릎 위에 걸터앉는다. 다리를 꼬자 무릎 위를 맴돌던 치맛자락이 말려 올라가며 매끈한 허벅지가 여실히 드러났다. 이준의 커다란 손이 그녀의 허벅지를 붙들고 나머지 손은 그녀의 가는 허리를 휘감았다. 완전히 밀착된 상태에서 민아가 이준의 어깨를 감싸자 찰칵, 하는 소리와 함께 플래시가 터졌다. 그 후로 찰칵, 찰칵, 찰칵. 또 한 차례의 플래시 세례가 쏟아졌다. 셔터 소리에 맞춰 두 사람은 농밀한 연인처럼 여러 가지 자세를 선보이기 시작했다. 어찌나 노골적인지 보는 유경이 다 민망할 정도였다. 하지만 프로인 두 사람의 표정엔 그 어떤 변화도 없었다.

"두 사람, 엄청 잘 어울리네요."

역시나. 사람들의 눈은 대부분 다 비슷한 모양이었다. 옆에서 작게 들려오는 말이 제 머릿속에 순간 떠오른 말과 너무도 똑같아서 유경은 하마터면 맞장구를 칠 뻔했다.

"혹시 저 둘, 사귀는 거 아니에요?"

"아니야."

"정말요? 분위기가 왠지 진짜 연인 같은데……."

"자기는 이 바닥에 돌고 있는 소문 못 들어 봤어?"

"소문이요?"

"이민아가 권이준을 몇 년째 쫓아다니고 있다는 소문."

"아, 들어 봤어요. 근데 그거 그냥 뜬소문 아니었어요?"

"응. 뜬소문 아니고 사실이야."

확고한 대답에 유경의 고개가 저도 모르게 두 사람을 향해 휙 돌아갔다. ……이민아가 권이준을 몇 년째 쫓아다니고 있다고? 유경의 눈이 튀어나올 듯 커졌다. 하지만 다행히도 그들은 자신들의 대화에 집중하느라 유경의 시선을 느끼지 못한 모양이었다. 대화를 이어 갔다.

"그럼 역시 두 사람 사귀는 거예요?"

"무슨 말을 들은 거야. 이민아가 쫓아다니는 거라니까."

"그럼 이민아가 들이대는데 권이준은 관심이 전혀 없다는 거예요?"

"그래. 철벽도 저런 철벽이 없어. 보다 보면 이민아가 안쓰럽게 느껴질 정도라니까?"

"헉! 그럼 권이준이 게이라는 소문도…… 사실이에요?"

놀라 되묻는 직원의 말에 순간, 유경의 머릿속에 언젠가 이준이 했던 말이 떠오른다.

'설마 내가 고자일 거라고 생각하는 건 아니죠?'

그때 왜 그렇게 발끈하나 했더니, 아무래도 이 소문 때문이었던 모양이다. ……예민할 법했네. 뒤늦게 이준의 행동을 이해하며 속으로 고개를 끄덕이는데, 여직원의 목소리가 들려온다.

"둘 중 하나겠지. 정말로 게이거나. 아니면……."

"……."

"이민아 정도는 성에 차지 않을 정도로 눈이 높거나."

촬영이 끝나자마자 유경은 스튜디오를 빠져나와 건물 지하주차장으로 향했다. 복잡해지기 전에 먼저 차에 가서 기다리고 있으라던 이준의 말 때문이었다. 지하주차장에 도착한 유경은 주위를 두리번거리다 조금 전 이준이 건네주었던 차 키의 버튼을 눌렀다. 삑, 하는 소리와 함께 저만치서 차 한 대가 불빛을 번쩍 뿜어냈다. 차를 확인한 유경은 재빠르게 걸음을 옮겼다.

"후우……."

조수석에 올라탄 유경은 차문을 닫으며 한숨을 길게 내쉬었다. 그녀의 얼굴엔 지친 기색이 역력했다. 촬영을 직접 한 것도 아니고 그저 멀리서 구경만 했을 뿐인데 진이 다 빠졌다. 그럴 수밖에 없는 것이, 마지막 촬영이 말도 안 되게 길어졌기 때문이다.

'그럼 오늘 촬영 일찍 끝나겠네요?'

'글쎄. 그건 아닐걸. 마지막 촬영이 이민아랑 커플 촬영이잖아.'

'그게 왜요?'

'보면 알 거야.'

의미심장했던 그 말의 뜻을, 마지막 촬영이 시작되고 얼마 지나
지 않아 유경은 금방 깨달을 수 있었다. 이준의 단독 촬영 때엔 시
원하게 '컷, 컷, 컷!'을 외치던 사진작가가 커플 촬영에는 좀처럼
시원하게 '컷'을 외치는 법이 없었다. 작가의 요구와는 전혀 상관
없는 포즈를 제멋대로 취하는 민아 때문이었다. 처음엔 그녀가 모
델로서 자신만의 고집이 있어서 그런 게 아닐까 생각했다. 신인들
이야 사진작가의 말에 무조건 따르지만, 지금 민아는 자신의 의
견을 어느 정도 표출할 수도 있는 위치까지 올라 있으니까 말이
다. 하지만 점점 시간이 지날수록 이 바닥에 대해서는 쥐뿔도 모
르는 유경마저 느낄 수 있었다. 민아가 노골적으로 촬영 시간을
딜레이 하고 있다는 사실을.

'이민아, 왜 저러는 거예요? 단독 촬영 땐 안 그랬잖아요.'
'권이준이랑 촬영할 땐, 원래 저래.'
'왜요?'
'뻔하지, 뭐. 권이준이 평소엔 거의 상대를 안 해 주니까 촬영하
면서라도 사심을 채우고 싶은 거 아닐까?'
'만약 그게 진짜라면 너무 심하네요. 아마추어도 아니고.'
'아마추어가 아니라 이민아 정도 급이 되니까 가능한 거야.'

스태프들의 말은 모두 사실인 것 같았다. 유경이 느꼈을 정도이
니 다른 이들이 민아의 노골적인 수작을 눈치채지 못했을 리가

없는데도, 어느 누구 하나 태클을 거는 이는 없었다. 이 촬영장 안에서는 왕이나 마찬가지인 사진작가마저 포기한 눈치였다. 그 만큼 민아의 이런 행동이 잦다는 것이고, 또 민아의 위치가 높다는 뜻이었다.

"그러니까…… 그 정도로 잘나가는 이민아가 권이준을 좋아한다는 거지?"

유경은 의자 등받이에 깊숙이 몸을 기대며 낮게 중얼거렸다. 제 두 눈으로 똑똑히 봤음에도 여전히 실감이 나지 않았다. 이준이 모델이고 인기가 많다는 사실을 이미 알고 있기는 했지만, TV에 나오는 인기 연예인이 그를 좋아한다고 하니 왠지 충격적이다. 갑자기 이준이 마치 다른 세상 사람처럼 멀게 느껴지는 것 같기도 했다.

"하긴. 사는 세계가 다르긴 하지."

고개를 끄덕이는데, 자동차 앞 유리 너머로 이준의 모습이 보인다. 헤매던 유경과 달리 이준은 자신의 차를 단번에 찾은 듯 이쪽으로 성큼성큼 걸어오기 시작했다. 그때였다. 저 멀리서 누군가가 빠르게 달려오더니 이준의 어깨를 붙든다. 사복 차림마저 화려한 민아였다.

화려한 조명이 내리쬐는 촬영장이 아닌 칙칙한 지하주차장이었지만 마주 서 있는 두 사람은 마치 반사판이라도 댄 것처럼 반짝반짝 빛이 났다. 촬영을 하는 내도록 생각했지만 정말 잘 어울리는 한 쌍이었다. 이쯤 되니 의심이 마저 든다. 이준이 자신을 좋아한다 했던 것이 꿈은 아니었을까, 하고. 유경은 흘긋 자동차 룸미러에 비치는 제 모습을 보았다. 새카만 모자 아래로 드러난 얼굴이 아까 집을 나섰을 때보다 훨씬 더 초췌해 보인다. 오늘따라 눈 밑에 드리워진 다크서클이 짙어 보이는 것도 같다.

"틴트라도 좀 바르고 올걸⋯⋯."

길게 한숨을 내쉰 유경은 거울에서 시선을 떼고 앞 유리 너머를 바라보았다. 두 사람은 대화를 나누고 있었다. 아니, 조금 더 정확하게 말하자면 민아가 일방적으로 떠들고 이준은 그저 심드렁한 얼굴로 듣고만 있는 중이었다. 들이대는 민아에게 철벽을 친다더니, 그 소문마저 사실인 것 같았다. 여자인 제 눈에도 너무 아름다워 자꾸만 눈길이 가는데, 정작 마주하고 있는 이준의 표정은 무감하기 짝이 없다.

"저러니까 게이라는 소문이 돌지."

유경은 고개를 절레절레 내저었다. 두 사람의 대화가 끝난 듯했다. 아마도 일방적으로 대화를 끊은 것처럼 보이는 이준은, 여전히 무심한 얼굴로 민아를 지나쳐 이쪽으로 다시금 걸음을 옮겼다.

"다 끝났나⋯⋯?"

유경이 목을 쑥 빼고 두 사람을 바라보는 그 순간이었다. 문득 이쪽을 보는 민아와 시선이 딱 마주쳤다. 저를 바라보는 민아의 눈빛이 마치 잡아먹을 듯 사납게 느껴지는 건, 기분 탓인 걸까. 예상치 못한 매서운 눈빛에 순간 당황한 유경은 모자를 푹 눌러썼다. 대체 이준이 뭐라고 했길래 저를 노려본단 말인가. 입을 열 때마다 핵폭탄을 투하하던 이준을 떠올리자, 덜컥 겁이 나서 좀처럼 고개를 들 수가 없다.

탁.

얼마 지나지 않아 운전석 문이 열리는 소리와 함께 이준이 차에 올라탔다. 유경은 그제야 슬그머니 고개를 들어 올렸다. 저만치서 저를 노려보던 민아는 이미 사라진 후였다. 유경은 나지막이 안도의 한숨을 내쉬었다.

"미안해요. 많이 기다렸죠?"

"아니야. 별로 안 기다렸어."

대답한 유경은 잠깐 동안 이준을 물끄러미 바라보았다. 그 시선을 느낀 듯 이준이 묻는다.

"뭐 할 말 있어요?"

"어?"

"방금 빤히 봤잖아요."

할 말이 있다기보다는 방금 민아와 무슨 대화를 했는지가 궁금했다. 민아가 저를 보던 시선의 의미도 궁금했고. 잠깐 고민하던 유경은 이내 마음을 고쳐먹었다. 쓸데없는 호기심인 것 같았다. 그리고 민아가 자신을 봤다고 확신할 수 있는 것도 아니고.

"……아니. 아무것도 아니야."

고개를 내저었다. 그런데 영 찝찝했는지 이준이 묻는다.

"혹시 화장 때문에 그래요?"

"응?"

"급하게 나오느라 못 지웠는데. 이상해요? 좀 부담스럽나?"

"아니. 전혀 안 이상해."

유경은 얼른 대꾸했다. 남자가 화장을 한 모습이 낯설기는 했지만 이상하다거나 부담스럽다는 생각은 들지 않았다. 오히려 눈매를 강조한 짙은 화장이 이준에게는 매우 잘 어울리기까지 했다.

"그럼 다행이고요."

간단하게 대답한 이준이 어딘가를 빤히 바라본다. 그 시선이 닿는 곳이 어딘지 눈치챈 유경은 서둘러 안전벨트를 맸다. 그 모습에 이준이 피식, 낮게 웃는다.

"배는 안 고파요?"

"조금."

"그럼 가는 길에 먹고 갈래요? 내가 살게요. 누나가 여기까지 와 줬으니까."

외식을 하자고? 이 꼴을 하고? 고개를 살짝 숙여 제 차림새를 훑었다. 물론 격식을 차려야 하는 고급 레스토랑이 아닌 이상 밥 한 끼 하는 데 차림새는 상관없을 것이다. 하지만 문제는 이준이었다. 그는 지금 촬영 때문에 메이크업까지 한 상태라 평소보다 훨씬 반짝이고 있었다. 안 그래도 같이 외식을 하면 사람들이 쳐다보는데, 오늘은 얼마나 더하겠는가. 화장을 한 얼굴이라도 민망한데, 지금 이 꼴로는 도저히 그들의 시선을 받아 낼 자신이 없다. 결심하고 거절을 하려는 순간이었다. 이준이 먼저 말했다.

"불고기 어때요? 근처에 잘하는 가게 있는데."

불고기라는 말에 유경의 귀가 쫑긋 섰다.

"불고기?"

"먹고 싶다고 했잖아요."

"내가? 먹고 싶다고 했다고?"

"어제 그랬잖아요. 기억 안 나요?"

그랬던가……? 고개를 갸웃하는 유경의 뇌리에 문득 기억 하나가 스친다. 어제 저녁 TV를 보다가 우연히 맛집 프로그램을 보았다. 다루고 있는 메뉴가 불고기였는데, 출연자들이 어찌나 맛있게 먹는지 유경의 입에서 '맛있겠다'라는 말이 절로 나왔었다. 먹고 싶다고 말을 했던 건 아니었다. 그저 TV를 보면서 지나가는 말로 흘렸을 뿐. 그런데 그걸 이준이 기억하고 있었던 모양이다.

얜 정말 생긴 거랑 안 어울리게 섬세하단 말이야……. 멜로드라마에서나 볼법한 남자주인공의 성격 아니던가. 유경은 새삼스럽게 이준의 섬세함에 감탄하며 고개를 끄덕였다. 어제 본 방송을 떠올리자 생각도 않고 있던 불고기가 정말로 당겼다.

이준의 뒤를 따라 가게로 들어선 유경은 조금 놀랐다. 자신이 생각했던 것과 달리 식당의 분위기가 고급스러웠기 때문이다. 불고기집 이라기보다는 값비싼 한정식집 같은 분위기였다. 홀이 아예 없고 모두 룸으로 나눠져 있었다.

두 사람은 직원의 안내에 따라 가장 안쪽의 룸으로 향했다. 2인이 먹기엔 꽤나 넓은 공간이었다. 창은 없었지만 답답하다는 생각은 전혀 들지 않았다. 좌식테이블에 엉덩이를 붙이자 직원이 물과 함께 메뉴판을 건넸다.

"주문하실 때 벨을 눌러 주세요."

테이블 끝에 붙은 벨을 알려 준 직원은 친절하게 웃으며 종종걸음으로 방을 나섰다. 직원이 나가고 문이 닫히자 이준이 자연스럽게 메뉴판을 유경에게 건네주었다.

"누나가 먹고 싶은 걸로 골라요. 여긴 불고기 종류가 두 개거든요."

메뉴판을 확인한 유경의 눈이 둥그렇게 커졌다. 가게 분위기를 보고 대충 짐작하긴 했지만, 가격대가 생각보다도 더 높았다.

"……여기 너무 비싼 것 같지 않아?"

메뉴판에서 시선을 뗀 유경이 슬쩍 묻자, 이준이 덤덤하게 대꾸한다.

"비싸요? 한우는 다 이 정도 가격 하지 않나?"

"아무리 한우라고 해도 비싼 편인 것 같은데……."

유경은 장담했다. 분명 고기값에 임대료와 인테리어비가 어마어마하게 포함됐을 거라고.

"그런가? 근데 여기 맛있어요."

그래, 맛이야 있겠지. 속으로 대꾸한 유경은 이준을 빤히 바라보았다. 아무래도 그는 자신이 무슨 말을 하는 건지 전혀 짐작하지 못하는 것 같았다. 이 비싼 걸 동생한테 얻어먹기에는 양심이 찔리고. 그렇다고 이 비싼 걸 제가 시원하게 사기에는 통장 잔고가 착하지 않은 바. 결국 메뉴판을 내려놓고 유경은 직접적으로 물었다.

"너 너무 무리하는 거 아니야?"

그제야 이준은 알아들었다는 듯 '아' 하고 입을 벌렸다. 그러곤 이내 피식 낮게 웃는다.

"이 정도 사 줄 능력은 돼요. 그러니까 쓸데없는 걱정 말고 먹고 싶은 걸로 시켜요."

이 가격이 '이 정도'라니. 돈 걱정이 '쓸데없는 걱정'이라니. 이게 바로 월급쟁이와 인기 모델의 차이인걸까. 유경이 입을 쩍 벌리고 새삼스러운 시선으로 바라보자, 그녀의 표정을 재미있다는 듯 바라보던 이준이 손을 뻗어 메뉴판을 다시금 가져간다.

"그냥 내가 알아서 주문할게요. 그래도 되죠?"

답답했던 모양이다. 유경은 고개를 끄덕였다.

딩동.

이준은 메뉴판을 제대로 살피지도 않고 벨을 눌렀다. 기다렸다는 듯 직원이 룸으로 들어왔다. 이준은 익숙하다는 듯 음식을 주문했다.

"여기 자주 와?"

주문을 받은 직원이 방을 나가고 유경이 물었다.

"아뇨, 처음 왔어요."

"처음이라고?"

"왜 그렇게 놀라요?"

"아니. 네가 익숙해 보여서 단골가게인 건가 했어. 방금 메뉴판도 안 보고 주문했잖아."

"아, 이 가게에서 잘나가는 메뉴는 대충 알고 있어요. 미리 인터넷으로 검색해 봤거든요."

대수롭지 않게 대답하며 이준은 물을 따라 유경에게 건넸다. 하지만 컵을 받아 드는 유경의 표정은 조금 복잡해졌다. 설마, 불고기가 맛있겠다고 했던 제 한마디 때문에 인터넷으로 검색까지 해봤다는 걸까. 아니. 아마도 '설마'가 아닐 것이다. 은근히 섬세한 녀석이라면 충분히 그랬을 법하니까. 그의 센스가 감탄스러우면서도 한편으로는 부담스러운 마음도 든다. 어쩐지 마음이 복잡 미묘해지는 것 같아 유경은 괜히 말을 돌렸다.

"참. 근데 촬영할 때 그 신발 왜 안 신었어?"

촬영을 구경하면서 유경은 계속 그의 신발을 주시했었다. 하지만 몇 번이나 의상을 갈아입는 동안에도 자신이 집에서 챙겨 온 신발은 보이지 않았다. 촬영이 끝날 때까지도 말이다.

"아, 그 신발이요?"

이준은 물에 이어 그녀 몫의 수저까지 자연스레 건네며 말했다.

"촬영할 때 신으려고 가져다 달라고 한 거 아니니까요."

"엄청 중요한 거라며?"

"맞아요. 촬영엔 필요 없었지만 나한텐 엄청 중요한 거였어요."

"그게 무슨……."

말을 채 끝내기도 전에 이준이 덤덤하게 대답했다.

"누나를 여기로 불러내기 위해선 구실이 꼭 필요했으니까."

구실이라고? 유경이 눈을 크게 뜨고 되물었다.

"날 왜 불러냈는데?"

"왜겠어요. 나 촬영하는 것 좀 보라고 불렀지."

그리 말하는 이준은 '그것도 몰라요?' 하는 얼굴이었다. 기가 찬 유경이 되물었다.

"그러니까, 너 일하는 모습 좀 보라고 나를 부른 거라고? 숨넘어갈 정도로 엄청 급하다고 거짓말하면서?"

"거짓말은 한 적 없어요. 내 마음만큼은 숨넘어갈 정도로 급했으니까."

"……말이나 못 하면 밉지나 않지."

허, 하고 헛웃음을 흘리자 이준이 식탁 위에 팔을 턱 올렸다. 그러곤 턱을 괸 채 그녀를 빤히 바라보며 묻는다.

"나 일하는 모습 좀 멋있지 않았어요?"

45도. 완벽한 얼짱 각도에 은근한 눈빛. 게다가 화장에 헤어까지 완벽해서인지, 지금 이 순간마저도 그는 아직 화보를 찍고 있는 것만 같았다. 불고기 가게든 길바닥이든, 장소 따위는 이준에게 전혀 상관이 없는 듯했다.

하지만 지금 유경의 눈에는 그 모습이 멋있어 보인다기보다는 그저 황당할 뿐이었다. 평소엔 이준이 워낙 어른스럽게 구는 탓에 전혀 못 느끼다가도 이럴 때면 새삼스럽게 그와 자신이 네 살 차이라는 것이 와닿는다. 이 와중에 제 대답을 기대하는 듯한 이준을 보자, 기가 막혀 유경은 미간을 살짝 찌푸린 채 되물었다.

"넌 어떻게 그런 소리를 얼굴색 하나 안 변하고 그렇게 뻔뻔하게 해? 안 민망하니?"

"안 민망한데요?"

"전혀?"

"전혀."

"……."

"내가 없는 얘기 하는 것도 아니고. 요즘은 자기 PR 시대잖아요."

내가 졌다. 졌어. 끝까지 당당하다 못해 뻔뻔하게까지 느껴지는 이준의 반응에 유경은 두 손 두 발을 다 들 수밖에 없었다. 사실은 하도 겪다 보니 이제 슬슬 그의 뻔뻔함에 익숙해져 가는 것 같기도 했다.

똑똑.

작은 노크 소리와 함께 문이 열리더니 직원이 들어왔다. 밑반찬이 먼저 놓이고 마지막으로 구멍이 숭숭 뚫린 불판이 놓였다. 직원은 불판이 달아오르면 고기를 먹을 양만 적당히 익혀서 먹으면 된다고 설명한 다음 밖으로 나갔다.

불판은 금방 달아올랐다. 불판 가장자리에 빙 둘러져 있는 육수가 뽀글뽀글 끓기 시작했다. 거의 동시에 두 사람이 집게를 향해 팔을 뻗었다. 이준이 조금 더 빨랐다. 아무래도 팔 길이의 차이인 것 같았다.

"내가 할게."

"됐어요. 내가 하는 게 더 편해요."

단호하게 대답한 이준은 고기를 한 움큼 집어 올려 불판 위에 예쁘게 폈다. 자신이 하는 것보다 그에게 맡겨 두는 게 훨씬 더 고기를 맛있게 먹을 수 있을 것 같아 유경은 얌전히 불판만 바라보았다.

"참, 이민아 실물 진짜 예쁘더라."

불판만 바라보고 있자니 심심해서 유경은 문득 떠오른 이야기를 했다. 그러자 이준이 유경을 흘긋 바라본다. 뜬금없이 그 얘기는 왜 하느냐는 듯.

"사실은 스태프들 얘기하는 거 들었거든. 근데 이민아가 너한테 관심 있다더라……?"

떠보듯 말을 뱉으며 이준의 반응을 살폈다. 그런데 예상과 달리 그는 표정의 변화가 전혀 없었다.

"알고 있어요."

"아, 알고 있었어?"

"누구처럼 둔한 타입은 아니니까요."

그 '누구'라는 게 누구를 뜻하는지 알 것 같아 유경은 작게 헛기침을 했다.

"근데 왜 나야?"

"뭐가요?"

"솔직히 이해가 안 돼. 이민아처럼 예쁜 애가 너 좋다는데, 왜 넌 내가 좋다는 건지."

듣기에 따라서는 지금 이 발언이 약간 재수 없게 느껴질 수도 있겠지만, 조금 전 이민아가 이준을 따라다닌다는 스태프의 말을 들었던 그 순간부터 진심으로 궁금해졌다. 자신과 비교를 해 보자면 누가 봐도 이민아가 압승 아니던가. 아니, 애초에 비교하기도 민망할 정도였다.

"누나는 왜 나 안 받아 줘요?"

"뭐?"

"나도 잘생겼잖아요."

"……."

이준이 하고 싶은 말이 무엇인지 알 것 같았다. 틀린 말이 아니었던지라 유경은 할 말을 잃고 앞에 놓여 있는 물을 마셨다.

"그리고 누나가 더 예뻐요."

툭 던지듯 내뱉어진 이준의 말에 유경은 하마터면 입에 머금고 있던 물을 그대로 뿜어 버릴 뻔했다. 그녀는 얼른 입안에 있는 물을 삼킨 뒤 기가 막힌다는 듯 이준을 바라보았다.

"너 지금 누구 놀리니?"

"내가 왜 누나를 놀리겠어요? 놀려서 이득 보는 게 뭐가 있다고."

표정 변화 전혀 없이 덤덤하게 대구한 이준은 적당하게 익은 고기를 유경의 밥 위에 올려 주며, 여전히 덤덤한 얼굴로 말을 덧붙였다.

"다른 사람은 모르겠는데. 내 눈엔 누나가 더 예쁘다고요. 이민아랑 비교도 안 될 정도로."

얼굴과 몸매로 먹고 사는 이민아보다 자신이 더 예쁘다니. 그건 정말이지 말도 안 되는 소리였다. 방에 둘밖에 없어서 천만다행이었다. 만약 누군가 들었다면 분명 폭소를 터뜨렸을 테니까 말이다. 그런데 이 와중에도 이준은 진심으로 그렇게 생각하는 것 같았다. 정말로 이민아보다 서유경이 훨씬 더 예쁘다고.

"······와, 콩깍지 장난 아니다, 너."

그의 짙은 눈빛에 유경은 일부러 과장되게 웃어 보였다. 하지만 달아오른 불판만큼이나 얼굴이 뜨겁게 달아오르는 것까지는 막을 수가 없었다. 지금 익어 가는 게 불고기인지, 제 얼굴인지 헷갈릴 정도로.

버스에서 내린 유경은 휴대폰으로 시간을 확인했다. 지민과 만나기로 약속한 시간인 5시가 되기 딱 3분 전이었다.

"하, 잘못하면 늦겠는데?"

아슬아슬한 시간에 마음이 급해진 그녀는 건물 입구를 향해 빠르게 걸음을 옮겼다. 분명 출발은 제시간에 했었건만, 주말이라 그런지 도로에 유독 차가 많은 탓에 예상했던 것보다 늦어 버렸다. 이제 막 건물 안으로 들어왔을 때였다. 마침 도착한 엘리베이터 문이 열렸다. 사람들이 우르르 내리고 또 우르르 올라타는 걸 보며 유경은 재빠르게 달려갔다. 다행히도 무사히 올라탈 수 있었다.

영화관이 있는 층에 도착한 엘리베이터의 문이 열리기가 무섭게 유경은 쏜살같이 튀어나와 주위를 둘러보았다. 주말 오후의 영화관은, 데이트 장소의 대명사답게 많은 연인들로 붐비고 있다. 많은 사람들 사이에서도 유경은 지민을 금방 찾을 수 있었다. 모르려야 모를 수가 없었다. 그녀는 사랑이 넘치는 핑크빛 연인들 사이에서 홀로 검은 오라를 뿜어내고 있었으니까 말이다.

"지민아!"

"어, 왔어?"

가까이에서 보는 지민의 표정은 더욱더 어두웠다. 꼭 세상이 무너진 듯한 얼굴이었다.

"표정이 왜 그래. 무슨 일 있어?"

유경이 조심스레 물었다. 걱정이 됐다. 분명 아까 통화를 했을 때까지만 해도 기다리고 기다리던 영화가 드디어 개봉했다며 즐거워했던 것 같은데 말이다. 그렇다고 사이좋게 붙어 있는 연인들을 부러워할 성격도 아니었다.

"좀 전에 와서 보니까 이번 시간 벌써 매진됐더라."

"매진이라고?"

"내가 너무 들떠서 미리 예매하는 걸 까먹었어. 멍청하게……."

자책하듯 지민이 땅이 꺼져라 짙은 한숨을 내쉰다. 그녀가 이 영화를 얼마나 기다렸는지 누구보다 잘 알고 있었기에 유경은 덩달아 진지한 얼굴로 물었다.

"다음 시간 건? 그것도 매진이야?"

"아니, 그건 자리 몇 개 남아 있더라."

"그럼 그거 예매하면 안 돼?"

"벌써 했지."

지민이 손에 들고 있던 영화표를 힘없이 휘적휘적 흔들어 보인다. 혹시나 했던 걱정과 달리 예매 완료였다. 조금 전까지 얼굴에 가득했던 걱정을 싹 지운 유경은 인상을 찌푸렸다.

"그럼 됐잖아."

"되긴 뭐가 돼. 속 쓰려 죽겠는데."

"대체 뭐가 문제야?"

"1분 1초라도 더 빨리 보고 싶었단 말이야. 내가 얼마나 기다렸는데에에에!"

애도 아니고. 별것도 아닌 걸로 투정을 부리는 서른 살의 친구를 보며 유경은 못 말리겠다는 듯 고개를 절레절레 내저었다. 평소엔 마치 친구가 아니라 언니라도 되는 것처럼 세상 어른스러운 지민이었지만, 가끔 이럴 때 보면 그녀의 막냇동생인 지영보다도 더 정신연령이 어린 건 아닐까 의심이 된다.

"배 안 고파?"

유경은 그녀의 투정을 받아 주는 대신 화제를 돌렸다.

"그러고 보니 조금 고픈 것 같기도 하고……."

"잘됐네. 그럼 기다리는 동안 밥부터 먹자."

"그럴까?"

음식 얘기가 나오자 칙칙하던 지민의 얼굴에 급격하게 화색이 돈다.

"뭐 먹을까. 먹고 싶은 거 있어?"

"글쎄, 딱히 없는데."

"메뉴는 네가 골라. 나 때문에 여기까지 와 준 거니까 저녁은 네가 먹고 싶은 거 먹어야지. 내가 살게."

메뉴 선택권을 받은 유경은 잠깐 고민하다 문득 떠오른 기억에 말했다.

"스파게티는 어때?"

"스파게티?"

지민이 의외라는 듯 눈을 크게 뜨고 되묻는다. 유경은 설명을 덧붙였다.

"바로 아래층에 스파게티 전문점 있는데, 거기 진짜 맛있더라고."

유경의 말에 순간 지민의 눈빛이 번쩍였다.

"맛있었어?"

"응. 맛집이라더라."

"그래? 그렇단 말이지?"

되묻는 지민의 입꼬리에는 묘한 미소가 슬쩍 매달려 있었다. 왠지 위험해 보이는 미소였다.

"그래서."

각각 스파게티 두 개를 주문하고 기다리고 있을 때였다. 물을 한 모금 마신 지민이 대뜸 물었다.

"대체 누구야?"

"갑자기 뭐가?"

"널 여기 데리고 온 남자 말이야."

지민의 물음에 유경은 순간 저도 모르게 컥, 하고 헛기침을 했다. 그녀는 놀란 눈을 들어 지민을 마주 보았다.

"남자인 건 어떻게 알았어?"

"어떻게 알긴. 뻔하지."

지민은 별거 아니라는 듯 한쪽 입꼬리를 씨익 말아 올리며 말했다.

"일단 첫 번째, 너는 스파게티를 별로 좋아하지 않잖아. 얼마 전까지 만난 박동건도 마찬가지고. 그런데 갑자기 스파게티라고? 영 수상한 냄새가 난단 말이지."

정말로 냄새를 맡듯 코를 쿵쿵거리더니 이내 말을 이어 간다.

"그리고 두 번째, 너한텐 나랑 세희 외엔 여자사람 친구가 없다는 거야. 내가 아니니까 세희밖에 안 남았는데. 걘 요즘 바빠서 너랑 한가롭게 스파게티를 먹으러 왔을 리가 없고."

"……"

"그렇다면 남은 건?"

"……"

"바로, 남자지!"

잘 뻗은 검지를 앞으로 쭉 뻗으며 지민이 예리하게 눈빛을 번뜩였다. 그 눈빛이 너무도 진지해서 유경은 저도 모르게 풋, 작은 웃음을 터뜨렸다.

"고등학교 때 교과서보다 추리소설을 더 좋아하더니. 투잡으로 탐정이라도 하고 있는 거야?"

"한때 내 꿈이 코난의 뒤를 잇는 명탐정이긴 했지."

"안 하길 잘했어."

유경이 한마디 보태자 지민이 눈을 치뜬다.

"그래서 내 추리가 틀렸다고? 그럴 리가 없는데?"

틀렸다고 해도 끝까지 물고 늘어질 기세다. 유경은 대충 말했다.

"뭐, 영 틀렸다고 할 순 없는데……."

"역시! 그럴 줄 알았어."

자신의 추리가 들어맞았다는 생각에 기쁜 모양이었다. 한껏 업된 지민이 마치 랩을 하듯 질문을 뱉어 내기 시작한다.

"남자 맞지? 대체 누구야? 어떤 남잔데? 어?"

기대감이 그득 담긴 지민의 눈동자는 그 어느 때보다도 초롱초롱하게 빛나고 있었다. 그 기대감이 어떤 종류의 것인지 알기에 부담스럽게 느껴지기까지 했다. 왠지 목이 타는 것 같아 유경은 물을 한 모금 마시며 입을 축이고는 대답했다.

"네가 생각하는 그런 거 아니야."

"내가 뭘 생각하는 줄 알고?"

"뻔히 보이거든?"

유경이 코웃음을 치자, 지민이 답답하다는 듯 꽥 소리를 내지른다.

"아, 그래서 누구냐고! 응? 너 진짜 내가 숨넘어가는 꼴 보고 싶어?"

더 질질 끈다면 정말로 친구의 숨이 넘어갈지도 모르겠다는 생각이 들었다. 결국 유경은 그녀가 원하는 대답을 들려주어야만 했다.

"저번에 이준이랑 같이 왔었어."

"이준이? 권이준? 너희 집 연하남?"

유경은 대답 대신 고개를 끄덕였다. 그러자 지민이 제 손으로 입을 막으며 '헐.' 하고 작게 감탄사를 내뱉는다.

"야, 나 지금 소름 돋았어."

지민이 자신의 팔을 쓸어내리며 중얼거렸다.

"나 진짜로 회사 때려치우고 탐정사무소나 차려야 할까 봐."

"그게 무슨 말이야?"

유경이 전혀 모르겠다는 듯 묻자 지민이 살짝 상기된 얼굴로 말했다.

"사실은 저번에 너희 집 연하남 처음 봤을 때부터 곧바로 촉이 왔거든?"

"촉? 무슨 촉?"

"걔 말이야……."

마치 비밀얘기라도 하듯 목소리를 낮춘 지민이 자못 진지한 얼굴로 은밀하게 속삭였다.

"너한테 딴 맘 있어. 백 프로."

'백 프로'라는 단호한 한마디가 귓가를 무섭게 파고들었다. 순간 유경이 어깨를 흠칫, 떨었다. 그런데 지민이 그 미묘한 변화를 눈치챈 모양이었다. 유경을 바라보는 지민의 눈이 둥그렇게 커진다.

"뭐야, 너도 이미 알고 있었어?"

급하게 표정 관리를 했지만 이미 늦어 버린 듯했다. 지민은 이번에도 자신의 촉을 확신하는 듯 말을 이어 갔다.

"둔해 빠진 네가 스스로 알아차렸을 리는 없고."

"……."

"설마, 고백받았니?"

"……."

유경은 차마 아무런 대답도 하지 못했다. 하지만 그녀의 침묵은 그 어떤 말보다도 충분한 대답이었다.

"헐, 대박!"

지민이 입을 쩍 벌리고 다시 한번 감탄사를 내뱉었다. 조금 전보다 훨씬 과장 된 액션이었다.

"이렇게 빨리 고백을 했단 말이야? 역시 생긴 거답게 완전 상남자네, 상남자."

"……."

"그래서 어떻게 됐는데? 사귀어? 사귀는 거야?"

눈을 반짝이며 호들갑을 떠는 지민을 보며 유경은 정색을 했다.

"얘가 지금 무슨 소릴 하는 거야. 그게 말이 돼?"

"말이 안 될 건 또 뭔데?"

지민은 정말로 뭐가 문제인지 모르겠다는 듯한 얼굴이었다. 아무리 가재는 게 편이라지만. 친구의 반응이 하도 기가 막혀서 유경은 헛웃음을 흘렸다.

"내가 지금 그럴 때야?"

"때가 아닐 건 뭐야. 박동건 그 새낀 환승, 아니, 바람을 피웠는데. 너 혼자 이별의 예의 따위를 지킬 필요가 있어?"

"누가 예의를 지키겠대?"

"그럼 뭔데?"

"이번에 너무 크게 데어서 그런가. 그냥 지금 당장은 연애 같은 거 하고 싶은 마음이 전혀 없어."

이렇게 얘기하면 지민이 동감할 거라고 생각했다. 하지만 지민은 여전히 납득할 수 없다는 듯한 얼굴로 되묻는다.

"상대가 권이준인데?"

"……."

"잘생겼지, 젊지, 능력 좋지. 진짜 모자란 거라고는 나이 조금 어린 거 빼곤 없는, 이렇게 완벽한 남자가 좋다는데. 연애할 마음이 없다가도 당장 생기는 게 정상 아니야?"

객관적으로 보면 이준은 완벽했다. 그 부분은 유경 역시 인정하는 바였다. 지민의 말대로 권이준 같은 남자가 좋다고 했을 때 마다할 여자는 아마 없지 않을까. 하지만 그건 어디까지나 다른 사람들의 입장에서 봤을 때의 이야기였다. 유경의 입장에서는 결코 아니었다.

"다른 사람한테는 몰라도 나한테는 남자 아니고 그냥 동생이야."

담백한 대답에 지민이 코웃음을 친다.

"요즘 네 살 차이가 무슨 대수라고. 요즘 여자 연예인들 못 봤어? 띠동갑 연하랑도 결혼해서 잘 살더만."

"내가 연예인이야? 그리고 나이 문제만 있는 것도 아니고."

"나이 말고 다른 문제는 뭔데?"

"다른 문제 많지. 넘치지. 그런데 그중에서도 가장 중요한 건, 이준이가 나한테는 동생이라는 거야."

"그게 나이 문제 아니야?"

"나 걔가 초등학생 꼬맹이일 때부터 계속 봤어. 근데 어떻게 남자로 느껴지겠어. 나한테 이준이는 유현이랑 똑같아."

솔직히 말하자면 유현과 이준이 완전히 똑같게 느껴지는 건 아니었지만, 유경은 일단 그렇게 말했다. 그러자 지민이 답답하다는 듯 제 가슴을 퍽퍽 내리친다.

"와, 진짜 환장하겠네. 아무리 어릴 때부터 봤다고 해도 어떻게 그럴 수가 있지? 지금은 완전 상남잔데? 나이는 우리보다 어려도 퇴폐미가 철철 흐르는데?"

"……."

"서유경! 그 권이준이 남자로 안 보이면, 넌 대체 이 세상 어느 누가 남자로 보인다는 건데? 응?"

"……."

"너 정말로 걔한테 단 한 번도 설렌 적 없었어?"

도무지 이해를 못 하겠다는 듯 지민이 진지하게 물었다. 그리고 그때 마침 주문한 음식이 나왔다. 타이밍이 예술이었다. 직원이 테이블에 음식을 세팅해 주고 돌아서는 것과 동시에 유경은 얼른 포크를 집어 들었다.

"쓸데없는 얘긴 이제 그만하고 밥이나 먹자. 배고파."

지민의 질문에 대한 대답을 하는 대신 그녀는 스파게티 면을 둘둘 말아 한입 가득 넣고 우걱우걱 씹었다. 누가 봐도 더 이상 이야기를 길게 하고 싶지 않다는 듯한 티가 팍팍 났다. 유리보다도 더 투명한 친구의 모습을 모르는 척할 수가 없어 지민 역시 포크를 집어 들었다. 여전히 답답해 죽겠다는 얼굴이었지만 말이다.

영화가 끝나고 간단하게 커피 한 잔을 한 후, 지민과 헤어지고 유경은 곧장 집으로 돌아왔다. 그녀의 손에는 프랜차이즈 커피숍 로고가 박혀 있는 작은 상자가 들려 있었다.

아까 커피와 함께 조각케이크를 먹었는데 꽤 맛이 좋았다. 맛있게 반 정도 먹었을 즈음, 문득 집에서 혼자 밥 먹고 있을 이준이 떠올랐다. 괜스레 미안한 마음이 들어 이준의 몫으로 하나를 포장했다. 계산을 할 때 지민이 음흉한 눈빛으로 저를 보는 게 느껴졌을 때에서야 아차 싶었다. 하지만 이미 엎질러진 물이었다. 유경은 친구의 시선을 애써 모르는 척 무시해야만 했다. 도어록 비밀번호를 풀고 현관 안으로 들어섰다. 집 안에는 불이 훤하게 밝혀져 있었다.

구두를 벗는데 가지런히 놓여 있는 이준의 신발이 눈에 들어온다. 대충 봐도 그녀가 외출을 했을 때 봤던 그 각도 그대로였다. 아마도 그러지 않을까 예상하긴 했었지만, 역시나 이준은 오늘도 외출을 하지 않은 모양이었다.

얜 진짜 친구가 서유현 말곤 없나…….

함께 산 지 이제 한 달 차. 그런데 지금까지 이준이 일 외에는 밖에 나가는 꼴을 못 본 것 같다. 심지어 주말에도. 시간만 나면 밖으로 나도는 유현과는 정반대였다. 제일 친한 친구라면서 성향이 이토록 다를 수가 있는 걸까. 하긴. 따지고 보면 한 핏줄인 유현과 유경도 성향이 다르기는 마찬가지였다. 유경은 성향을 굳이 따져 보자면 '집순이'에 가까운 편이었다. 하지만 그런 그녀의 눈에도 이준은 심하다 싶게 느껴질 정도로 지독한 '집돌이'인 듯했다.

"나 왔어."

자연스레 인사하며 거실로 들어섰다. 그녀가 늦은 귀가를 할 때면 이준은 늘 TV를 보고 있었다. 그런데 오늘은 TV도 꺼져 있고 소파 위가 썰렁하다. 방에 있는 건가? 아직 잘 시간은 아닌데. 그녀가 이준의 방 쪽을 흘끗 바라보았을 때였다. 달칵, 바로 뒤에서 욕실 문이 열리는 소리가 들렸다. 고개를 뒤로 돌렸다. 마치 무대 장치라도 설치한 듯 뿌연 수증기를 등지고 선 이준의 모습이 보였다.

　"왔어요?"

　이준은 평소와 다름없는 얼굴로 물었다. 하지만 유경은 아무렇지 않게 대답할 수가 없었다. 이준이 샤워를 끝내고 나온 듯 헐벗고 있었기 때문이다. 그의 허리춤에는 고작 수건 하나가 아슬아슬하게 둘러져 있을 뿐이었다.

　"일찍 왔네요. 지민 누나 만나니까 당연히 술 먹고 들어올 줄 알았는데."

　"당연은 무슨. 내가 술꾼도 아니고."

　퉁명스레 대답한 유경은 이내 손으로 눈을 가리며 물었다.

　"근데 너 꼴이 왜 그래?"

　"깜빡하고 옷을 안 챙겨 와서요. 그냥 나오려다가 그래도 혹시 몰라서 수건은 걸치고 나왔는데. 그러길 잘했네."

　"……!"

　순간 유경의 얼굴에 경악이 서렸다. 저도 모르게 상상해 버렸다. 실오라기 하나 걸치지 않은 알몸인 이준과 마주치는 순간을. 그저 상상만 했을 뿐인데 너무 민망해서 소름이 쫙 돋는다.

　"조심 좀 해. 너 혼자 사는 거 아니잖아."

웅얼거리며 말을 뱉은 뒤 걸음을 옮겼을 때였다. 바닥에 놓여 있던 뭔가를 밟았다. 시야를 차단한 탓에 앞이 제대로 보이지 않아 조심할 수가 없었던 것이다. 그와 동시에 미끄덩, 하며 유경의 몸이 뒤로 넘어갔다.

"앗!"

단말마의 비명과 함께 유경은 두 눈을 질끈 감았다. 뒤로 넘어가는 상황에서 제대로 착지를 할 수 있는 반사 신경 따위는 없었다. 꼼짝 없이 뒤로 넘어갈 수밖에 없는 상황이었다. 손에 들려 있던 케이크 상자는 이미 허공을 날고 있었다.

찰나였지만 자신의 한계를 깨닫고 포기하는 순간이었다. 턱, 하고 뭔가가 그녀의 허리를 단단하게 받쳐 들었다. 굳이 눈을 뜨지 않아도 알 수 있었다. 허리에 감겨 있는 것이 이준의 팔이라는 것을. 언젠가 한번 겪은 적 있는 상황이었다.

"괜찮아요?"

놀란 듯한 이준의 목소리에 유경은 슬그머니 눈을 떴다. 아니나 다를까. 이준의 가슴팍이 그녀의 눈앞에 와 있었다. 탄탄하게 자리 잡은 가슴 근육이 그녀의 얼굴과 가까워도 너무 가까웠다. 자칫 잘못하다간 뺨과 닿을 지경이었다.

"으응, 괜찮아."

당황한 고개부터 옆으로 휙 돌리며 얼른 몸의 중심을 잡으려 했다. 이준이 그녀의 허리를 곧추세울 수 있도록 도와주었다.

그 순간이었다.

스륵—

뭔가가 풀어지는 옅은 마찰음과 함께 이준의 허리춤을 감싸고 있던 수건이 바닥으로 툭, 떨어진다. 저도 모르게 소리가 나는 쪽으로 시선을 내린 유경은 가히 충격적인 광경에 두 눈을 질끈 감았다. 그러곤 집이 떠나가라 있는 힘껏 소리를 내질렀다.

"꺄악-!"

11. 흔들리는 여자

출근 준비를 다 끝낸 유경이 화장대 앞에 앉아 거울을 멍하니 바라보고 있었다. 평소와 달리 얼굴이 퀭했다. 간밤에 잠을 설친 탓이었다. 생각하지 말자. 생각하지 말자. 세뇌하듯 되뇌었지만 그럴수록 오히려 더 생각나는 이유는 뭘까. 몇 번이나 눈앞에 생생하게 떠오르는 그 장면에 이불을 몇 번이나 걷어찼는지 모르겠다. 거울을 빤히 바라보고 있는데 똑똑. 노크 소리가 들린다. 그제야 거울에 박혀 있던 유경의 고개가 옆으로 돌아갔다.

"아직 멀었어요?"

이준의 질문에 유경은 다시금 거울을 바라보았다. 화장부터 머리까지 모두 완벽했다. 하지만 그런 제 모습을 보면서도 입이 제멋대로 움직인다.

"으응, 아직……."

"얼른 끝내고 밥 먹으러 와요. 국 떠 놨는데 다 식겠어요."

"알겠어."

대답한 유경은 쿠션팩트를 집어 들었다. 그러곤 이미 화장이 곱게 펴 발린 뺨에 무심한 손길로 툭툭 쳤다. 기계적으로 화장을 덧바르던 유경은 이내 손길을 멈췄다. 잠이 부족한 탓에 덧바를수록 화장이 오히려 더 뜨고 있었던 것이다. 한숨이 절로 나온다.

"나이를 먹긴 했나 보네. 피부 하난 자신 있었는데……."

어찌 된 게 마음대로 되는 게 하나도 없는 것 같다. 우울한 얼굴로 화장을 마무리 지은 후 자리에서 일어났다. 터덜터덜 주방에 도착한 유경은 지정석에 앉았다. 흘긋 식탁 위를 바라보는데 제 앞에는 쌀밥이 놓여 있는 반면 이준의 앞에는 형체가 완전히 일그러진 케이크가 놓여 있었다. 아니, 케이크라고 말하기에도 민망할 정도로 반죽덩어리, 그 자체였다. 물론 맛이야 변하지 않았겠지만 비주얼상으론 음식물쓰레기에 훨씬 더 가까워 보인다.

"그거 먹게? 그냥 버리지."

"누나가 처음으로 나 위해서 사 온 건데, 어떻게 버려요."

"다음에 또 사다 줄게."

"알겠어요. 또 사 줘요. 그래도 이건 먹을래요."

고집스럽게 대답한 이준은 포크를 들고 케이크를 푹 찍었다. 생크림과 빵이 한데 뭉개진 덩어리가 포크 끝에 매달려 올라간다.

식욕이 뚝 떨어지는 비주얼인 그것을, 이준은 아주 맛있게 먹기 시작했다.

"참, 누나."

오물오물. 케이크를 맛보던 이준이 문득 유경을 불렀다.

"이제 확실히 알았죠?"

"뭘?"

"나 남자라는 거."

이준이 한쪽 입꼬리를 씨익 말아 올린다. 그 미소에 담겨 있는 속뜻을 읽어 낸 유경의 얼굴이 새빨갛게 달아올랐다. 그놈의 남자 타령! 이젠 아주 지긋지긋해 죽겠다, 정말로.

누가 봐도 남자인 녀석을 저 혼자 인정하지 못하겠다며 고집을 부렸기 때문일까. 남자라는 걸 인정하지 않으려야 인정할 수밖에 없게 만드는 상황이 만들어진 것은.

"야! 넌 안 민망하니?"

난 지금 민망해 죽겠는데. 유경은 뒷말을 삼켰다. 정말로 황당했다. 뻔뻔한 건 진작 알고 있었지만, 그래도 제 알몸을 적나라하게 보여 준 이 상황에서조차 이렇게 뻔뻔하게 굴 줄은 몰랐으니까 말이다. 그런데 돌아오는 대답은 더욱 가관이다.

"전혀요. 누나도 봐서 알겠지만 꽤 자신 있거든요."

말 그대로 자신감이 넘치다 못해 흘러내리는 표정이었다. 유경은 꽥 소리를 내질렀다.

"보긴 뭘 봐! 전혀 못 봤어…… 아니, 안 봤거든!"

"근데 왜 그렇게 민망해해요? 아무것도 안 봤다면서."

"아, 몰라! 아무튼 앞으로 집에선 무조건 옷 입고 다녀. 씻으러 갈 땐 잊지 말고 옷 꼭 챙겨서 들어가고.”

여전히 시선을 못 마주치고 잔소리를 뱉어 내자 이준이 쿡쿡, 낮게 웃는다.

“아니, 보인 건 난데 누나가 왜 더 민망해해요.”

그러게. 왜 늘 너는 당당하고 나는 이런 식인 걸까. 나도 정말이지 그 이유를 알고 싶구나. 속으로 짙은 한숨을 내쉰 유경은 이준의 웃는 얼굴을 무시하고 숟가락을 들어올렸다. 그 순간이었다. 찌릿, 손목에서 통증이 느껴진 것은.

“아……”

가느다란 신음과 함께 유경은 숟가락을 다시 내려놓았다. 아까 씻을 때부터 조금 불편하긴 했었다. 그런데 이제 보니 살짝 부은 것 같기도 하다. 어제 수건이 바닥에 떨어지는 순간 너무 놀라서 소리를 내질렀고, 그 소리에 놀란 이준이 유경을 받쳐 들던 손을 놓쳤다. 그 덕분에 유경은 바닥에 엉덩방아를 쾅 찧어야만 했다. 아마도 그때 착지를 잘못해 손목이 접질린 모양이었다. 어젠 너무 당황해서 아픈 줄도 몰랐는데, 이제 슬슬 통증이 느껴진다.

“왜 그래요?”

통증 때문에 미간을 찌푸리고 있는데, 그 표정이 신경 쓰였는지 이준이 물었다.

“아니야. 아무것도.”

“아무것도 아닌 게 아닌 것 같은데?”

집요한 눈빛에 유경은 있는 그대로 말했다.

“진짜 별거 아니야. 손목이 좀 시큰거려서 그래.”

순간 이준의 입가에 걸쳐져 있던 웃음기가 싹 사라진다. 그는 언제 그랬냐는 듯 진지한 얼굴로 되물었다.

"어제 접질린 거예요?"

"그런 것 같아."

대답이 끝나기가 무섭게 드르륵, 의자 끄는 소리가 들렸다. 자리에서 일어난 이준은 그녀가 뭐라 묻기도 전에 성큼성큼 거실로 향했다. 잠시 후 주방으로 돌아온 이준의 손에는 구급상자가 들려 있었다. 그가 유경의 앞에 한쪽 무릎을 꿇고 앉았다. 꼭 프러포즈를 할 때 반지를 건네는 듯한 자세였다.

"손목 이리 줘요. 파스 붙이게."

구급상자를 펼친 이준이 유경을 향해 손을 척, 내밀었다.

"내가 할 수 있어."

"아픈 곳이 오른쪽이잖아요. 왼손으로 파스 붙이기 불편해요."

이준의 고집에 유경은 못 이기는 척 손을 내밀었다. 이준은 유경의 손을 조심스럽게 붙든 후 섬세한 손길로 손목에 파스를 붙여주기 시작했다. 그리고 유경은 그런 이준을 물끄러미 내려다보았다. 자세 때문일까. 아니면 별것도 아닌 상처임에도 이준의 표정이 더없이 심각해 보이기 때문일까. 왠지 기분이 묘했다.

바쁜 월요일의 시작이었다. 오늘도 어김없이 유경은 아침부터 쏟아지는 일을 처리하느라 정신이 없었다. 주말엔 그 누구도 일을 하지 않는 것 같은데, 어째서 월요일만 되면 서류가 쌓이는 걸까. 세계 제7대 불가사의 중 하나로 넣어야 하는 건 아닌가 싶다.

보고서 올릴 것을 프린터로 뽑아 파일철로 만들었다. 마지막으로 확인을 하려고 서류를 넘겨 보는 순간이었다. 손목에서 또다시 시큰거리는 통증이 느껴진다. 얼굴이 절로 찌푸려진다.

유경은 들고 있던 파일철을 내려놓고 손목을 내려다보았다. 넓적한 파스가 가녀린 손목을 칭칭 감고 있었다. 어찌나 꼼꼼하게 붙였는지 가장자리의 들뜸도 없이 마치 제 피부처럼 딱 달라붙어 있었다. 파스를 내려다보고 있자니 문득 아침에 보았던 이준의 옆얼굴이 떠오른다. 누가 카메라 앞에 서는 직업 아니랄까 봐. 그는 장난스러울 땐 한없이 장난스럽다가도 진지할 땐 한순간에 진지해져서 그녀를 당황스럽게 만들곤 했다.

오늘 아침에도 그랬다. 고작 손목을 삔 것 정도인데 이준이 어찌나 심각하게 다루던지. 그 순간만큼은 정말로 그의 소중한 사람이 된 것 같아 가슴이 떨리지 않았던가. 하여튼, 사람을 들었다 놨다 하는 능력 하난 1등이었다. 바람직한 상황은 아닌 것 같은데…… 왠지 마음 한편을 비집고 들어오는 찜찜함에 멍하니 손목을 바라보고 있을 때였다. 옆자리의 보라가 불쑥 얼굴을 내밀며 묻는다.

"대리님, 손목이 왜 그래요. 다치셨어요?"

"조금 접질렸어."

"병원에 안 가셔도 돼요?"

"굳이 안 가도 괜찮을 것 같아. 통증이 그렇게 심한 건 아니라서."

"접질린 거 꽤 오래 가는데."

"응, 내 생각에도 한 며칠 고생할 것 같긴 해."

유경은 오른손으로 아픈 손목을 가볍게 주물렀다.

"근데 어쩌다가 그러셨어요?"

보라의 질문에 유경은 순간 멈칫했다. 머릿속에 잊으려고 애썼던 어제의 장면이 생생하게 떠올랐기 때문이다. 시간이 지나도 흐릿해지기는커녕 오히려 더 생생해지는 건 왤까. 유경의 얼굴이 화르륵 타올랐다.

"바, 바퀴벌레가 갑자기 튀어나와서……."

"바퀴벌레요?"

"응. 그래서…… 너무 놀라서 넘어졌어."

거짓말을 잘하는 편도 아닌데 이상하게 술술 나온다. 보라가 '저런' 하며 마치 위로하듯 말했다.

"아, 많이 놀라셨겠네요."

"으응, 지이인짜…… 많이 놀랐지."

너의 그것을 바퀴벌레라고 표현해서 미안하다, 이준아. 하지만 어쩔 수 없었어. 속으로 심심한 사과를 건네며, 유경은 얼른 말을 돌렸다.

"아, 배고프다. 오늘따라 시간이 왜 이렇게 안 가는지 모르겠네."

주린 배를 쓰다듬으며 중얼거리자 보라가 묻는다.

"에너지바 하나 있는데. 그거라도 드실래요?"

"그래 주면 나야 고맙지."

망설임 없이 냉큼 대답했다. 빛보다도 더 빠른 대답에 보라가 작게 웃으며 가방을 열어 에너지바 하나를 건넸다.

"고마워. 잘 먹을게."

넙죽 받아 든 유경은 포장지를 벗기고 크게 한입 베어 물었다. 조금 전에 바퀴벌레 타령을 했던 것과 달리 배가 고프다는 것은 진심이었다. 아침밥을 제대로 먹지 못했다. 손목이 아픈 탓도 있었지만, 어쩐지 자꾸만 이준이 의식돼서 밥이 입으로 들어가는지 코로 들어가는지 헷갈릴 지경이었다. 결국 반도 못 먹고 자리에서 일어나야만 했다.

"참. 대리님. 저 여쭤 보고 싶은 게 있는데요."

"응. 뭔데?"

"이번에 제 친구가 사거리에 치킨집을 오픈했거든요."

"아, 버스 타고 오면서 본 것 같아. 가게 앞에 풍선 엄청 붙어 있던데. 커피숍 맞은편, 맞지?"

"맞아요. 거기."

대답한 보라가 말을 이어갔다.

"보통 친구가 가게 오픈을 하면 한 번쯤은 팔아 주러 가는 게 예의인 거겠죠? 심지어 회사 근처인 거 뻔히 아는데, 안 가고 버티면 좀 그렇겠죠?"

"꼭 그래야 하는 건 아니지만…… 아무래도 좀 그렇지 않을까?"

유경의 대답에 보라가 한숨을 푹 내쉰다.

"왜, 가기가 싫은 거야?"

"싫은 건 아닌데, 좀 애매해서요."

"애매하다고?"

"사실 친한 친구는 아니거든요. 겹치는 친구도 별로 없어서 같이 갈 사람도 없고."

"아, 애매한 상황 맞네."

"대리님이 봐도 그렇죠?"

유경이 동의한다는 듯 고개를 끄덕이자, 보라가 조심스레 묻는다.

"그래서 말인데요……. 대리님 혹시 오늘 퇴근하고 시간 괜찮으세요?"

"오늘?"

"네, 시간 괜찮으시면, 저랑 같이 가 주시면 안 될까요?"

의외의 부탁에 유경은 눈을 둥그렇게 떴다. 보라가 이런 부탁을 하는 것은 처음이었다. 지금껏 두 사람이 함께한 시간은 결코 짧지 않았지만, 지금까지 회식을 제외하고는 밖에서 따로 자리를 가진 적이 단 한 번도 없었다. 회사에서 함께 보내는 시간이 워낙 길었기 때문에 굳이 밖에서까지 시간을 보낼 필요성을 느끼지 못한 탓이었다.

사실 회사에서는 가장 가까운 관계이기는 했지만 그래도 편하게 만날 사이는 아니었다. 특히나 보라의 입장에서 그녀는 상사가 아니던가. 아무리 편하게 해 준다고 해도 불편할 수밖에 없는 관계였다.

"제가 쏠게요. 제발 부탁드려요."

급하긴 급한 모양이었다. 보라가 두 손을 모으고 다시 한번 공손하게 부탁했다. 잠깐 고민하던 유경은 조금 남은 에너지바를 한입에 털어 넣고 오물거리며 물었다.

"맥주도 먹어도 돼?"

"그럼요. 마음껏 드세요!"

대답은 금방 돌아왔다. 유경은 씩 웃으며 시원하게 대답했다.

"그렇다면, 콜!"

원하는 대답을 들은 보라가 활짝 웃으며 고개를 꾸벅 숙인다.

"감사합니다, 대리님!"

그런 보라의 정수리를 바라보며 유경은 속으로 생각했다. 오히려 고마운 건 나라고. 집에 늦게 들어갈 수 있는 좋은 핑계가 생겼으니까 말이다.

퇴근 후 보라와 유경은 곧장 치킨집으로 향했다. 젊은 사장의 감각이 그대로 반영된 건지 가게는 세련된 분위기였다. 언뜻 보면 커피숍처럼 보이기도 했다. 오픈기념 행사를 하고 있는 데다가 퇴근 시간까지 겹친 덕에 가게 안은 꽤 많은 손님으로 북적이고 있었다. 두 사람은 알아서 구석진 자리에 자리를 잡았다. 보라가 양손에 들고 있던 종이가방 두 개를 바닥에 내려놓았다.

툭, 툭.

바닥에 닿는 종이가방에서 꽤 묵직한 소리가 났다.

"들어 줘서 고마워, 보라 씨."

유경이 감사의 인사를 건넸다. 보라가 내려놓은 종이가방은 두 개 다 원래 유경의 것이었다. 그런데 그녀의 손목이 불편한 것 같으니 자신이 들어 주겠다며 회사에서부터 여기까지 대신 들어다 준 것이었다.

"에이, 뭘요."

별거 아니라는 듯 보라가 씩 웃었다.

"근데 부장님 진짜 너무하시네요. 당사자 의견은 묻지도 않고 막무가내로 이런 걸 맡기시고. 원래 대리님이 해야 할 일 아니잖아요, 이거. 심지어 차도 없는데."

보라가 터질 듯한 종이가방을 바라보며 고개를 설레설레 내저었다. 내일 아침 거래처에 가져다 줘야 하는 신상품 샘플이었다. 보라의 말대로 해야 할 일은 아니었지만, 이번에도 역시 그녀의 집과 거래처가 가깝다는 이유만으로 부장님의 픽을 당한 것이다.

"하루 이틀인가, 뭐."

유경이 대수롭지 않다는 듯 말하자 보라가 눈살을 찌푸린다.

"대리님이 그렇게 무조건 오케이만 하니까 부장님이 더 일을 시키는 거잖아요. 손해 보는 성격이신 건 알죠?"

"내 성격이?"

"모르셨어요? 대리님 엄청 손해 보는 성격이세요. 그러니까 가끔은 농땡이도 좀 부리고 하세요."

보라의 걱정이 담긴 잔소리에 유경은 배시시 웃었다.

"안 그래도 내일은 거래처 들렀다가 좀 여유롭게 출근하려고. 이것도 나름 외근이니까 최대한 즐겨야겠어."

"잘 생각하셨어요! 그리고 기왕 늦는 김에 회사 앞 커피숍에서 모닝커피도 한잔하고 오세요. 작정하고 브런치까지 즐기면 더 좋겠네요."

"그러다 혹시라도 부장님하고 마주치면?"

"제가 내일 오전엔 부장님 감시 잘하고 있을게요. 걱정 마세요!"

두 사람이 별 의미 없는 농담을 하며 깔깔 웃을 때였다. 앳된 얼굴의 직원이 이쪽으로 다가왔다. 그녀는 물병과 컵을 세팅하고 메뉴판을 건넸다.

"저기요."

직원이 돌아서기 직전 보라가 말을 걸었다.

"혹시 사장님은 어디 계세요?"

"사장님이요?"

"음…… 제가 여기 사장님이랑 친구거든요."

"앗! 안녕하세요."

아르바이트생이 보라를 향해 고개를 꾸벅 숙였다. 갑작스러운 인사에 보라도 당황해 덩달아 고개를 꾸벅 숙였다.

"저희 사장님 지금 주방에 계세요."

"아, 그래요?"

"친구분 오셨다고 말씀 드릴까요?"

"아니에요. 바쁜 것 같은데, 그냥 제가 가서 인사할게요."

직원이 돌아가고, 주방의 위치를 확인한 보라가 들고 있던 메뉴판을 유경의 앞으로 쓱 내밀었다.

"대리님, 여기요. 메뉴 고르고 계세요. 저 친구한테 왔다고 얼굴 도장 좀 찍고 올게요."

"내가 먹고 싶은 걸로 골라도 돼?"

"그럼요. 마음껏 고르세요."

보라가 자리를 비우고 메뉴 결정권을 넘겨받은 유경은 메뉴판을 훑었다. 프라이드치킨부터 시작해서 양념치킨, 간장치킨, 매운 치킨, 깐풍치킨 등등. 한눈에 들어오지 않을 정도로 종류가 꽤나 많았다.

하나하나 고심하며 살피고 있을 때였다. 테이블 위에 올려 둔 휴대폰이 울렸다. 액정을 흘긋 바라보자 이준의 이름이 보인다. 오늘 늦을 거라고 문자를 보낸 건 두어 시간 전이었는데, 이제야 문자를 확인한 모양이었다.

"오늘 바빴나 보네. 늘 칼답이더니."

중얼거리며 휴대폰을 집어 들었다.

[분리수거 날마다 늦는 건, 혹시 계획적인 거예요?]

이준의 메시지를 확인한 유경은 아차, 싶었다. 오늘이 분리수거 날이라는 것을 또 까맣게 잊고 있었다. 정말로 그럴 의도는 아니었는데. 어쩌면 이준의 입장에서는 그렇게 느껴질 수도 있겠다는 생각이 든다.

[미안. 다음 주엔 꼭 내가 분리수거할게.]

[약속한 거예요. 다음 주 분리수거.]

[그래. 약속해.]

[증거자료 확보완료. 지금 대화 캡처했어요.]

증거자료……? 캡처……? 문자를 내려다보며 유경은 살짝 눈살을 찌푸렸다. 그도 그럴 것이 범죄자한테나 쓸 법한 단어가 아니던가. 어지간히 제가 못 미더운 모양이었다. 하긴. 스스로 생각해봐도 그간 자신의 전적이 화려하긴 했던 것 같긴 하지만 말이다.

"치사하고 더러워서 내가 무슨 수를 써서라도 지킨다, 지켜!"

흥, 콧방귀를 뀌는데 문자 한 통이 연이어 도착했다.

[근데 손목은 괜찮아요? 병원 안 가도 되겠어요?]

유경은 손목에 붙어 있는 파스를 흘긋 내려다보았다. 반나절이 훌쩍 지났지만 파스는 여전히 예쁘게 붙어 있었다. 그리고 그 덕분인지 손목 통증도 많이 줄어든 것 같았다.

[응. 괜찮아.]

[다행이네요. 치킨 맛있게 먹고 와요. 아, 그리고 술 적당히 먹는 거 잊지 말고요.]

어찌 된 게 이준과 하는 대화의 마무리엔 잔소리가 빠지는 법이 없는 것 같다. 이젠 익숙해져 버린 패턴이었다. 유경은 익숙하다는 듯 그러겠노라는 답장을 보냈다. 문자를 이제 막 전송하고 휴대폰을 내려놓았을 때였다. 보라가 그녀의 맞은편 자리에 앉았다.

"벌써 왔어?"

"안 친하다고 했잖아요. 별로 할 말도 없어요. 어색하고."

호호호, 보라가 작게 웃었다.

"메뉴는 정하셨어요?"

"아니, 아직. 너무 많아서 오히려 더 고르기 힘드네."

"와, 진짜 많네요."

메뉴판을 본 보라 역시 입을 쩍 벌렸다. 두 사람은 마치 중요한 보고서라도 확인하듯 메뉴판 테이블 정중앙에 펼쳐 놓고 정독하기 시작했다. 마침내 가게에서 팔고 있는 모든 메뉴를 다 확인한 유경이 메뉴판을 덮으며 먼저 제안했다.

"이럴 땐 그냥 프라이드 반, 양념 반이 제일 낫겠지?"

"저도 좋아요!"

고민한 게 무색할 정도로 메뉴 결정은 금방이었다. 직원을 불러 프라이드 반과 양념 반, 그리고 생맥주 두 잔을 주문했다. 샐러드와 함께 생맥주가 먼저 놓였다. 간단하게 건배를 하고 시원한 생맥주를 한 모금 들이마셨을 때였다.

"어? 저기 팀장님 아니에요?"

들고 있던 잔을 내려놓은 보라가 눈을 둥그렇게 뜨며 입구 쪽을 바라보았다. 유경은 뒤를 돌아보았다. 보라의 말대로 선우가 가게 안으로 들어오고 있었다.

"팀장님!"

선우임을 확신한 보라가 반갑게 그를 불렀다. 그러자 선우의 시선이 이쪽으로 향한다. 그 역시도 전혀 예상하지 못한 만남이었는지 눈이 커지는 게 보인다. 보라가 손을 붕붕 흔들자 선우가 인사를 하려는 듯 이쪽으로 다가왔다.

"두 분, 퇴근하자마자 부지런히 나가시는 것 같더니 여기 계셨네요."

"네. 치킨에 맥주 한잔하려구요. 팀장님은 어쩐 일이세요?"

"저도 치킨이 당겨서 지나가던 길에 들렀어요. 포장해서 가려고."

선우의 말에 보라가 눈을 반짝였다.

"집에서 드시려고요? 그럼 혹시 최재규 씨랑 둘이 드시는 거예요?"

"아뇨. 혼자요. 오늘 재규가 늦는다고 해서."

"아, 그렇구나."

고개를 끄덕이던 보라가 갑자기 생각난 듯 물었다.

"그럼 저희랑 같이 드실래요?"

"네?"

"저희도 이제 막 주문했거든요."

보라의 말에 선우가 눈치를 살피려는 듯 흘끗 유경을 바라보았다.

"제가 끼어도 되는 자리예요?"

"당연하죠. 둘보단 셋이 낫잖아요. 안 그래요, 대리님?"

갑작스럽긴 했지만 나쁠 건 없었다. 함께 야근을 한 그날 이후로 선우가 조금은 편해진 상태였다. 그리고 사실 나쁘다고 해도 여기서 '난 싫은데?'라는 말을 할 수 있을 리가 없지 않은가.

유경은 어색하게 웃으며 대답했다.

"네. 팀장님. 괜찮으시면 같이 드세요."

유경의 허락까지 떨어지자 선우는 마치 기다렸다는 듯 냉큼 대꾸했다.

"그럼 염치불고하고 자리에 좀 끼겠습니다."

"대환영이에요!"

보라가 열렬하게 반기며 자리에서 벌떡 일어났다.

"여기 앉으세요."

선우에게 자신의 자리를 내어 준 보라는 유경의 옆자리에 앉았다.

딩동─ 앞접시와 포크를 제 앞으로 챙긴 보라가 테이블에 붙어 있는 벨을 눌렀다. 직원이 빠르게 다가왔다.

"뭐 필요하신 거 있으세요?"

"저희 일행이 추가돼서요. 앞접시랑 포크 하나씩 더 주세요. 그리고……."

말을 하다 말고 보라가 선우를 바라본다.

"팀장님도 맥주 드실래요? 아니면 소주?"

"아, 전 술은 괜찮습니다. 오늘 컨디션이 좀 나빠서요."

"그러시구나. 그럼 콜라로 시킬까요?"

"네, 콜라로 할게요."

선우의 선택을 들은 후 보라가 다시금 직원을 바라보며 말을 마무리 지었다.

"콜라도 하나 주세요."

"네. 금방 준비해 드릴게요."

주문을 받은 직원이 떠나고 유경이 선우를 바라보며 물었다.

"팀장님, 어디 아프세요?"

"아뇨, 아픈 건 아닌데, 요즘 잠을 제대로 못 잤더니 피로가 좀 쌓인 것 같아요."

하긴. 선우가 들어온 이후로 회사는 계속 바빴다. 안 그래도 적응하느라 정신이 없을 텐데 맡은 업무량까지 상당했으니, 피로가 쌓이지 않는 게 더 이상한 일이었다.

"저희가 괜히 붙잡은 거 아니에요?"

"전혀요. 저야 불러 주셔서 오히려 너무 고맙죠. 사실 혼자 치킨 먹을 생각에 씁쓸했거든요."

"맞아요. 아무리 치킨이라도 혼자 먹으면 맛없잖아요."

보라가 웃으며 선우의 말을 거들었다.

직원이 주문한 치킨과 함께 콜라를 가져왔다. 갓 튀긴 치킨에서는 맛있는 기름 냄새와 함께 김이 폴폴 났다.

"두 분 다 마음껏 드시고 모자라면 더 시키세요. 오늘은 제가 쏩니다!"

보라가 집게를 들어 치킨을 각자의 앞접시에 분배하며 외쳤다. 선우가 고개를 갸웃했다.

"근데 오늘 무슨 날이에요?"

"무슨 날은 아니고요. 사실 여기 제 친구 가게거든요. 그래서 제가 결제해야 해요."

속삭이듯 말하며 보라가 호호호 하며 웃었다.

"아참, 팀장님. 오해하지 마세요. 이건 제가 전에 사겠다고 말씀드렸던 거랑 별개니까요. 권이준 사인 받아 주신 것에 대한 감사인사는, 치킨 말고 더욱더 맛있는 걸로 꼭 다시 할게요."

"전 이걸로 퉁쳐도 괜찮은데."

"아니요, 그건 제가 용납 못 해요. 다른 것도 아니고 권이준 사인인데, 치킨으로 퉁치다뇨!"

한눈에 보이는 보라의 열정에 선우가 작게 웃었다.

"윤 주임님은 그 모델을 정말 좋아하시나 봐요."

"네! 엄청 좋아해요."

말이 끝나기가 무섭게 칼같이 대답한 보라가 급 한숨을 푸욱 내쉰다.

"그래서 제가 연애를 못 하나 봐요. 눈이 쓸데없이 너무 높아져서……."

"어? 윤 주임님, 남자친구 없어요?"

"네, 솔로예요."

"의외네요. 당연히 있을 줄 알았는데."

"팀장님은요? 여자친구 있으세요?"

"저도 솔로예요."

"정말요?"

"네."

"팀장님이 더 의왼데요? 당연히 있을 줄 알았는데."

보라가 자신이 들은 말을 그대로 돌려주자 선우가 '그런가요?' 하며 낮게 웃는다.

"팀장님도 눈이 높으신가 보다. 맞죠?"

"글쎄요⋯⋯."

대답을 고민하는 듯 말꼬리를 길게 늘어뜨린 선우가 유경을 슬쩍 바라본다. 포크로 치킨을 찢던 유경은 느껴지는 시선에 고개를 들었다. 그와 동시에 두 사람의 시선이 마주쳤다.

"그러게요."

"⋯⋯."

"저도 눈이 낮지는 않은 것 같네요."

대답을 마무리 지으며 선우가 빙긋 웃어 보였다. 하필이면 시선을 마주하고 있는 상태여서 유경은 저도 덩달아 어색하게 입가를 끌어 올렸다. 그러면서 속으로 역시 눈이 높나 보구나, 생각했다.

"자의든 타의든, 우리 셋 중에 애인 있는 건 서 대리님뿐이네요."

움찔. 유경의 어깨가 작게 떨렸다. 그러고 보니 아직 보라에게는 아무 얘기도 하지 못했다는 사실이 뒤늦게 떠올랐다.

"서 대리님은 애인이 있으세요?"

선우의 시선이 유경에게 지그시 닿았다. 하지만 질문의 대답은 보라가 했다.

"네. 꽤 오래 만나셨을걸요. 그죠. 대리님?"

순간 네 개의 눈동자가 일제히 유경을 향했다. 두 사람이 대화를 나누는 동안 방관자처럼 듣기만 하던 유경은 갑자기 자신에게로 쏠리는 시선에 작게 헛기침을 했다. 씹고 있던 닭 가슴살이 마치 고무처럼 질기게 느껴진다.

"아…… 보라 씨."

잠깐 망설이던 유경은 조심스럽게 말했다.

"나, 사실은 헤어졌어."

자리는 일찍 파했다. 선우가 술을 마시지 않아서 길게 이어 갈수 없었던 탓도 있지만, 사실 가장 결정적인 이유는 헤어졌다는 사실을 고백한 후로 급격히 분위기가 다운됐기 때문이다. 괜찮다고, 전혀 신경 쓰지 않아도 된다고 말했지만 보라는 계속해서 유경의 눈치를 봤다. 자신이 괜한 말을 꺼낸 것 같아 미안한 모양이었다. 분위기가 그렇다 보니 선우도 눈치를 보는 것 같았다. 결국 원인을 제공한 유경까지 포함해서 세 사람은 전부 불편한 술자리를 가져야만 했다. 이럴 줄 알았으면 헤어졌다는 말은 하지 말 걸그랬나……. 가게를 나서며 유경은 뒤늦은 후회를 했다.

"잘 먹었어, 보라 씨."

"저도 잘 먹었습니다. 윤 주임님."

계산을 끝내고 밖으로 나오는 보라를 향해 유경과 선우가 차례대로 감사 인사를 전했다.

"조금 민망하네요. 얼마 나오지도 않았는데."

보라는 쑥스럽다는 듯 배시시 웃었다.

"두 분, 제 차로 가시죠. 데려다 드릴게요."

선우가 가게 앞에 주차된 자신의 차를 가리켰다. 차도 주인을 닮는 모양이다. 이준의 차는 이준을 닮은 듯 날카로운 느낌이 드는 외형이었는데, 선우의 차는 왠지 모르게 곡선이 완만한, 둥근 느낌의 외형이었다.

　유경이 선우의 차를 바라보며 쓸데없는 생각을 하고 있는데, 옆에선 보라가 휴대폰으로 시간을 확인하고는 대답했다.

"저는 볼일이 있어서 잠깐 다른 데 들르려구요."

"가시는 곳이 어디예요? 가는 길이면 거기까지 데려다 드릴게요."

"아쉽지만 집이랑 완전히 반대 방향이라서요."

　보라의 말이 끝나고 유경이 말을 덧붙였다.

"저도 따로 갈게요."

"대리님도 약속 있으세요?"

"아니, 그런 건 아닌데……."

"그럼 그냥 팀장님 차 타고 가세요! 짐도 많으시잖아요."

　보라가 유경이 품에 안고 있는 종이가방을 가리켰다. 그러자 선우도 한마디를 거든다.

"그래요. 집으로 가시는 거면 그냥 제 차 타고 가세요. 같은 방향이잖아요."

　같은 방향인 거지 완전히 같은 동네는 아니지 않은가. 부담스러운 마음에 버스를 타고 가면 된다고 사양의 말을 하려던 찰나였다. 말을 채 꺼내기도 전에 보라가 눈치를 챈 듯 그녀의 어깨를 선우의 방향으로 밀며 선수를 쳤다.

"대리님을 잘 부탁드려요, 팀장님."

　꾸벅. 고개까지 숙였다.

"네, 걱정 마세요. 집까지 안전하게 모시겠습니다."

선우 역시 덩달아 고개를 숙이며 대답했다. 그리고 유경은, 그렇게 서로 인사를 주고받는 두 사람을 황당하다는 듯 바라보았다. 이미 자신이 선우의 차를 얻어 타는 게 결정이 된 듯했다. 당사자인 제 의지와는 전혀 무관하게 말이다.

"그럼 저 먼저 갈게요. 두 분, 내일 봬요."

작별 인사를 건넨 보라는 택시를 잡아탔다. 택시가 완전히 시야에서 사라진 후에야 두 사람은 차로 향했다. 각자 운전석과 조수석에 올라탔을 때였다. 선우의 휴대폰이 울렸다.

"잠깐 실례 좀 할게요."

차 안에서 받아도 되는데. 선우는 예의를 차린다며 차에서 내려 전화를 받았다. 유경은 잊지 않고 안전벨트부터 맨 다음 차창 너머로 보이는 선우의 통화하는 모습을 물끄러미 바라보았다. 통화는 길지 않았다. 금방 통화를 끝낸 선우가 운전석으로 올라탔다.

"사촌동생 전화였어요."

묻지도 않았는데 친절하게 설명해 준다.

"네에."

유경은 어색하게 고개를 끄덕였다. 선우가 휴대폰을 흘끗 보다 묻는다.

"이 근처에 당근케이크로 유명한 가게가 있다는데. 혹시 아세요?"

"당근케이크요?"

"재규 말로는 엄청 유명하다는데."

심부름 전화였던 모양이다. 당근케이크라⋯⋯. 들어 본 적이 있는 것도 같은데. 가만히 곱씹어 보던 유경은 선명하게 떠오르는 기억에 아랫입술을 살짝 깨물었다. 어디서 들었나 했더니 동건에 게서 들었었다.

　여느 때와 다름없이 회사 근처에서 만나 커피숍에서 데이트를 즐기고 있을 때였다. 동건이 문득 말했다.
　'참. 당근케이크도 하나 시킬까?'
　'갑자기 웬 당근케이크?'
　'여기가 엄청 유명하다고 하더라고.'
　'정말? 몰랐네. 근데 나도 모르는 걸 동건 씨가 어떻게 알아?'
　순수한 궁금증이었다. 달콤한 군것질거리를 좋아하는 편도 아 닌데 갑자기 당근케이크를 얘기하는 게 의아해서. 게다가 바로 옆에서 회사를 다니는 자신보다 그가 이 소식을 알고 있다는 게 놀라워서. 그런데 동건은 흠칫, 티 나게 놀라며 어색하게 대답했 었다.
　'그냥…… 들었어. 나도.'

　그땐 그냥 '그래?' 하고 별로 대수롭지 않게 넘겼었다. 그런데 이 제 와서 생각해 보니 의심스럽기는 하다. 그 여자가 알려 준 건 아 니었을까, 하고. 그렇게 생각하자 입안이 쓰다. 유경은 괜스레 침 을 꼴깍 삼켰다. 선우는 검색으로 알아보려는 듯 휴대폰을 살피 고 있었다.
　별로 좋은 추억도 아니고. 그냥 모르는 척할까 하다 이내 마음 을 고쳐먹고 운을 뗐다.
　"저…… 알 것 같아요."

"정말요?"

선우가 환하게 웃으며 고개를 들었다.

"안내해 주실 수 있어요? 가는 길에 사 가야 할 것 같은데."

"가까워요. 바로 건너편 커피숍이에요."

유경이 신호등 건너편 커피숍을 가리켰다. 덩달아 고개를 돌려 확인하던 선우의 눈이 별안간 휘둥그레 커진다.

"어? 저기였어요?"

반응이 왠지 묘하다. 유경은 고개를 갸웃했다.

"왜 그러세요?"

"아뇨. 갑자기 예전 일이 떠올라서요."

그의 입가에 미소가 걸쳐졌다. 환한 웃음이었다. 같은 장소를 두고 이토록 정반대의 반응이라니. 유경은 한층 더 쓸쓸해지는 것 같았다.

"좋은 추억인가 보네요."

"글쎄요. 좋은 추억이라고 해야 하나……."

그 기억을 다시금 떠올리는 듯 말끝을 흐리던 선우는 이내 고개를 끄덕였다.

"뭐, 확실히 특이하고 재미있는 일을 겪은 것 같기는 하네요."

특이하고 재미있는 일? 거 참 독특한 설명이네. 유경이 별 대수롭지 않게 생각하며 넘길 때였다. 그런 유경을 빤히 바라보던 선우가 고개를 옆으로 살짝 까딱, 하며 물었다.

"서 대리님. 정말로 나 기억 안 나요?"

"네?"

"우리 만난 적 있는데."

그 순간이었다. 갑자기 뇌리에 '그날'의 기억이 스쳐 지나간 것은. 그 일이 있었던 커피숍. 그리고 뭔가를 알고 있는 듯한 선우의 묘한 반응까지. 왠지 모르게 불길한 예감이 등허리를 스치고 지나간다. 말도 안 되는데. 정말로 그럴 리가 없는데. 아니, 그래선 안 되는데…….

유경은 두 눈을 크게 뜨고 선우를 바라보았다.

……설마?

차가 도로 위를 유려하게 달리는 동안 유경은 조수석 유리창 너머로 시선을 고정하고 있었다. 어찌나 한 자세를 유지하고 있었는지 목이 다 아플 지경이었다. 상태가 이쯤 되면 반대쪽으로 고개를 돌려 스트레칭을 해 줘야 하는 법이다. 하지만 이러다 목에 깁스를 하게 된다고 해도 그녀에겐 그럴 용기가 없었다. 혹시라도 시선이 마주치면 쪽팔림 때문에 얼굴이 펑 하고 터져 버릴지도 모를 일이었다.

재수가 없는 사람은 뒤로 넘어져도 코가 깨진다더니…….

자신이 딱 그 짝인 것 같았다. 멍하니 도심 속의 야경을 담고 있던 눈을 꾹 감았다. 감은 눈 위로 언젠가 겪었던 순간이 마치 영화의 한 장면처럼 주르륵 펼쳐진다. 널따란 커피숍. 은은하게 울려 퍼지던 음악. 향긋한 커피 내음. 그리고 처음 보는 연인의 잔인한 얼굴. 고장 난 라디오처럼 거듭 반복되던 영혼 없는 사과까지…….

애써 잊으려 노력했던 기억이 한꺼번에 떠오르자 괴로움에 미간이 절로 구겨졌다. 감은 두 눈을 번쩍 뜬 유경은 아랫입술을 지그시 깨물었다.

단언컨대, 그날은 그녀의 인생 중 가장 최악의 날이 분명했다. 그런데 하필이면 그날, 옆 테이블에 있었던 남자가 선우였다니. 무슨 이런 말도 안 되는 우연이 다 있는지 모르겠다. 지나가다 벼락 맞을 확률과 맞먹을 정도로 희박한 확률이지 않을까.

실수를 했다는 점도 낯부끄러웠지만, 그보다 더 부끄러운 건 최악이었던 이별 장면을 선우에게 적나라하게 들켰다는 점이었다. 가까운 거리라 대화 소리를 분명히 들었을 것이다. 아니, 만약 대화까지는 듣지 못했다고 해도 부끄러운 건 매한가지였다. 공공장소에서 상대방에게 커피를 끼얹을 정도로 화려한 이별이지 않았던가.

어쩐지. 처음 봤을 때부터 왠지 낯설지가 않다고 했어…….

회사 엘리베이터 안에서 선우와 처음 마주쳤던 날을 떠올렸다. 이제 와 생각해 보니 선우는 처음부터 자신을 알아봤던 것 같았다. 일을 저지른 자신도 이렇게 당황스러울진대, 당한 입장이었던 선우는 아무것도 기억하지 못하는 자신을 보며 얼마나 더 당황스러웠을까.

차분하게 상황 정리를 끝내고 나니 한층 더 민망하다. 꼭 히터를 빵빵하게 튼 것처럼 얼굴에 열이 오르고 공기가 답답하게 느껴진다. 기분 좋게 올랐던 취기는 이미 말끔하게 사라진 지 오래였다. 한숨을 길게 내쉴 때였다. 달리던 차가 멈췄다. 정신을 차리고 차창 밖을 살펴보니 익숙한 곳이다.

"다 왔어요, 서 대리님."

선우의 말에 유경은 그제야 창밖에 고정돼 있던 고개를 바로 했다.

"데려다 주셔서 감사합니다. 그리고……."

유경은 차마 선우와 시선을 마주치지 못하고 그를 향해 고개를 푸욱 숙였다.

"……그날은 정말 죄송했어요. 입이 열 개라도 할 말이 없네요."

그런 유경을 물끄러미 바라보던 선우가 부드러운 음성을 내뱉었다.

"서 대리님."

"……네."

"사과만 대체 몇 번을 하는 거예요. 누가 보면 서 대리님이 나한테 죽을죄라도 지은 줄 알겠어요."

선우 말에 유경은 느릿하게 숙였던 고개를 들어 올려 그를 마주보았다. 선우의 입가에는 엷은 미소가 걸쳐져 있었다.

"죽을죄까지는 아니지만……. 제가 기분 나쁘실 만한 일을 저지른 건 맞으니까요."

"걱정 말아요. 난 그날 기분 안 나빴으니까."

"그렇게 말씀 안 해 주셔도 돼요. 처음 보는 여자가 마시고 있는 커피를 갑자기 뺏어 갔는데 어떻게 기분이 안 나쁘겠어요."

유경의 자책 어린 말에 선우가 달래듯 말했다.

"그냥 하는 말이 아니라 정말이에요. 솔직히 커피가 기분 상할 만큼 비싼 것도 아니고. 이미 반쯤 마신 상태이기도 했고요."

"……."

"그리고 서 대리님이 계속 이렇게 미안해하니까 내가 오히려 더 미안하잖아요. 괜히 알은척했나 봐요. 그냥 끝까지 모르는 척할 걸."

"……"

아무리 달래도 유경의 표정이 펴질 생각을 않자, 선우가 그녀가 마음의 빚을 갚을 수 있도록 한 가지를 제안했다.

"정 마음 쓰이면 다음에 커피 한 잔 사 줘요. 그걸로 퉁치면 되겠네요."

과연 그게 퉁이 될까. 선우의 입장에서는 수지타산이 영 맞지 않는 계산이라고 생각하며 유경은 냉큼 대답했다.

"네. 그럴게요. 두 잔, 아니 열 잔도 사 드릴게요."

꼭 이 빚을 갚고야 말겠노라는 의지가 엿보이는 대답이었다. 선우가 눈을 살짝 크게 떴다.

"정말로 열 잔이나 사 주려고요?"

"당연히 그 정도는 해야죠."

"음, 그렇다면 굳이 사양은 안 할게요."

선우가 부드럽게 웃어 보였다. 보는 이의 마음까지 편해지게 만드는 능력이 있는 미소였다. 유경은 속으로 작게 안도의 한숨을 내쉬었다. 그러다 문득 드는 생각에 조심스럽게 운을 뗐다.

"저어…… 팀장님."

"네, 말해요."

"염치없는 부탁인 거 알지만, 그날 일은……."

말을 채 끝내기도 전에 그녀가 무슨 말을 하려는지 알겠다는 듯 선우가 고개를 끄덕인다.

"아무한테도 말하지 않을게요."

역시 그날 다 들은 모양이었다. 하긴. 워낙 테이블이 가깝긴 했다. 그렇다고 자신이 주위를 신경 써 가며 목소리를 낮출 만큼 정신이 있었던 것도 아니었고. 얼굴이 다시금 화끈거렸지만, 그래도 그의 배려가 고마워 유경은 다시 한번 고개를 꾸벅 숙였다.

"감사합니다."

인사를 끝내고 차에서 내리기 위해 조수석 문을 열었을 때였다. 선우가 동시에 운전석 문을 열고 차에서 내렸다. 그러곤 뒷좌석 문을 열어 종이가방 두 개를 집어 들었다.

"이거 샘플이죠?"

"네."

"보기만큼이나 꽤 무겁네요."

동의한다는 듯 고개를 끄덕인 유경은 그것을 받기 위해 손을 뻗었다. 그런데 선우는 가방을 줄 생각이 전혀 없다는 듯 그런 유경의 두 눈을 빤히 바라보며 말한다.

"앞장서요."

"네?"

"집까지 들어다 줄게요."

집까지 들어다 준다니. 유경은 흠칫 놀라 당장 거절의 말을 뱉었다.

"아뇨, 괜찮습니다. 제가 들고 갈 수 있어요."

"이거 꽤 무거워요."

"저 안 약해요. 그 정도는 들 수 있어요."

"서 대리님 약하게 봐서 이러는 거 아니에요. 손목 불편한 거 뻔히 보이는데, 그래도 남자가 돼 가지고 어떻게 모르는 척할 수 있겠어요."

선우의 시선이 유경의 손목에 닿았다. 유경은 반대편 손으로 슬그머니 손목에 붙어 있는 파스를 가렸다.

"정말 괜찮은데……."

"내 입장이 부하 직원을 챙겨야 하는 상사이기도 하고요."

"……."

그가 짐을 들어 줘야 할 이유는 여럿인데, 그녀가 거절을 할 이유는 딱히 없었다. 유경이 선뜻 대답을 하지 못하자 선우가 말을 덧붙인다.

"집까지 가는 게 불편한 거면 엘리베이터까지만 함께할게요. 그럼 덜 부담스럽겠죠?"

선우도 은근히 고집이 있는 편이었다. 세상 부드럽게 말은 하지만 결국 자신의 뜻을 관철시키는 똥고집이.

"……네에. 감사합니다."

결국 유경은 더 이상 거절하지 못하고 아파트를 향해 걸음을 옮겼다. 선우가 그녀의 뒤를 바짝 따라붙었다. 사실 아직도 손목이 시큰거리기는 했다. 무거운 것을 들면 분명 무리가 갈 것이다. 유경은 손목을 주무르며 생각했다. '설마 여기서 이준과 마주치는 일은 없겠지'라고.

이제 막 그 생각을 떠올렸을 무렵이었다.

"누나!"

문득 저 앞쪽에서 익숙한 목소리가 유경의 귓속을 파고들었다.

설마……!

움찔 놀란 유경이 걸음을 뚝 멈추고 앞을 바라보았다. 어둠 속에서 커다란 형체가 이쪽을 향해 다가오는 게 보인다.

"왜 그래요?"

갑작스럽게 걸음을 멈춘 유경을 따라 덩달아 걸음을 멈춘 선우가 고개를 갸웃했다. 그와 동시에 유경의 눈에 이준의 얼굴이 정확하게 들어온다. 그의 한 손에는 분리수거 상자가 들려 있었다. 조금 전에 어쩌면 자신이 재수가 없는 편이지 않을까, 하고 생각을 하긴 했지만 이런 식으로 뼈저리게 깨닫게 될 줄은 몰랐는데 말이다.

이건…… 해도 해도 너무하잖아, 정말!

이준을 바라보는 유경의 눈빛이 바람 앞의 등불처럼 위태롭게 흔들리기 시작했다. 그러는 동안에도 이준은 이쪽으로 점점 가까워지고 있었다. 가로등을 지나치는 순간, 이준의 얼굴이 어둠 속에서도 마치 다이아몬드처럼 반짝반짝 빛이 났다. 반면 유경은 눈 앞이 캄캄해지는 것을 느꼈다.

이리로 오지 마. 제발, 저리 가. 그 걸음 좀 멈추란 말이야……!

옆에 서 있는 선우는 신경도 쓰지 못하고 유경은 간절함을 담아 눈으로 이준에게 텔레파시를 쏘아 댔다. 하지만 그런 유경의 외침이 전혀 들리지 않는다는 듯 이준의 긴 다리는 망설임 없이 거리를 좁혀 왔다.

쿵. 쿵. 쿵.

마치 진격의 거인이 다가오는 것처럼 이준의 걸음 소리가 무겁게 땅을 울리는 느낌이었다. 그리고 마침내 이준이 두 사람의 앞에 섰을 때, 유경은 두 눈을 질끈 감아 버리고 말았다. 그냥 이대로 하늘로 솟거나 땅으로 꺼져 버렸으면……. 유경이 속으로 간절히 기적을 바랄 때였다. 이준의 목소리가 들렸다.

"이제 오는 거예요?"

야속한 녀석. 결국 일을 치고 마는구나.

유경은 감았던 눈을 슬그머니 떴다. 상황 파악을 못 하고서 생긋 웃고 있는 이준의 얼굴이 보인다. 저와는 달리 세상 태평한 모습이었다.

"……너."

도대체 뭐라고 대구를 해야 할까. 머릿속에 떠오르는 말은 없었지만 그래도 입을 다물고 있을 순 없을 것 같아서 유경이 입술을 느릿하게 달싹였을 때였다. 그녀를 향해 있던 이준의 시선이 옆으로 획 돌아간다. 그러곤 유경이 나설 새도 없이 선우와 시선을 맞추고서 꾸벅, 고개를 숙인다.

"안녕하세요."

헐!

유경은 속으로 경악하며 입을 쩍 벌렸다. 설마 선우에게 알은척까지 할 줄은 정말 꿈에도 상상하지 못했다.

너 원래 이렇게 예의바른 애 아니잖아?

하마터면 따져 묻는 말이 입 밖으로 튀어나올 뻔했다. 하지만 이 상황이 가장 황당하고 이해가 되지 않는 사람은, 유경이 아니라 선우일 것이다.

"아, 네. 안녕하세요……."

그는 얼떨떨한 얼굴로 이준을 향해 인사했다. 유경은 흘끔 선우를 바라보았다. 혹시 못 알아볼 수도 있지 않을까……. 간절하게 바랐지만 이번에도 신은 그녀의 편이 아니었다. 안타깝게도 선우는 단번에 이준을 알아 본 듯한 눈치였다. 하긴. 어떻게 모를 수가 있겠는가. 사인을 받아 주기까지 했는데. 그렇다고 이준이 자신을 숨기기 위해 모자를 쓰고 있는 것도 아니고 말이다.

"우리 누나 회사 팀장님이시죠? 말씀 많이 들었습니다. 반갑습니다."

'우리 누나'라는 말에 티 나게 강세를 둔 이준이 선우를 향해 손을 척 내민다. 악수를 하자는 듯. 그 광경에 안 그래도 한껏 벌어져 있던 유경의 입이 더욱더 크게 벌어진다. 어찌나 벌어졌는지 지금 당장 턱이 빠진다고 해도 이상하지 않을 지경이었다.

도대체…… 내가 언제 너한테 팀장님 말씀을 많이 했다는 건데? 어? 황당하고 억울한 마음에 유경은 당장 이준의 멱살이라도 잡고 짤짤 흔들고 싶은 충동에 휩싸였다.

"네, 저도 반갑기는 한데……."

선우가 여전히 얼떨떨한 얼굴로 이준과 손을 맞잡으며 말했다.

"그런데 우리 누나라는 건……?"

도대체 유경과는 어떤 관계냐고 묻는 듯한 선우를 보며 이준이 한쪽 입매를 끌어 올리며 대답했다.

"아뇨. 친동생은 아니구요. 제가 서유경 씨보다 나이가 어려서요. 호칭만 '누나'라고 부르는 겁니다."

"그럼……."

"아, 제 인사가 늦었네요. 권이준입니다."

선우가 말을 채 끝내기도 전에 제 할 말을 한 이준은, 맞잡고 있던 손을 놓으며 세상에서 더없이 정중하고 깍듯한 목소리로 말을 덧붙였다.

"현재는 서유경 씨의 동거인이기도 하고요."

"……!"

"……!"

이준의 한마디에 눈이 튀어나올 듯 커진 건 유경 혼자만이 아니었다. 선우 역시 마찬가지였다. 모두가 혼란스러운 상황. 하지만 이 와중에도 정작 폭탄을 투하한 당사자인 이준만은 평온한 얼굴로 씨익, 여유롭게 미소를 짓고 있을 뿐이었다.

쾅!

현관 닫히는 소리가 고요한 집 안을 크게 울렸다. 유경은 신고 있던 구두를 대충 벗었다. 툭 하고 구두가 옆으로 쓰러졌지만 느긋하게 세우고 있을 여유 따위는 없었다. 뒤따라 들어온 이준이 허리를 굽혀 대신해서 그녀의 구두를 정리하는 게 보였다. 하지만 유경은 본체만체 거실로 들어섰다.

거실 한편에 들고 있던 쇼핑백을 내려놓았다. 묵직한 소리와 함께 손목이 시큰거린다. 아무래도 파스로 때우지 말고 병원에 한번 가 봐야 할 성싶다. 하지만 지금 중요한 건 손목에서 느껴지는 통증 따위가 아니었다. 저도 모르게 얼굴을 잔뜩 찌푸린 채 왼손으로 통증이 느껴지는 오른쪽 손목을 감쌌다. 그러자 어느덧 신발 정리를 끝내고 거실로 들어선 이준이 묻는다.

"괜찮아요?"

걱정이 섞여 있는 음성에 유경은 기가 차서 헛웃음을 흘렸다. 이건 뭐, 병 주고 약 주는 것도 아니고.

"괜찮으냐고?"

그녀는 고개를 옆으로 휙 돌려 찌릿, 이준을 노려보았다.

"지금 그게 네가 할 소리라고 생각하니?"

"……"

제법 매서운 시선에 이준이 입을 꾹 다문다. 제가 잘못한 건 아는 모양이었다. 하지만 이 정도로는 어림도 없지. 유경은 그런 그를 계속해서 노려보며 말을 이어 갔다.

"내가 정말 이해가 안 돼서 그런데, 하나만 물어보자."

"……"

"도대체 무슨 생각으로 그런 말을 한 거야? 동거인이라니?"

제 입으로 뱉어 내면서도 유경은 다시 한번 기가 막혔다. 이젠 헛웃음조차 나오지 않는다. 자신이 지금 눈을 뜬 채로 꿈을 꾸고 있는 거라면 얼마나 좋을까. 아니, 꿈이라고 해도 그건 분명 악몽이었다. 캄캄해진 눈앞으로 조금 전 봤던 선우의 표정이 떠오른다. 그는 유경만큼이나 충격을 받은 얼굴로 그녀를 바라보았다. 지금 무슨 소리를 들은 건지 납득이 되질 않는 듯 그녀의 입에서 해명이 나오기를 바라는 얼굴이었다.

하지만 안타깝게도 유경은 그가 원하는 설명을 해 줄 수가 없었다. 무슨 말을 해야 하는 건지 알 수가 없었다. 입이 바짝바짝 마르고 머리가 텅 비었다. 공황장애를 겪어 본 적은 없지만 아마 이런 기분이지 않을까, 하는 생각이 들 정도였다. 결국 유경은 죄송하다고, 내일 설명하겠노라는 한마디를 남긴 채 선우를 등지고 집으로 들어와야만 했다. 물론 내일이라고 해서 그럴 듯한 변명을 찾을 수 있으리라는 보장은 없지만 말이다.

"……틀린 말은, 아니잖아요."

웅얼웅얼. 느릿하게 뱉어진 이준의 말에 유경의 눈이 뒤집혔다.

"권이준! 넌 내가 지금 장난하자는 거 같아?"

처음으로 이준에게 진심을 다해 화냈다. 너무 기가 차고 열이 받아서 소리를 지르지 않고서는 견딜 수가 없을 것만 같았다.

"회사 사람 앞에서 동거인이라니. 그게 가당키나 해? 날 뭐라고 생각하겠어? 어? 네가 아무리 어려도 그렇지! 네 생각 없는 한마디 때문에 내 입장이 얼마나 우스워졌는지 정말 모르겠느냔 말이야!"

마치 몇 번이나 연습한 대사처럼 숨도 쉬지 않고 다다다 쏘아붙였다. 그제야 유경이 진심으로 화가 났다는 것을 느낀 모양이었다. 이준이 고개를 푹 숙이며 사과했다.

"……미안해요. 정말로 거기까진 생각 못 했어요. 누나 말대로 내가 생각이 너무 짧았던 것 같아요. 순간 둘이 같이 있는 모습을 보니까 질투가 나서 나도 모르게……."

"질투?"

"……."

"너, 팀장님인 거 알았잖아. 근데 대체 무슨 질투를 했다는 거야?"

어이가 없다는 듯 되묻자, 이준이 잠깐 망설이는가 싶더니 이내 조심스럽게 대답한다.

"그 남자는 누나한테 딴 맘 품고 있으니까……."

딴 맘? 유경은 '하!' 하고 헛웃음을 크게 흘렸다. 이준은 변명을 잘못 고른 게 분명했다. 왜냐하면 미안하다는 말을 듣기 전보다도 오히려 변명을 듣고 난 지금 유경은 더 화가 치밀어 오르는 것을 느끼고 있으니까 말이다.

"왜, 또 관상이 그랬니?"

서늘한 조롱에 이준의 입이 한일자로 딱 다물린다. 그런 이준을 향해 지긋지긋하다는 듯 유경이 소리쳤다.

"제발 적당히 좀 해!"

"……."

"네 감정만 소중해서 상대방이 곤란하든 말든 제멋대로 밀어붙이는 거. 그게, 네가 말한 진심인 거야?"

이준의 눈빛이 흔들리는 게 유경의 눈에도 뻔히 보였다. 마치 상처 입은 채 몸을 웅크린 들짐승 같았다. 하지만 그녀는 못 본 척 냉정하게 할 말을 이어 갔다.

"그래서 넌 아니라는 거야."

"……."

"네가 이렇게 어리게 구는데. 내가 어떻게 널 남자로 볼 수가 있겠어!"

너무도 모진 말이었다. 제 입으로 뱉어놓고 저도 모르게 흠칫했을 정도로. 하지만 이미 엎질러진 물이었다. 주워 담을 수 없었다. 흔들리는 이준의 눈빛을 애써 외면하며 유경은 몸을 돌렸다. 방으로 들어가기 위해 한 걸음을 떼는 순간이었다. 이준이 유경의 손목을 탁, 붙들어 세웠다. 붙들린 상태에서도 유경은 고집스레 뒤를 돌아보지 않았다. 그런 유경의 뒷모습을 바라보며 이준이 다급하게 말했다.

"그 사람한텐 내가 잘 설명할게요. 누나 곤란해지지 않게……."

"됐어."

유경은 단호하게 이준의 손길을 쳐 내며 말했다.

"수습 같은 건 필요 없으니까, 앞으로 내 일에 끼어들지나 마."

"하."

한숨이 절로 나왔다. 도대체 몇 번째 한숨인지 셀 수도 없었다. 침대에 누운 채 천장만 말가니 바라보다 눈을 감았다. 머리가 지끈거린다. 왼팔을 들어 눈을 가렸다. 시야가 어두워지자 그제야 조금 차분해지는 것도 같았다. 생각해야 할 일들이 너무도 많았다. 하지만 머리가 너무 아파서 아무 생각도 하고 싶지 않았다. 그냥 잠이라도 푹 잘 수 있으면 좋겠는데, 이상하게 잠도 오지 않는다. 어제도 밤잠을 설쳤는데 오늘도 뜬눈으로 밤을 지새우게 생겼다. 이준과 함께 살게 된 후로 잠을 설치는 날이 유독 많아진 것 같다. 몸이 편해져서 좋았는데 마음은 두 배로 불편해졌으니, 플러스 마이너스 제로인 셈이다.

똑똑.

몸을 뒤척이는데 노크 소리가 들린다. 유경은 시야를 가리던 팔을 내리고 천천히 눈을 떴다.

"자요……?"

대답이 돌아오지 않자 이준이 물었다. 유경은 한숨을 살짝 내쉰 후 무뚝뚝하게 대답했다.

"왜."

"잠깐 들어가도 돼요?"

"안 돼."

"……."

"할 말 있는 거면 거기서 해. 지금은 네 얼굴 보고 싶지 않아."

제법 단호한 음성에 문밖이 고요해졌다.

하나, 둘, 셋…….

속으로 셋을 센 유경은 상체를 살짝 일으켰다. 간 건가? 귀를 쫑긋 세우고 가늠하는데 다시금 이준의 목소리가 들려온다.

"찜질할 거 가지고 왔어요."

"……."

"문 앞에 두고 갈게요. 식기 전에 하고 자요."

뭔가를 내려 두는 소리, 그리고 문에서 멀어지는 걸음 소리가 연이어 들려왔다.

하나, 둘, 셋…….

그렇게 또다시 삼 초가 흐르고 유경은 온 감각을 청각에 집중시켰다. 문밖에선 더 이상 인기척이 느껴지지 않았다. 그제야 유경은 느릿하게 자리에서 일어나 방문을 열어 보았다. 배꼼. 고개를 내밀어 주위부터 살폈다. 제 방으로 들어갔는지 거실은 고요했다. 고개를 숙여 바닥을 보았다. 직사각형의 트레이 위에 젖은 수건이 덩그러니 놓여 있었다. 허리를 숙여 수건을 집어 들었다. 너무 뜨겁지도 않고 그렇다고 식지도 않은, 찜질을 하기에 딱 적합한 온도였다.

"······."

물끄러미 수건을 내려다보던 유경은 이내 그것을 들고 방으로 돌아왔다. 책상 의자를 빼고 앉아 잘 접힌 수건을 아픈 손목 위에 올렸다. 수건이 머금고 있던 온기가 피부로 천천히 전달되기 시작했다. 의자 등받이에 깊숙이 몸을 파묻고는 의자 헤더에 머리를 툭 기댔다. 몸은 점점 노곤해지는데 반대로 마음은 딱 그만큼씩 무거워지고 있었다.

'······미안해요. 정말로 거기까진 생각 못 했어요. 누나 말대로 내가 생각이 너무 짧았던 것 같아요. 순간 둘이 같이 있는 모습을 보니까 질투가 나서 나도 모르게······.'
'그 사람한텐 내가 잘 설명할게요. 누나 곤란해지지 않게······.'

조금 전 시무룩하던 이준의 얼굴과 목소리가 떠오른다. 제 말 한 마디 한 마디에 즉각적으로 반응을 보이던 그 눈빛이 생생하다. 작정하고 내뱉은 말이었으니 분명 상처를 받았을 것이다. 어쩌면 이준의 입장에서는 섭섭할 법도 했다. 그런데도 그녀에 대한 걱정 때문에 이렇게 손수 젖은 수건을 가지고 오기까지 한 걸 보니, 이준이 조금 전 자신의 행동에 대해 진심으로 미안해하고 반성하고 있다는 게 느껴진다.

"병 주고 약 주는 클래스가 장난이 아니네. 이건 뭐, 거의 조련이잖아."

괜스레 미안한 마음이 들어 입을 불퉁 내밀고 중얼거렸다.

내가 너무 심했나······.

불순한
동거동락 *415*

되짚어 보면 그렇게까지 모질게 말을 할 필요까진 없었던 것 같기도 했다. 회사 사람들에게 거짓말을 한 건, 이준이 아니라 자신이었으니까 말이다. 물론 이준의 행동은 잘못된 행동이었다. 이기적인 행동이었고. 하지만 잘못한 부분이 아닌 저를 향한 그의 감정까지 조롱한 건 분명 제 잘못이었다.

"하아아아······."

깊은 한숨과 함께 두 눈을 감았다. 마음이 답답했다.

얼마나 시간이 지났을까. 찬 공기를 만난 수건은 금방 온기를 뺏겼다. 더 이상 따뜻하다는 느낌이 들지 않고 오히려 서늘한 느낌마저 들기 시작한다. 하지만 유경은 수건을 내릴 생각도 않고 굳어 버린 것처럼 자세를 유지하고 있었다. 왜 그렇게 심하게 말했는지, 사실은 알고 있었다. 이준을 향한 기대감 때문이었다. 제멋대로 쌓아 올린 기대감이 무너지는 순간, 스스로에게 화가 난 것을 이준에게 화풀이한 것이었다.

기대감······.

그래. 이제 그만 솔직해지자. 자신도 평범한 여자였다. 잘생기고, 능력 있고, 게다가 오랜 시간 저만을 바라봤다는데. 어떻게 마음이 흔들리지 않을 수가 있겠는가. 양심상 차마 티는 내지 못했지만 순간순간, 문득문득, 이준이 때문에 설렜었다. 밀어내도 끊임없이 다가오는 녀석의 마음이 진심인 것 같아서. 어쩌면 괜찮지 않을까. 저도 모르게 흔들리기도 했었다.

사는 세계가 다르다는 것. 결코 적지 않은 나이 차이. 연인과 헤어진 지 얼마 되지 않았다는 것. 그리고 박동건을 사위라고 철석같이 믿고 있을 부모님과 이준의 친구이자 제 피붙이 동생인 유현까지……. 걸리는 게 한두 가지가 아니지만, 그래도. 한 번쯤은 두 눈 꼭 감고 못 이기는 척 넘어가도 되지 않을까, 하고. 사람으로 받은 상처는 사람으로 치유하라던 말을 떠올리며 이기적인 생각까지 했었다.

그런데……

역시 아닌 건 아닌 거다. 안 되는 건 안 되는 거다. 앞뒤 안 가리고 제 감정만 몰아붙이는 것. 다른 사람들의 시선은 신경 쓰지 않는 것. 그 모든 건 20대 때나 가능한 것이지 않을까. 서른하나의 서유경은 그런 감정을 가질 수도, 감당할 자신도 없었다.

"난 못 해. 절대 못 해……."

나이를 먹으면 모든 부분에서 시들어 가는 것을 느끼게 되는데, 그런 와중에도 독보적으로 늘어나는 게 딱 하나 있었다. 바로 주제파악 능력이었다. 유경은 감고 있던 두 눈을 부릅떴다. 차게 식어 버린 수건을 꽈악 그러쥐며 정면을 똑바로 응시했다.

흔들리는 마음을 다잡으려는 듯, 아주 똑바로.

12. 든자리 난자리

　도대체 언제 봄이 온 걸까. 문득 정신을 차려 보니 완연한 봄이
었다. 이젠 아침저녁으로도 겉옷을 굳이 걸치지 않아도 될 정도
로 공기가 포근했다. 거래처에 들렀다 회사로 출근하는 길.

　걷다 보니 몸이 후끈해져서인지 걸치고 있는 카디건이 답답하
게 느껴졌다. 유경은 카디건을 벗어 팔에 걸치고는 다른 한 손에
들고 있는 커피를 쪽 빨았다. 쌉쌀한 커피 맛이 입안 가득 퍼져
나간다. 하지만 쟁취한 커피라 그런지 쓰다기보다는 꿀맛처럼 느
껴졌다. 물론 간이 작아 아쉽게도 보라가 얘기한 브런치까지는

무리였지만, 커피를 사수했다는 것만으로도 꽤나 만족스러웠다.

회사 로비를 가로질러 들어온 유경은 엘리베이터 버튼을 꾹 눌렀다. 다행히도 손목은 멀쩡해졌다. 어젯밤 자기 전에 찜질을 한 덕분일까. 유경은 파스를 제거한 맨 손목을 빤히 내려다보았다. 오늘 아침 그녀가 눈을 떴을 때, 이준은 집에 없었다. 부엌엔 잘 차려진 아침밥과 함께 쪽지 한 장이 덜렁 남아 있었다.

「운동 가요. 밥 꼭 먹고 출근해요.」

평소와 같은 크기의 글씨 밑에 작게 한 줄이 더 쓰여 있었다.

「그리고 어젠 정말 미안했어요.」

진심을 담아 꾹꾹 눌러쓴 글씨를 보고 유경은 생각했다. 아마도 이준이 제 생각해서 밥 마음 편하게 먹으라고 피해 준 게 아닐까 하고. 이렇게 배려가 많은 녀석인데 어제는 대체 왜 그렇게 행동을 했던 걸까. 아직도 어제 이준의 행동이 이해가 되질 않는다. 하지만 이제와서 이런 생각을 해 봐야 소용없는 일이었다. 이미 엎어진 물이다. 카펫에 쏟아진 물을 다시 주워 담는 건 불가능했다. 그녀가 해야 할 일은 젖은 카펫을 뽀송하게 말리는 것밖에 없었다.

한숨을 낮게 내쉬는데, 1층에 도착한 엘리베이터의 문이 열렸다. 성큼 올라탄 유경은 기획팀이 있는 7층 버튼을 누른 뒤 엘리베이터 벽에 몸을 기댔다. 이제 곧 선우와 얼굴을 마주하게 될 것이었다. 그 생각을 하자 기다렸다는 듯이 잊고 있던 두통이 찾아왔다. 머리가 지끈거린다. 대체 무슨 말로 변명을 해야 하는 걸까⋯⋯.

커피에 꽂힌 스트로를 잘근잘근 씹으며 고민할 때였다. 중간에 엘리베이터가 멈추더니 문이 열리고 사람이 올라탔다. 상대가 버튼을 누를 수 있도록 자리를 비켜 주기 위해 고개를 든 유경은 그대로 굳어 버리고 말았다. 올라탄 사람이 다름 아닌 선우였다.

"이제 출근하나 봐요. 서 대리님."

설마 이렇게 빨리 마주치게 될 줄은 몰랐던지라 당황한 유경을 향해 선우가 먼저 인사했다. 그제야 유경은 정신을 차리고 선우를 향해 꾸벅 고개를 숙였다.

"아, 네. 안녕하세요, 팀장님. 거래처 다녀오는 길이에요."

"네, 윤 주임님한테 들었어요. 아침부터 고생하셨어요."

선우는 평소와 다름없이 부드러운 미소를 짓고 있었다. 마치 어제 일 따위는 기억에서 완전히 잊은 듯한 얼굴이었다. 순간적으로 유경은 이대로 모르는 척 넘어가도 되는 걸까, 생각했다. 하지만 곧 고개를 내저었다. 어제 분명 선우에게 내일 얘기를 하겠다고 말했었다. 그러니 오늘 자신은 무슨 일이 있어도 그에게 해명을 해야 할 차례였다. 비록 아직도 그에게 뭐라고 말을 해야 할지, 적당한 말을 찾지는 못했지만 말이다.

"저, 팀장님……."

쇠뿔도 단김에 빼랬다고. 미루면 미룰수록 제 속만 더 시끄러워질 것 같아 유경은 조심스럽게 운을 뗐다.

"잠깐 시간 괜찮으세요?"

두 사람이 함께 향한 곳은 회사 건물의 옥상이었다. 점심시간을 제외하면 옥상을 찾는 이는 거의 없었다. 회사 안에서 사적인 대화를 나누기엔 이보다 더 적절한 장소가 없었다. 오늘도 역시나 옥상은 텅 비어 있었다. 그럼에도 유경은 주위를 꼼꼼히 살핀 다음, 정말로 아무도 없음을 확인한 후에야 입을 열었다.

"어젠 정말 죄송했어요. 많이 놀라셨죠?"

말을 뱉고 보니 어쩐지 쓸쓸해졌다. 이상하게도 선우에겐 유독 사과할 일이 많이 생기는 것 같다. 유경은 선우에게 어떻게 된 사연인지를 설명했다. 동생의 친구와 함께 살게 된 경위와 결코 남들이 오해하는 그런 '동거'가 아니라는 점을 어필했다. 선우는 그녀의 말이 끝날 때까지 가만히 듣고만 있었다.

"이준이 직업도 직업이고. 게다가 보라 씨도 팬이라고 해서……. 사실대로 말을 하기가 곤란했어요."

마침내 길고 긴 변명이 끝났을 때서야 선우가 입을 열었다.

"그럼 그때 야근하는 누나를 데리러 회사까지 왔던 동생도 권이준, 그 친구였겠군요."

"……거짓말해서 죄송해요."

"충분히 이해합니다. 그리고 개인사를 회사 사람에게 굳이 얘기해야 하는 건 아니죠. 공은 공이고, 사는 사니까요."

"이해해 주셔서 감사합니다."

"그래도 조금 놀란 건 사실이에요. 팬인 줄 알고 사인까지 받아다 드렸는데. 저, 괜한 짓 한 거죠?"

"정말 죄송해요. 어쩌다 보니 분위기에 휘말려서……."

변명하며 유경은 다시 한번 고개를 푹 숙였다.

고맙고 미안하고. 또 미안하고 고맙고……. 선우와 대화를 하다

보면 유경은 자신이 감사와 사과의 뫼비우스의 띠 위를 걷고 있는 기분이 드는 것 같았다.

"음, 서 대리님."

고개를 푹 숙이고 있는데 선우가 조심스럽게 운을 뗐다.

"이건 매우 사적인 질문인데요. 어쩌면 무례하게 느껴질 수도 있을 것도 같네요."

"……."

"그래도 궁금해서 묻고 싶은데……."

도대체 무슨 질문을 하려고 저렇게 뜸을 들이는 걸까. 망설이며 저를 바라보는 선우의 눈빛에 유경은 긴장해서 마른 침을 꼴깍 삼켰다. 이내 결심한 듯 선우가 물었다.

"서 대리님한테 권이준 씨는 동생 친구, 정말로 단지 그뿐인 건가요?"

"네?"

"아니. 어제 그 친구가 절 보는 눈빛이 어쩐지 예사롭지 않았던 것 같아서요."

뜨끔.

양심이 찔렸다. 말도 안 되는 질투심에 불타오르던 이준의 눈빛을 정확하게 읽은 모양이었다. 하긴. 그렇게나 노골적이었는데 어찌 모를 수 있겠는가. 유경은 잠깐 머뭇거리다 이내 애써 덤덤한 얼굴로 대답했다.

"무슨 말씀인지…… 모르겠어요."

"그런가요."

"네. 그리고 말씀드린 대로 저희는 동생 친구, 친구 누나. 단지 그뿐이에요. 뭐가 더 있겠어요."

아하하하…….

유경은 입매를 억지로 끌어 올리며 어색하게 웃어 보였다. 거짓말 때문에 곤혹을 치러 놓고 또다시 거짓말을 하고 있다는 게 영 찝찝하긴 했지만 그렇다고 솔직하게 말을 할 수도 없는 노릇 아닌가.

"그럼 됐어요."

혹시나 더 캐물을까 봐 걱정했는데 의외로 선우는 시원하게 대답했다.

"이번에도 비밀 지켜 줄 테니 걱정 말아요."

"……감사합니다."

다시 한번 고개를 꾸벅 숙였다. 그런 유경을 향해 선우는 대답만큼이나 시원하게 미소를 지었다. 무덤까지 비밀을 가져갈 듯한 신뢰가 가득 담긴 미소였다. 하지만 유경은 차마 따라 웃지 못했다. 그러고 보니 안 지 얼마나 됐다고 선우에게 들킨 비밀만 벌써 두 개였다. 물론 상대의 약점을 가지고 괴롭힐 사람은 아닌 것 같지만, 그래도 역시 마음 한편이 불안하고 불편한 건 어쩔 수 없다.

이준은 오늘 하루 종일 저기압이었다. 잠을 한숨도 자지 못했으니 그럴 수밖에. 곧게 뻗은 손가락 두 개를 펼쳐 관자놀이를 꾸욱 짚었다. 강도를 세게 한 것도 아닌데 묵직한 통증이 느껴진다. 미간이 절로 찌푸려졌다. 눈꺼풀을 느릿하게 떠올렸다. 사무실 한쪽 벽면을 차지하고 있는 커다란 거울로 제 얼굴이 보였다. 흰자위가 붉게 충혈돼 있었다. 붉어진 눈 때문일까. 제 눈에도 흔히 알고 있는 뱀파이어의 이미지와 흡사해 보이는 것 같기도 하다. 여기에 붉은색 렌즈까지 착용하면 완벽하지 않을까 싶다.

"앞으로 뱀파이어 콘셉트로 사진 찍어야 할 땐 잠을 안 자고 가야겠네."

피식,

낮은 웃음을 흘리며 중얼거렸다. 그러나 이내 언제 그랬냐는 듯 입매가 딱딱하게 굳어진다. 지금 제가 속편하게 웃고 있을 상황이던가.

"후……."

이번엔 입술을 비집고 웃음 대신 한숨을 흘려보냈다. 관자놀이를 누르던 손을 내려 주먹을 꽈악 그러쥐었다. 얼마나 세게 쥐었는지 피가 통하지 않는 주먹이 금세 노랗게 변했다.

그냥 좀 참을걸. 대체 왜 그 순간에 나선 걸까. 솔직히 말하자면…… 그 당시에는 아무 생각이 없었다. 그저 제 감정에 충실했을 뿐이었다. 나란히 걷고 있는 두 사람의 모습이 꽤나 잘 어울리는 것 같아서. 제 옆에서보다 그 남자 옆에 서 있는 그녀의 모습이 더 편안해 보이는 같아서. 하필이면 그녀에게 마음이 있다는 그 남자가 꽤나 괜찮은 남자라는 걸 알아 버려서. 그래서였다. 두 사람의 모습을 보는 순간 눈에서 불이 번쩍 났다. 꽁꽁 숨겨 두고 있던 지질한 질투심과 열등감이 폭발해 버린 것이다.

'회사 사람 앞에서 동거인이라니. 그게 가당키나 해? 날 뭐라고 생각하겠어? 어? 네가 아무리 어려도 그렇지! 네 생각 없는 한마디 때문에 내 입장이 얼마나 우스워졌는지 정말 모르겠느냔 말이야!'

설마 제 행동 때문에 유경이 곤란해지리라는 건 미처 예상하지 못했다. 그녀가 화난 음성으로 되물었을 때서야 정신이 번쩍 들었다. 자신이 무슨 짓을 저지른 건지에 대해.

'네 감정만 소중해서 상대방이 곤란하든 말든 제멋대로 밀어붙이는 거. 그게, 네가 말한 진심인 거야?'

따져 묻는 유경의 말에 단 한 마디도 반박을 할 수가 없었다. 다 맞는 말이었으니까 말이다.

'그래서 넌 아니라는 거야.'
'네가 이렇게 어리게 구는데. 내가 어떻게 널 남자로 볼 수가 있겠어!'

그깟 지질한 제 감정 때문에 유경을 곤란하게 만들었다는 사실이, 질책하던 그녀의 음성이, 밤새도록 그를 괴롭혔다. 뒤늦은 후회와 자괴감이 파도가 되어 밀물처럼 밀려들었다. 속이 너무도 시끄러워 좀처럼 잠들 수가 없었다.
달칵.
상념에 잠겨 있던 있는 그를 깨운 건 문이 열리는 소리였다. 이준은 감았던 눈을 뜨고 소리가 나는 쪽을 바라보았다. 기획사 실장 형욱이 들어오고 있었다.

"생각보다 회의가 길어져서 좀 늦었네. 많이 기다렸어?"

"별로."

"근데 너 얼굴이 왜 그래? 잠 못 잤어?"

"어. 피곤해 죽겠어."

이준은 대답과 함께 테이블 위로 엎어졌다. 팔을 쭉 뻗고 그 위에 얼굴을 괸 상태로 형욱을 바라보았다.

"근데 왜 부른 거야?"

형욱이 이준의 맞은편 의자에 앉으며 말했다.

"김루아 선생님 패션쇼 오디션 이달 말인 거 알지?"

"어, 알지."

"선생님께서 네가 심사위원으로 참석할 수 있겠냐고 물어보시더라."

"내가?"

"네가 메인이잖아."

이준이 숙이고 있던 상체를 슬그머니 들어 올리며 물었다.

"이번 오디션, 방송으로 나간다고 하지 않았어?"

"응, 맞는데……."

형욱이 이준의 눈치를 보며 말끝을 흐렸다. 그와 동시에 이준의 한쪽 눈썹이 위로 올라간다.

"안 해."

세상에서 이보다 더 단호할 수 있을까 싶을 정도로 단호한 음성이었다. 이미 충분히 예상하고 있었던 대답이기는 했지만 단칼에 거절당하니 마음이 상하는 건 어쩔 수 없다. 형욱은 섭섭해 죽겠다는 듯 입을 불퉁 내밀었다.

"야. 고민하는 시늉이라도 좀 하고 말하면 어디 덧나?"

"고민할 필요가 없는 문제니까."

끝까지 단호한 반응이었다. 섭섭해하는 거로는 턱도 없을 것 같아 형욱은 작전을 바꾸기로 했다. 두 손을 공손하게 모으고 이준에게 애원하듯 말했다.

"제발, 이준아. 나 좀 살려 주라. 응? 김루아 선생님이 직접 부탁하신 거란 말이야."

김루아는 탑 패션디자이너였다. 패션업계에서는 어마어마한 영향력을 행사할 수 있는 인물로서, 모델 개개인은 물론이고 모델 기획사도 거뜬히 쥐락펴락 할 수 있는 능력자였다.

"내가 이번 쇼 메인이라서 그런 거면, 그냥 이번 패션쇼 포기할게."

쿨해도 너무 쿨한 것 아닌가. '포기'라는 단어에 형욱이 하얗게 질린 얼굴로 소리쳤다.

"야! 권이준! 그게 말이 돼? 이게 어떤 기횐데!"

"알아, 나도. 이게 얼마나 좋은 기횐지."

"그뿐인 줄 알아? 네가 발 빼면, 앞으로 모델 일 편하게 할 수 있을 것 같아?"

성공한 예술가들은 으레 그렇지만, 그중에서도 김루아는 상상을 초월할 정도로 예민하고 까다로운 성격이었다. 게다가 권위적이기까지 해서 한번 눈 밖에 나면 끝이었다. 모델 하나쯤 매장시키는 건, 김루아에겐 개미 한 마리 죽이는 것만큼 쉬운 일이었다.

지금이야 이준을 좋게 봐서 메인 모델로까지 세워 주겠노라 했지만, 밉보인다면 가차 없이 버려질지도 모를 일이다. 아니, 분명 버려질 것이다. 이준이 뛰어나고 매력적인 모델이기는 했지만 패션디자이너에겐 자신의 옷을 빛나게 해 줄 또 다른 도구에 불과할 뿐이었으니까 말이다. 조금 아쉬울 수는 있겠지만 이준을 대체할 모델들은 김루아의 지적에 널려 있었다.

"그 정도 각오도 없이 하는 말일까 봐."

다 알고 있다고. 그래도 감당하겠노라고. 어마어마한 말을 내뱉는 이준은 마치 '밥 먹었니?'라는 일상적인 대화를 하듯 덤덤한 표정이었다. 그런 이준을 기가 막힌다는 듯 바라보던 형욱의 입에서 깊은 한숨이 흘러나왔다.

"넌 도대체 왜 그렇게 방송이 싫으니? 다들 못 해서 안달인데. 응? 인지도 오르는 게 그렇게 싫어? 돈 벌고 싶지 않아?"

"인지도도 돈도, 지금도 충분히 만족하고 있어."

처음부터 그랬다. 이준은 조급함이 없었다. 간절함도 없었다. 만약 천부적인 재능이 아니었다면 결코 이렇게까지 성공하지 못했을 것이다. 이준을 볼 때마다 관계자들은 입을 한데 모아 말하곤 했다. 천재는 노력하는 자를 이기지 못한다는 말은, 분명 거짓일 거라고.

"너 혹시 집이 엄청 부자야? 막 기업 회장의 숨겨진 아들, 이런 거?"

"드라마 좀 그만 보라니까."

자신은 지금 마음이 조급해서 정말로 딱 죽을 맛인데 너무도 여유로운 이준을 보자 울컥하고 화가 치밀어 오른다. 결국 참지 못

하고 형욱이 꽥 소리를 내질렀다.

"아니, 그럼 뭐냐고! 어찌 된 인간이 이렇게 욕심이 없을 수가 있는 거냐고!"

"사정이 있다고 했잖아."

"글쎄. 그게 대체 무슨 사정인 거냐니까? TV에 나오면 빚쟁이들이 찾아오기라도 할까 봐 그래?"

"뭐, 그 비슷해."

빚쟁이 같은 소리 하네. 성의 없는 대답에 형욱은 질렸다는 듯 고개를 절레절레 내저었다.

"됐다, 됐어. 내가 너한테 뭘 더 바라겠냐. 내가 알아서 잘 말씀드릴 테니까, 건방지게 쇼 빠지니 마니 하는 소리 입 밖으로 꺼내지도 마. 알겠어?"

"잘 생각했어. 그리고 나는 형의 능력을 믿어."

"어휴! 말이나 못 하면 밉지나 않지."

형욱의 말이 끝나고 이준은 가볍게 웃으며 자리에서 일어났다.

"용건 끝났으면 이만 나가 봐도 되지?"

"그래. 내 눈앞에서 얼른 꺼져 버렷!"

열렬한 배웅을 받으며 이준은 사무실을 나왔다. 기획사에 소속된 아티스트들의 프로필 사진이 좌악 전시돼 있는 복도를 지나 엘리베이터 앞에 멈춰 섰다. 버튼을 누르려는데 엘리베이터가 마침 이준이 있는 층에서 멈추더니 문이 열렸다.

"권이준?"

엘리베이터에서 내리던 재규가 이준을 발견하고 눈을 크게 떴다. 그러다 짚이는 것이 있는지 이내 '아.' 하고 입을 살짝 벌린다.

"너였구나. 어쩐지. 웬일로 나한테 오디션 프로그램 심사위원 자리가 들어왔나 했네."

재규는 알 만하다는 듯 고개를 끄덕였다. 재규뿐만 아니라 이준도 무슨 상황인지 알 것 같았다. 형욱이 생각한 차선책이 재규였던 모양이다. 나쁘지 않은 선택이었다. 이준보다는 아무래도 여러모로 아쉽긴 하지만 재규도 경력이 꽤 된 모델이었다. 그리고 이번 패션쇼에도 설 예정이고.

"너 거절했지?"

"그래."

"네 덕분에 나 방송 타게 생겼네."

"고마우면 다음에 밥 한 끼 사."

"밥을 사긴 뭘 사. 네가 날 위해서 그랬냐? 널 위해서 그랬지."

재규가 콧방귀를 뀌었다. 이준은 '그래, 그럼.' 하며 엘리베이터를 향해 걸음을 옮겼다. 그때였다. 재규가 저를 지나치려는 이준의 팔뚝을 붙들었다.

"바빠?"

"아니. 왜."

"그럼 나랑 잠깐 얘기 좀 해."

"무슨 얘기?"

"여기선 좀 그렇고……."

재규가 주위를 둘러보았다. 그들의 대각선 방향으로 불 꺼진 방이 있었다. 회사의 창고였다. 재규가 그곳을 척, 가리켰다.

"저기가 좋겠네. 따라와."

따라오라는 말을 끝으로 재규가 먼저 성큼성큼 걸음을 옮겼다.

그 뒷모습이 마치 여정을 떠나는 모험가처럼 짐짓 비장해 보인다. 평소와 다른 친구의 행동이 의아하기는 했지만 이준은 일단 뒤를 따랐다. 먼저 도착한 재규는 창고의 불을 켰다. 아무래도 잘 이용하지 않는 공간이다 보니 퀴퀴한 먼지 냄새가 났다. 그런데 재규는 그것만으로도 부족했는지 문까지 닫았다.

"대체 무슨 은밀한 대화를 하려고 문까지 닫아?"

이준이 못마땅하다는 듯 눈살을 찌푸렸다. 완전히 밀폐가 되자 숨 쉬는 게 더 불편하게 느껴졌다. 하지만 재규는 그런 것쯤은 신경 쓰지 않는다는 듯 덤덤한 얼굴로 대뜸 용건부터 말한다.

"너, 여자 생겼냐?"

뜬금없는 질문에 이준은 대답 대신 재규를 빤히 바라보았다. 재규는 다 안다는 듯 말을 덧붙였다.

"너 주말에 촬영 끝나고 어떤 여자랑 같이 사라졌다며? 민아가 봤다더라."

그날, 봤던 건가. 이준은 마음에 안 든다는 듯 미간을 살짝 좁혔다가 이내 말했다.

"그게 왜."

반문이었지만 긍정의 대답이나 마찬가지였다. 먼저 물은 건 자신이었지만 그래도 설마 했던 재규의 눈이 둥그렇게 커진다.

"진짜 여자야?"

"그럼 가짜 여자일까 봐?"

이준의 대답에 재규의 목소리 톤이 한층 더 높아졌다.

"여자친구?"

"그런 건 아니고."

"그럼?"

"아, 뭘 자꾸 물어. 여자친구면 어떻고. 여자친구가 아니면 또 어때서."

재규는 거듭 놀랄 수밖에 없었다. 그도 그럴 것이, 이런 이준의 반응은 처음이었다. 이준은 세상 그 누구보다도 확실한 성격이었다. 그의 답안은 늘 두 가지 중 하나였다. 기면 기다, 아니면 아니다. 흑 아니면 백. YES or NO. 그런데 이런 애매한 대답이라니. 필시 뭔가 있는 게 분명했다. 그러니까 민아가 봤다던 그 여자가, 결코 그냥 아는 '여자 사람 친구'일 리가 없다는 것이다.

"……."

잠깐 뭔가를 생각하던 재규의 낯빛이 일순 어두워졌다. 그는 심각한 얼굴로 입술을 달싹였다.

"그럼 이민아는?"

"이민아가 왜."

여기서 그 얘기가 왜 나오는 거냐는 듯 무심하게 되묻는 이준의 반응에 재규의 얼굴이 딱딱하게 굳는다.

"걔, 너한테 진심이야."

재규가 주먹을 꽈악 그러쥐더니 얼굴만큼이나 딱딱한 목소리를 뱉어 내기 시작했다.

"여자가 먼저 자존심 다 접고 들이대는 게 쉬운 일인 줄 알아? 게다가 다른 사람도 아니고 이민아야. 걔 자존심이 얼마나 센지 몰라? 그런 애가 너 좋다고 그렇게 들이대는데 넌 어쩜 이렇게 시종일관 무심할 수가 있냐. 마음을 받아 주지 않는 것까진 이해해. 그런데 적어도 그 진심을 무시하진 말아야지. 넌 이민아가 불쌍

하지도 않아? 미안한 마음이 전혀 안 들어?"

숨도 쉬지 않고 재규가 매섭게 쏘아붙였다. 민아의 입장에 대한 변명과 이준의 무심함에 대한 질타까지. 누가 보면 민아가 빙의라도 한 줄 알겠다. 재규를 바라보는 이준의 눈썹이 삐뚤어진다.

지금까지 이준은 민아를 향해 확실하게 선을 그었었다. 단 한 번도, 눈곱만큼도, 그녀에게 여지를 준 적은 없었다. 나는 네 마음을 추호도 받아 줄 생각이 없으니 감정낭비 그만하라는, 일종의 배려였다. 그럼에도 불구하고 헛된 기대를 품으며 포기하지 못하고 감정을 키워 온 건 민아였다. 그런데 이 이상 저더러 뭘 더 하란 말인가.

"오히려 이민아가 미안해야 하는 거 아닌가?"

"뭐?"

제가 잘못 들었나, 하는 얼굴로 되묻는 재규를 향해 이준은 다시 한번 단호하게 말했다.

"솔직히 민폐야."

"……민폐라고?"

"그래."

순간 재규의 눈에서 불이 번쩍 났다. 그는 화가 가득 담긴 얼굴로 저벅저벅 이준을 향해 걸어갔다. 그러곤 이준의 뒤쪽 벽을 '퍽!' 소리가 날 정도로 세게 내쳤다.

"야, 권이준! 네가 다른 사람 감정까지 배려하는 놈이 아니라는 건 진작 알고 있었지만. 그래도 말은 가려서 해야지. 너 좋다는 사람한테 민폐라니. 너무 말이 심하잖아!"

늘 장난스럽고 실실 웃는 재규가 이렇게 화를 내는 건 처음이었다. 그의 눈빛은 진심이었다. 하지만 이준은 전혀 당황한 기색 없이 재규의 두 눈을 똑바로 마주한 채 평소와 다름없이 무심한 목소리를 내뱉었다.

"나한테 괜한 화풀이하지 말고, 그냥 고백을 해."

"뭐……?"

"너 이민아 좋아하잖아."

멈칫. 분노로 들썩이던 재규의 어깨가 굳는다.

"……알고 있었어?"

되묻는 재규의 목소리가 바들바들 떨려 왔다. 이준은 대답 대신 팔짱을 꼈다. 그 침묵에 재규의 눈동자 역시 바람 앞의 등불처럼 흔들린다.

"대체 언제부터?"

"글쎄. 처음 봤을 때부터?"

이준의 대답에 재규는 꽤나 충격을 받은 얼굴이었다. 자신의 감정을 완벽하게 숨기고 있다고 생각했던 모양이다. 타인에게 관심은 없었지만 눈칫밥을 먹고 자란 덕인지 눈치는 빠른 편이었다. 이번에도 그랬다. 재규의 숨기고 싶은 감정 따위 굳이 알고 싶은 마음은 없었지만, 그의 눈에는 뻔히 보였다.

"티…… 많이 났냐?"

"걱정 마. 이민아는 전혀 눈치 못 챈 것 같으니까."

그제야 재규가 안도의 한숨을 내쉰다. 그 모습을 물끄러미 바라보던 이준은 무심한 얼굴로 충고했다.

"할 수 있을 때 고백해. 괜히 타이밍 놓치고 뒤늦게 후회하지 말고."

경험에서 우러나온…… 진심을 담은 충고였다.

✳

지하 주차장에 주차가 되어 있던 차에 올라탄 이준은 시동을 걸기 위해 손을 뻗었다가 순간 멈칫했다. 그는 뻗은 손을 거둬들여 팔짱을 낀 다음 의자 헤더에 머리를 기댔다.

'네 감정만 소중해서 상대방이 곤란하든 말든 제멋대로 밀어붙이는 거. 그게, 네가 말한 진심인 거야?'

갑자기 그 말이 떠오르는 건 왤까. 이준은 아랫입술을 질끈 깨물었다. 상대방의 감정 따위는 생각하지 않은 채 제 감정만 몰아붙이는 것. 그리고 단 한 번도 여지를 준 적이 없음에도 헛된 희망을 품고 포기하지 못하는 것까지…….

조금 전 재규와 대화를 할 때는 몰랐는데, 이제 와서 생각해 보니 어쩌면 민아와 자신이 같을지도 모르겠다는 생각이 든다.

'오히려 이민아가 미안해야 하는 거 아닌가?'
'솔직히 민폐야.'

아까 제 입으로 뱉어 냈을 땐 몰랐는데 이렇게 곱씹어 보니 재규의 말대로 너무 심한 말이긴 한 것 같기도 했다. 유경이 자신을 그렇게 생각할지도 모른다고 생각하니 가슴께가 뻐근하게 아파 오기까지 한다.

과연 아니라고 할 수 있을까……. 이민아와 내가 같지 않다고. 그녀의 마음이 내가 이민아를 생각하는 것과 같지 않다고. 순식간이었다. 이준의 얼굴에서 핏기가 사라지며 하얗게 질려 버린 것은.

"민폐……."

곱씹듯 낮게 중얼거리며 두 눈을 질끈 감았다. 턱을 악다물었다. 그러지 않으면 두근거리는 심장이 밖으로 튀어나올 것만 같아서였다.

탁.

욕실 문을 열고 나오자 맛있는 냄새가 유경의 코를 자극했다. 불편한 마음과 달리 배 속은 눈치도 없이 꼬르륵, 신호를 보낸다.

"이놈의 뱃속엔 거지가 들어 있나."

한숨과 함께 유경은 제 배를 쓰다듬으며 주방 쪽을 바라보았다. 후각은 완전히 주방에서 만들어지고 있는 음식에 집중되어 있었지만 어쩐지 선뜻 걸음이 떨어지질 않는다.

아침에 저를 피했던 것처럼 저녁에도 마찬가지로 그러지 않을까 생각했었다. 그런데 퇴근하고 집으로 돌아왔을 때, 의외로 이준은 마치 아무 일도 없었던 것처럼 평상시와 다름없는 태도를 보였다. 그 모든 행동이 너무 자연스러워서 유경이 오히려 당황스러울 정도였다.

"뭐, 불편한 것보단 이편이 나도 낫긴 하지만……."

그렇게 합리화를 하며 주방을 향해 발을 떼려던 순간이었다. 문득 유경의 시야에 거실 한편에 놓여 있는 물체가 들어왔다. 자연스럽게 지나치려던 유경은 다시금 고개를 돌려 그것을 확인했다. 커다란 캐리어였다. 그리고 그녀의 눈에도 익었다. 한 달 전, 이준이 집으로 들어왔을 때 가지고 왔던 바로 그것이었으니까 말이다.

저걸 왜 꺼내 뒀지? 한 달 동안 유현의 방구석에 깊숙이 박혀 있던 캐리어의 뜬금없는 등장에 유경은 고개를 갸웃하다 이내 주방으로 향했다. 여느 때와 다름없이 식탁 위엔 밥상이 거나하게 차려져 있었다. 유경이 주방으로 들어오자 이준이 기다렸다는 듯 흰쌀밥을 가득 퍼서 그녀의 자리에 놓아주었다.

"고마워."

자신의 자리에 앉으며 유경은 감사의 인사를 건넸다. 이준은 알겠다는 듯 고개를 끄덕일 뿐이었다. 그렇게 식사가 시작됐다. 적막한 가운데 젓가락이 부딪히는 소리, 음식을 씹는 소리가 간간이 들릴 뿐이었다. 원래 밥 먹을 때 이렇게 조용했던가……. 왠지 답답하고 어색하게 느껴지는 침묵을 먼저 깬 건 유경이었다.

"현관 앞에 있는 가방은 뭐야?"

그녀는 젓가락으로 반찬을 집으며 넌지시 물었다. 꽤나 자연스러운 화제라고 생각했다. 그런데 돌아오는 대답은 충격적이었다.

"오늘 나가려고요."

"나간다고?"

"네."

"어딜?"

"……."

돌아오는 대답은 없었다.

설마…….

유경은 여전히 놀란 얼굴로 되물었다.

"집을 나가겠다는 말이야?"

"남은 짐들은 나중에 가지러 올게요."

마음으로 이미 집을 나가겠다고 결심을 한 듯했다. 엄청난 말을
뱉어 놓고도 이준은 덤덤한 얼굴로 계속해서 밥 먹는 데만 집중
할 뿐이었다. 지금 이 상황이 당황스러운 건 유경 혼자였다. 그녀
는 들고 있던 젓가락을 내려놓으며 물었다.

"갑자기 왜? 혹시 어제 일 때문에 그래?"

"……."

이번에도 이준은 대답 대신 그저 유경을 그저 빤히 바라볼 뿐
이었다. 그의 침묵을 긍정의 뜻으로 받아들인 유경이 얼른 말을
덧붙였다.

"그것 때문이면 안 그래도 돼. 넌 사과 충분히 했고. 나도 잘한
건 없으니까."

사실 유경은 오늘 하루 종일 어제의 일을 곱씹어 봤다. 그리
고 결론을 내렸다. 이준이 자신의 잘못을 사과했으니, 자신 역시
제 잘못을 사과해야겠다고. 어제 자신이 말을 너무 심하게 한 건
사실이고, 그건 분명한 잘못이었으니까 말이다. 그런데 눈치를 보
는 동안 타이밍을 완전히 놓쳐 버린 듯 했다. 이준이 고개를 내
저었다.

"그게 이유가 아닌 건 아니지만, 그렇다고 그게 전부는 아니에

요.”

어제 일 말고도 이 집을 나가야 하는 다른 이유가 있다는 얘기였다. 그 이유가 아니라면 대체 뭘까. 들어올 땐 악착같이 굴더니 갑자기 왜? 하루아침에 손바닥 뒤집듯 변해 버린 이준의 반응에 유경이 고개를 갸웃했다.

“다른 이유는 뭔데?”

이준이 들고 있던 수저를 내려놓았다. 그러곤 유경의 두 눈을 똑바로 바라보며 진지하게 답했다.

“여기에 더 있으면 내가 누나를 포기 못 할 거 같아서 그래요.”

“……”

“누나 얼굴 볼 때마다 욕심이 자꾸 커지는 것 같아서. 누나 입장 생각도 못 하고 질투했던 어제처럼 또 같은 실수를 하게 될까 봐 겁나서.”

이준이 식탁 위에 올려 둔 주먹을 꽈악 그러쥐었다. 흔들림 없는 그의 새카만 두 눈동자에는 단단한 의지가 고스란히 드러나 있었다.

“……”

진지한 이준의 눈빛에 유경은 아무 말도 하지 못했다. 그녀는 속으로 그가 한 말을 느릿하게 곱씹어 보았다. 그러니까 포기를 하겠다는 말이었다. 자신을……

응해 줄 수 없는 마음이 부담스러웠다. 반짝이는 그의 진심을 외면할 수밖에 없어 미안하기도 했다. 그러니 그녀의 입장에서는 앓던 이가 빠진 것처럼 시원해야 하는 상황이 분명했다. 그런데 어째서 섭섭한 마음까지 덩달아 드는 걸까. 인간의 욕심이라는 건

참 끝이 없구나…….

자신의 이기심을 깨달은 유경은 쓴 입맛을 다셨다. 그러다 이내 마음을 바로잡고 이준을 마주 보았다.

"갈 곳 없다며."

"……."

"내가 이런 말 할 입장이 아닌 것 같긴 한데……."

유경은 조심스럽게 말했다.

"그냥 있어. 이제 두 달밖에 안 남았잖아."

"……."

"이미 유현이한테 방값을 석 달 치 지불하기도 했고……."

순간 이준이 유경의 말허리를 끊으며 툭 내뱉듯 말했다.

"거짓말이었어요."

거짓말……?

그게 대체 무슨 말이냐는 듯 유경이 두 눈을 동그랗게 뜨고 바라보자 이준이 낮게 한숨을 내쉰 뒤 대답했다.

"집 리모델링에 석 달이 걸린다는 것도. 계약서도. 전부 거짓말이었어요."

"……뭐?"

"집 리모델링은 안방 욕실만 하는 거였고, 이미 다 끝났어요. 그리고 계약서는 유현이랑 그냥 만든 거고요."

지금 얘가 무슨 소리를 하는 거야……?

유경은 멍하니 이준을 바라보았다. 분명 그는 한국말을 하고 있는데 꼭 외계어를 듣기라도 하는 것처럼 귀에 들어오지가 않았다. 무슨 말을 하는 건지 좀처럼 이해를 할 수가 없었다. 그런 유경에게 이준은 차근차근 설명을 시작했다. 유현이 동건의 바람 장면을 목격했다는 것과 떠나기 전에 누나를 걱정해 이준에게 부탁했다는 것. 그래서 가짜 계약서를 만들었고 이 집에 들어왔다는 것까지도.

모든 설명을 듣고 나자, 그제야 머리가 돌아가기 시작했다. 그러니까 두 남자가 짜고 그녀를 완벽하게 속였다는 것이었다. 처음부터 뭔가 이상하다는 건 느꼈지만 설마 그 모든 게 거짓이었을 거라는 생각은 못 했다. 하지만 그녀가 배신감을 채 느끼기도 전에 이준의 말이 이어졌다.

"누나한텐 정말 미안한 말이지만, 솔직히 그 남자가 바람난 게 나한텐 기회라고 생각했어요. 그래서 절대 놓치고 싶지 않았어요."

"……."

"정말로 미안해요."

황당해서 멍하니 저를 바라보기만 하는 유경을 향해 이준은 다시 한번 진심으로 사과했다.

"그동안 누나 속인 것도. 내 감정만 몰아붙여서 누나 부담스럽게 만든 것도. ……전부 다."

진심을 꽉꽉 눌러 담은 이준의 무거운 목소리가 귓가를 파고들어 그녀의 마음까지 무겁게 만들었다. 속였다는데. 기만했다는데. 화가 나기보다는 오히려 가슴 한편이 찌릿하며 통증이 느껴질 뿐이었다. 그가 저를 속였다는 사실보다 그 속에 숨은 그의 진심이 더 와닿는 탓이다. 이런 말도 안 되는 거짓말을 해서라도 당신의 곁에 있고 싶었다고. 당신을 좋아해서 미안하다고. 그리 말하며 고개를 숙이는 이준을 보며 유경은 차마 아무 말도 할 수 없었다.

옛말에 사람 든 자리는 몰라도 난 자리는 티가 난다더니. 최근 유경은 그 말을 뼈저리게 실감하고 있는 중이었다. 사실은 이미 알고 있는 부분이었다. 부모님이 갑자기 귀농을 하셨을 때 한 번, 유현이 갑자기 해외 봉사활동을 떠났을 때 또 한 번. 두 번이나 겪어 본 일이었기에 이번엔 좀 더 덤덤할 줄 알았다. 게다가 피붙이 가족도 아니고 생판 남이지 않던가. 그런데 웬걸. 그 어떤 때보다도 고작 한 달 살다 떠난 이준의 빈자리가 더 크게 느껴지고 있었다.

도대체 왜……?

며칠 동안 곰곰이 생각해 봤다. 생각보다 답은 금방 나왔다. 그러고 보니 부모님이 떠났을 땐 그래도 유현이 곁에 남아 있어서 덜 허전할 수 있었고, 유현이 떠났을 땐 조금 허전하기는 했지만 평소의 생활과 달라진 게 거의 없었던 것이다. 하지만 이번엔 달랐다. 늘 반짝반짝하던 집은 예전처럼 돼지우리가 되어 버렸고 일주일 만에 분리수거 박스는 가득 찼다. 아침엔 굶어서 속 쓰림으로 하루를 시작했고 저녁엔 조미료가 가득 든 배달 음식을 먹어 속이 부대끼곤 했다.

사람이란 참으로 간사한 동물이 아닐 수가 없다. 어질러진 집도, 배달 음식도, 분명 예전엔 당연한 일이었는데, 갑자기 그 모든 게 이렇게 불편하게 느껴지다니. 이준과 함께한 시간은 고작 한 달 남짓이었다. 그런데 그 사이에 녀석에게 완전히 길들여져 버린 모양이었다.

"그동안 내가 팔자에도 없는 호강을 누리긴 했었나 보네……."

거실 소파에 앉아 배달 책자를 뒤적거리던 유경은 새삼스럽게 깨달은 바를 입 밖으로 내뱉으며 낮게 한숨을 내쉬었다. 그러곤 들고 있던 책자를 아무렇게나 던져 놓고 소파에 길게 늘어졌다. 멍하니 천장을 바라보다 두 눈을 감았다. 혼자 살기엔 지나치게 넓은 집 안은 고요했다. 주방에 자리하고 있는 냉장고에서 가끔 흘러나오는 소음이 거슬리게 느껴질 정도였다.

현재 시간은 저녁 8시 30분.

원래 지금쯤이면 저녁 식사를 끝내고 부른 배를 두드리며 소파에 늘어져 TV를 보고 있을 시간이었다. TV에서 흘러나오는 말소리와 주방에서 잔잔하게 들려오는 달그락거리는 설거지 소리까지. 한창 소란스러울 시간인데……. 고작 일주일 전의 일인데 이토록 아득하게만 느껴지는 건 왤까. 멀지 않은 과거를 곱씹고 있을 때였다.

띠링—.

휴대폰에 알람이 울렸다. 유경은 감고 있던 눈을 번쩍 떴다. 재빠르게 상체를 일으켜 테이블 위에 놓여 있는 휴대폰을 집어 들었다. 액정에 이제 막 도착한 메시지의 내용이 떴다.

[지금 뭐 하고 있어?]

지민의 연락이었다. 발신인을 확인한 유경의 얼굴에 실망감이 역력하게 떠올랐다.

무슨 연락을 기대한 거야, 나는…….

스스로가 생각해도 어이가 없어 헛웃음이 절로 흐른다. 유경은
답장을 보내는 대신 휴대폰을 다시금 내려놓았다. 지민에게는 미
안하지만 지금은 시시콜콜한 문자를 주고받을 기분이 아니었다.

'오늘 나가려고요.'
'나간다고? 어딜? 집을?'
'남은 짐들은 나중에 가지러 올게요.'

갑작스럽게 이준이 집을 나간 날로부터 벌써 일주일이 지나가고
있는 중이었다. 지금까지 그에게선 실수로라도 연락 한 통 오는 일
이 없었다. 사실 애초부터 이준과는 용건 없이 연락을 할 정도의
사이는 아니었다. 한 달을 함께 지내기 전에 두 사람은 분명 그저
동생의 친구와 친구의 누나, 그뿐인 관계였으니까 말이다. 물론,
이준은 그렇게 생각하지 않았던 것 같지만.

'정말로 미안해요.'
'그동안 누나 속인 것도. 내 감정만 몰아붙여서 누나 부담스럽게
만든 것도. ……전부 다.'

좋아해서 미안하다는 말까지 하게 만들었다. 이젠 저를 포기하
겠다는 말도 들었다. 그러니 더 이상 예전처럼 지낼 순 없는 일이
었다. 아니, 오히려 예전보다 더 못한 사이가 될 수밖에 없었다.
그리고 이런 상황을 원한 건, 일을 이렇게 만든 건, 분명 자신이

었다. 그런데 이제 와서 도대체 왜 이토록 허전하고 서운한 마음이 드는 걸까.

분명 앓던 이라고 생각했다. 앓던 이라도 빠지고 나면 원래 시원섭섭한 법이니까. 그래서 그런 걸 거라고. 하지만 일주일째, 그녀는 단 한 번도 시원하다는 생각은 해 본 적이 없었다. 텅 빈 집 안을 바라볼 때마다 울컥 치밀어 오르는 감정은 오직 섭섭함뿐이었다.

동건에게 이별 통보를 받았을 때보다도 오히려 지금이 훨씬 더 공허한 느낌이다. 하긴. 그럴 수밖에 없는 것이, 그땐 그 빈자리를 이준이 빈틈없이 채워 주었으니까 말이다. 아니, 채워 주는 거로도 모자라 오히려 넘쳤었다. 이건 앓던 이가 빠진 게 아니라 마치 가슴 한편에 커다란 구멍이 뻥 뚫린 듯한 느낌이다. 결코 작지 않은 크기. 그곳으로 메마른 찬바람이 하릴없이 지나갔다.

"……"

가슴이 시린 느낌에 유경은 무릎을 세우고 몸을 웅크렸다. 솟은 무릎에 턱을 괸 채 천천히 눈꺼풀을 내리깔았다. 흔들린 건 잠시였을 뿐. 완전히 마음을 다잡았다고 생각했다. 그런데 시간이 지날수록 어쩌면 그게 아니었던 걸지도 모르겠다는 생각이 든다.

어쩌면…… 나는 지금 이 순간까지도 계속해서 녀석에게 흔들리고 있는 걸지도 모르겠다고.

"하아……"

짙은 한숨을 내쉬었을 때였다. 벨소리가 울렸다. 감고 있던 눈을 떠 휴대폰을 확인했다. 발신인은 이번에도 지민이었다. 유경은 마치 물 먹은 솜처럼 무겁게 느껴지는 손을 느리게 뻗어 전화를 받았다.

– 바빠?

"아니."

– 근데 왜 답장을 안 해?

문자를 보낸 지 고작 5분도 채 지나지 않았는데 답장 타령이라니. 평소처럼 별 얘기 아닐 거라고 생각했는데, 아무래도 그게 아니었던 모양이다.

"안 그래도 이제 막 하려고 했어."

새하얀 거짓말과 함께 유경은 걱정스러운 얼굴로 되물었다.

"왜. 무슨 일 있어?"

– 아니, 무슨 일은 아니고…….

"……."

– 밥은 먹었어?

중간에 흐른 침묵이 어색하기가 짝이 없다. 하루 이틀 알고 지낸 사이도 아닌데 정말 모를 거라고 생각하는 건지. 지민에게 무슨 일이 있는 게 분명해 보였지만 유경은 모르는 척 대답했다.

"아니, 아직."

– 잘됐네. 지금 나올래? 저녁 같이 먹자.

"지금?"

– 나 마침 너희 동네거든.

"우리 동네라고?"

– 응, 볼일이 있어서 잠깐 왔어.

이 시간에, 이 동네에 대체 무슨 볼일이 있다는 걸까. 영 수상쩍었지만 이번에도 유경은 그저 고개를 끄덕일 뿐이었다.

"알겠어."

✳

　지민과 유경이 함께 간 곳은 외관이 허름한 백반집이었다. 원래 같았으면 그냥 지나쳤을 것이다. 그런데 오늘은 간판에 적혀 있는 '엄마 손맛'이라는 글씨가 유경의 눈을 사로잡았다. 된장찌개와 돼지주물럭을 주문했다. 음식을 기다리는 동안 유경은 지민의 안색을 살폈다. 역시나 표정이 어두웠다.

　도대체 무슨 일이길래……. 걱정스레 친구를 바라보고 있을 때였다. 주문한 음식이 도착했다. 테이블 위에 여러 가지 반찬들과 함께 보글보글 끓고 있는 된장찌개와 새빨간 양념을 입은 주물럭이 놓였다.

　"와, 맛있겠다."

　일주일 동안 배달 음식과 인스턴트만 먹어서 그런지, 그럴듯하게 차려진 한 상을 보자 군침이 절로 돌았다. 친구를 향한 걱정은 잠깐 넣어 두기로 한 유경은 수저를 집어 들었다. 먼저 된장찌개를 한 스푼 크게 퍼서 입으로 가져갔다. 그와 동시에 미간이 확 찌푸려진다. 된장의 구수함보다도 짙은 조미료 맛이 더 강렬하게 느껴졌기 때문이다.

　"왜 그래? 맛이 별로야?"

　"조미료 맛이 너무 많이 나는 것 같아."

　유경의 말에 지민도 된장찌개를 한 스푼 떠서 입으로 가져갔다.

　"조미료 맛이라고?"

맛을 음미하던 지민이 고개를 갸웃한다.

"난 전혀 모르겠는데."

"정말?"

"응, 오히려 다른 식당보다 조미료가 덜 들어간 것 같은데?"

제 것과는 전혀 다른 지민의 반응에 유경은 의아해하며 다시 한 번 된장찌개를 먹어 보았다. 하지만 혀를 얼얼하게 만드는 조미료 맛은 여전했다. 혹시 몰라 주물럭을 한 젓가락 집어 먹었다. 기대했지만 아쉽게도 주물럭 역시 마찬가지였다. 몇 번 더 먹다가 입맛이 떨어져 숟가락을 내려놓았다. 지민은 잘 먹는 걸 보니, 아무래도 제 입이 문제인 것 같았다.

"왜 이렇게 못 먹어?"

숟가락을 내려놓고 입가심으로 물을 홀짝이자 지민이 묻는다.

"그냥."

"아깐 배고프다더니. 왜?"

"나도 모르겠어. 그냥 입맛이 별로 없네."

사실은 요즘 계속 이런 식이었다. 구내식당의 밥도, 배달 음식도, 인스턴트도. 먹다 보면 금방 물려서 모두 반도 채 먹지 못하고 있었다. 강제 다이어트였다. 정말 큰일이 아닐 수 없다. 생활 패턴만큼이나 입맛 역시 이준의 음식에 길들여져서 입만 고급이 되어 버린 모양이다.

"그러고 보니 너 살이 빠진 것 같다?"

"티 나?"

"넌 원래 마른 편이라서 조금만 빠져도 티가 확 난다니까."

지민이 걱정스러운 얼굴로 유경을 바라보며 묻는다.

"너 무슨 일 있어?"

무슨 일이 없었다고 한다면 거짓말이겠지만, 지금은 자신의 일 보단 친구의 일이 먼저였다. 도대체 누가 누굴 걱정하는 건지. 유경은 낮게 한숨을 내쉬며 지민을 바라보았다.

"그러는 너야말로 대체 무슨 일이야?"

"응?"

"네가 우리 동네에 온 게 '마침'이 아니라 '일부러'라는 거, 누가 모를 줄 알아?"

"아……."

날카로운 유경의 말에 지민의 표정이 급격하게 어두워진다. 그녀는 들고 있던 숟가락까지 내려놓았다. 역시나. 예상했던 그대로였다. 유경은 한껏 걱정스러운 얼굴로 지민을 바라보았다. 혹시 집에 무슨 일이 있는 건가?

지영이 문제일 확률이 높았다. 나이 터울이 꽤 나는 동생인지라 지민은 부모처럼 지영을 걱정하곤 했다. 그래도 이렇게까지 걱정스러운 표정은 처음 보는데……. 도대체 얼마나 큰일이 생긴 걸까. 덩달아 긴장을 집어 삼킨 유경은 지민의 대답을 기다렸다. 그런데 대답이 아니라 오히려 질문이 돌아온다.

"너 밥 다 먹은 거야?"

"어?"

"그게 다 먹은 거냐고."

유경의 밥그릇엔 아직 밥이 반도 훨씬 넘게 남아 있었다. 하지만 입맛은 이미 달아난 지 오래였다. 유경은 고개를 끄덕였다.

"응, 다 먹었어."

유경의 대답에 지민은 후, 하고 짧게 한숨을 내쉬었다. 그러더니 핸드백을 열고 주섬주섬 뭔가를 꺼낸다. 지민이 꺼내 든 것은 작은 병이었다. 그녀는 그것을 유경에게 건네었다.

"이게 뭐야?"

"우황청심환."

그걸 몰라서 물은 건 아니었다. 떡하니 병에 적혀 있는 글씨를 못 읽을 리가 없으니까 말이다. 유경은 황당하다는 얼굴로 되물었다.

"그러니까 갑자기 우황청심환을 왜 주냐고."

"일단 마셔."

"……"

"얼른."

지민은 제법 진지한 얼굴로 재촉했다. 그 모습에 유경은 갑자기 불안해짐을 느꼈다. 심장이 두근두근 뛰기 시작한다. 저도 모르게 병을 쥔 손에 힘이 꽉 들어갔다.

"……"

잠깐 망설이던 유경은 결국 병의 뚜껑을 따서 입으로 가져갔다. 한 번에 음료를 털어 넣고 빈병을 테이블 위에 내려놓았다. 입안에 퍼져 있는 쓴맛을 삼켜 낸 뒤, 유경은 다시금 주먹을 그러쥔 채 지민을 바라보았다.

"다 마셨어. 이제 말해."

"……"

지민이 입술을 달싹였다. 하지만 꺼내기 어려운 말인 건지 쉽사리 입을 열지 못한다. 머뭇거리는 친구의 얼굴을 빤히 바라보고 있을 때였다. 순간 어떤 촉이 하나 왔다. 유경은 낮게 한숨을 내쉬고는 찔러 보듯 말했다.

"혹시, 동건 씨와 관련된 거야?"

흠칫. 지민의 어깨가 티 나게 움찔거린다. 설마 했는데…….

투명한 친구의 반응에 유경은 아랫입술을 살짝 깨물었다. 얘기를 듣기도 전인데 벌써부터 머리가 어지러워지는 것 같았다.

"대체 뭔데. 내가 우황청심환까지 먹어야 할 일이."

다시 한번 재촉하자 그제야 지민은 우물쭈물하며 핸드백에서 또 뭔가를 꺼내 유경에게 건넸다. 정사각형의 카드가 담긴 봉투였다. 봉투의 겉면을 보자마자 내용물을 알 수 있었다. 청첩장이었다. 순간 눈앞이 아찔해지는가 싶더니 심장이 철렁 내려앉는다.

이미 끝난 상대였다. 완전히 깔끔하게 지웠다고는 말 못 하지만 이준 때문에 정신이 없어서 한동안 까맣게 잊고 살았던, 더 이상 의미 없는 이름. 그런데 막상 이렇게 청첩장을 마주하고 보니 감정의 동요가 이는 건 어쩔 수 없나 보다.

"임신했다더니 결국 결혼까지 하나 보네."

조소와 함께 말을 툭 뱉는데 입안이 아까 우황청심환을 먹었을 때보다 훨씬 더 쓰다. 하지만 유경은 애써 아무렇지 않은 듯 덤덤한 표정으로 청첩장을 내려다보며 되물었다.

"근데 이걸 왜 날 주는 거야?"

지민이 조심스레 대답했다.

"너도 알아야 할 것 같아서…….'

굳이 알아야 할 필요는 없었다. 결혼을 하든 말든. 이젠 그녀와는 하등 상관없는 남의 일일 뿐이었다. 아니, 오히려 모르는 게 약일지도 몰랐다. 쓸데없이 이런 것까지 알려 주는 지민이 살짝 원망스럽게 느껴질 정도로. 하지만 유경은 지민을 원망할 수 없었다. 제 친구가 그렇게 생각이 없는 사람이 아니라는 것은, 자신이 누구보다 잘 알고 있었으니까.

"내가 알아야 할 일이라고……?"

유경은 지민과 시선을 마주한 채 느릿하게 반문했다. 지민의 눈빛이 흔들렸다. 아무래도 그저 결혼을 한다는 것뿐만 아니라, 그보다 더한 뭔가 있는 모양이었다. 만약 그런 거라면 이대로 영영 모르고 싶은 마음과 도대체 뭔지 궁금한 마음이 딱 반반이었다. 아랫입술을 지그시 깨문 채 고민하던 유경은 이내 결심을 내렸다. 천천히 손을 뻗어 지민이 건네는 청첩장을 받아 들었다. 호기심이 이겼다. 그리고 만약 더한 뭔가가 있다면 이 기회에 완전히 깔끔하게 정리할 수 있을 것 같았다. 사실 이미 그를 향한 정이나 미련 따위는 남아 있는 것 같지 않지만 말이다.

"……."

티를 내지 않으려고 했지만 봉투를 쥔 손끝이 바들바들 떨려 왔다. 가벼운 종이일 뿐인데, 세상에서 가장 무거운 것처럼 느껴진다. 느릿하게 봉투를 열어 카드를 확인했다. 가장 먼저 눈에 들어오는 건 날짜였다. 순간 유경은 저가 잘못 본 건가 싶어 다시 한 번 찬찬히 살폈다. 하지만 동건의 결혼식이 일주일도 채 남지 않았다는 사실은 변하지 않았다.

"하."

기가 차서 헛웃음이 절로 입술을 비집고 흘러나온다. 그와 동시에 저도 모르게 손에 힘이 들어갔다. 쥐고 있던 청첩장의 귀퉁이가 구겨졌다. 결혼식을 올리려면 분명 준비하는 시간이 필요했을 것이다. 그렇다는 것은, 자신에게 이별을 고하기 전부터 이미 동건은 상대 여자와 결혼을 결심하고 준비를 하고 있었다는 것과 같은 말이기도 했다. 망치로 세게 한 대 맞기라도 한 것처럼 뒤통수가 얼얼하다. 이미 최악이었던지라 더 이상 배신감을 느낄 일은 없을 거라고 생각했다. 그런데 웬걸. 전보다 더한 배신감이 그녀의 온몸을 감싸고 활활 타오르기 시작했다.

박동건, 당신……. 나한텐 끝까지 잔인한 남자구나, 정말. 목구멍으로 왈칵 치미는 쓴물을 애써 삼켜 내는 그 순간이었다. 문득 유경의 시야에 뒤늦게 뭔가가 들어온다. 바로 신부의 이름이었다. 신랑만큼이나 익숙한 이름. 아니, 어쩌면 신랑보다도 더 익숙한 그 이름.

「임세희」

이름 석 자를 확인한 유경은 두 눈을 질끈 감았다가 다시 떴다. 혹시 잘못 본 건 아닐까 생각했다. 하지만 이번에도 역시나 청첩장에 찍혀 있는 글씨는 그대로일 뿐이다.

설마……. 유경의 커다란 두 눈이 바람 앞의 등불처럼 미약하게 흔들리기 시작했다. 아니야. 같은 이름이야 얼마든지 있는 거잖아. 그래. 동명이인이겠지. 속으로 거듭 아닐 거라고, 이건 정말이지 말도 안 된다고 생각하면서도 엄습한 불안감이 온몸을 휘감는다. 등허리를 타고 빠르게 올라오는 소름 탓에 온몸의 털이 곤두서는 느낌.

"지민아."

유경은 눈빛만큼이나 떨리는 목소리를 느릿하게 내뱉었다.

"이거…… 내가 생각하는, 그런 거, 아니지……?"

청첩장에서 시선을 떼고 지민을 바라보며 대답을 기다렸다. 하지만 한일자로 꽉 다물린 지민의 입은 좀처럼 열릴 생각을 않는다.

"……"

"……"

숨이 막힐 듯한 침묵. 그리고 이윽고, 지민의 두 눈이 시뻘겋게 충혈되는 것을 확인한 그 순간.

투욱—

유경의 손에서 청첩장이 힘없이 바닥으로 떨어졌다.

쪼르륵—

탁.

쪼르륵—

탁.

쪼르륵—

탁.

사방이 막혀 있는 룸으로 나뉘어 있는 호프집. 밖에서 흘러나오는 음악 소리마저 희미하게 들리는 이 공간에는 아까부터 연신 술 따르는 소리와 빈 잔이 테이블에 놓이는 마찰음만이 울리고 있는 중이었다.

두 사람이 호프집에 도착한 지 고작 20분이 지나고 있었다. 아직 주문한 안주조차 나오지 않았는데 술병은 벌써 반이나 비워져 있었다. 기본 안주로 나온 뻥튀기 역시 처음 양 그대로였다.

"······야."

술병의 술이 빠른 속도로 사라지는 걸 옆에서 잠자코 지켜보던 지민은 결국 참지 못하고 조심스럽게 운을 뗐다.

"너 지금 엄청 무리하고 있는 거 알지?"

"어, 알아."

유경은 덤덤하게 대꾸했다.

"너한텐 미리 사과할게. 또 그날처럼 정신 놓을 것 같아. 근데 말리진 마. 도저히 맨 정신으로 못 버틸 거 같으니까."

"······."

3년을 사귄, 철석같이 믿었던 남자친구가 바람이 났다. 상대는 임신을 했다고 한다. 그것만으로도 엄청난 충격인데 헤어진 지 고작 한 달 만에 두 사람은 결혼식까지 올린다고 한다. 그런데 거기서 끝나지 않고 심지어, 그 상대가 남자친구보다도 더 믿었던 자신의 친구라니. 막장 드라마에서나 나올 법한 이야기였다. 아니, 드라마에서 나오는 이야기라도 너무 작위적이라며 시청자들에게 욕먹기 딱 좋은, 그런 말도 안 되는 이야기. 그런데 그것이 현실로 다가왔다. 세상 어느 누가, 어찌 맨정신으로 버틸 수 있을까. 거품 물고 뒤로 넘어가지 않은 게 다행이었다.

지민 역시도 며칠 전 회사에서 청첩장을 우연히 보고는 얼마나 놀랐는지 모른다. 처음엔 믿을 수가 없었다. 잘못 본 거겠지. 두 눈을 비비며 몇 번이고 확인했다. 꿈인 건 아닐까, 누군가가 몰래 카메라를 하는 건 아닌가, 의심까지 했다.

"박동건!"

결국 지민은 동건을 찾아갔다.

"이거, 진짜야? 어? 진짜냐고!"

눈에 뵈는 게 없었다. 사람 많은 사무실에 대고 고래고래 소리를 지르는 지민을 보고 동건은 사색이 되어 튀어나왔다. 자기가 죄를 지은 것은 아는 건지, 그는 조용한 곳으로 지민을 끌고 갔다. 그러곤 손이 발이 되도록 아주 싹싹 빌기 시작했다. 제발 일 크게 만들지 말아 달라고. 다 끝난 얘긴데 제삼자인 네가 왈가왈부할 일이 아니라고. 대화가 통하지 않았다. 아니, 더 얘기하고 싶지 않았다. 지민은 마치 벌레 보듯 경멸 어린 눈빛으로 동건을 뒤로하고 돌아섰다.

이미 몰래카메라 따위가 아니라는 것을 깨달았음에도 불구하고 도저히 믿을 수가 없어 세희에게 전화를 수십 통 했다. 그런데 작정이라도 한 듯, 한 통도 받지 않는 걸 보고 그제야 확실히 깨달았다.

아, 이거 진짜구나…….

동건의 말대로 제삼자인 자신도 이렇게 충격일진대 당사자는 오죽할까. 유경을 생각하니 눈앞이 캄캄해졌다. 말을 해야 할까, 말아야 할까. 며칠 동안 혼자 끙끙 앓다 결국 어렵게 마음을 먹고 얘기한 것이었다. 물론, 유경에겐 모르고 넘어가는 게 최선이었을 것이다. 하지만 그러기엔 세희와 유경 사이에 겹치는 지인들이 너무도 많았다. 결국 어떻게든 알게 될 일이었다. 그렇다면 나중에 다른 사람 입으로 듣게 될 바엔 제 입으로 얘기하는 게 더 나을 것 같다고 판단했다. 그런데 막상 세상 무너진 얼굴을 하고 있는 유경의 얼굴을 보고 있자니, 과연 잘한 선택이었는지 헷갈린다.

"……안주라도 좀 먹으면서 마셔."

지민은 유경을 안쓰럽게 바라보며 아직 나오지 않은 소시지 대신 뻥튀기 하나를 집어 들고 건넸다. 하지만 유경의 손은 뻥튀기 대신 술잔을 집어 들 뿐이었다.

쿵!

커다란 소리와 함께 유경이 테이블에 머리를 박았다.

"어우, 깜짝이야!"

지민은 미간을 잔뜩 찌푸리며 맞은편을 바라보았다.

"야, 서유경. 너 머리 깨진 거 아니야? 소리 완전 컸는데."

"……."

"괜찮아? 응?"

"……."

끝내 돌아오는 대답은 없었다.

"완전히 뻗었나 보네."

지민은 올 게 왔다는 듯한 얼굴로 혀를 쯧 찼다. 친구의 이마가 조금 걱정되기는 했지만, 이 상황은 별로 놀랍지 않았다. 사실 오늘은 예상보다도 더 오래 버틴 거였다.

유경은 호프집에 들어온 이후로 말없이 술만 거듭 마셔 댔다. 그 모습이 너무 안쓰럽게 느껴져서 그 어떤 위로의 말도 섣불리 건네지 못했다.

"차라리 욕을 하거나, 울고불고 악이라도 쓸 것이지."

그러는 편이 지금처럼 괜찮은 척하는 것보다는 훨씬 더 보기 편했을 텐데. 그럼 같이 욕이라도 실컷 해 줬을 텐데. 힘들어하는 친구를 뻔히 보면서도 아무것도 못 해 준 것 같아 미안할 따름이다.

기절한 친구의 머리통을 물끄러미 바라보며 한숨을 길게 내쉬던 지민은 이내 자리에서 일어났다. 한 걸음을 떼기가 무섭게 다리가 휘청했다. 벽을 턱 짚었다. 앉아 있을 땐 몰랐는데 일어나자마자 술기운이 핑 돈다. 유경을 따라 몇 잔 거들었는데 평소 주량보다 조금 오버를 했다.

정신을 차리기 위해 크게 숨을 들이쉬었다 내뱉었다. 조금 진정이 된 후에 지민은 다시금 유경의 옆으로 걸음을 옮겼다. 쓰러져 있는 유경의 재킷 주머니를 뒤져 휴대폰을 찾았다. 액정을 툭 건드리자 비밀번호를 입력하라는 문구가 뜬다. 지민은 망설임 없이 키패드로 숫자를 꾹꾹 누르기 시작했다. 마치 자신의 휴대폰을 만지는 것처럼 자연스러운 행동이었다. 둘은 휴대폰 비밀번호는 물론이고 집의 비밀번호까지도 공유하는 사이였다.

"어디 보자. 뭐라고 저장해 놨으려나……."

역시나 자연스럽게 통화목록을 살피던 지민은 금방 눈에 띄는 이름 석 자를 발견하고 씨익, 입꼬리를 말아 올렸다.

현관문을 열고 집으로 들어온 이준은 멈칫 움직임을 멈추고 그 자리에 섰다. 외출을 끝내고 집으로 돌아온 그를 반기는 건 서늘한 공기뿐이었다. 잠깐 켜졌던 현관의 등은 일정 시간이 지나자

꺼졌다. 옅은 불빛이 흐르던 집 안에는 다시금 짙은 어둠이 내려 앉았다. 캄캄한 집안을 물끄러미 바라보던 이준은 이내 신발을 벗고 집 안으로 들어섰다. 불을 켤 생각도 않고 그대로 거실 소파를 향해 걸어갔다.

툭.

들고 있던 가방을 바닥에 아무렇게나 내려놓고 소파 위로 쓰러지듯 드러누웠다. 눈을 감고 팔을 들어 매끈한 이마를 가렸다.

"하. 죽겠네, 진짜."

앓는 소리가 절로 나온다. 밖에서 차곡차곡 쌓인 피로가 한꺼번에 밀려왔다. 온몸이 뻐근했다. 곧 있을 쇼를 준비하느라 요 며칠 몸을 혹사시킨 탓이었다. 게다가 일주일째 잠도 제대로 자지 못하고 있었다. 피곤하지 않을 수가 없는 상황이었다. 지금도 역시 마찬가지였다. 육체는 너무도 피로한데 정신은 말똥했다. 유독 피곤한 날이었기 때문에 집으로 들어오자마자 기절할 수 있을 줄 알았다. 그런데 느낌을 보니 아무래도 오늘도 쉽게 잠들기는 틀린 것 같았다.

'여기에 더 있으면 내가 누나를 포기 못 할 거 같아서 그래요.'

'……'

'누나 얼굴 볼 때마다 욕심이 자꾸 커지는 것 같아서. 누나 입장 생각도 못 하고 질투했던 어제처럼 또 같은 실수를 하게 될까 봐 겁나서.'

일주일째였다. 하루도 빠짐없이, 아니, 하루에 열두 번도 더. 지금처럼 그날의 그 장면이 떠오르곤 했다. TV를 보다가도, 밥을 먹다가도, 일을 하다가도, 운전을 하다가도, 거리를 걷다가도. 문득, 문득. 마치 아주 오래된 습관처럼. 그럴 때면 잠깐 동안 아무것도 할 수가 없다. 손끝부터 굳는 느낌이 들고 머리가 멍해진다. 그리고 뒤늦은 후회가 든다.

그 말은 하지 말걸. 어차피 지키지도 못할 약속인데…….

사실 '포기'라는 게 얼마나 어려운 일인지는, 이준이 그 누구보다 잘 알고 있었다. 심지어 이번이 처음도 아니었다. 과거에도 한 번, 그녀를 포기하려고 했던 적이 있었다. 물론 상황은 지금과 조금 다르지만.

그것은 지금으로부터 3년 전의 일이었다.

스물넷. 이준은 슬슬 모델로서 이름을 알리고 있었다. 햇병아리 같던 시절을 지나 제법 모델로서 대우를 받기 시작했다. 몸값도 훌쩍 뛰었고 여기저기서 찾아 주는 이들도 많아졌다. 남들이 대학에 가고 평범하게 시간을 보내는 동안 이를 악물고 노력했다. 그것에 대한 보상으로서 꽤나 만족스러운 나날들이었다. 조금만 더 노력하면 그녀의 옆에 '동생'이 아닌 '남자'로 당당하게 설 수 있게 되리라는 자신감도 차올랐다.

조금만 더, 조금만 더. '그날'을 기대하며 앞만 보고 달려 나갈 때 그의 기대를 무참히 짓밟는 사건이 터졌다.

'우리 누나 남자친구 생긴 거 알아?'

가볍게 툭 던진 유현의 말에 이준은 온몸의 피가 빠져나가는 느낌을 받았다. 걷던 걸음을 멈춘 이준은 새하얗게 질린 얼굴로 유현을 바라보았다.

'뭐? 남자친구?'

'그래. 남자친구.'

이상한 일이었다. '남자친구'라는 말이 어려운 것도 아니고, 그저 평범한 단어일 뿐인데. 마치 세상에 존재하지 않는 단어를 들은 것처럼 머리가 멍했다.

'확실해?'

'완전 확실하지. 어제 내 두 눈으로 직접 확인했거든.'

'봤다고……?'

'우리 집 앞에서 애틋하게 작별 인사하는 커플이 있더라고. 설마, 했는데 우리 누나지 뭐야.'

재미없는 농담 따위가 아니라는 얘기였다. 이준은 저도 모르게 주먹을 꽈악 그러쥐었다. 하지만 그런 이준의 속마음을 알 리 없는 유현은 깔깔 웃으며 장난스레 말했다.

'너도 완전 놀랐지? 안 믿기지? 난 내 눈으로 봐 놓고도 아직 안 믿긴다니까. 세상에! 서유경이 연애를 하다니. 평생 남자 못 만나고 혼자 늙어 죽을 줄 알았는데, 그래도 용케 눈 삔 남자를 만나긴 하네. 그 남자 생긴 건 멀쩡하게 생겼던데, 어쩌다가…….'

친구는 신이 난 얼굴로 떠들어 댔지만 이준은 끝내 따라 웃지 못했다. 억지로 입꼬리를 올릴 힘조차 없었다. 세상 그 누구보다도 포커페이스 하나는 자신 있었는데 그마저도 힘들었다. 얼굴 근육은 물론이고 머리끝부터 발끝까지 모든 세포들이 제 것이 아닌 것 같은 느낌이었다.

이제 와서 생각해 보면 우스운 노릇이었다. 자신이 준비가 될 때까지 그녀가 기다려 줄 거라고 생각했다니. 그 사이에 다른 여자의 남자가 될 수도 있을 거라는 생각은 눈곱만큼도 하지 않았었다니. 어쩌다 근거라고는 눈곱만큼도 없는 막연한 자신감에 휩싸여 있었던 건지, 스스로도 이해가 안 될 지경이었다.

세상이 무너지게 된다면, 아마도 이런 느낌이 들지 않을까…….

그렇게 이준은 고백도 하지 못하고 유경을 포기해야 하는 상황에 닥쳤다. 물론 이렇게 된 김에 그냥 질러 버릴까, 하는 생각도 했었다. 하지만 울컥하고 치솟은 기세는 금방 꺾였다. 자신을 보는 유경의 시선을 누구보다도 잘 알고 있었기 때문이다. 골키퍼가 없다고 해도 마치 바늘구멍에 낙타가 들어가는 것만큼이나 힘든 골이었다. 그런데 골키퍼까지 생긴 마당에 성공을 바랄 수는 없는 노릇이었다. 수없는 고민 끝에 결국 이준은 친구의 동생으로라도 그녀의 곁에 남는 것을 택했다. 그땐 분명 그것이 최선의 선택이라고 생각했다.

괜한 고백으로 행복하게 웃는 그녀를 괴롭히고 싶지는 않다고. 그냥 저 혼자 마음을 접으면 다 끝날 일이라고. 마주치면 포기하기 어려울 것 같아 제집처럼 드나들던 유현의 집에 발길마저 뚝 끊었다. 유현과 함께할 때도 의도적으로 유경에 대한 화제는 나오지 않게 하려 애썼다. 눈물 나는 노력이었다.

하지만 그리 오랜 시간이 지나지 않아 자신의 선택이 틀렸다는 것을 깨달을 수 있었다. 시간이 지나도 포기가 되기는커녕 오히려 점점 더 그녀를 향한 그리움만 커져 갈 뿐이었다. 하루, 이틀, 쌓아 온 마음도 아니고 아주 오랜 시간 묵힌 짝사랑이었다. 그것을 하루아침에 끝낼 수 있다고 생각한 것부터가 크나큰 오산이었던 것이다. 결국 제 마음을 포기하지 못한 채, 아주 오랜 시간 그녀를 피해야만 했다. 유현에게서 그녀의 소식을 듣기 전까지도.

참으로 지긋지긋한 시간들이었다. 아무도 알아주는 이 없는, 자신과의 싸움. 그런데 그 시간을 다시 반복하게 될 줄이야. 벌써부터 눈앞이 캄캄해진다. 이준의 미간이 잔뜩 찌푸려졌다. 새빨간 입술을 비집고 다시금 한숨이 흐른다.

"그래도 이번엔 좀 더 쉬울 줄 알았는데……."

제 마음이라도 고백하고 나면 마음이 좀 후련해지지 않을까. 미련이 좀 덜 남지 않을까. 포기하는 게 조금 더 쉽지 않을까. 그렇게 생각했다. 하지만 웬걸. 오히려 제대로 거절을 당한 지금이 더 힘든 것 같다. 아마도 저도 모르게 기대를 했던 탓이리라. 한 달 동안 함께 지내며 그녀와 많이 가까워졌으니 이번에야말로 그녀의 마음을 얻을 수 있지 않을까, 하는 헛된 기대.

"우습네."

피식. 조소하며 낮게 중얼거릴 때였다. 벨소리가 울리기 시작한다. 이준은 느릿하게 눈을 뜨고 몸을 일으켰다. 대충 던져 놓은 가방을 뒤져 휴대폰을 찾았다. 그 모든 움직임이, 상대가 기다리다 지쳐 전화를 끊는다고 해도 이상하지 않을 정도로 느릿한 동작이었다.

한참 만에야 그는 휴대폰 액정을 확인했다. 그 순간이었다. 연신 무감하던 그의 눈이 둥그렇게 커진다. 액정에 유경의 이름이 떠 있었다. 혹시라도 제가 잘못 본 건 아닐까. 그는 두 눈을 눈을 질끈 감았다가 다시금 액정을 확인했다. 하지만 액정에 떠 있는 유경의 이름은 그대로였다.

　뭘까. 왜 그녀에게서 전화가 온 걸까. 무슨 용건인 걸까. 혹시 전화를 잘못 건 걸까. 짧은 순간에 수많은 생각들이 뇌리를 스쳐 지나갔다. 그러나 그것도 잠시. 혹시라도 전화가 끊어질세라 그는 얼른 통화버튼을 눌렀다.

　"여보……."

　짧게 심호흡을 한 다음 조심스럽게 운을 띄웠을 때였다. 말을 채 끝내기도 전에 수화기 너머에서 목소리가 들려왔다.

　- 권이준 씨 휴대폰이죠?

　닮은 목소리. 하지만 그녀의 것은 아니었다.

　"……."

　순간 묘한 기대감에 반짝이던 이준의 눈빛이 언제 그랬냐는 듯 차갑게 식는다.

〈2권으로 계속〉